付雪梨，
如果你喜欢我，
我可以跟你在一起

许星纯？
哦…
你说他啊？
他不是早就跪在你面前了吗？

我太喜欢许星纯了，
喜欢他喜欢到
你们所有人都救不了我的

—我不知道怎么爱别人
—我教你

对我好点吧
我太喜欢你了。

嘭嘭的猫 著

等风
热吻你

湖南文艺出版社

·长沙·

July

SUN	MON	TUE	WED	THU	FRI	SAT
		1	2	3	4
5	6	7	8	9	10	11
12	13	14	15	16	17	18
19	20	21	22	23	(24)	25
26	27	28	29	30	31	

等风
热吻你

Time	5月20日
Weather	Sunny day
Mood	Happy
Condition	 100%

等风热吻你 （2025）
DENG FENG REWEN NI

唧唧的猫 JIJIDEMAO

主演： 付雪智 许星筑

hall： 07
seat： 5排20座
date： 05-20
price： 52.00元

7月24日 🍐

姓名： 付雪梨

生日： 7月24日

星座： 狮子座

学校： 临市一中

November

SUN	MON	TUE	WED	THU	FRI	SAT
					1	2
3	4	5	6	7	8	9
10	11	12	13	14	15	16
17	18	19	20	21	22	23
24	25	26	27	28	29	30

等风热吻你

Time	5月20日
Weather	Sunny day
Mood	Happy
Condition	100%

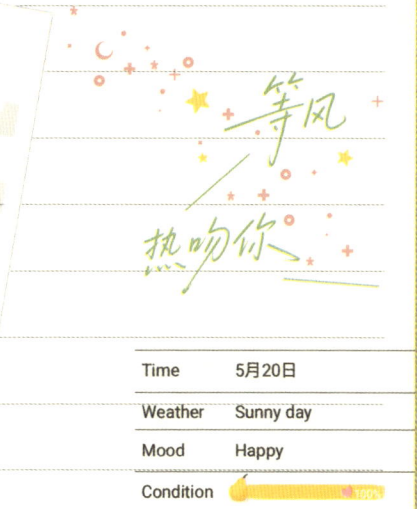

等风热吻你 （2025）
DENG FENG REWEN NI

唧唧的猫　JIJIDEMAO

主演　付雪馨　许星凤

hall： 11　seat： 5排20座

date： 05-20　price： 52.00元

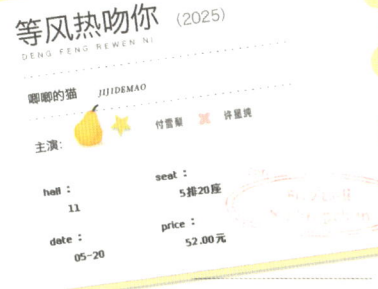

FU XUELI　XU XINGCHUN

After ten years

许星纯

目录
Contents

等风热吻你

我在等风。等风热吻你。

第一章	玻璃眼泪	1
第二章	某年某月某天	16
第三章	水瓶心事	30
第四章	心动至上	49
第五章	消失的流星	60
第六章	流泪甜筒	78
第七章	未接来电	93
第八章	枯萎马蹄莲	104
第九章	一把枯草	118

 付雪梨 ✕ 许星纯

Deng Feng Re Wen Ni

第十章	最后一面	132
第十一章	那年盛夏	151
第十二章	黑色秘密	163
第十三章	荔枝糖	176
第十四章	重写结局	193
第十五章	仙女棒	206
第十六章	我在等风	221
番外一	临市一中	245
番外二	烟花夜	346
番外三	记仇	351

第一章 玻璃眼泪

——于是她那天弄丢的皮筋，他捡起来带了十年。

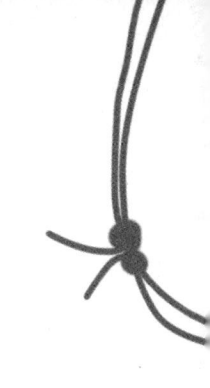

饭局接近尾声，唐心坐在付雪梨身边，不时起身，为身边人添酒。

新片的投资人姓方，五十余岁，身子骨健朗，很有精神。三两杯酒下肚，他依旧谈吐得体，叙述和倾听时都很沉稳。

今天剧组杀青，岑导喝酒喝得高兴，酒劲有些上头，点上一根烟说："在这山里拍了那么久的戏啊，看厌了那些花花树树，还是觉得大城市有棱有角的生活有滋味。"

说话间，杯中酒又被续满，岑导摆摆手："等片子过审，宣传档期安排完，我得给自己好好放个假，带妻女出去旅旅游，散散心。"

桌上一人笑道："如今像岑导这样牵挂家妻的男人倒是不多，难得。"

话题转到这上面，年轻人总免不了被调侃感情问题。不过坐在这个饭桌上的大多是有身份、有地位的圈里人，很少有人开低俗的玩笑。

身边的年轻男演员被问得狼狈，付雪梨晃一晃酒杯，始终盯着杯里漂浮的泡沫，不主动参与。

她被灌了不少酒，微醺，但意识还是清醒的，就是脑袋略觉昏沉。她静静等着这顿饭结束。

四月份的申城，空气依旧冷冽。这座城市夜晚依旧灯火通明，黑色苍穹下高楼遥远的白光和霓虹连成一片。

一上车，付雪梨踢掉高跟鞋，脱了外套，靠在椅背上陡然放松下来。

唐心关好车门，侧身拉过安全带系上，吩咐司机可以走了。

"声音关了。"付雪梨出声。

闻言，司机一只手握着方向盘，另一只手关掉音乐，顺势瞥了蜷缩在后座上的女人一眼。

她松松散散地歪在一旁的车窗上，支头，细细的眼角眉梢垂落，半合着眼。

· 1

棕色微卷的长发随意又凌乱地散开，质感顺滑的灰色羊毛裙将她的身段裹得玲珑有致。极窄的亮晶片花边，显得她肤色极白。

实在是漂亮，让人移不开眼的那种。

"那个方总，是早几年做房地产起家的，他挺欣赏你的，不然我们当初哪那么容易'撕'到岑导的资源。你说你，刚刚走的时候也不知道和人打个招呼，多不好。"

车里就四个人，助理西西坐在副驾驶位上，司机认真开着车。唐心坐在付雪梨旁边，摆弄着手机，口里数落着她，顺便挑照片发朋友圈。

其他人都不出声。

付雪梨模特出道，当初算是被唐心一眼看中。付雪梨当时人在国外，唐心两三天就搞定合约，干脆利落地把人签到自己手底下。

后来付雪梨回国发展，靠着一部爆红的网剧小火了一把。不过这几年，她的存在感虽然有，但一直不温不火的。倒不是她长相不突出，相反，她红只是因为她美，是没有任何人为痕迹，纯女性的风情，缺乏人情味的冷艳美。

因为外表太艳丽，所以戏路比较受限，容易吸粉，也容易招"黑"。

但在娱乐圈，小红靠捧，大红靠命，反正急是急不来的。付雪梨是根好苗子，有灵气，所以团队一直稳扎稳打，尽量不让她靠爆丑闻夺流量、博人眼球。

车行驶过立交桥下，暗影一道道扫过。外面不知何时下起了雨，雨刷一左一右，慢慢刮擦着玻璃。

"我说这么多，你听见没？"唐心侧头问道。

"姐姐，求您让我安静会儿。我的头都要炸了。"付雪梨很困，浑身疲乏，只想求得片刻清净。她昏昏欲睡，懒得多说一个字。

昨晚她通宵拍戏，早上又早早出发，从象山一直到申城，一整天都在路上。应付完酒席，整个人已经非常疲惫。

雨越下越大，路上的人也越来越少。风打在树上，车开起黄色大灯，被雨雾笼罩着，一路疾驰。

"——刺！"

经过天桥路口，车与一辆迎面而来的大货车擦身而过，司机握紧方向盘，猛踩刹车。

轮胎与地面摩擦发出刺耳的噪声，车子急停在路旁，车里的人猝不及防，全被弄得向前倾。

"怎么了，出车祸了？！"唐心扶住椅背，吓了一跳，忙问。

"不是，前……前面路上好像躺了个人……"

尖锐的警笛声划破深夜的寂静。北宁西路321号，人民公园天桥路口被封锁，拉起了警戒线。

大雨不知何时变小。警察把守在警戒线旁，制止一直往里挤的围观群众。不远处停了好几辆警车，现场有刑警，也有记者。

路上躺着的是一名年轻女子，看不清脸。她半身赤裸地仰躺在地上，头被裙子盖住，黑发被血水分成几缕，沾在胳膊上，已经没了气息。雨水混着血，散发着热腥味，顺着水泥路面漫延。她流血太多，让人看不清伤口在哪儿。

"给我控制住现场，防止二次破坏，让无关人员全部散开！"一名中年男警官大声地冲着对讲机指挥道。

"你们谁报的警？"他喘了口气。

"是我。"唐心立马答道。她移开眼，强忍着反胃的感觉。

刘敬波眉心拧紧，点点头，随即瞧见不远处停着的黑色轿车，里面依稀还坐着人。他探头望了望："那那那，车里还有谁？让人下来。"

"这……她生病了不太方便，能就待在车里吗，警官？"唐心为难，试图打个商量。

这里闻讯赶来的记者不少，像付雪梨这种公众人物要是被拍到在事故现场，又有被黑的话题了……

"什么病？这点雨还能被冻死了？这是一起很严重的命案，坐在车里是什么态度？！小王，去把人给我叫下来！"

"死者和我们真的没关系啊，警察同志，我们只是路过……"

"停停停！"刘敬波不耐烦地打断司机，"现在我问什么你答什么就行了，哪来那么多废话？"他说完转头问身边的一名女警官："老秦他们还有多久到？"

"喏，那不是来了嘛。"

唐心顺着他们看的方向偏过头，看到几个穿着像医生的人。

他们戴着口罩，拨开骚动喧哗的人群，出示完证件，弯腰钻过警戒线，往这边走了过来。

他们个个都是一身白大褂，在漆黑的雨夜中显得有些突兀。

为首的是个身量高大的年轻男人。他打开勘查箱，一言不发地蹲在尸体边上，戴好手套，掀开被害者脸上的白裙。

付雪梨坐在车里往车外看，外面走过来一名警察，他打着手电，往车里照，随即叩了叩车窗。

"小姐，麻烦您下来一下，配合我们做一下笔录。"

推开车门，风直往脖子里灌，付雪梨冷得一哆嗦，撑开伞，压下伞骨挡住脸，红色高跟鞋踏出车外。

因为下了大雨，泥水混杂，现场痕迹已被毁坏得差不多了。雨还在下，许多侦查工作都无法展开。

付雪梨慢条斯理地跟在那名警察身后，低着头，将脸小心地藏在伞下，防止被人认出。路上有很多浅浅的水洼，尽管付雪梨走得慢，但小腿依旧被溅得沾满泥浆。

西西替唐心打着伞，听她不停地抱怨："不知道要弄到多晚，摊上这破事，真是倒霉死了。就这还不能走，等会儿还要被带回公安局做笔录，我明天一大早还要去谈合同呢。"

她们站在灌木丛旁边，正说着，唐心话一停。

"是这样的，我们这边有几个问题想问问你们，也请你们耐心配合一下我们的工作。"

唐心讪讪地笑，目光却停在那位刘警官身边沉默地站着的年轻男人身上。

他穿着一件单薄的蓝色警服，外面套着白大褂，胸口处别着证件，除此之外，便再无其他。他垂着的衣摆偶尔被风掀起，在这样的夜里仿佛感觉不到冷。

西西从小就对医生有畏惧感，何况是成天和尸体打交道的人。她又想起刚刚他面不改色地检查尸体的模样，不禁心里阵阵发毛，后退了两步。

"你们大概几点到达的案发现场？"

他将她的小动作看在眼里，依旧无动于衷。

这男人的嗓音有种低冷如冰的奇特质感，就像冰镇的啤酒，虽镇静温和、无波无澜，却辨识度极高。

这声音……

付雪梨握着伞柄的手一紧。她脑子里残留着酒精的作用，反应迟缓。她以为自己出现了幻觉。

"晚上8点多钟。"西西努力回想，小心地回答，同时看向一旁做记录的人，生怕自己说错话。

"移动过尸体吗？"

"好像……没有。"

"什么叫好像没有?!有什么就是什么，你就老老实实、坦坦白白地说，想好再开口，别给我……"刘敬波显然按捺不住脾气，开口就是一顿训斥。

"好了好了。"旁边有人安抚刘敬波的情绪。

西西被吓住了，都快哭出来了，结结巴巴地道："我有碰……但只是想看她有没有呼吸……我真的……真的不知道她已经死了。"

"嗯，不用紧张，你继续。"

年轻男人浓黑的眼睫低垂下来，摘了手上的橡胶手套。他举止间有种漫不经心的清洁感。

他问话时，明明没什么表情，连眼神都没有一丝波动，但就是给人一种无形的震慑感。这男人真是那种气质凌驾于长相之上的高级货。

此时雨势突然变大，雨珠撞击着伞面哗然有声。付雪梨握着伞柄的手收紧，控制住呼吸，微微伸出脖子，把伞往上移。

雨水混淆了视线。高大年轻的男人微微侧头，单手伸到耳旁，准备拉下口罩。付雪梨看到了他露出的一双眼。

那双眼像街口凌晨的星星，又像地狱里的魔。

他撑着一把黑色的伞，也看到了她，只不过停了一秒，视线就平淡地滑过了。

冷淡又普通，像看陌生人的眼神，不露任何心绪。

她愣住了，大概有一分钟才回过神，然后难以置信地喊出他的名字："许星纯?!"

付雪梨这张平常只出现在每家每户的电视机里的脸一露出来，旁人的视线便立刻全被她吸引，眼睛霍然睁大。

唐心眉头一挑，面不改色，眼光在两人之间转悠。在场其余人心里都小惊了一把。

哇，明星啊！

这声招呼打完，许星纯却反应甚淡，这让气氛瞬间古怪起来。

旁人默默地细细打量付雪梨，她踩着高跟鞋，黑色系带绕住瘦白的脚踝，肌肤胜雪，娇嫩细腻。她双臂一环，微咬红唇，浑身上下像能发出光芒般，隔着几米都能闻到她身上薄荷和迷迭香的销魂气味。这高贵扮相，哪是大众平时生活中能见到的人？

突如其来的重逢，没有一点预兆，也没有缓冲。就在这个混乱肮脏的雨夜，他温润清冷，洁净得一丝不苟。

付雪梨眉头紧蹙，右手拇指使劲地压着食指的第二关节。

雨不停地下着，在身边哗哗坠落，砸在脚下的水泥路面上，开出一朵朵转瞬即逝的小水花。许星纯转回眼神，又淡又远，静了两秒，从被她咬住的、鲜红欲滴的嘴唇上，缓缓抬眼。

良久。

"好久不见。"他无波无澜地说。

夜色寂静，闪电和雷鸣交相辉映，被淋湿的流浪狗在灯火通明的申城公安局门口徘徊。

"行，差不多了，报警的那位留一下地址和联系方式。"

做笔录的女警察最后唰唰两下，停笔，抬头递给付雪梨他们几个一人一张纸："喏，核对一下内容，然后签个名，跟我去大厅那儿按个手印就完事了。"

"没想到公安局这地方，全是你同学啊。"唐心接过纸，顺口问付雪梨，"还有刚刚那个，那个挺帅的警察，你们是什么关系？"

"同学呗。"

"就同学？"唐心不信，看她不作声，瞅着她冷笑，"当我是傻子呢吧？"

"床友，信吗？"付雪梨嘴上贫，脸上却没有一丝笑容，连维持基本的表情都不想。她今天穿的衣服不对。精心裁剪的羊毛裙子被雨水打湿，贴在身上又潮湿又阴冷，冻到了骨子里。

引路的女警察似有察觉，多看了付雪梨一眼。她微微一哂，忽地开口："是挺巧的，我和雪梨同班过一年，不过她应该不记得我的名字了，我叫马萱蕊。"

他们走到大厅，周围惊奇又克制的目光纷纷围拢过来。当然，大部分人的视线都在付雪梨身上。毕竟一个平时只能在电视、微博、LED广告牌上看到的演艺圈明星，此时真人突然出现在眼前，普通人总是有种既新奇又微妙的激动感。

若不是此时正在办案子，场合严肃，他们肯定要冲上去要个签名，合个影什么的。

付雪梨任人打量着，似乎无所察觉，或者她早已习惯他人的注目。

墙上挂着电视，重播着沉闷无趣的晚间新闻。旁边的钟盘上，秒针嘀嘀嗒嗒慢慢地走。

"先喝点水吧。"小王强作镇定，端了几杯热水递到付雪梨他们面前。

除了付雪梨站着不动，旁边人纷纷接过水杯，道了声谢。

"警察叔叔，我们什么时候能走啊？您看看表，这都多晚了。"唐心蹙眉抱怨道。

"笔录做完了是吧？应该快了，快了。"小王也不确定，探头往二楼望，刚好看见刘敬波下楼梯。他刚想喊一声，却见刘敬波打着电话，匆匆往外边走。

付雪梨等人的耐心即将告罄，警察这边一一确认报案人的姓名、电话、身份证信息，非常程式化地问完话，终于同意他们离开。小王送付雪梨一行人到门口。

推开门，外面风雨交加，所有人不禁打了个寒战。

太冷了。

门廊里的感应灯坏了一个，阴暗无光的角落里，站了两个人。夜晚沉浸在雾气里，风小声呼啸，许星纯靠着墙壁抽烟，忽明忽暗的光线下，让人看不清面容。

旁边是垃圾桶，被用来磕烟灰。

司机去后面开车，剩余几人站在门口。刘敬波全神贯注地和许星纯交流尸检结果，完全没注意这边的一大票人。

距离不远，许星纯说什么，这边都能听得一清二楚。他说话声音向来不大，无端地低哑，却字字清晰，仿佛能敲进人心里。

这边的一行人都目不斜视，付雪梨双手环抱在胸前，看着前方，良好公民西西在心里默默吐槽……

这种东西，应该不是什么机密，听听没事吧……

透完气，一根烟也正好抽完，时间不长不短，许星纯直起身，单手插在兜里，臂间还挂着白色工作服："走吧，进去说。"

许星纯和他们擦身而过，走到光下，眼前现出一片昏黄，他身形一顿，继而脚步停滞。一两秒后，他低垂眉眼，看向自己被抓住的手腕。

刘敬波和唐心对视一眼，小王也蒙了，都不知道这是什么情况。

"天……"西西还在小心地拿着手机对着门口拍照，侧头看到这边的动静，不禁小声惊呼。

这是在干吗？

一旁的唐心抱着看热闹的心思。这些年，她和商界的、娱乐圈的形形色色的"妖魔鬼怪"都打过交道，经验丰富，直觉也很准。有一部分职业的缘故，她习惯去定位一个人。

见多了虚张声势又浮夸的男人，几乎在看到许星纯的第一眼，唐心就莫名认定，他是个很稳妥且出色的人。

他应该洁身自好，寡言却卓尔不群，并且对女人十分有吸引力。

通俗点说，就是他很招惹人。

付雪梨闻到许星纯身上皂角的气味，还游离着一点点烟草味，和很久很久以前的味道一样。

她喝了白酒，已经记不太清。不过一会儿，她就陡然回神。他沉默着，手腕依旧被她抓着。他的手修长且骨骼分明，温度却很低。

付雪梨懊恼，指腹贴紧他的手腕，轻颤，几个荒谬的念头在脑海里打了个转。

许星纯直直地站着，面色冷淡，依旧沉默着，没有丝毫回应，也没将手抽回。

相对两无言。周围人的表情越来越八卦。

"你回来怎么不联系我？"付雪梨很快就恢复了常态，又咄咄逼人起来。

她抬头面无表情地审视他，许星纯仿佛置身事外，没有动作。

周围光线很暗，气氛安静，不少人暗暗侧目。片刻之后，许星纯略有些嘶哑、冷淡的嗓音响起："我工作忙，以后有空再说。"

许星纯有一对很浅的双眼皮，眼珠的颜色是温柔至极的浅褐色，干净得不带任何情绪。明明天生一双笑眼，眼底却覆着一层阴影。

等她放手，许星纯微微点头示意，看都没看她一眼，头也不回地推开门走了。

小王这才回过神，忙跟上去，心里暗暗佩服。

太可怕了！许队这性子果然够冷，够清心寡欲，永远都不忘记自己的人设，对待这种级别的漂亮女人真是十年如一日地绝情！

一股子酸涩直冲鼻尖，付雪梨向来是一个要面子的人，自小没被这样对待过。她头低着，双眼迅速泛起泪花。

她暗暗咬紧牙，极力抑制住情绪，故作若无其事的模样，心里却又急又气。

我去！

妆不能花。

不能哭。

老娘不能哭。

快到入住的酒店时，车缓缓停下来。唐心一边摸出房卡递给西西，一边交代这几天的安排："明天新戏发布会，后天下午没意外的话，ADIS（品牌名）的摄影师约好了来拍照。然后不知道几号，反正这周安排一个晚上去敏行2号棚录一档综艺。"

"通告这么赶呀！"西西哀怨道。

唐心白眼一翻："赶？这个圈子，你还想闲？知道有多少人想踩着雪梨上位吗？"

"还有你，我跟你说。"唐心掉转视线，拿着手机对付雪梨点了一下，压低声音警告道，"你现在和何录正炒CP（扮情侣），我们谁也得罪不起，现在你俩粉丝热度高，谁先出事谁就担着。你注意点，我不想看到你和刚刚那个男人出现在微博热搜榜上，到时候有你受的。"

晚上洗完澡，付雪梨穿着白色浴袍，对着浴室门口的全身镜吹头发。她看着镜子里面无表情的自己，赤裸着双足，陷入柔软的地毯中。

大脑一片空白。

西西在一旁收拾衣服，知道她心情不好，就什么话也没说。

"你谈过男朋友吗？"付雪梨走到床边，拨动着头发坐下，似无意地开口。

"男朋友？"西西把暖宝宝找出来，放到床头柜叠放整齐的衣物上，"以前大学谈过，后来就分手了。"

"哦，为什么？"

"没有为什么。"

"那你还记得他吗？你们有联系过吗？"

"没联系了，还记得。"

西西摇摇头，没有继续这个话题："对啦，明天温度很低，雪梨姐，你去拍照时记得贴几张暖宝宝，小心冻着了。"

时钟指向凌晨3点，付雪梨推开玻璃门，趴在酒店房间的阳台上，俯瞰这座城市的夜景。

高矮交错的楼幢，高层公寓仍然亮着灯，更远处被湮没在黑暗里，黑夜像巨大无声的容器。

看了半晌，她突然软弱地想，或许……这些年在许星纯的心里对她依旧是有怨恨的。

念头一起，火气也打了一个大大的折扣。

到底是在一起那么多年，和他合合分分。

付雪梨一直都知道，他们的感情，都是许星纯单方面在付出和强撑。而她，时而刻意疏远，时而又拉回来，如此循环往复。

她向来爱自由，不喜拘束。快乐就是真的快乐，厌烦谁也是同样的，很少掩饰自己。

当初说分手的是她，并且分手之后她也过了好一段自在快活的日子。直到某次聚会上偶然得知，许星纯主动申请去偏远地区的市公安局技侦处工作，也许不再回来。

付雪梨从不以为意，到后来越想越不是滋味。

最后一气之下她就顺着家里人的意出了国。

也不知是在跟谁赌气。

她是个后知后觉的人。其实在许星纯走后很长一段时间内，她都习惯地以为，他肯定会回来的。从小到大都是这样。不管她如何厌烦，不论她如何伤害他，他总是留在原地，心甘情愿陪在她身边。

在国外生活的那段日子她很孤独，语言不通，没有什么朋友。渐渐地，她开始不适应，不适应许星纯彻底脱离她的生活的感觉。

这种感觉突如其来，却让付雪梨拧巴，让她第一次产生后悔的想法。

这些年她甚至尝试过主动联系许星纯。可许星纯就像人间蒸发了一样，几乎和所有人断了联系。

可笑提分手的是她，可是一声不吭，狠心消失这么多年的却是他。

视线模糊。

她一边抽烟，一边用手背擦掉脸上的液体。耳边有风声、残存的雨声，更多的，是空荡荡的安静。

吹完风，回到房间，付雪梨掀开被子上床，拧灭床头灯。这几年她日夜颠倒地拍戏，导致睡眠不规律，落下了神经衰弱的毛病，很不容易入睡。

酒店窗帘隔光效果好，房间里黑黢黢的，一丝月光都没透进来。付雪梨闭上眼睛，不知过了多久，昏昏沉沉地，意识终于开始模糊。

她确定自己开始做梦了。好像又回到那天晚上，和大学室友一起出去吃饭喝酒。喝多了，大家一起走，在路上，慢慢地，前方变得越来越黑，室友不见了，只剩她一个。

她也不知道自己要去哪里，不知道什么时候停下，心里只剩茫然。

然后，她看见许星纯。他等在宿舍楼下，仿佛已经站在那里很久很久。

没有声音，她继续走，走过漆黑的隧道，身边快速掠过光和影……她却只能看到他的背影，不论她怎么喊，他始终不肯回头。

最后，在临市一中的校门口，许星纯站在那里，他高高瘦瘦，皮肤有洁白的寒意。他穿着多年以前蓝色的旧校服外套，里面是一件短袖，腿上是黑色运动长裤。他沉静清澈的样子，少年感很足。

他等在花坛边上，肩膀斜靠着黑色的路灯杆，轮廓清秀依旧。他摘下眼镜，点漆般的眼睛微眯，对着她轻笑。

他眼里的爱慕浓到极致，温柔又虚幻。

就像一片玻璃扎进心里，轻轻一撞，撕裂般地疼。梦里，她眼泪突然就涌了出来。

会议室。

"许队今天是怎么了？"午饭就没吃，一直忙案子到现在的邱志翔端着泡面桶，吞两口填肚子后便八卦兮兮地往洗手间门缝那儿瞄。

在他眼里，许星纯不仅是那副皮囊好看，重要的是人有内涵，平时做起事来无比专注认真。许星纯的工作作风、态度和能力水平都是一流的。除了有时候话略少，基本没什么缺点。

今天也不知道是怎么了，平时做事一向严谨、极少犯错的许星纯，听取下属汇报初次尸检结果的时候居然破天荒地走神了几次。甚至不得已，会开到一半就暂停了。

众人都惊了。

"你知道不？"邱志翔转头问技术室里痕检的一个妹子。

讲起八卦，大家都心态放松，当办案之余的谈资，讨论得兴致勃勃，起劲得很。

"不是，我说你们DNA室的，有工夫在这儿聊八卦，现场分析结果出来了是吧？比对结果出来了是吧？破案了是吧？"林锦瞪了那群人一眼，咬着牙道，

"这案子是发生在闹市区的杀人案,加上死者身份特殊,影响很恶劣,上面要我们四十八小时之内必须破案,你们一个个的还有心思聊天?!"

其他人噤声,默默地点头,溜回原位整理笔记本准备干活。

许星纯捧起一把凉水,拍到脸上。关了水龙头,他低垂着头,面无表情地看着暗黑色的大理石,双手撑住洗手台边缘,任由脸上残余的水滴湿上衣。

有人不合时宜地咳嗽了两声。刘敬波靠在旁边,看着许星纯,看他因为用力,已经青筋凸起的手背。

许星纯明明极力克制,却压抑不住情绪。刘敬波的神情从揶揄到感叹,他扬了扬下巴:"瞧你这德行,那谁啊?"

许星纯目光沉沉,直视着前方,压着气息,一言不发。

"冷静好了没?"刘敬波不屑地冷笑,哧了一声,直接下结论,"就你这样子,我一看就知道,初恋没跑了。"

作为一名合格的刑警,最重要的就是有一双善于发现的眼睛,在蛛丝马迹里寻找证据,从细节判断真相。

就刚刚付雪梨露面的第一下,刘敬波看见许星纯的神情,立马就心知肚明——许星纯一定对这个女人有很特殊的感情。

付雪梨的初中是在临城上的。那座城市马路两边栽种着多年的梧桐树,盛夏绿叶繁茂,寒冬枝丫交错,覆着皑皑白雪。

她从小跟着叔叔付远东长大,家里有一个堂哥。付家在临市有点声望,加之付远东平时忙生意,对他们管教不严,两人更加无法无天。她堂哥付城麟从小学开始就在学校里拉帮结派,翘课打架,是个远近闻名的恶霸。

付雪梨从小就长相出众,又因为她堂哥,她一直都是年级"风云人物"、课下被谈论八卦的头号对象。

因为经常与高年级的和外校的人一起玩,别人都怵她,以致她没能交过什么正常朋友。在初中同学眼里,付雪梨就是家里有钱不能惹、成绩烂、经常有外班男生女生找——总而言之,是个很坏的女生。

付雪梨在出道的第一部网剧里,所饰演的角色就是一个"太妹"。她完全本色出演,像香港老电影里的不良少女——不染发,只穿短裙,露出一双笔直光洁的腿;戴银镯子、红绳、腰链,抽烟,一个人深夜晃荡在红红绿绿的大排档旁喝啤酒;脾气差得出奇,身边却从来不缺被她迷得神魂颠倒的男人。

付雪梨把从小到大养成的张扬和不羁展现得淋漓尽致,不用刻意去演,就有一股子浑然天成、天生放荡的自由感。

那时候按照"江湖规矩",坏学生是不会主动去招惹班上的好学生的。两方都有自己的优越感和默认的交际圈，一般情况下是不会有什么交集的。更别说付雪梨还是这群坏学生的领军人物，一个常年在班上被老师批评的典型代表，更和乖乖仔们挨不上边。

某一天中午第一节课上课前，广播里放着眼保健操的音乐。付雪梨戴着随身听的耳机，无所事事地低头翻看漫画，隐隐约约她听到身旁传来一道低低的声音："借过。"

她啃了一口苹果，把手上的漫画又翻过一页，余光看到有一个人站在身旁。

付雪梨继续专心看自己的漫画书。薄薄的红嘴唇，嘴里嚼着鲜甜的果肉，双腿翘起，细白的胳膊摇摇晃晃。

"能让我进去吗？"

直到那道声音在头顶又响起，她才扯下一条耳机线，慢吞吞抬起头，打量来人两秒，有点不耐烦："说啥？大点声！"

他是昨天还是前天刚刚转来班上的学生。样子一看就是标准的好学生。面对她的不耐烦，他也不恼，措辞依旧温和简单："我把书搬进去。"

十四岁那年那天的教室里，闹哄哄的铃声响起，老师抱着卷子进班。许星纯站在狭窄的过道上，怀里有一摞书。白皙的脸庞干净瘦削，刚刚抄完板书，指尖还有残留的粉笔灰。

午后有风，带着一点点温暖的阳光，从他空荡的白校服之间温柔拂过。

秀秀气气的乖乖仔——这是付雪梨对许星纯的第一印象。

但不知道为什么，付雪梨总觉得以前在哪儿见过他。不过这只是一闪而过的想法，很快被她抛到脑后。

成为同桌了付雪梨才知道，许星纯还真是一个很好讲话的人，从来不跟谁发脾气。

不过和他同桌有一点很烦，就是下课了总有人围过来问题目。听说许星纯以前就是年级有名的学霸，也不知道为什么要突然转班。

有时耳边充斥着谈论学习问题的噪声，付雪梨听得不耐烦了，就直接把人全部轰跑。

是的，付雪梨和许星纯是完全相反的两种人：

她又懒脾气又差，最喜欢的就是欺负老实人。

比如许星纯这样的。

有时他上课被点名起来回答问题，她就悄悄拉开他身后的椅子，看他差点跌坐到地上的尴尬模样，就得逞般和周围人一起笑。她捂着嘴咯咯笑，幸灾乐祸得像只顽皮的小狐狸。

到后来次数多了，许星纯已经习惯了。他能面无表情地答完问题，然后转头把椅子摆好再坐下,整个过程心如止水。

有时候,在他下课偶尔趴在桌上打盹儿时,付雪梨就猛地凑到他耳旁大喊:"老师来了——!"然后退回原位,欣赏他睡眼惺忪、半梦半醒间被吓一跳的样子。

那时候许星纯脸皮薄,是个很认真的人,经不起调戏,但他从来没对她发过脾气,顶天了就是拉下脸,闷头写作业,半天不理她而已。

时间长了,付雪梨觉得他其实远没有表面上看着那么无害,反倒是个心思很多、非常自持压抑的男生。但她也懒得花心思去探究。

那时候好学生有很多特权,想换座位也就是去办公室找一趟老师的工夫。不过任付雪梨怎么过分,他一直都没主动提换座,甚至接下来一个学期,每次班级调座位,他都坐在她旁边。

按照付雪梨那时候的猜测,许星纯因为和她同桌,下课了就很少会有人来问问题打扰,许星纯就能清净地写一会儿作业。

大家都怕她。

其实平心而论,许星纯的模样从小就很清秀,但不是女相,反而五官清晰,越长大眉眼越深沉冷静。

那时班上有女生喜欢拿小本子写言情小说,里面的男主角就是他。不知道那个本子后来怎么传到了付雪梨的手里,于是她就在他耳边,阴阳怪气、一字一句地朗读。

"那是一个大课间,刚刚做完广播体操上楼。许星纯手里拎着木制班牌,从我们班级门口路过。他穿着一件蓝色的校服外套,被光打出阴影的温柔侧脸,显得孤独又帅气……"

"许星纯凑近,薄削的嘴唇慢慢挨上她的脸颊,呼出的气息烫得令人心慌,性感的喉结上下滑动……"

一字一句,最后臊得许星纯面红耳赤,终于丢下写作业的笔,抬手将耳朵死死捂住,她才肯罢休。

虽然总是欺负他,但偶尔付雪梨还是有点责任心的,比如默认许星纯是她罩的人。

而且在学生时代,像许星纯这种品学兼优、每次都站上升旗台作为年级代表讲话、规矩穿着校服、干净又温和的男生,对这个年纪的女生来说都有一种特殊的吸引力。

不知道什么时候,他就被别的班的一个混混女生看上了。

那天是班委的值周日,放学后教室里只剩许星纯一个人。他刚擦完黑板,手里还拿着黑板擦,在讲台上就被那群人团团围住。

外班女孩染着淡黄色的头发,带着自己高年级的哥哥,逼许星纯答应和自己在一起。

"当我男朋友嘛,你不说话,我就当你答应喽。"女孩仰头,凑近了,笑嘻嘻地去碰他。

却被许星纯躲开。他不应声,低垂着头,神情淡然,脸上没有一点笑容。对他们起哄的话,许星纯置若罔闻,仿佛热闹全然与他无关。

"嘿,哑巴了你这人,想挨打?"

高年级男生看他一直不作声,有些不爽,便伸手去推搡他的肩膀。旁人正起哄得厉害时,教室门突然被大力踹开。

门猛撞到墙壁上,又反弹回来,哐哐几声巨响,剧烈地震动。付雪梨挽起袖子,四处找东西,顺手抡起靠墙角的扫把就往人堆里砸,同时瞪着那个动手动脚的男生骂道:"你神经病啊?!打谁呢,狗东西!"

那个傍晚,夕阳西下,她就像电影里关键时刻突然来救场的英雄,逆着光出现。许星纯看得愣住,紧紧抿住的唇角放松了下来。

那一群人都蒙了,被付雪梨的气势吓住。几秒过后,有人才后知后觉地认出她。女混混自然也认识她,虽然心里不爽,但是自问惹不起,只能强笑道:"怎么,雪梨姐,他是你男朋友呀?"

付雪梨理都不理,大步上前,把许星纯从人堆里扯出来后,劈头盖脸地凶回去:"狗东西,谁是你姐!"

虽然气势汹汹,完全不输,但是毕竟对方人多势众,现在不好硬碰硬。付雪梨不由分说拽着许星纯就走,噔噔噔跑下楼。校园里人渐渐稀少,广播里放着杨千嬅的粤语歌。

"一吻便偷一个心,一吻便杀一个人……

"你爱热吻却永不爱人……"

时值傍晚,天色暗淡。两旁的树木枝丫交错,在路上投下晃动的光影。

不知道要走向哪儿,身上什么也没带,许星纯听到自己心脏清晰的跳动声。他就那么听话地让她牵着手腕。

就这样多好,不知道去哪里,就两个人,多好。

付雪梨气鼓鼓的,步子飞快,脚下像刮起了小旋风,扯得他跟跟跄跄。

她一路上滔滔不绝,恨铁不成钢地数落:"你说你怎么这么蠢,直接拒绝然后跑掉不就好了,他们敢拿你怎么样?你倒好,非要傻呆呆站在那里,真要当别人男朋友啊?今天要不是我回教室拿东西,你打算怎么办?"

他没吭声。

付雪梨停下脚步,转头看他:"你愣着干吗,傻了?"

"谢谢你。"几秒后,许星纯竟然笑了,声音低沉,哑着嗓子。

伸手不打笑脸人。

何况他无辜又安静的模样，笑容还有种说不出的好看。

"你还笑得出来？"她依旧气哼哼的，但火气已经消了大半。他们继续往前走，她又想起什么，回头狐疑地看了他几眼。

好像也没什么特别的啊，除了聪明点，怎么就这么招女孩子喜欢呢？一个接一个地，真是让人想不通……

她在心里暗自纳闷。

许星纯察觉到了，脸部绷紧，移开视线，避开她的眼睛。然而，他满是汗水的手却不经意地握紧了她的。

火红的晚霞下，少女白衣黑裙，眼睛明亮，肌肤如花瓣一般洁白芬芳，黑发自由地散落，像光滑的丝缎。

有人小声说了一句话，付雪梨沉浸在自己的世界里，当然听不见。

好像也不想让她听见。

于是她那天弄丢的皮筋，他捡起来带了十年。

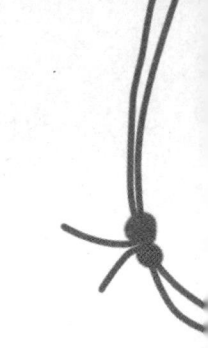

第二章 某年某月某天

——"今天生日快乐吗?!"

以前网上流行过一句话。

梦里出现的人,醒来时就应该去见他。

本来付雪梨觉得这句话很非主流,可不知道怎么,今天就一直在想它。念头一起,她连杂志都拍得不在状态。

和她搭档的是当红流量"小鲜肉",长相阴柔,走中性风,"女友粉"比较多,私下也喜欢摆架子。付雪梨不太吃这种类型的男人,但现在小女生就是喜欢。

此时"小鲜肉"抱着吉他,用半生不熟的手法拨弄琴弦。"小鲜肉"比她都尖的瓜子脸上挂着标准的柔情蜜意,只是妆太厚,在强光的照射下,略显油腻。

付雪梨和他面对面坐在椅子上,没来由地感到反胃,只觉得浑身不自在。她将下颌扬起一个角度,顺势撇开眼睛。

旁边的干冰喷雾机在簌簌冒出白气,摄影棚里闪光灯一闪一闪。助理端着水杯、拿着外套等在一边。化妆师等着拍摄间隙上去给他们补妆。

摄影师Jony(乔尼)穿着低腰皮裤跪在地上,一手端着相机,另一只手来回扇动,示意两人靠近点,他玩笑道:"小梨子表情甜蜜一点嘛,放松放松,找一下恋爱的感觉好吗?你这表情是对着仇人吗?"

付雪梨抱歉地笑了笑。她原本就是模特出道,虽然不在状态,但对着镜头也能条件反射性地展现出Jony想要拍摄出来的感觉。

咔嚓——

咔嚓——

她一直走神……

一直走神……

这种走神持续到她排练完某一期综艺的开场舞,然后站在公安局门口。

这些都不重要,重点是,她都不知道自己来这儿干吗……还是翘了饭局,一个人偷偷溜出来的。

她连马上要录的综艺开场台词都背得半生不熟,还有闲工夫跑来这里。

过了好半天,付雪梨才想起自己没许星纯的电话号。

她今天也不晓得中了哪门子邪,做了个梦,想见许星纯的念头越发强烈。

也不知道他今天在不在单位。明明前一天刚见过,熟悉的大楼就在视线内,她就是踏不出那一步。

门口小岗亭里的保安已经注意付雪梨很久,甚至开窗吆喝,让她没事就别在公安局门口乱晃。她戴着口罩、黑色鸭舌帽,长风衣将身上裹得严严实实,几乎从脖子遮到脚踝。她的打扮异常得很,行为也很鬼祟。

又来回走了几步,付雪梨踏上一边的台阶数数跳跳。

走……

不走。

走……

还是不走。

到底走不走呢?!

我去。

算了,来都来了……

她心烦意乱地扯下口罩,从口袋里摸出一支口红。路边有一辆貌似停了很久的白色奥迪。她左顾右盼,确定周围没什么路人后便靠过去,俯下身,对着倒车镜,微微张口,仔细地补起妆来。

刚涂完下嘴唇,车窗突然徐徐降下,露出车主的一张脸,吓得她的手一抖。

许星纯坐在驾驶位上,一只手还搭在方向盘上,面上没有过多的表情,对上她的眼睛。气氛尴尬得让人心发慌。

付雪梨心理素质一流,脸皮也厚,只不过僵硬了一秒,就若无其事地直起腰,将上下嘴唇上的口红抿匀。

稳当地站好后,她又装模作样地歪头,缓慢拧好口红,合上盖子。整个过程她表现得淡定无比,仿佛没事人一般。

很久以前,她堂哥付城麟就跟她说过,当你觉得尴尬的时候,最重要的就是要做到面无表情,让别人察觉不出你的尴尬。

比谁都要淡定,那你就赢了。

于是付雪梨慢条斯理地拿出面巾纸,抽出一张,又俯下腰身,对着倒车镜捋顺头发,然后沿着唇线擦拭口红印。

整个过程中,许星纯一言不发。

她的眼皮略耷下来,余光斜过去,视线滑过他的颈、喉结,然后问:"这是在路边，你违章停车了吧？"

"……"

"不让我上车？"心知他不会开口邀请，她只好主动问。

许星纯充耳不闻，就在车里坐着，眼神微冷，也不回答。今天他还是穿着工作服——性冷淡的白色大褂，里面一件黑色毛衣，干净整洁的白衬衫从领口露出。许星纯拥有成熟男性的英俊沉稳，全身上下，除了手腕间一块银色机械表，没有多余的装饰物。

行！

风水轮流转，有什么大不了的！

忍不就完了吗？

付雪梨在心里这样想着，憋着团火，绕车头走了一圈，去副驾驶位准备拉开车门。拉几下发现拉不开，她上了脾气，手腕带着身体晃，又猛拉几下。

劲使得太大，车门把手都快被拽下来了，但还是拉不开。

等了一会儿，见车门一点也没有开锁的迹象，她从原路绕回，停在许星纯面前，气得胸口一起一伏。她最近把发尾染成闷青色，由于动作幅度大，马尾画出一个弧，从脑后甩到肩前。"许星纯，你什么意思？"

还真把自己当大爷了?！

怒火令付雪梨失去了理智。付雪梨猛地摘掉头上遮挡了视线的鸭舌帽，微扬着下巴。尽管倾身弯着腰，她依旧是那副居高临下、仿若审视着人的模样，像极了高傲的白天鹅。

短促地迟疑了一下，许星纯并没有松动。他只是语速缓慢，几乎是一字一顿地问："你来这里干什么？"

不知道是不是隔的时间太久，她第一次觉得和许星纯交流这么困难。想了半天，才艰难地找出一个蹩脚的理由："我不干什么，我就找你叙叙旧，行不？"

许星纯双唇紧闭，转过头，目光从她身上移开，浑身上下写满了"拒绝交流"四个字。

付雪梨在许星纯面前，早就是被迎合习惯了的一方。话说回来，不论在谁面前，付雪梨都没这样低声下气、赔着小心说话过。

明明很不喜欢这种自取其辱的感觉，她又控制不住自己。然而就算她拉下脸来这样讲话，忐忑地斟酌一言一句，许星纯却始终没有任何反应。

付雪梨强颜欢笑，手无声地捏紧："至少，我们还是朋友吧？"

许星纯直视着前方，目光淡淡，侧脸线条清晰，透着一股冷漠的疏离感。

是的。很久之前付雪梨就隐约感觉出，许星纯远远没有表面展现得那么无害。他特别能忍，平时看起来和正常人一样，其实性格极端敏感，骨子里记仇得很，对不重要的人毫无同情心。

就像现在这样。

就算她热脸贴冷屁股贴得这么难堪，他一点都不动容。

还真是公平啊，许星纯现在真是先苦后甜了，是要把以前受的气全讨回来？

付雪梨内心翻腾，准备好的话又咽下去，吞回肚子里。胸口那团蓬蓬的火苗猝然蹿高，她把手里捏着的纸团使劲冲他丢去，不偏不倚正好砸中他的脑袋。

纸团蹦了几下，从他的头上掉到膝盖上。

付雪梨死死盯着他，不依不饶："你是在怕我？不然你躲什么？"

"这不是你该来的地方。"许星纯目不斜视，手攥着方向盘，关节发白。车窗缓缓升上去，车子发出启动的声音。

付雪梨气得差点没厥过去。街上响起她气急攻心的暴喝：

"走吧！你今天敢走，你就永远不要——"

直到车缓缓滑出去，后尾红色灯亮起。她眼睁睁看着远处，"见我"两个字哽在喉间。公安局门口的栏杆缓缓升起，白色奥迪转弯，渐渐加速，消失在视线里。

所以，这是被许星纯讨厌了？

付雪梨站在路边，车来车往，久久才回过神。她咬牙捏紧手机，猛吸一口气，气得要死。

刚刚自己就应该用高跟鞋蹦他的车子一脚，然后一走了之！

最好能蹦出一个洞！

自己真是脑袋被驴踢了有毛病了才想过来找他！

解剖台上灯光惨白。老秦洗好手，从操作台上拿起一副橡胶手套戴上。

老秦曾经是地级市刑警队的支队一把手，后来调上来了，在前线有十几年的工作经验，只是年纪大了，后来就退居二线了。老秦平时优哉游哉，一般都不干活，就负责给领导汇报汇报工作，顺便给年轻的同志排忧解惑。

听到身后的脚步声，许星纯合拢五指，把手掌心里的东西收起来，放进口袋。

"你对着一团卫生纸研究什么线索呢？想得这么认真。"老秦眼尖，早看到了刚才他手里的东西，半开玩笑道。

许星纯身体微微前倾，手上握刀的动作不过停了几秒，没作声。

"忙吧？我看你最近的案子不少。"老秦找了一张椅子坐。

"还好。"

"打算什么时候回去？"

许星纯摇摇头。

老秦看他三缄其口的样子，便不再问下去。老秦心里了然，就算现在领导来了，恐怕许星纯也不会汇报之后的计划。

许星纯不言不语干活的时候，老秦又有意无意地提了一句："我最近听到的闲言碎语不少。这人啊，过于情绪化，很容易失去准确的判断。所以呢……尤其是你现在身上担子重，淡化自身感情，对工作还是很有必要的，在生理和心理上也是一种防御机制啊。"

"注意身体啊，许队，最近抽烟频率偏高哟。"老秦意味深长地说。

淅淅沥沥下雨的周末，本来适合在家睡觉，可此刻付雪梨黑眼圈浓重，微眯着眼，任化妆师拿着粉刷在她脸上定妆。

她昨天喝了一晚上的酒，这会儿硬撑着没吐。

"最近很辛苦吧？看你的精神状态不好呀。"化妆师扶住付雪梨的肩膀，欣赏地点点头，然后用手微抬她的下颌，示意她往镜子里看，"啧啧，看看，大美人，完工啦。"

镜子里的女人，酥胸红唇，面孔清绝美艳，一袭桃红色的露肩礼裙下肌肤胜新雪，真像会发光的宝珠一样。付雪梨纯里带点妖，柔而不媚，举手投足间尽显风情。就算在百花争妍的娱乐圈，这等精致的长相也能排得上号。

闻言，付雪梨只敷衍地扫了一眼，笑笑，拿起桌上的手机查看消息，顺手拆了一包糖吃。

凡是上这档综艺节目的，其实就是配合宣传即将上映的新电影，炒炒热度。台上一大票人照着惯例和主持人互动，付雪梨有哏抛过来就接，反正她不是女一号，也不刻意去抢风头，就安安静静地当个背景板。

但是就算想当个背景板，有人也让她当得不安逸。因为之前参加的一档真人秀节目，付雪梨和何录这对CP当下炒作得正火，此刻便不停地被主持人拿出来调笑。

就为了那点破收视率……

付雪梨表面笑着，打哈哈，假装听不懂。她真的不是故意敷衍装傻，只是旁边站着的明赫琪白眼翻了得有一万个。

其实明赫琪和何录的事大半个圈里人都知道，就是不能拿到明面上说。这时候绯闻女友和正牌女友站一起了，主持人还在一个劲地打趣付雪梨，真是让人尴尬得要命。

付雪梨全程忍住火气，应付着答完问题，不搭理何录这茬。她想着终于进入游戏环节，却没想到上来就要两名女嘉宾站在不倒翁上互推。

付雪梨整理好刚换上的运动服，把麦克风夹在领口处，比个手势示意自己准备好了。明赫琪脸上笑意渐深,也跟着扭头对后控点头示意。

两人都是力气不大的女人,却要在公共场合玩这种游戏。付雪梨摊开手,配合着小打小闹,你来我往地轻轻试探。

台下有观众开始喝彩起哄。

付雪梨看了看身后,突然感觉有力气往这边推,下意识地后退了几步。突然,明赫琪尖叫一声。

她一回头,就看到明赫琪失去平衡,以横摔的姿势倒下,膝盖先着地,撞击到地板上发出沉闷的一声响。

付雪梨心里咯噔一下,下意识地对上明赫琪的眼神。后者眼里已经沁出泪珠,显得十分羸弱,只是目光落到付雪梨身上时,掩盖不了地闪过一丝憎恶。

周围的人纷纷聚过来查看情况,付雪梨在心里骂娘,背后渗出一层冷汗,也立刻从不倒翁上下去。

现场出了状况,一片混乱,不得已暂停了录制。一切都落入角落里的摄影机中。

明赫琪休息了半个小时,小小插曲过后,节目重新录制。他们又玩了两三个游戏,气氛很快又被炒热了。中途来了一个素人嘉宾,在普通人里算是漂亮的,但站在一群明星旁边,对比一下子就出来了。

第四个环节,是所有嘉宾坐在一起,挨个掀牌子选择真心话或者大冒险。轮到付雪梨,她真不想折腾了,没怎么犹豫就选了真心话。

就两道题,反正能瞎说,比玩大冒险省力气。

主持人掀开题牌:

Q1.学生时代喜欢过什么样的男生?

Q2.年轻的时候有没有做过什么疯狂的事?

这题目暧昧,一露相就在现场引起了骚动。场内所有人的目光都落在付雪梨身上,她屈起手臂,用话筒抵着下巴,歪头,扎着马尾的她模样又俏又美。

学生时代?

在镜头前,付雪梨皱起眉,想得入神。

这种问题……能联想到的,好像只剩许星纯了。

在她印象里,许星纯其实不太喜欢笑,总是沉默。因为他成绩好,又是班长,特别受同学和老师的欢迎。他身上总有孤独的感觉,游离于众人之外,反正是特别冷感的脾性。

"雪梨还没想出来?"主持人笑问,勉强唤回付雪梨的神。

她"哦哦"两声,做出思考两秒的样子,短暂沉默后特别诚恳地说:"我啊,喜欢过一个比较内向的学霸。"

旁边坐着的人一时间还以为自己听错了，抢过话茬调侃道："啧啧，你居然喜欢这种类型的？没看出来呀！"

"那你以为我喜欢什么类型的？"付雪梨转头，和他蹙眉互望。

那人答："狂野型。"

现场气氛热烈，主持人节省时间，又问了第二个问题。

付雪梨因为第一个问题，脑子里还在思考关于许星纯的事。她想着，稍稍抬眸，慢慢地说："有，以前替一个男生过生日，我感觉还挺刺激的。"

主持人貌似很感兴趣："哦？能具体说说吗？这很浪漫呀，有什么疯狂的？"

付雪梨很坦然地拒绝："以前年纪小，比较混，还是别说出来带坏小朋友了，不然到时候热搜头条就该是我了。"

她生性桀骜，成了公众人物，也从来不掩饰自己不良少女的过去。

主持人不强迫，打哈哈带过去，继续提问下一个人。身边的人因为这个环节的题目，都开始回忆读书时候的趣事，录制棚里一派欢声笑语。付雪梨随后说话少了，漫不经心地听其他人分享，脑子里却旧日场景重现。

高中那时候，付雪梨身边都是像宋一帆、谢辞那样的狐朋狗友。大家都无所事事、不学无术，开开心心虚度光阴也不觉得浪费。

有一次是谢辞在操场上帮许呦过生日，一群人闻讯赶到，玩到后面都闹起来了。大家都知道谢辞追这成绩特好的转学生费了不少力气。谢辞脾气不好，大家平时面上都不敢随便调戏两人，现在难得碰上这样的好机会，哪肯轻易放过。

他们把许呦围起来困在中间，非要逼谢辞亲手往她脸上盖蛋糕，说是这样才有氛围感。

许呦虽然无奈，但是不想扫大家的兴，没有拒绝，只好脾气地笑，就站在原地等着。

谢辞吊儿郎当地站在她面前来回地晃悠，手里端着蛋糕，一会儿看看她的脸，似乎在认真研究往哪儿盖好，一会儿口里还逗着："许呦，你不反对，我真盖了啊，别哭！"

许呦敷衍地应着，余光看到谢辞迎面扬起了手，还是怕得反射性地闭上了眼。

等了半晌，突然听到周围人炸锅般的声音。

"哇——辞哥牛呀，辞哥！"

"哥们儿，你疯了吧？？？哈哈哈哈哈哈!!"

许呦没有等到预料之中的恶作剧。她睫毛微颤，有些迷茫地慢慢睁开眼。

旁人在笑在闹，全都跟着起哄，操场后的天有似火烧的云。

站在许呦面前的谢辞，俊脸上沾满了奶油，懒洋洋的，随意地将手插在口袋里看着她笑。

他丢开手里刚刚往自己脸上盖的碟盘，满眼戏谑的笑意，微弯腰凑上去，眼睛垂下看她耳后，吹了口气："老子舍得碰你？"

就这件事，在年级引起了好一阵子躁动。大家纷纷吹怎么怎么帮别人过生日。

许星纯和付雪梨虽然关系好，但很低调，周围知道的人不算多。她看他们讲得欢，酸溜溜的，一句话都插不上。接着她就反思了一下，自己一直以来似乎对他很不上心……

刚好快到许星纯的生日了。那一天放学，付雪梨突然想起这个事，坐座位上喊许星纯："喂，许星纯，跟你说件事啊。"

她指了指自己，然后打个响指，大大咧咧地道："今儿晚上，我帮你过个难忘的生日。"

许星纯正在给别人讲题，听见这话握着笔愣住，显然这出乎他意料。

许星纯反应了一会儿，才点点头。他原本还想问什么，想了想，还是没开口。

付雪梨在班上很少主动找他讲话。

边上的人惊呆了，偷偷看他，小声问："班长，你今天生日呀？"

"嗯。"

"那……你和付雪梨是什么关系呀？"

这个问题最终没得到答案。

其实那个生日说起来也没有什么难忘的，甚至称得上乱七八糟。

本来白天还好好的，夜晚十点多，突然下起了一场意外的秋雨。

高三晚自习结束，校园里灯光寥落，非常安静。付雪梨只是愁了一会儿，就果断拉着许星纯，打算带他从女生宿舍的后门翻墙。

付雪梨在地上随便挑拣平滑的石头块，垒好，利落地踏脚一翻。

微微细雨打湿了两人的头发和外套，路灯昏暗。在前面带路的付雪梨活力满满，不时探头查看，是否有夜间打着手电筒在校内巡逻的保安。

许星纯看了她的背影一会儿，垂下眼睛，笑了。

后来，许星纯被她带到教学楼前的广场升旗台上。付雪梨居高临下地站在台阶上，左顾右盼，按上他单薄的肩胛骨，认真嘱咐："你就待在这里别动，我马上来找你。"

许星纯反手扶住她的胳膊，怕她不小心跌倒，温和提醒："你跑慢点，路滑。"

他站在一圈灯光下，满眼的笑意，右脸颊上有微微陷下去的酒窝。

"来来来，你就这样站好。"付雪梨调整他站的位置，手指着对面，"面对教学楼，就这样，好了，别动。"

他脸颊瘦瘦的，在夜色中一直静静看她，眼里有教人看不懂的东西。

"付雪梨。"

许星纯收敛笑容，轻声喊她的名字，怪让人害怕的。付雪梨向后两步，莫名得很："干吗？"

她每次被他这么盯着细看，后背都毛毛的，浑身湿湿冷冷的，不舒服。付雪梨不耐烦，蓦地揉了一把许星纯，觉得被他的手捏得有些痛了："你放开我，我马上回来。"

"嗯。"许星纯下唇绷紧，压低的声音有点哑，藏着掩饰不了的感情。他答应完就松开了她的胳膊。

付雪梨一溜烟跑了。

几分钟以后，校园的广播里突然响起激昂的《运动员进行曲》，而后又马上切换成《生日快乐歌》，动静甚至惊醒了学校里已经入睡的住宿生。

深夜里，雨和凉风簌簌，空荡荡的校园里突兀地响起古古怪怪的歌声。

突然，教学楼四楼黑暗的长廊，啪啪啪，一盏一盏灯依次亮起。许星纯察觉到动静，心一动，闻声抬头，落入眼里的画面，刚刚好，一分一秒都不差。

教学楼顶层有五彩缤纷的烟花陡然炸开！

细碎的晶光坠落，像燃烧了半边的夜空，将那一方暗夜照得透亮。紧接着四楼唰唰唰，一条写着"生日快乐"的红色长幅一刹那随风展开！

"许星纯——"

远远地，付雪梨大笑着喊他，拿着喇叭、弯着脊梁，趴在过道边沿挥手。又高傲又自由。

她开腔，带着涉世未深的肆意，呼喊声几乎划破半个升旗广场，被风带着传到他耳边。

"今天生日快乐吗？！"

要如何形容这种感觉？

在看到这画面的瞬间。

许星纯抬头静静地看着遥远的她，就在那一刻，心脏仿佛从高楼上重重砸下。

"祝他生日快乐？你还真是夸张。"坐在车上，唐心听后哧哧地笑，忽地评价。

片刻后，付雪梨停止倾诉。

"不对。"唐心改口，"你是……胆大包天，浮夸！"

"对了，那你和你那些放烟花的朋友后来被学校处分了没？"唐心的好奇心起了些，又问。

停了片刻，付雪梨哼道："我们从小到大背处分过来的，还在乎这？"

唐心低头玩手机，嘱咐她看看剧本，琢磨角色。她唇角的笑意尚未收起，自顾自地拿着手机刷微博。

付雪梨摁住太阳穴，无所事事地翻开剧本，刚心不在焉地看了两段话，耳边骤然响起惊呼。唐心歪过身子递给她手机，兴奋得音调上扬："哟哟哟，你看，刚还说起他来呢。"

话音未落，付雪梨眼睛一撇，看到一个醒目的标题：
女子遭杀害，两天之内男嫌犯落网。

她一把抢过手机，点进去看，《新闻晨报》的官微位于实时热点第一位：

4月9日21时许，申城金凉区人民公园北宁西路发生一起持刀杀人案，嫌疑人作案后携刀迅速逃离现场。据警方消息，嫌疑人于10日傍晚被抓获。

配图有几张照片。

第一张很眼熟，是当时雨夜被警方控制的案发现场照。第二张是几个警察围在一起对着电脑指指点点。

"啧啧，没想到上热搜了。现在的警察都好厉害。"唐心笑出声。

这篇稿子开头先介绍了前几天轰动一时、在微博上了热搜榜的闹市区女尸案，又着重表扬了警察如何快速破案，高效率保护人民群众的安全。

付雪梨没耐心，一目十行，跳到最后：

值得一提的是，此次破案有功的一位杰出刑警，其因曾在×南破获过一起大案，现在于某市公安局刑警大队技术中队担任法医。

据同事说，平时作为法医兼刑事技术工作者的他，工作量非常大，除了休假、出现场，其他时间他基本都待在实验室，每天至少工作十个小时，非常敬业。

付雪梨退出文字报道，想到什么，皮笑肉不笑地点开第三张带有许星纯侧脸的照片仔细看。

男人坐在办公桌前翻阅文件，身上整洁的警服扣子扣得一丝不苟，肩章闪闪发亮。

他没笑容的时候，气场全开，脸颊瘦窄，冷冷清清的，气质一流，简直就像专门请来拍摄禁欲系照片的气质男模。

底下的评论果不其然炸锅了，热评前几条都是：

这是在拍电视剧吗?!一个警察居然这么帅，完全是初恋脸啊，真的被甜到了……

就我肤浅……所以……不知图三的警察叔叔有微博吗？（期待）（期待）（期待）

虽然是职责范围之内，但还是想给这位帅警察点个大大的赞！

明人不说暗话，请这个小哥哥立刻马上和我发生关系……（狗头）

这是我在微博上爱上的第567个男人……

不是刑警吗？不懂媒体为什么不给脸打马赛克，这不怕被犯罪分子报复吗，会很危险吧?!

目光触及这条评论，付雪梨后背一冷，脸色登时难看起来，忧虑道："不对，许星纯这照片怎么能放出来？人身安全会不会受到威胁啊?!"

唐心的目光在她脸上停留片刻："你这么些年娱乐圈白混了？"

"什么？"

"记者该采访什么，能采访什么，能发什么，肯定全部给有关部门审核过了啊，你看到的也就是通稿处理后的最终版。总之所有可能踩'雷'的地方，全部都会被打招呼，发出来的图片没打码，那就说明公安方面没有要求打码，人家警察叔叔的警惕性比媒体人高多了。"

付雪梨半晌不说话，把那张照片点开，放大缩小看来看去。

"别看了，说不定等会儿就删了，留不久的。你快把手机还我，想看照片自己拿手机看呗！"唐心皱了眉，低声道，"你这么关心别人，人家还记得你吗？"

付雪梨瞬间敛去脸上的神情，放下手机。她转头，脸色难看起来："你什么意思？当初……"

说到这儿，她莫名想起前几天的糟心事，心里还在硌硬许星纯的冷淡态度，便没心情再说下去了。

眼看着脾气又起来了，唐心摆手打断她，冷冷地笑道："反正这几年我也看透你是什么人了。都过去这么多年了，你就老老实实、一心一意发展你的演艺事业，也别去招惹别人了。"

"怎么，我是什么人？你倒是说来听听。"付雪梨不服气又心里烦，点起根烟，烟雾袅袅。

"俗人。"唐心没好气，随手按下车窗，"对了，我跟你说，这次陈剪秋也要去试吴导的镜，人家摆明了要恶心我们呢，你给我争点气。这部片子是我们公司竞标得到的，你得把握住这个优势。"

说起来，陈剪秋和付雪梨颇有渊源，这人当初是她手底下的助理，长相倒也不错，整过容，后来借机搭上圈里的一个老板，跳槽到了别家公司，换个身份包装了一下就出道了，去年因为一部大火的古偶剧一跃跻身流量小花之列。

不过，在娱乐圈发生这种事也司空见惯，倒是犯不着介意。想红的漂亮女人多了去了，普通人哪里来的捷径可走？爱干净的还混个屁。但重点是，让陈剪秋大火的古装剧是从唐心手里抢的资源，这就很不上道了。

于是这暗仇就此结下。

"人生有八苦：生，老，病，死，爱别离，怨憎会，求不得，放不下。"

这句话印在临时剧本的封面上，这部片子是京圈里的一个大导演的新戏——《破晓》。该片是根据20世纪90年代轰动全国的一起缉毒案件改编的主旋律大片，因为题材比较敏感，拍摄方这次和公安部门有合作。更准确地说，是公安部门招标投入拍摄的。

投资方找到这位大导演，把整理的资料悉数交给他，筹备了一两年，选角之前反反复复地开会，换了十多个剧本给公安部门审查，票房不出意外保底五亿元。之前就有风声传出，这部电影是块绝世好饼。

曼德酒店37楼，付雪梨把整个故事又看了个大概，主旋律的商业大片，其实女主角的戏份并不多。无聊之际环视房间，三五个剧组工作人员搬着摄影器材，陆续敲门进屋，还有圈里几个眼熟的记者在旁抽烟等待。

这是最后一场女一号的角色甄选，和已经定下来的男一号江之行来一场对手戏。

江之行出道早，多年来只在大荧幕出现，但人一点架子也没有。他长着一张梦中情人的脸，担得起"国民男神"这一称号。江之行除了有一副好皮囊，演技也精湛，前几年拿了金×奖的最佳男主角奖，近来风头正盛，听说上一部戏给他开出的片酬已经达到八位数。

不记得是哪次颁奖典礼上，付雪梨第一次见到江之行本人，就觉得心里很怪。他五官挑不出毛病，但就是哪儿看哪儿别扭。

付雪梨的脑海里好像转瞬之间遗忘了什么重要的东西，非常硌硬。

她坐在台下，看着江之行在领奖台上发表获奖感言。他身后的大屏幕上轮番滚动播放着近期他参演的作品。江之行身高腿长，穿着规矩的黑西装、白衬衫。他微微低头,手扶住话筒,眼睛很漂亮,平时看着寡淡,笑得很浅,眉目间却隐约含情。

盯着他的脸看了又看,付雪梨收回视线,终于想起来他像谁了。

"雪梨,你看一下第三段的戏。给你们几分钟酝酿,然后你和阿行试一下找找感觉,可以的话今天一起开个会,差不多就定下来了。"导演戴着白色棒球帽从沙发上站起,本子卷起来握在手里。房间里就剩几个剧务。

付雪梨也不知道自己为什么会被这位大名鼎鼎的导演看上。这片子是大资源,第二次试戏时她甚至没说几句台词,导演就喊了停,并且笃定地说:"付雪梨是吗?我们看过你的资料,觉得你很适合这个角色。"

付雪梨真真实实地感到受宠若惊,除了带资进组,这还是第一次这么顺利地通过选角。出道以来,她基本上没有接过什么非常正面的角色,戏路很窄,以致到现在她观众缘都很差。这次能接到这种级别的片子,可把唐心乐坏了,同时心里也没什么底。

这部片子的女主角成橙,年少时就是付雪梨的复刻版。两人相差无几,坏分子基因都一模一样。

成橙有一个对她非常痴心深情的青梅竹马,也就是这部片子的男主角李棋炎。

两人一个是性格叛逆的女法医,一个是正义的刑警大队禁毒中队长。

"这一段感情戏呢,成橙还没有喜欢上李棋炎,你回想一下生活里有没有追你追得很紧的男人,你其实很厌烦这种紧追感,但又对他有点感情。"

场地准备中,导演在跟两人耐心地讲戏:"而阿行,你正好相反,你的感情戏就比较复杂了,你要记住,李棋炎这个角色非常寂寞自负,表面很优异,其实孤独敏感,性格内向,所以他对成橙的感情是炽烈浓郁的,但是得把热切和渴求深深地藏起来。重点是不动声色,不能表现得太明显。虽然我们拍的是动作片,但爱情戏也是不能缺的部分,观众喜欢的,你要把握住。"

有人搬上道具放在房间中央。副导演跷着二郎腿坐在沙发上,喊下action(开始),另一边的工作人员举起打光板。

屋子里的人目光聚集在付雪梨和江之行身上。

"问你呢,你为什么总是跟着我回家,烦不烦呀?"付雪梨想了想,懒得掩饰了,转过身直接入戏。她知道用什么语气、什么表情对付他,甚至连眉头蹙起的样子都惟妙惟肖。

摄影机的红灯亮着,在场的人都默默地屏住呼吸。

江之行单手放在办公桌上,手拿一支钢笔,低头在翻一本无形的卷宗,过了半天都未回应。

"喂，我问你话呢！李棋炎！你哑巴啦？你再这样，我就去申请调职！"

"你的档案已经交接完了，以后好好工作。"男人富有磁性的嗓音淡淡响起，他丢掉手里的笔，无形中形成一股气场。

付雪梨没耐心了，急得一巴掌拍在那本无形的卷宗上，不太高兴："我警告你，我有男朋友的，你以后——"

付雪梨的手被男人一把抓住。她想要抽出手，却发现被江之行抓得很紧。

两人都入戏很快，自然融入了角色。四目相对时，她才看清他的眼里有水汽，似乎掩藏着真切的苦痛。他终于开了口，一字一顿地喊她剧里的名字："成橙，你真狠心。"

摄影机对着两人，付雪梨直愣愣地看着他，鸡皮疙瘩顺势而生，一下子没跟上节奏。

江之行和许星纯太像了……

他们沉默的眼睛都会说话。

某一瞬间，她甚至已经完全忘记自己在演戏，分辨不清现实与虚幻。她虽然内心知道此刻不是时候，但脑海里就是莫名想起不相干的往事。

忘了是哪年哪月的哪一天，反正是一个很普通的下午。下课铃丁零零响起，她从睡梦里被吵醒，头歪在胳膊肘里，还没完全清醒。

许星纯单手撑着头，光洁的额头下是浓密的睫毛，鼻梁笔挺。

他五指穿插过刘海，抿住唇，低头认真地想着题目。侧面看，他唇形很薄，弧度却漂亮精致。

付雪梨迷迷蒙蒙地盯着他看，一秒、两秒、三秒……

第四秒，她心里想着，这许星纯平时清汤寡水的，仔细看好像还不错。

第三章 水瓶心事

——"付雪梨，你真喜欢撒谎。"

《破晓》拍摄前的基本筹划已大致完成，因为加入了政治宣传因素，很多东西都要特批。不过在多方支持下，尤其是有公安部门配合，许多事都特事特办，基本上像开挂了一样，一路上很少碰上红灯。

最后接到通知拿下女一号，唐心把付雪梨的通告全部往后推了至少两个月。为了拍好这部片子，付雪梨甚至花了两周时间做专训，直到五月中旬剧组在申城某影视城开机。

《破晓》官宣后，网络上的几大论坛瞬间爆炸，微博、贴吧几乎是一夜之间都在讨论《破晓》的选角问题。其中自然是女主角的争议最大。

先前就有风声传这部片子的女主角是明赫琪，结果被付雪梨半路截去。时逢先前那档综艺播出，更加印证了之前的流言——付雪梨和明赫琪不和。

几家小花的粉丝原先撕得你死我活、各自为战，《破晓》官宣一出，纷纷掉转火力开始攻击付雪梨。其中明赫琪的粉丝骂得尤其凶狠。

微博热搜、各大娱乐新闻的头条一周上几次。粉丝掐架，八卦论坛爆料的黑历史层出不穷，各路吃瓜群众看热闹看得莫名其妙。

然而不论网络上怎么风起云涌，《破晓》开机的当天下午就迎来了第一场戏。取景地点在申城公安总局。

保姆车上，付雪梨口里嚼着小零食，揭开脸上的面膜，背靠着松软的枕头侧歪在座椅上，看着车顶胡思乱想了一会儿。

"唉，最近也不知道怎么了，三天两头地进公安局这种地方，上次还是个区局，现在直接去总局了……"旁边的西西苦着一张脸，小声嘀咕，整理着衣服。

西西抱怨着，殊不知车上有人心情比她更复杂。

车子行行停停，付雪梨心浮气躁，把手里的保温杯哐当一扔："这申城的交通也太差了吧！就这么点路走了快一个半小时?!就这狗屁交通，申城政府还想留住百万大学生?!"

"这么大的火气,别气出心脏病了。"车上的其余人对她的坏脾气早就习以为常了。

说来也奇怪,付雪梨破口大骂一通后,前方道路出奇地通畅,上了海桥左转,融入滚滚车流。剧组的几辆车又开了十分钟左右终于到达目的地。

大门口挂着"闲杂人等请勿入内"的警示牌。前面有人下车交涉,铁栅门缓缓打开。车子慢慢行驶进去,道路两边的树木树冠膨大,枝头树叶繁厚,日头正盛,天气这么好,却只漏下丝丝光线。

真是大场面……

"您看这大周末的,真是给你们添麻烦了。"吴导带着一行人下车,迎着上去握住一位一看就是领导的人的手。

赵局摆手:"不麻烦不麻烦,这是总局分派下来的任务,我们自然也是重视的。"

两人笑着又攀谈几句。

习惯了走到哪儿都有蜂拥而至的粉丝和路人、暗处跟踪的"狗仔",如今这样浩浩荡荡的一群人,气氛却如此严肃安静,付雪梨心里想不稀奇都不行。跟在人群后面,经过白色雕像旁,有一面全身镜,她瞟见自己身上的制服。

真是绝了……

她居然也有穿着警服晃荡在公安局的一天。

工作人员在互相沟通,拍摄场地也陆陆续续地被装饰着。赵局拍拍吴导的肩,向他介绍:"我们这次特地挑选的优秀的年轻人,可以配合你们,有什么需求可以直接提。"

他的语气有些激动,还有点小骄傲:"这些小伙子个个长相端正,从区局挑选来的。"

"何止端正。"吴导满脸笑意,很上道地迎合,"您看我身后,个个都是当红的一线大明星,可您的这些年轻人和他们比起来也有过之而无不及啊!"

旁人纷纷附和。

这样真情实感的客套话,说得赵局哈哈大笑,脸上的肉笑得横向堆挤,那一脸得意的样子,看得付雪梨心里直冷哼。

她赔笑得脸都快僵了,站在人群的边缘,等得无聊,视线开始四处乱飘。

落到对面身姿挺拔的年轻小伙子身上,总是不经意地就能和某个人对上视线,闹得对方脸色大红。

明知道有不少人在偷看她,付雪梨也不管,随意地继续扫视,心里不以为意。巡视了一圈,她眼睛一眯,定在某处。

有个很像许星纯的人，在这青天白日、朗朗乾坤下，就他站得特别淡定、专注。他安安静静地，被挡得只剩小半张侧脸。隐隐约约地能看到他上衣规矩地塞在裤子里，淡色衬衣，黑色长裤，手臂自然下垂，皮肤有点白。

付雪梨揉了揉眼睛，才发现……

这哪里是像许星纯……

这根本就是他！

她一激灵，心脏像是被揉了一下。看了一会儿，见他没有回望的打算，她只能装作不在意似的，移开目光，手里拿着水瓶使劲捏来捏去。

满腹憋屈。

俗话说得好：老大难，老大难，老大说话就不难。

下午有几场戏要拍，除了《破晓》，就没哪个戏在公安局里能得到这个支持度。

不仅办公室戏份是实打实地拍，连群演都是真正的警察，还不要钱，免费出演。

副导演戴着扩音器，正在排第三场戏。

有纪律的一群人就是好沟通一些，指点一两句就能明白。按照剧情，一排刑侦支队的小伙子纷纷穿上外套，棱角分明的轮廓，硬气，气宇轩昂。迅速又整齐划一的动作，健康有力的男性躯体，雄性荷尔蒙简直喷薄欲出，莫名给人一种华丽的震撼感。副导演的激情完全被点燃了，仿佛火山喷发一般，在现场高声指导运镜，连NG都舍不得喊。

大、小明星以及一些剧组的普通工作人员都窝在一边，闲闲地旁观。一些没见过世面的小姑娘直接看得目瞪口呆。

太酷了……

付雪梨也隐在人群里，窝在休息用的椅子上，摊开剧本状似在研究，实则在偷看。

坐在她身后的小张手一指，对准人堆里的许星纯："你们看江影帝后面那个，是刚出道的小鲜肉吗？这么帅，我怎么看半天没想起是谁？"

有人犯花痴，捶着胸口感叹："对啊对啊，好迷人呀，好有男人味呀，我全程盯着他，呼吸都快不顺畅了。"

"聒噪，一天到晚不务正业。"一道幽幽的声音响起，付雪梨悠然合上剧本，装模作样地起身。她目光不经意地扫了一圈，手臂往怀里一横，烦道："还要等多久，就几秒的镜头，怎么还没拍完？"

没人敢再多话，面面相觑着悄悄翻白眼，等付雪梨作怪。

突然，旁边不知谁高声喊了一句："快闪开！"

付雪梨茫然了一会儿，下意识地侧头看了看旁边，后背汗毛一瞬间竖起。

——一条大狼狗撒足狂奔，直冲这边！

"啊！！！"

听到尖叫声，人群快速疏散开，大家都往旁边窜躲。付雪梨一下子凸显在最外缘，被吓得呆愣在原地。她也想跑，但腿软得几乎动不了。

感觉不过几秒就要被大狼狗扑上裤腿，一瞬间，付雪梨的指尖都在颤抖，终于反应过来要跑。有人在大喊："你别跑！"

可这个时候，哪里听得进这种话？

别人越是这么说，付雪梨越是害怕。

加上她从小就怕狗，超级怕超级怕超级怕，怕到没有理智的那种！付雪梨跑起来慌不择路，小腿磕碰上东西都没发觉。付雪梨回头想看狗追上来没有，发现那条大狼狗张着血盆大口，离她只有几米远。

就这几秒钟，她满心绝望，突然手臂被一股力量拉住，接着她狠狠撞进一个人的怀抱中，冲劲让两人都险些没站稳。

狼狗停下在两人脚旁打转。

"大黑！"追赶来的人高声呵斥。

很快，许星纯就意识到不妥，松开揽付雪梨入怀的手臂，扶住她的肩膀拉开两人的距离。

她不肯："不要！我怕！！"

情绪有时候是真的控制不住。众目睽睽之下，付雪梨已经完全忘了避讳，又执拗地贴上去，躲在许星纯背后。她紧紧闭着眼，心跳如擂鼓，两只胳膊紧紧环着他的腰。

她侧过头，胸脯压住他的脊背，大力喘息出的热气喷洒。她鼻尖渗出一层薄汗，眼里也吓出了泪。

不一会儿，拉着狗的人急忙跑过来，见状愣在原地。

其余的人纷纷围上来大呼小叫："雪梨没事吧？天哪！天哪！"

劫后余生，付雪梨脑子里糊成一团，什么声音也听不清，耳膜里全是自己心脏怦怦撞击的声音。

等慢慢缓了缓，付雪梨还抱着许星纯，抱得太紧，几乎是毫无缝隙地贴在一起。许星纯全身都紧绷着，她甚至连他的腹肌都感觉到了……付雪梨脸慢慢涨红，慢慢睁开眼。她的头抬了抬，泪眼蒙眬，这个角度只能看到他的鼻梁和露出的一截下巴。她就微微睁开一下眼，又快速闭上。

他皮肤真好，润瓷般白。

许星纯只轻轻拍了拍狼狗的头，那条狗出乎意料地温顺起来，蹲坐在地，用额头蹭蹭他的手心，狗爪在地上刨。

大狼狗张着嘴，滴滴答答流着口水，舌头耷拉下来，脖子被拴上了套，还是吓人得很。它看到付雪梨抬头，又撒欢地往她身上扑。

她还没缓过神，被吓得又尖叫了一声，有些崩溃地喊："许星纯！你……你快赶走它呀，我怕！"

因为领导都在，旁人不敢随便起哄。四方直射过来的目光中，都显而易见地带着点玩味，还有人绷不住直接笑了。

挨了两句批评，拽着狗的小警官边道歉，边小声申辩着什么。他抹了把额头上的汗，视线在付雪梨身上转着，犹豫、试探地小声问："那个……您身上是不是有什么东西？"

付雪梨："……？"

怕她没听清，他又稍微大声地解释了一遍："大黑可能闻到你身上有什么东西，才跑过来的。"

"就比如……"小警官有些难以启齿，"什么吃的？"

付雪梨还死死拽着许星纯的衣角不撒手。她现在心里乱得很，七上八下的。胡乱把腮边的泪擦一擦，她腾出一只手摸了摸口袋。

这一摸，就摸出了几袋牛肉干。是她在车上吃的小零食。

小警官干巴巴地道："对，大黑应该是闻到牛肉干的味道了，它……它有点饿……"

"……"

付雪梨深吸几口气，想死的心都有了。

这天杀的贪吃破狗！

害得她这次丢人丢大发了！！

现场许多道具被这条狗弄得东倒西歪。

剧组的工作人员过来整理现场，付雪梨靠边避让，后知后觉地感到腿很软，有点恼，还有种窘得想钻地缝的狼狈感，眼睛始终不敢往旁边瞟。

许星纯站在那儿。

刚刚她被许星纯护在身后的时候，其实有偷偷看他。

许星纯穿的不是她那天看到的工作服，而是剧组统一发的警服。他露出喉结，皮肤格外白皙，在人群中很有辨识度。

特好看的一张脸，表情却充满攻击性，有种相机胶片的质感，比记忆里多了一份成熟的男人味。

不远处的大黑被训了一顿，蔫了吧唧地趴在地上，听见动静，掀起眼皮瞅着付雪梨，尾巴扫了两下。

旁边有人疏散开人群，江之行过来扶住付雪梨的胳膊，关心道："没事吧？

去旁边休息一下。"

被一堆人围着往前走时,她下意识地回头,看向许星纯那边,却发现他不知什么时候已经转身离开。

付雪梨定脚站住,想寻找那个身影,直到被人拍了一下,才回过神来。

一个下午,付雪梨都没能再见上许星纯。拍戏的时候,她眼睛四处瞟,心不在焉入不了戏,被副导演喊cut(暂停)了好几次。和她对戏的演员面色都开始难看起来。

有场哭戏在操场上拍,付雪梨两只脚光着跑步,生生踩在地上。她本来皮肤就娇嫩,此刻眼见着磨破了皮。

后来真的疼了,她咬着嘴唇,眼泪一出来就越哭越凶。

不远处,一大群男人看着,纷纷议论。

"哇,美女哭起来就是楚楚动人啊,连我看着都不忍心了,人间不值得,人间不值得。"

"你什么时候还学会讲成语了?"

一人摸出了烟,递给旁边一直沉默的许星纯。

许星纯低头在玩打火机,有一下没一下地。他嘴里咬着烟,抬了抬下巴,示意还有。

那人随口打趣,还挺有兴致地问:"嘿,许队,刚刚你反应够快的啊。"

许星纯袖子撸到胳膊肘,抽烟的样子,看上去是很随意的那种。他"嗯"了一声,眼睛看着拍戏那处,淡声说:"叫后勤拿几个急救箱过去。"

虽然出了不少小插曲,但拍摄还算是顺利地完成了。

剧组在申城有名的私人菜馆订了几个包厢聚餐,当庆祝《破晓》的开机宴。到场的除了制片方、剧组几大主演、资方代表,还有宣教局高层,都是一些有身份、有地位的人。

这家私人菜馆不算偏僻,在临城路。私人菜馆旁边是一条有名的街巷,建筑略显老旧,红色的洋楼高矮交错,窄窄的马路旁有许多隐蔽、精致的小酒吧。重点是高级场所多,档次、风格、气氛到位,是普通人承受不起的高消费,出入的多是名流权贵,所以周围安保很严格,很少泄露顾客的隐私。

唐心凑到付雪梨耳边跟她低声爆料:"看到没?那边主桌上,吴导陪着的人,一群大人物。"

付雪梨点点头,"哦"了一声,挑拣着水果沙拉吃。

主桌的中间主位上是一个稍显臃肿的中年男人,虽然有点发福,但总体看着很精干,不是脑满肠肥的样子。旁边坐着赵局,再旁边西装革履的是星娱的几个高管。

菜肴美味，几位大老板吃得都很尽兴。

酒过三巡，唐心顶了顶付雪梨的手臂，倒上一杯酒，示意她跟着剧组几个主演过去敬酒。

"我不去。"付雪梨耷拉着眼皮，用手撑着下巴。她淡淡说完，又慢悠悠喝了一口酒。

唐心捏她的大腿，压低声调："现在不是你耍大牌的时候。"

"啊！轻点！！"付雪梨吃痛，拍开她的手。

见付雪梨一副吊儿郎当、不慌不忙的模样，唐心闭眼吸了口气："不是我说你，这只是正常礼仪而已，你又在闹哪门子脾气？"

"没心情，脚也痛，等会儿。"

"算了。"唐心摆了摆手，懒得再管她。

曾经有那么一段时间，网上对付雪梨恶评如潮，什么爱耍大牌、没教养、脾气差等负面评论铺天盖地。可她本人一点都不在乎，依旧我行我素。这样桀骜到骨子里、绝不妥协的个性，其实是不怎么适合在娱乐圈混的。

气氛被搞得热闹非凡，女二号是香港人，普通话说得不太标准，便跟在江之行旁边。从首席开始，轮流过去，一杯接着一杯敬酒。女二号年纪小，身体到底架不住这样流水线似的灌酒，渐渐走路打晃。

敬完半圈，工作排场搞得差不多了。在唐心狐疑的目光下，付雪梨端起一杯酒，自然而然地混入敬酒大队，跛着脚，艰难地随着他们朝西北角走去。

"我们外行人今天确实多亏了你们内行人的指导，很感谢，大家都辛苦了。"江之行领头，带着人鱼贯而入，有气质，也风度翩翩，很自然地倒满一杯酒。

包厢门一被推开，刘敬波一行人便纷纷站了起来。他的眼睛快速扫视了一遍来人，短暂地在倚靠着雕花木架的付雪梨身上停了几秒。

她真的很瘦，真人比在电视上和照片里看到的还要小一圈。她骨骼纤细，下巴尖尖的，戴的耳坠是硬冷的翡翠，绿得浓郁。她很有女人味，就是黑眼圈太重。

大明星们的到来让这群彪形大汉受宠若惊。这来的个个都是长期活跃在大众视线内的人物，他们这些人哪有过这个面子能接受大明星们的敬酒，于是把小半杯白酒一仰脖就灌完了。

他们说了几句客套话，江之行便示意他们先坐下，两方人互相寒暄起来。

席间，有个领导模样的人站起来，春风满面："看小付的脚行动不便，就不用跟着敬酒了，回去坐着休息吧。"

付雪梨停了会儿，等众人的目光全部聚集到她身上才说："我是来感谢许警官的。"

身边人拍拍许星纯的肩膀,他略侧头,听到耳语:"付雪梨在看你。"

付雪梨和许星纯隔着热闹的酒桌对视。她喝了点酒,脸色酡红,在灯光的映照下肌肤莹如羊脂,一举一动,显得华贵又风情万种。付雪梨目光直直地看着许星纯:"下午的事情谢谢你了,喝一杯?"

此话过后,一片默然。有人脸色凝固了,有人傻了。

不知道之前喝了多少,许星纯目光沉郁矜持,只是少见地流露出一点慵懒散漫。他注视着她,虽神情漠然,却更有一种闲适的性感。

在外人看来,许星纯是个脾性温和的人,虽外热内冷得厉害,至少不触及底线的时候,都很好相处与说话。

像今天这般不友好,倒很少见。

但是被一个大美女这么敬酒,还如此淡定自若,也真是让人佩服。

看他没动静,付雪梨也顾不上脚痛,直直走过去,就近从桌上挑了一瓶酒,拎起来,一手拿酒瓶,一手拿酒杯,当着他的面,歪了歪头,倒酒。

透明的液体潺潺流出,杯子缓缓被注满。酒快要溢出来的当口,她还没停,直到酒出一点到他的衣服、裤子上。

许星纯冰冷的手准确快速地握住她的手腕,他推开椅子起身。

"你喝不喝?"付雪梨甩开他的手,目光灼灼地望着他,脸颊飘红,艳光四射,带起一阵香风。

"抱歉。"他的语气像是两人毫无关系。

"噢……"付雪梨若无其事地笑了笑,自顾自浅尝了一口杯中的酒,"没事。"

旁边有人来扶她走:"雪梨喝多上头了。"

"哈哈,艳福不浅啊,纯儿。"短暂的闹剧以他人一句玩笑轻飘飘收场。

回到自己桌上,付雪梨五内俱沸,窝囊又窝火,于是一杯接一杯地灌自己。隔壁桌飘来一对小姐妹喋喋不休的低语。

有人在小声啜泣。

"别哭啦,多不值得。当初你对他多好,他一点都不珍惜,以后他绝对遇不到像你对他这么好的傻子了,该哭的是他呀。"

"你呀,到时候就等他来跪着求你好了。"

这下直接把付雪梨听笑了。胸口的郁气让她堵得慌,并且还在无法形容地涨大。

在桌上她故意喝得很多,不久胃就起了反应。她强忍着恶心感去洗手间吐了一次,出来后脚像踩着棉花,摇摇晃晃又勉强走了几步路。她趔趔趄趄挪到一边的大堂外,扶着树干,不停地干呕,浑身打着哆嗦。

头顶上有数不清的星星。

身上热得仿佛火在烧，但心里有一块冰。

付雪梨渐渐感觉没了力气，控制不了身体，往下滑的时候，突然被人从身后架住胳膊。

她在眩晕中都能感觉到那力度带来的痛楚。

那力度大得她的骨头都痛了。

付雪梨耳郭红了一圈，脑子晕乎乎的，在肚子里搜刮半天也没蹦出一句话，脑海里只回响着一个念头。

——就知道许星纯忍不住。

粗粝的指腹擦掉她眼角的泪，低沉的男声在耳边响起："哭什么？"

"你别碰我……许星纯……"她口里喃喃，浑然不觉自己此刻有多脆弱。

江之行搂住付雪梨的腰，稳住她摇摇晃晃的身体，听到这个名字他眉头一蹙："你在说什么？"

"叫你别碰我！"胃里又是一阵翻涌。付雪梨挣扎着推开他，蹲在旁边呕吐。

江之行一时没防备，被她推得往后趔趄两步，手机滑出口袋，掉到地上蹦了几下，停到一个男人脚边。

初夏甜腻的空气里，夜风婆娑，吹得树叶沙沙清响，缓缓催动果酒的香味。狭长的走廊外铺着青石板，四周暗色流光扑面而来。

月白清淡，不远的街角，停着一辆毫不起眼的奥迪。

车子熄火了。

付雪梨目光涣散，脸颊发烫，躺在座位上，绉丝吊带裙下滑，胸线微露，眼神迷离妩媚，头发芬芳，很容易让人误以为这是一种挑逗。

有手指在她唇上缓慢地轻抚过。

思维脱离了躯体，她闭上眼睛，知道自己会睡过去，也顾不得身边的人是谁。

最近几天都没睡好觉，浓重的倦意混着酒意释放，让她昏昏欲睡。

感官一直是模糊的，不知道过去多久，意识渐渐回笼，付雪梨头昏脑涨，却隐约感觉哪里有些不对劲。

两只手臂被不自然地拧住，挣脱不开。

有点疼。

这个别扭的姿势维持了好一会儿，她才猛然惊醒——

她居然被抓起来了！

用眼睛又确认了一遍，付雪梨的脑子嗡一下就炸开了。

我去!!!

什么玩意?!

周围黑沉沉的，旁边又没人，也不知道许星纯去哪儿了，把她一个人丢在副驾驶位上不说，还铐了起来。她简直被吓得瞬间酒醒。挣扎中，付雪梨满头薄汗，这才发现车门没关严实。她一脚蹬开，由于用力过猛，高跟鞋都飞了出去。

脚刚刚触地，一转头，她和许星纯正对上视线。茫茫黑夜，光线暗淡，他坐在不远处的长椅上，半张脸浸在深不可测的黑暗里，鼻梁挺直，唇色淡红，神情静默。

两人对视，付雪梨先是松了口气，身体不自觉后退半分，一时半会儿竟不知道说些什么，连怒气和质问都卡在喉咙里。

他看牢她，视线不曾移动半分，与微渺的霓虹灯光交融在暗夜里，朦朦胧胧。

许星纯模样温驯，眼神却病态，像隐隐的安静燃烧的暗火。常人看了会觉得压抑，所以他只在没人的时候才会对她流露。

付雪梨放弃了挣扎，心里的感觉难以形容。

许星纯此刻的眼神、表情她太熟悉了。

熟悉到她一想起来，心里就咯噔一下，不太敢动了。

付雪梨眼看着他起身，一步步走近。

"你把我抓起来干吗啊？"

许星纯蹲下身，单膝跪地。

他明明有洁癖，此刻却一点也不嫌脏，替她穿上倒在一边的高跟鞋，动作温柔细致，认真得过分。

指尖像刚刚被碎冰浸没过，从脚踝处的皮肤滑过，到脚背，掠过鞋面上的饰片和亮珠。

这画面，入眼居然有点暧昧。

"酒醒了吗？"他低声问。

她是有点心虚的，于是结结巴巴地道："我刚刚发酒疯了？"

影影绰绰的洋楼尖顶，半掩着一轮明亮的圆月。

付雪梨孤立无援，脚腕处传来的酸痒感让她身体微微僵硬，完全没了力气，动也动不得。

他没回答，样子却好像是默认了她刚刚的说法。

终于忍到脚酸手痛，再也忍不下去了，付雪梨深吸一口气："能不能放开我？这样感觉很奇怪。"

从她的视角看，许星纯垂着头，看不到表情，但整个人周身过分安静，像磐石一样，不禁让人内心害怕起来。

这种安静，很容易让人联想到电影里的变态杀人狂，像在狂欢前享受宁静的仪式感一样。

付雪梨手指发凉，双手被绑在一起，搭放在膝盖上，捏紧了拳头。肩带狼狈地滑落一半，秀致的锁骨清晰凸显。

付雪梨等了半天，脾气又起来了。她脾气起来，胆子也大了点，胆子大了，委屈感也来了。

付雪梨忍不住，任性地胡乱踢掉他刚刚为她穿好的鞋，挣扎着挪动身子，冷白的脚不小心蹬踩上他的肩。

许星纯顺势抬头。借着淡薄昏瞑的月光，她终于看清了他的脸。

刚刚喝了太多的酒，付雪梨现在还有轻微的眩晕感。突然之间，付雪梨仿佛觉得少年时期的那张脸和现在的这张脸重合了——轮廓秀气，神情淡漠沉郁，眼里像一汪深渊，有化不开的幽冷。

"你……你到底要干吗？"

许星纯解开她的手站起身，作势要走。

她牙齿打着哆嗦，不知道什么时候，眼泪已经流了下来。

只短短几秒的时间，身体在哽咽中微微颤抖，付雪梨带着哭腔责怪："许星纯，你为什么对我这么冷漠！"

似真似假，狡猾又耍赖地埋怨，再配上两滴不值钱的泪水，付雪梨信手拈来，甚至连自己都分不清到底单纯是酒精发酵了内心的委屈和无助，还是顺势对许星纯装疯卖傻，博取同情。

撒娇是一个女人对付男人最低级的手段。

情绪来得太自然，仿佛是理所应当的。不管分开几年，从学生时代开始，在付雪梨没有意识、难以察觉的时候，她都被许星纯娇惯着，讲不讲道理、耍不耍脾气，从来随心所欲。

她极其少见地忍不住流露出属于女性的软弱和刻在骨子里的依赖，对象全是许星纯。

睫毛被泪水打湿，脸蛋上精致的妆花了一小半，付雪梨完全没有了平常妩媚高傲的样子。

冰肌雪肤，脆弱到仿佛轻轻一捏就粉碎了。

沉默片刻，许星纯单手捏着她的下巴，手指冰冷地替她擦掉眼泪。

她断断续续地抽噎着，透明的液体带着滚烫的温度。

"付雪梨，你真喜欢撒谎。"

他低头，捡起高跟鞋重新为她穿上。

裹着款式宽松的外套，付雪梨脱了鞋，把椅背调低，揽着自己的膝盖，蜷缩在副驾驶位上。

她盯着窗外看了一会儿车流和道路两边的树木，收回视线，从后视镜里发现许星纯盯着她的脸看，于是直接歪头去瞧他："又偷看我？"

付雪梨抱着外套坐起来，眼皮还有点红肿。刚刚那么丢脸，现在倒已经脸不红、心不跳，慢条斯理地舔了舔干涩的唇："许星纯，你在想什么？"

许星纯看着前方开车，胳膊肘懒洋洋地架在车的窗沿上，用手指抵住眉间，半垂着眼，似乎不太想说话。

"你刚刚为什么说我喜欢撒谎？"她又问。

无知者无惧。

他打着方向盘，嘴唇开合，声音平淡："你不是一直如此吗？"

这又是哪门子讽刺？

付雪梨不服气，还想继续追问，手机振动，嗡嗡作响。

唐心在那头快要急死了，电话一接通就吼了起来："你人呢?!又死哪儿去了?!我让西西回酒店也没找到你人，明天早上5点半进组开工，你别跟我说你忘记了！有没有一点职业操守啊，付雪梨！这都几点了！你人在哪儿?!"

"5点半？好，5点半我知道了，马上就回去，就这样，挂了挂了。"付雪梨满口答应，用虚假的客套话敷衍完，当即挂了电话。

付雪梨也不往心里去，依旧淡定自若，打了个哈欠，瞅着他波澜不惊的侧脸："你的车好干净，什么东西都没有，学过医的是不是都有这个毛病？"

许星纯不理她，付雪梨闲得无聊，摇头晃脑，四处翻看。还是无聊，她顺手从包里翻出一包烟来抽。

她按下车窗，等夜风灌进来，头发顷刻被吹乱。车窗开到一半，她又停住，侧头问："你应该不介意吧？"

不过几秒，她轻哼一声，淡淡地嘲讽："我问你干吗啊，你抽烟可是比我厉害多了。"

她忘了具体是怎么知道许星纯会抽烟这件事的。

烟雾缭绕，朦胧中许星纯眼窝深陷，单手撑着胳膊，另一只手拿烟，吞吐熟练，寡淡又懒散。她一下子就猜到他肯定抽得很凶。

再后来，她跟着宋一帆偷偷学抽烟，只是狠不下心过肺，憋到喉咙就吐出来。许星纯知道后，她就再也没有看到过他抽烟。

记忆里的往事被一通电话打断，许星纯腾出一只手戴上耳机，接通蓝牙。

那边的人说了一会儿，许星纯眉头渐渐蹙起来："在哪儿？"

付雪梨循声看去，他挂了电话。

她刚想开口问怎么了，就听到许星纯说："下车。"

"……"

许星纯也不问她的意见，将车子靠路边缓缓停稳。

付雪梨捏紧拳头，心里很反感他的冷漠语气和这种漠然的态度，给人非常强烈的排斥感。她窝着火，没出声。

"下车，我有事情。"许星纯沉下脸，用近乎冷酷的语气又重复了一遍。

付雪梨不知道哪里来的底气，跟他较着劲，系紧了安全带："那你带着我，反正我不下车。等你忙完了再送我回去。你休想把我一个人丢下。"

许星纯沉默了一阵，摁住方向盘："下车。"

在他的注视下，付雪梨摇了摇头，缩在座位里，把眼睛闭上。

一副抗争到底的模样。

凌晨两三点。

加油站的工作人员打着哈欠，一脸困乏的模样。白炽灯发出暗淡惨白的光线，加油站旁边有条暗黑的小巷子。

一辆没有车牌号的黑色本田车开出，停下，里面下来两个脸色呆滞的年轻男人，吩咐加油站的工作人员把油箱加满，然后脚步虚浮地走去休息区，一人点燃一根烟放松。

长长的廊道里，一亮一灭的灯泡下，两人嘀嘀咕咕，用最低的声音交谈着。突然，其中一个人觉得有些不对劲，可是一时间又无法确定这感觉来自哪里。

旁边有人。

淡淡的尼古丁的味道蔓延。

他转头，准备暗暗观察，手机忽地响起，他眼神上移，正好和那个陌生男人的视线对上。

距离有些远。那个陌生男人面孔洁白，眼神冷得可怕，表情冷峻，头顶的灯光忽明忽暗。

那眼神……

就一秒，他心猛地一沉，往后退一步，推了推身边的同伙。

不等反应过来，许星纯迅速拔枪对准他们，亮出证件，沉声道："警察，手抱头，全部趴下！"

趁着他们发愣，旁边的同事见机行事，上去扑倒了一个。

与此同时，许星纯用膝盖压住另外一个，控制住那人的双手。

深夜寂静的路面上，回荡着车子加速时发动机的轰鸣声和急转弯时轮胎与路面刺耳的刮擦声。最前面的是一辆吉普车，正不顾一切地在大街小巷里穿行，后面紧紧咬着几辆警车和一辆白色奥迪车。

"调整警力去红江区头街道附近追堵，把刚刚那两个人先押回去！"

朝对讲机里吼了几句话，许星纯把警报器摁响，降下车窗，持枪对着上方的天空，砰砰几下鸣枪示警。

前面的吉普车听到枪声，不仅不停反而加速，越发疯狂，横冲直撞，一股不要命的架势，甚至还有人探出窗，也朝着这边开枪。许星纯丢开对讲机，娴熟地打方向盘，瞬间换挡，油门踩到底，与身边的一辆警车擦过。

车子极速驶向弯道，一个漂移，付雪梨差点被甩出去，头磕上玻璃，被撞得眼冒金星。

偏偏是自己造的孽，刚刚非赖着不下车，付雪梨哪想到报应来得这么快！

她边吃痛，边在心里暗骂自己。她死死拉住一旁的把手，只觉得肾上腺素都在飙升，胃里不断翻腾，想吐想得不行，又喘不过气，一颗心都提到了嗓子眼。

来不及歇一会儿，车速又飙了起来，简直是生死时速，轮胎感觉都快飞离地面了。付雪梨耳中微微地嗡鸣，半死不活地看了看仪表盘，打心底里佩服许星纯飙车的速度。

不过这种警笛声环绕，枪子的火药味弥漫，仿佛置身警匪片的感觉，还真是惊心动魄，刺激到姥姥家了。

吉普车里的人显然对这块地方非常熟悉，他们极力想摆脱围捕，左转右绕，车尾灯的余光终于消失在一个街口的拐角。

"我去，跟丢了！"对讲机又传出了声，语气暴躁，气急败坏地喊，"又他妈的给他们跑了，看方向是郊区那边，调人从江岸那儿追！"

后面的几辆警车稍微减了点速度。

"许星纯……我感觉我要吐了。"副驾驶位上，付雪梨脸色苍白，分外憔悴地开口。

"许星纯，你跑哪儿去了？"
"你以为自己是漫画里的超级英雄啊？"
"我很伤心……你不要这样好不好……"
"……"

梦里，纷杂的记忆碎片搅在一起，呼吸一颤，付雪梨在头痛欲裂中醒来。迷迷糊糊睁眼，感觉上方的东西都在旋转，冷汗淋漓，旁边的加湿器噗噗喷着水汽，她重新把眼睛闭上，一口口呼吸，缓了缓。

这是在哪儿……

付雪梨撑着身体起来，眼神茫然，四处打量。

极为简洁的装修，空旷到除了被刷白的墙壁，一张矮木桌，最普通的白炽灯管，堆着卷宗的办公桌，洗手的水池，别无他物。

记忆停在……

她晕车难受得不得了，冲下车扶着栏杆吐，吐得昏天黑地，再然后……

再然后就晕了。

低血糖这毛病真是没的治，付雪梨从高中开始就这样，早上不能久站。之前熬夜拍戏也是，在片场晕倒过几次，搞得别人以为她身患绝症。久而久之，她的身体被折腾得越来越差。

啪嗒——有人开门走了进来。

付雪梨迷迷糊糊地转过头，看到许星纯提着一袋东西。

她的视线在他身上飘着，一张嘴，嗓音嘶哑干涩："几点了，我这是在哪儿？"

许星纯对她不理不睬，自顾自解开塑料袋，一碗粥被放在桌上。他把碗筷拿出来，一系列动作有条不紊，他始终默不作声。

短短一会儿，他又恢复了日常里的宁静、矜持、不喜言语。别人说什么他都没反应。

如果不经过昨晚，付雪梨还看不出来许星纯有这么暴力刺激的一面，好像变了一个人。

但不得不说，平日的温和淡漠和昨晚的疯狂凶狠冲突，产生的那种自我意识极强的违和感——对一个女人来说，有种很致命的、充满男人味的吸引力。

尤其是他举枪的样子，随便丢到哪个"花痴"少女面前，都能把她帅得心尖发颤。

付雪梨掀开被子下床，走了两步腿就发软，差点没栽倒，于是又坐回床上。

她知道许星纯的脾气，她这个样子他肯定是生气了。付雪梨没敢靠近他，观察了一下周围的情况，乖乖地不敢造次。

每次她身体不舒服，他的情绪都很不对劲。

还记得高一那年，碰上流感病毒，她躺在医院里，高烧不退，还割破了手指。她当时算是被隔离起来了，连意识都模糊了，偶尔能清醒过来。只有许星纯一直不吃不喝陪在她身边。

两人隔着几米远，一个在床上，一个在床下。

"过来吃东西。"许星纯转过身，放低了声音。

"我手机呢？"付雪梨中断思绪，突然想起来另一件事。

糟糕，今天还要进组拍戏！唐心这个时间估计找她要找疯了。付雪梨跪在床上到处摸手机，翻开枕头、被子，床上被她掀了个底朝天，也没有手机的影子。

不会掉车上了吧?!

"你是不是把我手机拿走了？"付雪梨急得嚷嚷，拉住他，追问道，"许星纯，我手机不见了。"

许星纯连一个眼神都不给她，打开洗手间的门进去，不过一会儿，淅淅沥沥的水声响起。

"许星纯？"

"许星纯?!"

"许星纯——!!!"付雪梨生气了,喊他半天都不回应。她光着脚下床,在门口打转半天,站在原地喊了几嗓子,得不到回应,便去推房间门,发现根本打不开。

从里面居然可以锁住?

这房间到底是什么奇葩构造……

这是多没有安全感的人才会这样设计?

于是付雪梨气得去推洗手间的门。

这下一推就开了——他根本没关门。

许星纯一身水珠,只穿了裤子,衬衫的扣子被拉开大半,上半身几乎赤裸。他骨峰嶙峋,挂在腰间的皮带摇摇欲坠。他歪着头,正用毛巾擦拭头发。

黑色的皮革和他的肤色真的很配。

看上去好性感。

这是付雪梨心里的第一个想法。

接着就是一阵尴尬的沉默,她飞快收回视线,后退一步,有意摆出一副无所谓的姿态,嘀咕着:"我跟你说话呢,为什么总是不理我?你快点把手机还我。"

她一点都没有撞破他人隐私的羞愧感。

许星纯抬头看了她一眼,用冷水把脸冲干净,淡淡扔给她一句:"去吃东西。"

他一说话,付雪梨立刻来劲了,恨恨道:"你不是不理我吗?你不给我手机我就什么都不吃。"

语气颇有她惯常的恃宠而骄的意味,同时还有些扬扬自得。虽然不至于惹人反感,但也不会令常人舒适。

许星纯把毛巾丢在一边,转身把衬衣扣子扣到底。

虽然那个粥入口清淡,没什么味道,但是付雪梨还是在他的"逼迫"下,勉强吃了大半下去。

反正不论她怎么说,现在的处境就是——

又类似囚禁一样,被关在这个破房间里了。

好在许星纯哪儿也没去,就坐在那张办公桌后面批文件。这里怎么看也不像一个正规的卧室,更像是一个临时的休息室。

这里是他家吗?

付雪梨觉得自己不能用普通人的脑回路揣测许星纯这类人的想法。

最后她干脆自暴自弃,用手撑着下巴,趴在床上,盯着他仔细瞧:"许星纯,你这几年都在干吗?我觉得你这个工作真的很有问题,经常见死人,还要打打杀杀的,就是会得心理疾病什么的。"

过了会儿她又换个姿势,盘腿坐下,撇着嘴继续扯歪理:"你以前就有点精神不正常,现在好像越来越严重了。你们警察局有没有什么心理导师给你疏通疏通?"

"……"

付雪梨的话向来很多,但是她有一点好,那就是不故作矜持,也不管别人是否搭理她,絮絮叨叨一个人就能撑起一台戏。

安静的房间里,全是她在喋喋不休,许星纯不知道有没有听,一直低着头,不怎么说话,只有在付雪梨偶尔安静下来的时候,才会抬头看过来。

付雪梨努力回想以前的时候。

她和许星纯这样两个人待在一起的时候其实不多。

还有印象的就是她高一时生的那场大病,许星纯请假日日夜夜陪在她身边。那时候许星纯的性格顶多有些压抑内向而已,至少在她眼里,还远远没达到扭曲的地步,不像现在这样沉默阴郁。

"我们这样冷战下去也不是办法。"

付雪梨噼里啪啦一顿自我剖析:"我这人吧,反正也挺脆弱的。如果你真的讨厌我的话就直接跟我讲,反正我也不会死皮赖脸纠缠你。我们俩现在八竿子打不着,我工作也很忙,大不了不来找你了。如果你还想跟我好好相处,就留个联系方式,以后我们可以重新当朋友。"

话里有主动求和的意味,虽然很委婉,但这已经是付雪梨人生里非常少数的几次主动低头示好。或者直白一点说,去向某人讨好求和。

她从小就如众星捧月一般,朋友甚多,不缺穿、不缺钱,也不缺爱,一点都没尝过求而不得的滋味。主动维持关系这种事情,从来不需要她来。

"不过话说回来,你凭什么讨厌我啊?当初先走的明明是你!其实算起来,错误又不是我一个人犯的,主动断联系的也是你,现在你看我像跳梁小丑一样围着你转很有成就感,是吗?"

付雪梨旧事重提,矜持、体面全抛掉,一口气说了好多话,其间却不太敢去看他的神情。

戏演多了,不走心的情生意动相对比较简单。

这其中有真有假,言辞中甚至妄图抹平过去,把自己当初犯下的错择得干干净净。

不过这一番掏心窝的话迟迟得不到回应。

付雪梨这才转头,试探性地去喊许星纯的名字,一抬头才看到他躺在椅子上,半合着眼,呼吸轻浅,已经平静地睡过去了。

冲动一点点压倒理智……

起初,她是试探性地慢慢移动身体,挪呀挪,挪下床。

光着脚,一步步悄无声息地靠近。

太久太久没好好看过他,说实话,许星纯生得很好,天生就是一副温柔绅士的模样，单是这么看着都赏心悦目。

不然，当初那段无疾而终的爱情，也成不了她付雪梨心里这么多年的白月光。

付雪梨抱着膝盖，蹲在他的身边，静静凝视，用鼻子偷偷地嗅。

刚刚洗完澡，他身上有股味道很好闻，有种干净的皂香。

轻轻叹了口气，动作先于意识，她又往前移了移，指尖小心碰了碰他的脸，再是睫毛，嘴唇。

都是凉的。

"你到底在想什么呢，许星纯？"付雪梨小声自言自语。

这个时候，付雪梨突然僵住，等她反应过来，许星纯的眼睛早就睁开了。

他一双眼睛，直勾勾地望着近在咫尺的她。

很难得地沉默。

付雪梨脸红心跳。

她硬着头皮，手悬在半空中，如同雕塑。

强自镇定下来，左思右想才憋出一句："你别误会，我不是变态，没有想要偷吻你。"

"……"

"我错了……不该偷看你。"

有些笨拙地强装放荡，付雪梨眼神游移，当作无事发生，又像个不成器的好色之徒。

她心里紧张，微微低头不敢看许星纯，怕他开口就是嘲讽，站起来迅速跳回床上。

房间里久久没有动静。付雪梨刚刚做了丢尽脸面的事，现在她将头埋在枕头里，一点都不想抬头，趾高气扬的气焰被灭了个干净。

其间，许星纯接了几通电话，付雪梨一直死死闭眼，装作已经睡着的样子。后来因为疲劳，真的睡过去了。

醒来时许星纯已经不在身边。付雪梨一阵头疼，脑子昏昏沉沉的，心里不知道为什么，有种空落落的难受感。她其实很不喜欢这种被人抛下的感觉。

从床上慢吞吞爬起来，发现手机搁在一边。付雪梨拿起来解锁，无数未接来电和消息爆炸一样涌了进来。

最后一条是唐心发来的：

"付雪梨！！！我不管你现在在哪儿，发生了什么，晚上8点半的机票飞马来西亚拍戏，到时候看不到你的人我就跳楼！！"

丢开手机，付雪梨下床，去洗手间洗了把脸，抬起头望着镜子里的自己。

许星纯打开门进来。

室内空无一人，空空荡荡。

走到床边，停住脚步，他孤零零站在房间里，静默无声，唇色渐渐变淡。

"付雪梨。"

许星纯对着空旷的房间，自顾自喊了一遍她的名字。

昏暗的晚霞下，窗帘被微风卷起，微微飞扬。躲在窗帘后的她，开始还有恶作剧成功的开心感。但突然看到他的样子，有那么一瞬间，她心里一疼，哆嗦了一下。

足足过了几分钟。

渐渐地，付雪梨有些心神不宁。她懊恼地探出脑袋，一把拉开面前的帘子，从窗台上跳下来。

欲言又止，她嗫嚅着解释自己的行径："我在呢，刚刚跟你开玩笑呢。"

许星纯没笑。从付雪梨露脸的那一瞬间起，他的眼底就没有了波澜起伏。他注视着她，眼中像藏着最激烈的狂风暴雨，又是最寂静无声。

虽然只流露出一丝一毫的情绪，落入她眼里，都是一种疼痛的刺激。

付雪梨有点后悔，心虚又心悸，小心翼翼地不敢激发他更疯狂的情绪："抱歉，这个玩笑好像不怎么好笑。"

她的语气也有点犹疑和委屈。

想不通为什么许星纯的情绪这么容易失控。

"我不会不声不响离开的。"

付雪梨对他说。

她眼睛睁大，浑身颤抖，往后退了几步。接着，她瞳孔缩小，心剧烈跳动，因为许星纯拂过她脖颈上的皮肤，手指顺着往上触摸，紧紧钳住了她的下巴。

再往后退，是墙壁。

"喀喀喀，许……星纯，你在干什么啊？快放开我！"付雪梨浑身上下的皮肤，哪儿都生得薄嫩，根本禁不住这样掐。

付雪梨疯狂捶打许星纯，刚准备去掰开他的手，就感觉到强加在颈上的力道陡然轻了。

付雪梨好不容易挣开许星纯，捂着自己的喉咙，深深吸了一口气，没想到刺激到喉管，导致她不停呛咳。

周围的空气都被震得颤抖起来。

她蹲在地上，手指按着地板，因为不小心岔气了，这会儿正控制不住撕心裂肺地咳嗽，恨不得把肺都咳出来。她胸口剧烈起伏，一吸一呼，差点没喘上气。

许星纯凑上去，贴在她耳旁低语。

"你走吧。"

第四章 心动至上

——玫瑰无原则。

无论她做什么，做得对，还是做错了，都能获得原谅，从来不讲道理。
你应该记住的。
玫瑰无原则。

付雪梨打了个寒噤。
刚刚许星纯的样子，还有他的眼神，真的太可怕了。
贴上她喉咙的手凉冰冰的，仿佛随时会收得更紧，下一秒就会掐死她一样。
她再一次确定，他是有一点心理变态的。
不。
不止一点。
许星纯就是一个不正常的人。
她喘了半天的气，其间抬头看了他一眼，心里五味杂陈。
"这么恨我，刚刚想杀了我？"付雪梨眼圈都红了，咬着牙，忍疼，撑着膝盖站起来，几乎是一字一顿地问，"我走行了吧，这样你满意了吗？"
许星纯不言不语，神情冷淡，与平时无异。
他站了很久都没动。
他像树枝一样瘦而坚挺，却轻易能够被折断。他嗓音嘶哑，有点自嘲："好。"
等了半天，就是这个回复。
付雪梨其实还是不肯信，许星纯真的恨她了。
他现在真的已经不像从前那样，无论她做什么、说什么，许星纯时时处处都忍让，无条件承受、包容她的一切。
说不上来是什么感觉，就觉得心里空落落的。
"行吧，是你说的，别后悔。"她用力地闭了一下眼，压下心里的烦躁，说完话就转身朝外走。

走了几步,快到门口时,眼泪唰地就出来了。心有不甘,她又忍不住回头看了一眼,心里震了一下。这一下,目光就移不开了。

许星纯像一根快要被折断的筷子。他弓着腰,动作很缓慢地,收拾着她之前吃过的粥。

那一方狭窄的空间,没有光,只有黑暗。他垂着头,动作机械,仿佛一直都是孤身一人。

从过去到现在,他总是一个人独来独往的。

屈服一次,第二次就简单多了。

付雪梨靠着车窗出神,松懈下来,心里的滋味特别复杂。她没想到自己这么快就心软了。

光速打脸。

刚刚她明明走了没几步,就忍不住返回去找他。

站到许星纯面前的那一刻,她真的是不敢看许星纯的表情。

要说脸皮厚这事,付雪梨都佩服自己。一把年纪了,上一秒还在闹脾气说绝交,下一秒她就大大方方地回去了。虽然她本来就不是一个擅于坚持的人,只是对许星纯还抱着些心思。

愧疚、怀念……说也说不清。

但说白了,她付雪梨就是一个俗人,贪财好色,珍惜生命。

爱得干脆利落,随时都能抽离。

外面天已经黑了,没时间再拖下去了。

唐心打来的电话不知道被拒接了几个,最后望一眼手机,付雪梨打起精神,头往许星纯的方向转,目光却不太敢抬起。

没有话也想找一点话出来说:"喂,那个……我真的要走了,去马来西亚那边拍戏。"

"嗯。"

开了个头,后面的话就好说了。

"不知道什么时候回来。"

"……"

"以后如果你不想见我,估计我们就不会怎么见面了。"

"嗯。"

"虽然下午我说的是气话……但是你真的那么恨我吗?"

许星纯微张开嘴唇:"没有。"

"那你是不是一直在怪我,这么久了……"

她其实知道答案,但不知道自己为什么要难过,凭什么委屈。

他对她有怨恨是正常的。

只是她还有股拗劲，非想着要重新和许星纯开始，又实在放不下身段。人就是有这种天真又贪婪的贱性，越得不到的越放不下。

珍惜和后悔这种事情，其实真的不用谁说教。

总有一天，栽几个跟头就自然都学会了。谁都逃不过。

心里头翻腾着酸楚的感觉，付雪梨终于解开身上的安全带。

和他待了快一天一夜，付雪梨忽然有些舍不得。

打开车门，下车，整个人探身出去，她听到许星纯说："抱歉。"

他的声音听起来又冷又滑。

付雪梨动作顿了一下，反手把车门关上。

听到"砰"的响声，她走出两步，像是被抽走了一根骨头，力气也跟着泄了个精光。

她不敢回头，径自快步离开。

付雪梨只能对自己说：

没事的。

不用急。

没事的。

付雪梨照着地址，在地下停车场找到唐心给的位置。

她探头看，唐心和西西早早就等在保姆车上。看到付雪梨的人，唐心黑着脸，眼神灼灼，咬牙切齿道："给你五分钟，我真的要杀人了！付雪梨，你几岁了，分不分轻重，你是要急死我吗？"

付雪梨不敢耽搁，手机揣进兜里，稍微补了一下妆，迅速换完装备，口罩帽子全部戴好。

不少探听到小道消息的记者和一些已经知道行程的粉丝早早就堵在机场门口，因为《破晓》和炒 CP 的热度，付雪梨现在关注度飙升。

付雪梨一行人非常引人注目，一出现就有一大帮人蜂拥而至。付雪梨被人群围着，几乎寸步难行，以慢得不能再慢的速度向前移动。

周围全是激动的尖叫声——

"能给我签个名吗？"

"老婆，我好喜欢你啊！去拍戏一定要注意身体！呜呜呜，照顾好自己。"

"哎哟，我的天！刚刚付雪梨是看我了吗?!啊啊啊啊啊啊！"

"能拍个合照吗？"

西西护着付雪梨，扯着嗓子喊："大家往旁边退一点，注意安全，注意安全啊！别激动！别拍别拍！"

快要被挤成柿子饼了，付雪梨勉力朝着激动的粉丝打招呼的时候，脑子里突然冒出一个念头，她回头望了望。

人群拥挤，机场大厅里围堵了不少人，好多人高举着手臂拿着手机和相机咔嚓咔嚓拍个不停。

有那么几秒，付雪梨觉得，许星纯现在就站在哪个角落，无声地，就这么看着她远去。

他总是这样寂寞，又很安静。

登机前的半个小时，等得无聊，付雪梨无所事事，大腿上顶着笔记本电脑刷娱乐新闻。她眼睛盯着屏幕，寻思片刻，给堂哥付城麟打了个电话。

电话那头过了半天才接起，像付城麟这种天天徘徊在万花丛中的浪荡少爷，这会儿肯定又在哪儿醉生梦死呢。

"喂，哥。"

"哟，这不是我们的大明星嘛，怎么有闲工夫关心起吾等屁民来了？"

"你能不能好好说话？"

付雪梨坐直身子，点开最新刷到的帖子，标题叫：理性讨论一下"90后"小花格局。

第一阶梯：付雪梨、明赫琪、费娜娜、陈剪秋。

第二阶梯：×××、×××、××× 等等。

网友留言：

1. 假装看不出来要吹谁。
2. 展望未来而已吧。
3. 说实话，这里面就付雪梨演技像坨屎一样，全靠吸何录血，我演戏都比她靠谱。
4. 明赫琪一线封面都没有，作品口碑垫底，电影、电视剧、综艺都是十八线。东南亚扑街又来自炒了。
5. 付雪梨和明赫琪好像有故事，有没有人爆料一下？

什么乱七八糟的糟心玩意！

付雪梨啪地把电脑一合，丢给西西，接着起身，换个手把手机拿稳，专心打电话："最近叔叔怎么样？"

"挺好啊。"

"那你呢？"

付城麟不耐烦了："我也挺好啊。"

"嗯……那……"付雪梨犹豫着，又顾左右而言他，"那你最近在干什么？"

"我上班赚钱泡妹子练腹肌啊，现在正在健身房锻炼呢！"

"就你那五毛钱的腹肌，练来练去不就那样？"付雪梨忍不住吐槽。

"嘿，你这人，会不会说话?！"付城麟啧一声，"没事我挂电话了啊，夜生活丰富着呢，求别打扰，OK 不 OK？"

"哎哎哎——你等会儿你等会儿！"付雪梨看了看周围，走到落地窗前，压低了声音，"我想问你件事，不是……"

她改了说法，声音越发地小："是请教。"

"哼，我就知道，我心说你没事哪儿会想起我这个便宜哥哥呢。"付城麟会心地笑了，懒洋洋地说，"啥事啊，说呗你，我来教教你。"

付雪梨手搭栏杆上，眺望着远方："我现在有点后悔。"

"怎么？"

"我觉得我做错事了。"

"什么事？"

"就最近……我发现我真的有点对不起一个人。"

"哟，稀奇啊！能让你内疚，你这是对别人做了什么惊天动地的事啊？"付城麟是了解她性子的，所以更加惊讶，"男的女的？"

"男的。"

"还有你搞不定的男人？"

"……"

"哦，许星纯吧？"付城麟瞬间反应过来，说出他的名字，紧接着又说了两句话。

付雪梨头皮发麻，心一紧，彻底听不下去了，把电话直接挂断。

飞往马来西亚的高空上，付雪梨拉过毯子，看着窗外夜空中的云，渐渐走了神。

她脸色苍白，胸口钝钝地疼。

付雪梨凌晨 3 点醒来，翻来覆去，再也无法睡着。

就在几个小时前，她看着许星纯收拾那碗白粥，一时间想起的是很多年前的一个画面。

她的脚步彻底迈不出去了。

那天她带许星纯去喝酒。

清凉的夜晚，他喝醉了，路都走不稳。在路灯下的台阶上，许星纯缩着肩膀，肩胛上的蝴蝶骨很瘦。

他的脸埋在她的腰间，一对清秀的黑眉拧起，枕在她的腿上梦呓。

他连醉酒的倾诉都依旧克制。

她听到许星纯轻轻地说:"付雪梨,我真的不会哭的。你不要离开我。"
付雪梨不明白这些话的意思,只感觉到他一直紧抓着她的手不放。
她在黑暗中笑起来。
他真怕被人丢弃。

哦,许星纯吧?
你说他啊!
他不是早就跪在你面前了吗?

十四年前,临城。
那年的夏天,许星纯升入重点中学初中部。他家中阴暗潮湿,一只老旧发暗的灯泡常年亮着。他古怪孤僻的母亲开始日夜服用药物也无法入睡,她被病痛折磨,得不到一丝一毫的安宁,瘦得只有不到五十斤重。
碗碟在骂骂咧咧声中被摔碎。陌生人经常来访,越来越频繁。
他在学校里是出类拔萃的男生,五官清秀,寡言聪慧。同学们一下课就冲向篮球场和同龄人大喊大叫,他却不参加娱乐活动,不看电视,也不玩手机。
他习惯了独来独往,没有任何感情填补,没有朋友。他性格内敛,日复一日、长久地过着这寂寞、压抑、乏味的生活。
他把灵魂锁在黑黢黢的深海底,那里暗无天日,表面依旧努力维持着正常的模样。他天生对自己的人格缺陷缺乏知觉,待人不热情,也不显得冷漠。
他是可以控制自己的。
很多人都低估了许星纯。
令人窒闷的盛夏,学校后山,一片废旧的建筑工地上,高达几十摄氏度的风卷过,带着干燥的空气。
全校闻名的优等生,周一固定的升旗手,长相清秀瘦削,皮肤白得几乎透明,此刻,许星纯敞着半开的校服外套,安静地坐着。
坐在这个高度,能看到远处的一片湖,他盯着发呆。
孤僻又沉闷,他静静地坐在半截矮墙上,午后闷热的风也静止了。有零碎踢踏的脚步声,许星纯缓慢抬眼。
视线从低至高。
鹅黄色的连衣裙,胳膊雪白,浑身被光镀出一圈光影。透过灼热的阳光、扭曲模糊的空气,他才看清来人的面容。
一朵快要凋零的茶花被她咬在嘴里,风一吹,她脚腕上的银链叮当作响,以贸然的姿态靠近他。她也看到了他,他没来得及收回视线。

片刻。

她捡起石头往他脚下的石墙砸了一下，仰头："喂，你好帅呀，是哪个班的？"

他弓着瘦削的腰，手肘支在膝盖上，垂下的睫毛浓密直挺。许星纯不急不缓，沉默无声地和她对视。

距离不远，她侧身靠着墙，随意地把花丢掉。她过膝的薄款白色卷筒袜被蹭脏。

和这个年纪的其他女学生不同，她没有任何羞涩，也没有多余的话，睁着水汪汪的眼，骄纵而自得地回望他。

嘴唇牵动两侧微凹的酒窝，她是天生笑唇。忽地笑容热烈绽放，她望着别处，把食指竖在自己蔷薇般娇艳欲滴的嘴唇上，像诉说秘密一样："嘘，有人来了，我要走了。"

她说："其实我是妖怪，你不要跟别人说见过我。"

有一只流浪猫经过，她的声音带着鼻音，发出快乐的尖叫声去追赶。

看着那个渐渐遥远的背影，许星纯失神。

他们毫无瓜葛，她撞破了他羞耻的秘密，他们互不相识。

后来他再也没看到过她。他继续着机械、单一、模式化的生活，对着书本、练习册、学习资料，一丝不苟地重复计算公式。

第二次看见她，太阳依旧毒辣，许星纯收好书，背着书包走出教室。

下课人流密集，她披散着黑发，细密光滑如绸缎，从班级教室门口走过。她无视学校的规定，穿着刺绣的白色吊带衫，细嫩雪白的脊背毫无顾忌地裸露在空气里，美丽的雪纺短裙缀着细细的蕾丝边。

她一个人打着大大的伞，肆意随性，和周身的人都疏离开，突兀地存在。

擦肩而过，许星纯的心上像是有细细密密的昆虫爬过。他拐弯走进人群中，跟在她身后，从楼道、走廊，走过茂密的梧桐树下，再到校门口。

后来他才知道，原来她不是他的幻觉，也不是妖怪。全校师生都知晓她，到处都有她的传说。甚至在课下，男生口里讨论的人物中，她都会高频率地出现。

许星纯就是这么断断续续知道，那天在废弃工地撞破他的女生，她叫付雪梨。

付雪梨从来不正眼瞧谁。她家境很不错，学习成绩一般，有一个看起来很热闹的朋友圈。他们游荡在校园里，对别人爱答不理，诱惑又危险。

梦里许星纯又看见付雪梨了。她坐在他的身旁，如玉的纤细小腿晃在风里，露出一截细腰，脚尖踢得人后脊梁发痒。

他第一次觉得一样东西很好看。太过专注以致入迷，他甚至不敢让自己继续看下去。细节清晰，他真想伸手摸一摸，然后一寸寸噬咬。

摸摸她背上凸出的蝴蝶骨，摸她干净光滑的脖颈，是不是像看着那样纯洁又脆弱。

其实第一眼，她背靠着墙叼着花仰头的样子，就让许星纯有了反应。

她的手似有若无，滑凉柔腻，攀爬上后背，将他包抄。他卷起她的裙角，少女光洁的大腿像温暾的细浪，毫无遮拦。

许星纯随手按开浴室的灯，看着镜子里的自己，手臂按在瓷砖面上，手指渐渐抠紧。他把毛巾盖在脸上，闭上眼，喘着气。

洗完澡，光脚回到房间，他坐在书桌前。

那朵被她随手丢弃的茶花被他捡起，放在抽屉的一角，在日记本里渐渐枯萎。许星纯第一次感受到真实。

百无禁忌的真实。

学校里有传言，她最近交了男朋友。

她会对别人笑。

她会说别人很帅。

他知道，她不是妖怪。

她不是自己的救度。

深渊一般黑暗寂静的夜晚，他一遍遍举着椅子往墙上砸。

临市一中一年一度开学季。

"听说没啊，好像就是从我们这一届才改军训内容的。天哪，这么热的天，居然要跑去一个鸟不拉屎的地方待半个月，这该怎么活呀！真是命苦。"

姚静挽着马萱蕊的胳膊，抬起另一只手臂用手遮在额前，挡住刺眼的阳光。两人随着人流去国旗广场开大会，她们都穿着刚刚发下来的军训服，干胶难闻的气味仍旧挥散不去。

马萱蕊摇摇头："我也不知道……看等会儿开大会怎么说吧！"

她们初中在一个学校，因为一起参加过跳舞比赛，算是面熟。她们刚开学就分在同班当了同桌，不过一个上午就已经熟识。

走到广场，黑压压一片人，各班的队伍差不多已经稀稀拉拉站好。

不过问题是……

大家全都穿着一样的衣服，班牌、标识什么都没有，姚静和马萱蕊有些慌神。

这……

这该怎么找自己的班级啊？

大家都是早上刚刚认识的新同学，互相不熟悉，身为女生又比较羞涩，眼睛都不敢乱瞟，总觉得旁边有陌生男生在看自己。

就怕视线这么尴尬地撞上。

"要不……我们去队伍前面找找？"姚静咬唇，提议道，"也没别的方法了，好像每个班队伍的最前面地上才写了各个班的编号。"

马萱蕊为难起来。虽然觉得在大庭广众之下这样找班级很丢脸，而且很尴尬，但是现在也没什么别的办法。

广播里传来教导主任的催促声："来晚的学生动作迅速一点，动员大会马上开始了！快点站到自己班级里去，别磨磨蹭蹭的，全都跑起来。"

"走吧！"姚静一狠心，伸手理了理头发。

马萱蕊低头，跟在姚静后面。姚静大方一点，在前面带路，不停小声说着借过。马萱蕊就只管垂着头走，缩着肩膀，尽量降低自己的存在感。

"应该是那里！我认识那个男生，是我们班的。"姚静语气突然兴奋起来，步子也加快了。

时间不多，广播里又传来催促声，于是她们两个都跑了起来，在人群间小心地穿梭。

马萱蕊被拉住手腕，错开一点，跟在姚静后面，不太看得清路。

"到了到了，快到了！"前面传来姚静的声音。

突然一个不留神，脚下不知怎么绊了一下，马萱蕊没稳住，往前面扑去。她喉咙里刚刚发出尖叫，胳膊就被一股力量拉住。

有人手疾眼快拉住了她。

马萱蕊身体堪堪稳住。

姚静也吓了一跳，忙转头查看情况。

感觉到周围聚来不少看热闹的视线，马萱蕊如芒在背。她缓缓吐了一口气，拉住她胳膊的男生很快就放了手。

头顶传来一道声音："没事吧？"

非常温和，是属于少年的声音，有点沉，也带点哑。

马萱蕊定定神，这才敢抬头。

阳光炽烈，面前的男生肤色白得像瓷釉，脸瘦削英俊，薄薄眼皮下的一双眼注视着她，目光温柔又安静。

像是绘在旧画中，春日里的一股和煦微风，很素淡。

她的心怦怦直跳,身体像被烫到一样弹开,退了两步。马萱蕊觉得脑子里从来没这么空过,两腿微微发软,不敢和他对视,微微垂首讷讷道:"我……我没事,谢谢你。"

少女面容羞红,牙齿咬住下唇,带着属于这个年纪的甜美青涩。

"嗯。"

许星纯安静地扫视过她,点了一下头,没有继续接话。他的脸上甚至没有多余的表情。

归队后按身高排队形,马萱蕊个子比较娇小,就站在了前排。她认真地盯着脚前的地面,只要眼睛微抬,就能看到站在队伍最前面的人。

侧影匀停修长。

他应该是班长吧,又或者是体育委员?

他个子真的好高,略有些清瘦,军训服大小却刚刚好,穿在他身上一点也不显得晃荡。

他极有分寸地站在队伍最前面,一直都不声不响,一点也不像同龄人那样喧闹,和旁边的热闹都隔离开,如竹秀逸。

马萱蕊脑子里走神了一会儿,慢慢吐了口气,想到的居然是,刚刚她的额头,好像挨上了那个男生的肩膀……

就碰了一下。

她还闻到他身上有种淡淡的味道,很干净,像不小心打翻的墨水。

她怔怔地站着,心中忐忑了一会儿,把刚刚那短短几分钟险些摔倒的情景在脑海里又演练了好多好多遍。

她反反复复地想着和他对视的那瞬间。

他的手微微有些凉,握着她的手臂的力气有些大,牢牢地稳住她快摔倒的身体。

虽然马萱蕊说不上有多招人眼,至少够得上清秀佳人,长相在普通人里属于中上等,加上从小成绩优异,性格又温柔,原来班上也有不少暗恋者。所以她对自己的条件还算是比较有自信的。

想起他刚刚专注温柔的目光,她的心里就忍不住地微微悸动。

她正走着神,前面又传来喧哗声。

"九班那群人,你们干什么哪,在耍什么威风?!迟到了还不知道快点!慢悠悠地在公园散步呢?!跑!跑起来!"

一大帮子人浩浩荡荡地走过来,个个非常悠闲,手上提个笼子就能遛鸟的那种,反正无视教导主任气急败坏的训斥。那群人里有男有女,但是身上的纨绔气质很明显。

一个个的，只差在脑门上写上"不学无术"四个字了。

"九班在这儿啊？找了半天，晒死了！"一道清清脆脆的女声。

又有人冒出一句："看什么看，把我们当猴子呢?!"

九班站在前面叽叽喳喳的女生暂时止住了话头，马萱蕊等人的目光全都落在付雪梨身上，眼睛都没有眨。

她在那群人里，隐隐有领头的架势，头发全部梳了上去，扎成高高的马尾，露出光洁的额头，天生一对秀眉，五官小巧精致。

她的军训外套就那么随意敞开，里面只有一件白色吊带。她腰肢纤细，窈窕动人，胸口处的一大片肌肤像是刚刚剥皮的嫩藕，明晃晃的，白嫩得能刺人眼。

这种漂亮，让人很不踏实。

马萱蕊不知道要怎么形容。她从来没见过像这般漂亮娇艳、任性肆意，甚至达到侵略性的女孩。心里仿佛有某种预感，她转过头去看前面的许星纯。

他朝付雪梨注视了几秒。

落在马萱蕊眼里，她心里隐隐觉得失落起来。

学生代表讲话，不出意料是许星纯。

九班后面有一堆男生喜欢借势起哄，看到年级代表在自己班上，立刻热烈地鼓起掌来，不停叫好，有的还在狂吹口哨。这般出风头，仿佛这个荣耀属于自己一样，让旁边几个班的学生纷纷投来视线。

"大家好，我叫许星纯，来自高一九班，很荣幸能够作为新生代表站在这里发言。"

他垂着眼帘，神色从容宁静，声音不骄不躁，就像平静的林间吹来的一阵清风。

国旗广场上传来掌声。

下面有的班级炸开了锅。

"哇啊啊啊啊啊啊!!! 我们的新生代表，你知道那是谁吗？怎么这么帅！"

"许星纯？认识啊，我们一个初中的，市第一考进来的。"

一人好奇道："市第一?! 就是他啊，原来，之前就听说过，不过成绩这么好为什么要来私立学校？有没有八卦，有没有八卦？讲来听听，快点！比如有没有女朋友啊，喜欢的女生之类的。"

"花痴啊，你！我又不太清楚，他是我们隔壁班的。"说话的女生眼睛里有种闪亮的光彩，语气也变得不同，"其他的不知道，就知道他特聪明，参加竞赛经常获奖，而且成绩超好。听说脾气也很好，他喜欢谁我不知道，不过我知道在学校里有很多女生都暗恋他。"

第五章 消失的流星

DENG FENG REWEN NI

——刚刚下完雨，居然有星星，你是不是偷偷跑到天上去了？

　　下午突然有急雨落了下来，雷声有点响。马萱蕊在家收拾东西晚了，她背着包，急急冲上大巴，脚底湿湿的，差点又摔一跤。
　　学校包了车去军训的地方，一个班一辆大巴，军训时长两周。
　　她来得晚，上车后位置基本没的选了。她看了看，后面有一窝男生已经咋咋呼呼打起牌来，车里被他们弄得非常吵闹。
　　马萱蕊暗暗皱眉，又往前走了几步，脚步突然顿住。
　　许星纯靠过道坐着，身上笼罩了薄纱一般的微光，戴了一只耳机，低着头，似乎在出神。
　　眼光触及，一股淡淡的喜悦从心里冒出。
　　随之而来的是羞涩、顾忌。
　　站在过道权衡犹豫了一会儿，她在心里给自己暗自加油鼓劲，终于迈开步子走过去，轻轻伸手，戳戳他的肩膀。
　　许星纯抬头，睫毛浓密，嘴唇颜色很淡，视线落在她身上。
　　"那个……同学……你旁边有人吗？"马萱蕊吞吞吐吐开口。
　　"嗯——"
　　他顿了一下，"嗯"字拖了一点音。
　　这时后面传来一道不耐烦的女声："喂，挡道了妹妹，让让啊，快点。"
　　顺着许星纯的目光，马萱蕊回头瞧了过去，望见一抹婷婷的身影。
　　付雪梨就站在她身后，瞳孔中似乎映衬着粼粼波光。她扫了马萱蕊和许星纯一眼，冷淡且不耐烦地又说了一遍："愣着干吗，让路呀！"
　　"哦哦，抱歉。"马萱蕊面色尴尬又略有些莫名其妙，不知道哪儿惹到这位大小姐了。她抿住唇，抱紧书包，侧过身子。
　　待付雪梨走过，马萱蕊又转回头，就听到许星纯淡淡的声音："没人。"

"起来，给我让个位置。"付雪梨一脚踹开宋一帆，在他身边靠窗的位置坐下。

宋一帆大叫一声："怎么了呀，这是，气冲冲的，大梨子，你吃火药了吧今天?!"

前排的谢辞不耐烦地掀开盖在脸上的鸭舌帽，手臂揣在胸口，支起上身扭过头，声音慵懒："宋一帆，叫你小点声，老子要睡觉，说几遍了。"

坏透了，一个个都拿他撒气!

宋一帆委屈，于是冲着旁边打牌的一窝男生吼："听到没听到没，辞哥嫌你们吵，辞哥他说他要睡觉！都给我别玩了！"

旁边无辜"中枪"的一伙人噤了声。

夏天的雨来得快，走得也快。大巴走上了盘山公路，摇摇晃晃的，车上的大半部分人昏昏欲睡。

拉上帘子挡住刺眼的光线，宋一帆实在闲得无聊，于是和付雪梨小声聊天："梨子，你看看这太阳大的，可太愁人了，把我晒黑了可咋整！"

付雪梨有点晕车，不太想说话："你都这样了，还能黑成什么样？愁个屁！"

这话说得宋一帆不爱听，想着找什么话反击，突然脑子里灵光一现，张口就是："是是是，怎么有许星纯白呢，你白他白，你们最白。"

"神经。"

"粗俗。"

付雪梨面无表情和他互骂。

"我就搞不懂了！"宋一帆天生就是个戏精，痛心疾首的表情做得很到位，情真意切地道："付雪梨，我是真搞不懂了，像许星纯智商这么高的人，他喜欢你什么？喜欢你胸大无脑吗？喜欢你下流粗俗吗？"

"你再说一遍？"

"不敢不敢。"

"别跟我提他行不行？"付雪梨听到许星纯的名字就烦，暴躁地捶他一拳，咬着后槽牙挤出来几个字，"他喜欢我长得漂亮，怎么，你有意见？"

十秒钟后，宋一帆笑起来："唉，可能人家就是喜欢你这种没文化的样子吧。"

"傻×。"

付雪梨生气了。

当然，她更气的是许星纯。

这么短的时间，他居然默不作声就和班上一个小姑娘"勾搭"在一起了。

过了会儿，宋一帆又凑过来说："付雪梨……"

"干吗?"

"问你个事。"

付雪梨瞥了他一眼,没吭声。

宋一帆神情认真,目光非常殷切:"在你心里,我重要还是许星纯重要?"

付雪梨没心思听他的鬼话,重新闭上眼,敷衍地冷哼:"都不重要。"

全程近三个小时,终于到达目的地,居然是山上。山上什么条件就不提了,真正让所有人傻眼的是——

这儿连住的地方都没有!唯一用砖头盖的房子是医务室。

他们来的第一个任务就是要自己搭帐篷住……

虽说正午已过,但余温不减,太阳仍旧很毒。付雪梨本来就有低血糖的毛病,娇生惯养,只要一犯就会浑身发软冒冷汗,加上她中午没吃饭,晒了没多久,就开始身体不适。她大口喘气,喉咙干渴,眼前发黑,听不到人说话。

最后她在原地蹲了好半天症状才缓解,有人注意到她的异常,过来把她扶去医务室。

那儿有空调,付雪梨半晕不晕地躺在一张临时架起的床上,又累又难受,不知不觉就睡着了。

姚静单手抱着一大堆东西,推开医务室的门。她割伤了手,准备要点东西消毒,刚走没两步,眼睛一抬,立马被眼前的场景吓得愣在原地。

几分钟后,她才反应过来,捂住嘴倒吸一口气,立马原路退了出去。

天……天啊……

刚刚…….

刚刚那个男生是班长吧?

今天早上作为学生代表讲话的那个人!

他刚刚居然……

居然在慢慢靠近付雪梨?!

跑了几米远,姚静躲到角落,一直都是蒙蒙的状态,满脑子都想着刚刚看到的那一幕。

背对着光,许星纯俯身,双臂撑在付雪梨的耳侧,直勾勾地凝视着她。

她微微弓着身子,手腕垂落,似乎还在熟睡。

醒了睡,睡了醒,总是不太安稳,模模糊糊中觉得有人走来走去,付雪梨勉强睁开眼,眼前一片模糊,只看到一个人影坐在她旁边的椅子上,离床很近。

她懒得抬眼,只看到玉瓷般苍白的下颌、淡色薄唇。

他仿佛已经坐了很久很久,一动不动。

似乎察觉到她的目光，许星纯转过眼来。

两人视线对上。

付雪梨睡得半只胳膊都麻软了，动弹不得。她看他一眼就转开视线，翻了个身。

过了一会儿，背后一点动静都没有，她索性闭上眼一动不动。

许星纯俯下身，垂睫看了她片刻，凑近她耳边，压低声音，嗓音沙哑："身体好一点了吗？"

付雪梨头埋在手臂下，屈肘顶开许星纯，同时避开他的目光，闷闷道："你怎么来了？"

"口渴吗？我倒点水给你喝。"

付雪梨忍了又忍，还是没忍住，猛地翻了个面，悻悻道："不要你管，滚远点，有多远滚多远，我现在要睡觉。"

许星纯处变不惊，像没听到一样，垂了眼帘，径自倒了点水："你睡了很久，起来喝点水。"

像一拳打到棉花上，根本不疼又不痒。他油盐不进，从来不跟她吵架，也不跟她生气，平淡无波得似乎一点脾气都没有。

平时没什么感觉，但是不知怎的，现在看他这副样子她就觉得格外不顺眼。

付雪梨憋了一肚子火气，大声道："我说话你永远当在放屁吗?!许星纯，你听不听得懂人话啊，我说不要你管，你想管你去管别人啊！求求你了！你不是班长吗？班上那么多人排着队给你管！对了，你刚刚不是就认识了一个吗？你去管她啊！在我这里干什么?!"

她喘着气恶狠狠骂了一大通，说得咬牙切齿，可刚说完自己就后悔了。

这口气也太像个怨妇了吧！

许星纯心里微微一动，凝神看着她。

付雪梨索性破罐子破摔，回瞪过去："你看什么看？"

"你生气了？"他问。

"我没有！"她下意识矢口否认。

许星纯捉住她细瘦的手腕，默然片刻，低低唤她的名字："付雪梨？"

付雪梨偏过脑袋，没吭声。

室内一片寂静。

"您好大谱儿啊，大梨子，我们劳累了一下午，您倒好，搁这儿快活了一下午。"宋一帆一行人，人未到说笑声先传来。

帘子被掀开一角，几个人高马大的男生呼啦啦拥进来，安静狭小的地方瞬间变得热闹起来。

"哟呵！班长，巧了，你怎么也在这儿?!刚刚老师还在找你呢！"宋一帆自来熟地搂过许星纯的肩膀。

付雪梨听到宋一帆咋咋呼呼的声音就烦不胜烦，皱起眉："你怎么这么吵？"

"我哪儿吵，我这不是看到你心里开心嘛，我的宝贝。"宋一帆笑嘻嘻地冲付雪梨说完，转头故意当着一众人的面握住许星纯的手，"谢谢了班长，那么繁忙还抽空来为我照顾我们家付雪梨，辛苦辛苦，嘿嘿！"

许星纯漠然地看着他，把手抽出："我从来不替别人做事。"

他的声音平淡而缓慢。

旁边有男生出来打岔："雪梨姐好点没啊？马上就吃晚饭了。"

你一言我一语，吵得人烦死了。她透过人群的间隙往外看，许星纯不知何时已经安静离开。

付雪梨的心情突然就不大好了，冲着他们吼："全部给我出去！"

军训没两天就发生了一件惊天八卦事件，是在某天晚饭前陆陆续续传开的。

四班有一个男生深更半夜在草丛里摆蜡烛表白，玩浪漫玩到最后差点烧起来，还好发现得早，火势被扑灭了，不然后果真的不敢想。

被表白的女主角是付雪梨。这件事闹得还比较大，参与者与当事人都被拉去批评教育，回学校估计处分是跑不了的。

"要我说，四班那个洪家睿是真的弱智，一进来就要背个留校察看的处分。重点是他追谁不好非要去追付雪梨，脑子坏了吧?!"

"啊？我前几天看到付雪梨觉得她挺漂亮的呀，而且家里也有钱，有男生喜欢不是正常的吗？四班的人跟我说，洪家睿从初中就开始喜欢付雪梨了，还蛮痴情的。"

一女生鄙夷："我说你什么审美啊，你看她天天和一群男生混到一起，骚都要骚死了，不就是会打扮吗？而且成绩差，性格也不好，除了脸蛋好看点就没别的优点了，受不了现在的男的这么肤浅。"

有人受不了她的尖酸刻薄，嗤笑道："哎哟，你怨气干吗这么重啊，搞得人家付雪梨认识你一样。不就是你喜欢的男生喜欢付雪梨吗，嫉妒了？"

被嘲讽的女生脸一白，梗着脖子道："你什么意思?!我早就不喜欢他了，你在搞笑吗？谁嫉妒她！"

"算了算了，别吵了。不过你们听说没啊，今天我一个朋友中午休息的时候还看到付雪梨和洪家睿在一起吃饭，好像没受到一点影响，俩人还有说有笑的，不会是修成正果了吧？"

"啊?!洪家睿，不会吧，我天!!付雪梨怎么可能看得上他？洪家睿长得感觉很一般啊。"

"家里有钱呗,混得又好。"

另一个人幽幽叹气:"老实说,我觉得洪家睿吧,他真的挺可怜的。"

她们叽叽喳喳、七嘴八舌说了半天,突然一个女生惊慌地低声说:"小点声小点声,付雪梨过来了。"

"雪梨,明天我……明天我们还能一起吃饭吗?"洪家睿一米八多快一米九的大个子,又黑又壮,像头熊一样,面上干笑,声音却细若蚊蚋。

"雪梨?"洪家睿讲了半天自己在篮球场上的趣事,许久没得到回应,他低头一望,才发现她在走神,忍不住关心道,"是身体不舒服吗?你怎么了,看上去好像不太高兴的样子?"

在洪家睿眼里,付雪梨答应和他吃饭,就已经算是委婉答应做他女朋友了,连身边的兄弟都已经开始闹着回去要他请吃饭。

"啊?什么?"付雪梨摇摇头,淡漠道,"没什么,我没事。"

两人并肩往前走,付雪梨其实心里已经烦得不行,嫌弃身边的男生太过聒噪,叽叽歪歪、不休不止,废话也不知道为什么这么多。

平时她和许星纯在一起,大多时候都是她在讲话,许星纯很少开口,只静静地注视着她,倾听的模样安静又认真。

高下立见,果然没有对比就没有伤害。

但是转念一想——

许星纯和班上一个女生最近走得那么近,那次坐大巴,他们俩还坐在一起。好吧,这就算了,许星纯这两天对她不冷不热的,拿洪家睿的事激他,好像也没什么特别的反应。

付雪梨又记起刚刚迎面碰上许星纯。

她故意和洪家睿有说有笑特别大声。

结果许星纯与他们擦肩而过,压根没有回应她挑衅的视线,一句多余的话也没有,就像她是最普通不过的陌生人。

付雪梨气死了。

许星纯果然是个喜好玩弄感情的"渣男"!

"雪梨,你真的没事吗?"洪家睿碰了碰付雪梨的胳膊。

手刚刚挨近,就被她反应激烈地甩开:"滚,别碰我。"

莫名其妙被人发了一顿火,洪家睿也不恼,就闷闷地开口道歉:"对不起。"

姿态放得太低了,让付雪梨剩下的话一时间说不出口。

半晌,她只能说:"抱歉,以后不用来找我了。"

说完她就头也不回地走了,没有丝毫的犹豫和留恋。

只留呆傻的洪家睿一人在风中凌乱。

晚训结束后，刚刚回到帐篷，教官就派人过来告知今晚 23 点可能会有流星雨，想去看的等会儿按班级集合，统一坐吉普车去另一个视野开阔的山头观看。

"雪梨，你不去看流星雨吗？"同一个帐篷的女生返回来拿东西，临走时看她不动，又好奇问了问。

付雪梨整个人趴在软垫上，手藏在肚子下面，懒洋洋地说："不去。"

"为什么呀，你不想看看流星雨吗？这么难得。"

付雪梨提不起兴致："我大姨妈来了，你们玩得开心点。"

"那你好好休息，我走了哟。"

"嗯，拜拜。"

没过一会儿，周遭就彻底安静下来。

付雪梨发了一会儿呆，无聊至极地哼歌。时间还早，一点睡意都没有。

她一骨碌坐起来，穿着睡裙，索性披了一件外套出去溜达。

今晚头顶的夜空格外漂亮，像深蓝色的幕布，星辰璀璨。

付雪梨随便找个地方坐了一会儿，头发松散下来，看着夜空怔怔出神。她揉了一把眼，突然敏感地发觉有人在看她。

她回过头，就在几米开外，一个人隐没在黑暗里，倚着一棵树，不知道在她后面站了多久。

付雪梨一瞬间鸡皮疙瘩都起来了，吓得站起来："我去，你谁啊？！"

一片安静。

几分钟后，她试探性地问："许星纯？"

那人依旧没作声，真是怪瘆人的。

于是付雪梨大着胆子，微微靠近几步，终于看清后，她长长吐了口气："你想吓死我？"

付雪梨皱眉，借着手机的光看到他穿着一件黑色短袖 T 恤，衣领松垮，锁骨露出来大半，黑发微湿，像刚刚洗过澡。

挺拔俊秀、清净无欲的模样。

不知是多少女生心里的幽冷月光。

"你跟踪我干吗？"付雪梨嗤笑了一声，瞅着他十分坦然，"没有和你的马萱蕊一起去看流星雨？"

她已经打听到那个女生的名字。

许星纯看着付雪梨，安静得让人心底发慌。

他看了她半晌，眼神从来没有像这样寒意瘆人。

"你……你看什么看？"付雪梨握拳，不敢跟他对视，"你再看一眼，我就亲你信不信?"

看她凶狠的样子,让人以为又要放什么狠话,结果竟然冒出来这样一句。

他盯着她看了良久,久到她都觉得毛骨悚然。

看许星纯迟迟不说话,付雪梨猛地上前,双手扶住他的肩膀,踮起脚凑过去亲他。

他冷眼旁观,微微往后偏过头,她一下落了空。

"……"

付雪梨推开他,退后两步,羞恼得浑身都在颤抖,转身就想走,手腕却被拉住。

卡着腕骨,他用了劲,弄得她非常疼,甩又甩不开。

付雪梨奋力挣扎,想抽出自己的手。她低下头,眼泪就出来了:"你弄痛我啦!许星纯,你快点放开!"

"你是不是有病?"她对他又掐又打,使劲推开他,"别碰我!呜呜呜……"

许星纯看着她泛红的眼圈,问:"疼吗?"

"滚!"

许星纯眼中翻涌着暗潮,脸上有轻微温柔的笑容,很有耐心地又重复了一遍:"疼吗?"

"我要你滚——呜——!"

许星纯低下头去,付雪梨刚出口的话被他堵了回去。

她心跳猛地漏了一拍。

两个人认识这么久,许星纯几乎没有实质性地对她做过什么,这还是他第一次这么凶狠地对她。

许星纯力道大得似乎要把她揉碎了。

后来不知道为什么,付雪梨几天来的烦闷烟消云散。

年少时,他曾经控制自己内心迅速滋生的念想,即使觉得压抑,也不愿意轻易释放。

但好像快要支撑不下去了,她一次比一次让他感到痛楚。

许星纯表面温柔和善,百般克制,努力维持正常人的模样。

只因为她仍旧天真自在。

而他已经到了她多看别人一眼就会疯的地步。

马来西亚的热带雨林气候很明显,天气好的夜晚有漫天的星星,月下有数不清的萤火虫攀附在绿叶之间。

点点灯光中,仿佛有几个人影在移动。

山上的夜场戏是当地时间21点到24点，拍完以后疲劳至极的付雪梨躺在剧组临时租的别墅旁的椅子上休息。她欣赏了半响，觉得夜景太漂亮，就随手拍了一张发微博。

@Fuxueli：看星星，嘻嘻。

她平时不太喜欢发微博，就算发，也是工作博。看星星这条微博刚发没几秒，粉丝就炸锅了，千军万马直奔留言区抢前排：

梨梨好好拍戏，我们等你（哭）！
看星星怎么可以没有自拍呢？
我记得你之前说过的，最喜欢星星。
我想和你一起看。

付雪梨退出狂风骤雨般弹出消息的微博，仔仔细细在相册翻着，挑了几张能看的美景发给许星纯，思考良久，多加了一句：

"刚刚下完雨，居然有星星，你是不是偷偷跑到天上去了？"

他的电话号码是她前几天临走时要过来的，说是为了方便联系，备注只有一个"许"字。

这两天她断断续续发短信给他，内容随意，想起来就发一条，只是一直没收到什么回复。

付雪梨开始怀疑这是个空号，有点想拨过去试一试，但又实在搞不出来三番五次去骚扰同一个人这种事。

他似乎不太想和她有过多的联系……

尽管意识到自己对这份感情不再游刃有余，她还是心有不甘，意难平。

付雪梨攥着手机心情忐忑地等回复，等了半响，意料之内没有任何回复。

她强迫自己转移注意力，正失落着，忽然听到一阵脚步声。付雪梨抬头望去，是江之行。

"怎么一个人在这里坐着，他们在吃夜宵，你不去吗？"他凭空出现，身上很干净，妥帖的衬衫，亚麻裤，没有拍戏时沾染的泥污。

付雪梨摇头："我吃不惯这里的东西，肠胃不太好。"

江之行顺势坐到她旁边："身体不舒服？我看你最近脸色有点不太好。"

"还好。"

付雪梨被他这么一打扰，之前烦闷的心绪倒是散了不少，她正闲得无聊，两人便聊起天来。

"这里条件很艰苦吧?"

付雪梨还在专心拍她的夜空,保存到相册,转头回:"听说你之前拍戏去过零下十几摄氏度的地方,那才算艰苦。"

目光凝在他的侧脸上,鬼使神差地,付雪梨开口说:"我觉得你长得很像我一个朋友……"

话音刚落,江之行就笑了一下:"是那个许队长吗?"

"你怎么认识他?!"付雪梨惊了。

一下子被人戳破心思,她慌张地转过头。三五秒后,江之行似无意提起,又格外地意味深长:"在片场拍戏的时候,他很英俊,所以让我印象深刻。"

这时有助理走过来,行色匆匆来寻江之行。付雪梨不得不把话咽回去。

《破晓》在马来西亚取景后,又迅速前往泰国曼谷、金三角地区、云南等地拍摄。付雪梨因为档期安排,在云南提早杀青了。

杀青那天好巧不巧,付雪梨在拍摄最后一场在丛林里的打戏时出了意外。

付雪梨被一条长达20厘米的毒虫咬伤,脚踝处肿出一个拳头般大小的水泡。为了不拖延进度,医生现场简单消毒处理后,她只能继续咬牙坚持。

到这场戏结束的时候,付雪梨的伤口已经特别严重,疼到完全不能动,差点休克。她是被四个大汉抬到飞机上的,连夜赶回申城入院治疗。

拍戏受伤这么好的炒作机会,团队当然没放过,于是付雪梨当天晚上就上了热搜。在她本人尚不知晓的情况下,躺在担架上昏厥打吊瓶的狼狈模样,就被全国上下爱好网上冲浪的路人围观了个遍。

其实也不算什么大毛病,但这段时间拍摄太累,于是付雪梨一觉昏睡到第二天下午才转醒。

唐心推门进去,看到付雪梨悠闲地卧在床上,正随手剥了根香蕉吃着。

"好点了吗?"她把包放在一边,坐到床边的椅子上。

付雪梨翻着微博,自顾自咀嚼着东西,皱着眉把手机递过去给唐心看,含含糊糊道:"我说你们是不是钱给少了,这营销号放出来的照片怎么把我显得这么丑?"

唐心无语:"你的关注点能不能别这么偏,身体恢复得怎么样了?"

"本来就没什么大事。"微博刷着刷着,付雪梨突然刷到自己前段时间拍的夜空。

她心念一动,盯着屏幕若有所思,手指微微滑动。

在短信里边找了一圈,又去未接来电那儿找。短短一天,慰问的朋友是真的多。

她耐心仔细地一页页翻动,终于,在第三页,一个鲜红的"许"出现在视野里。

看时间是半夜，接近凌晨，刚上热搜没多久的时候。

截个图，付雪梨心满意足地关了手机。

付雪梨休息不到两天，接下来就是为一部即将播出的戏全国各地跑宣传。进入暑期档，是工作最繁忙的一段时间。

之前付雪梨和何录在某档王牌综艺第三季的热度太高，几乎成了国民CP。

贴吧、微博评论、B站各个地方都被CP粉刷屏屠版。两方的团队有心解绑，但是眼下形势实在是急不来，不是一时半会儿能解决的事。

一是这档综艺还有下一季，他们都和节目组签了协议；二是怕反噬得太厉害，两家都舍不得这个热度。

这档综艺叫《最后百分百》，可以说是多方混战都难以撕下的大资源。

这是一档"西瓜"台推出的大型户外真人秀节目，从国外买的版权，制作团队的编导也是当前国内超一流的水平。

有笑点、泪点，以及"粉红泡泡"，适龄人群广，几年前首播就爆红，收视率多次破4亿，几乎所有主MC（常驻嘉宾）都借此打开了知名度，冲上一线。

参加综艺有个好处，就是拍摄周期短，但是回报高，热度可以维持。利润这么高，傻子才会放弃。

《最后百分百》第四季第一期是在乌江一个小镇上拍摄的，基本是上一季的原班人马，但是除了付雪梨又多了一个女嘉宾。

她和付雪梨年纪相仿，名字叫季沁沁。

季沁沁也算是当红的女明星，是个中欧混血儿，长着一张又圆又尖的小V形脸，是典型的异域长相。她有个很特殊的地方，就是特别吸粉，但是同时也特别招黑，几乎是两个极端。

这就导致了她的粉丝忠诚度极高，战斗力爆表，堪比圈里某些被称为流量皇帝的"鲜肉"的粉丝。付雪梨有所耳闻，季沁沁之前是韩娱圈女团出身，担任ACE（王牌成员），能歌会舞，后来回国发展，在京圈、沪圈都有人脉，好资源和通告接连不断。

为此唐心特别交代过："季沁沁十有八九在圈里有个不小的后台，跟她好好相处，别走太近也得罪。"

第二天开始拍摄，前一天大家一起聚了个餐。大家在上一季混得关系都挺不错，所以饭桌上打趣何录和付雪梨的人不少。

还有人直接开玩笑问他们的婚期云云。

何录从善如流，他不是傻子，便把哏抛给付雪梨，言笑晏晏，表面看起来无任何不妥之处。

席上，付雪梨转着酒杯，小啜两口，心里却冷笑，佩服何录的定力。

就在前段时间，明赫琪和一个导演的艳照流出，尺度极大，正脸清晰，清纯玉女的人设轰然崩塌，想洗白都难，听说是第三方出的手。明赫琪已自身难保，现在正是人人踩的对象。

身为明赫琪男友的何录倒没见被影响多少，谈笑风生，该赶通告赶通告。

后来没过多久，贴吧就有自称工作人员的人开了一个爆料帖：

前线报道，今天我在拍摄现场，用脚发誓录录和梨梨特别甜，甜到爆炸的那种!!你们知道吗？他们已经在讨论结婚的事了，啊啊啊啊啊啊!!!惊不惊喜，意不意外?!

【一楼】火钳刘明。

【二楼】眼神骗不了人，录录看向梨梨的眼神，是我看过最美的爱情没错了！

【三楼】楼上，确认过眼神，录录遇上对的人？

【四楼】太可爱了吧!!

【五楼】之前梨梨在马来西亚拍戏，发的那个夜空，说什么看星星，肯定也是因为思念某人吧（捂嘴偷笑）！

【六楼】继续继续求继续！

【七楼】我觉得还看不出来他们在谈恋爱的人应该众筹买脑子。

…………

帖子最后还附上背影偷拍照，角度很暧昧，够人脑补出几段故事的了。CP粉狂欢的热潮甚至蔓延到微博，一副势必要把这个绯闻坐实的样子。

然而大多心里有数的媒体人，都把这当作笑话看罢了。

何录的女友是明赫琪这事，说白了，当事人不公开，其他人相当自觉，表面上也得装作没这事一样。只要不涉及自身利益，和谁传绯闻都只是一种手段而已。娱乐圈就是这样，在各路形形色色的神仙妖魔之中，明哲保身最重要。

别管闲事，别得罪人。

第二天一大早，化妆师、造型师、跟拍的摄影师就进了房间折腾，付雪梨换好要穿的衣服，早上6点半准时从酒店出发。

大巴车就等在门口。

今天天气看着好像不太好，怕是要下雨。也不知道为什么，一大早起来，付雪梨眼皮就一直跳，总觉得今天要出什么事一样。

女人的第六感有时候准得可怕。

下午录制中途，何录接了一个电话，挂了电话后面色难堪，招呼也不打就直接走人了，说是有急事。
　　回程途中，付雪梨靠窗坐，季沁沁挨在她旁边，两人随便瞎聊着天，东扯西拉。季沁沁像个社交达人，手机消息不断。她随手回复完，突然压低了声音说：
　　"你知道吗？刚刚出了个事。"
　　付雪梨波澜不惊，出于礼貌回问了句："什么事？"
　　季沁沁慢条斯理舔了舔唇，手附到她耳边，神神秘秘道："明赫琪自杀了。"
　　?!
　　付雪梨怔了一怔，心里咯噔一激灵，第一反应是："怎么可能？"
　　季沁沁勾唇笑着："骗你干什么？"
　　"进医院抢救了？"
　　"死了。"
　　看付雪梨脸色由惊讶到诧异，然后是不可置信，季沁沁神色自若，歪头瞧着付雪梨，一本正经地说："割腕自杀的。"
　　"何录要有麻烦了，你也小心点。"

　　娱乐圈某女星身亡的热搜宛如飓风一样扫荡各大社交平台，说是掀起了惊涛骇浪也不为过。
　　当晚21:05，微博用户"申城公安"发布消息：

　　　8月17日15点左右，申城公安接到报警称×××区×××路某酒店内有一女子死亡，经查，死亡女子为明某某（女，27岁，安何市人）。具体死亡原因正在进一步调查中。

　　消息一出，"明赫琪死了""明赫琪割腕自杀""明赫琪"等词条很快占据了微博热搜榜前几名，娱乐记者们打了鸡血一样兴奋，连夜追击热点，一窝蜂地跑到案发地点挖料。
　　网上各社交媒体上的狗血八卦层出不穷，关于明赫琪是怎么死的，众说纷纭。
　　广为流传的版本是，明赫琪因为之前的负面新闻承受不住网络暴力所以自杀。还有人猜测是他杀。剩下的传言越发离奇，乱七八糟的，总之乱成了一锅粥。
　　真正将这场年度大戏推到顶峰的是，明赫琪生前的闺密在出事后的几天，在微博上开撕何录，连着发了好几篇小作文。

可谓字字泣血，公开了各种聊天记录截图和照片，抽丝剥茧地谈二人的恩恩怨怨。

中心内容有几个劲爆点：

1. 两人地下恋情已经长达五年，明赫琪甚至为他打过胎，却从来没有被正式承认过，并且何录和她私下约定——一起出门不能拉手，要保持距离，如果有人在，就假装不熟。

2. 何录为了事业一直不想公开关系，二人交往期间出轨多次，脚踩两只船，出轨对象有圈内某三字女星。

3. 之前明赫琪丑闻爆出来后何录曾和明赫琪提出要分开一段时间冷静一下。事业和爱情遭受双重打击，让明赫琪的精神状态糟糕到了极点。

这些小作文言之凿凿，之后明赫琪的闺密更是发誓，如果有说一句假话，所有的诅咒她都背。

这几条微博一出，舆论风向立刻被带偏，几乎把明赫琪的死都归咎于感情纠葛。

不仅明赫琪的粉丝一夜之间都疯狂了，何录的粉丝、之前各路 CP 粉也炸开了锅。

连路人看到这些内容都对明赫琪的死有些于心不忍。

这些微博下面有一堆爆炸性的评论——

骂渣男何录的，质疑闺密消费死者蹭热度的，痛恨网络暴力逼死人的，喷废物经纪公司消费玩弄 CP 粉感情的，还有剩下围观看热闹的人都在猜测圈内某三字女星是谁。

最近何录和付雪梨两人的绯闻风头正盛，付雪梨首当其冲被拉出来讨伐。

没过多久又有人放出之前明赫琪和付雪梨一起上综艺玩游戏的 cut（剪辑）镜头，明眼人都看得出来的针锋相对、暗潮汹涌。

似乎印证了什么。

于是某三字女星的矛头几乎立刻指向了付雪梨。

在没有实锤的情况下，真相却已经被强行板上钉钉。

CP 粉们的粉红幻想一夜破灭，自己像个智障一般被人耍了一遭，内心愤恨失望，顷刻间所有的爱意全部转为恨，于是疯狂开喷。

这件事轰轰烈烈闹了好几天都没有消停，树倒猢狲散，无数粉丝联名要求全行业封杀何录和付雪梨。

眼看着越说越离谱，团队不得不硬着头皮在这种一边倒的形势下出来做危机公关，澄清解释：

之前的炒作只是节目组需要热度，有粉红情节大多也是因为剪辑问题，两个艺人在《最后百分百》里相识，私下交往止步于好友同事，请各方不要再传谣。

然而一点用也没有，网上一边倒，轰轰烈烈的讨伐还在继续：

哈哈哈哈哈哈哈，看这个公关文，渣男配女婊天长地久！
两个人早就搞到一起了吧？现在说这些是打算继续骗粉丝吗？当我们都是智障吗？
笑看你们表演，当代网民怕都是民智未开。
不要用剪辑当借口，你们为了炒作已经没了良知，不怕遭报应吗？
我现在怀疑这是谋杀……
大家冷静一下吧，感觉现在都疯魔了，根本没有确实的证据就瞎喷，上一秒谴责网络暴力，实际上这一秒也在对他人实施网络暴力。非要逼得人家也死了才好吗？
何录渣男原地爆炸全家升天！！

"抱歉，我说了现在她情绪很不稳定，不想接受任何采访。"唐心面无表情地说。

"是谁把付雪梨的手机号码泄漏到网上的?！简直太胡闹了!!!"唐心踱来踱去，一通接一通的电话让她烦躁地揉捏着眉心。她猛地放下手，"这件事先看看警方怎么说，不是还在调查吗？买点营销号控制舆论，我暂时帮付雪梨把通告都推了，这段时间最好别在公众前露面，你们也把嘴巴给我上锁，什么都不要回应。"

电话铃响了。

"什么，你确定吗，听谁说的?！"大概不是什么好消息，唐心的口气忽然变了，表情也变得凝重。听了半天，她叹了口气，打断对方，声音因为激动还有些克制不住的颤抖，"算了，这个以后再说，我现在这里有事。"

挂了电话，唐心按开客厅的灯。

"你还OK吗？"

"还行。"较为昏沉的光线下，付雪梨的声音听不出情绪，只是略微有些疲惫。

"怎么，这几天你一直失眠？"

"这是我的老毛病了。"

"那你趁着这段时间，好好休息。"唐心顿了顿，"做我们这一行，你知道的，很多话说不清，你别太往心里去，这几天就在家里好好休息，别去管外界的言论。"

"你和何录的事情要说清楚，但不是现在，没人会听你说。等风波过去再说，现在说什么都是错的，连标点符号都会被人拿来喷。"

"……"

"付雪梨？"唐心叫。

付雪梨蜷缩着，盖着毛毯，沉默地把头埋进膝盖，一个人默不作声，看着孤零零的。

也是，又不是钢筋铁骨，面对这些，很客观地讲，是个人心里总会有些过不去。

几天前，唐心火急火燎地在申城的机场接到付雪梨，虽然旁边跟了几个助理和安保人员，但还是挡不住围上来的"长枪短炮"。四周镁光灯疯狂地闪，记者争先恐后地问八卦，把话筒拼了命地往前递，穷追不舍。

"请问你和何录的恋情是否属实？"

"对于明赫琪的死你有什么回应吗？"

"付雪梨你会公开回应网上的一系列质疑吗？"

"请问……"

"……"

除了娱记，还有闻风而来的粉丝。海啸一样的讨伐声、各种难听的脏话层出不穷，粉丝各个情绪激动，甚至还有人出手朝他们扔东西。

别说付雪梨这种从小到大都顺风顺水、娇生惯养的温室花朵没见过这样的阵仗，就连在娱乐圈这种大染缸里打拼多年的唐心——见惯了大风大浪大场面的人——都没经历过这种噩梦。

付雪梨像过街老鼠一样，走到哪儿都要被别人用这样那样的憎恶目光烧穿。

手机里一条接一条的恐吓信息——小三、贱人等字眼，以及嘲讽、挖苦、咒骂的言语，几乎要将手机挤爆。

现实世界无可避免，生而为人，撕下血淋淋的外表，呈现的东西罪恶又恐怖。

前途坎坷，一路鬼怪。

自从出了事后，无奈之下，唐心替付雪梨断断续续暂停了一切活动，就差把她家里的网都停掉，不接收外界的任何消息才好。

轰隆隆——

太阳暴晒了几周的申城，今天乌云密布，凉风乍起，傍晚终于哗啦啦落了雨。

室内空调温度开得很低,这种天气让人只想裹着被子好好睡一觉。

有人按门铃。

门铃响了好半天,锲而不舍。付雪梨振作精神,翻身而起去开门。

门一拉开,望着门口,付雪梨睁大眼,头有点犯晕,像在梦中,心肝一阵颤。

许星纯背着光,手里拿着还在滴水的黑伞。他薄唇抿紧,鼻梁挺直,眼神阴沉。

好像淋雨了。黑色短发凝结着水滴。

付雪梨身上还裹着小被子,心想:他来干什么?来了又不吱声,表情还这么压抑。

她看着他:"你来干吗?"

"警方有几个问题需要问你。"

"……"

这话把付雪梨的心硬生生戳了个洞,她登时就想爹毛。停了半天,她才不敢置信地道:"所以你现在是来我家调查明赫琪的案子的?"

看许星纯默认的样子,付雪梨顿时气得反胃,不可名状的委屈泛滥而起:"要是我不乐意呢?"

他的眼睛没有光,垂下来:"我没有权利强制要求你配合。"

寡淡到漠然的样子让付雪梨心底最后那点惊喜也没了,她似笑非笑:"你们当警察的就是不得了。"

不知道自己眼睛都红了,付雪梨还装作无所谓的样子:"许星纯,你随随便便就能找到别人住的地方?滥用私权吧又在?"

许星纯侧身擦过她进房,在摆满了空酒瓶的茶几前停下。

付雪梨去浴室洗了把脸,放慢动作,稍微把自己收拾了一番才出来。

她手背在身后,十根手指都绞在一起,高抬着下巴:"想问我什么问题,直接问呗!怎么着,还想看我什么笑话?"

许星纯目光扫过她的脸,不声不响,一言不发。

他平淡无波的眼神此时都格外刺眼,像在嘲讽她。猛地,她就被刺激到了自尊心,要往回走,肩膀却忽然被人攥住。

静止两三秒,她忽然爆发了,这几天对外界各种声音的愤怒齐齐涌上来,她猛地挣开许星纯往后退:"放开我!你们真的很搞笑啊,我干吗要被莫名其妙扯进来配合你们?我又不知道明赫琪是怎么死的。"

许星纯依旧淡淡的:"是关于何录。"

最近这个名字看到、听到得太多,每每都伴随着各种污言秽语,以致从他口里提起,让付雪梨没由来一阵反胃。

她手握成拳头,强压着火气,气息紊乱:"我和他?你想听什么?三角恋,出轨小三导致原配自杀,你想听的是这个吗?"

"所以你是吗?"他问。

"我是你妈!"付雪梨随手抄起旁边的东西疯狂往他身上砸,"滚!"

原本一肚子想说的话,现在一个字都不想说了。许星纯伸手挡住她:"你冷静一点。"

从小付雪梨就不懂为人处世,得罪了不知道多少人,但是随着年纪增长,遇到某些事情,终究还是忍下了。

但是对许星纯,实话实说,别人对她怎么样无所谓,但是她在他身上吃不了任何苦头,受不了任何委屈。

就算只有一点点,也分分钟让她想爆炸。

"冷静个屁!你也看到新闻了吧,你不就是想过来看我笑话的吗?!那你现在看到了,快点滚啊,反正像我这么龌龊的人,死了都不用你管。你滚吧,现在就走!等我死了你再来调查吧……"付雪梨抽噎,泪水擅自夺眶,决堤而下,模糊了视线。

许星纯任她打骂,一直没动。

她连忙低下头,颤颤巍巍,不停用袖口擦眼泪,死死咬着嘴唇,强忍着才能不哭出声。

因为她不想哭。

至少不想在他面前这样崩溃狼狈。

反正许星纯已经不会心疼她了。

记忆里温温柔柔的许星纯,对她那么好的许星纯,通通都是狗屁。

一路被连扯带拉。

后背撞在冰凉的瓷砖上,花洒里水柱散开,刺骨的冷水迎面浇来,从头冷到脚。付雪梨只来得及闭上眼,膝盖瘫软,几乎要跪倒。她瑟缩着,慢慢蹲下去,滚烫的眼泪涌出来,牙齿控制不住地磕颤,上气不接下气。

许星纯单手把她压在墙上,贴着她的耳朵,用沙哑的嗓音问:"你说你想死?"

第六章 流泪甜筒

——他乖乖听话。
然后乖乖被你丢下。

"你想死?"

许星纯咬着牙,又问了一遍,语调冷飕飕的,表情显露不多,却隐隐戾气逼人。

她忽然平静了,往后退了退,咬着嘴唇:"关你什么事?"

"和我有什么关系?付雪梨,你有亲人朋友,你不是未成年,出了事情,能不能成熟坚强一点?你认为死就是解脱吗?"

"你是我的什么,到这里说教我做什么?"她紧紧追问一句。

默然很久,他一句话也说不出。付雪梨撇过头去,有点受不了许星纯此刻的表情和眼神。

冷水喷涌而出,他的身上也全部被淋湿,衬衣紧紧贴着肌肤。付雪梨脸上分不清是泪还是水,总之两人的模样都狼狈至极。

及肩的黑发被水打湿散开,一缕一缕贴着白净细腻的皮肤,眼睛乌黑湿润,她的腰软得像要开出桃花。

"你别碰我。"付雪梨用力掰开许星纯的手,推开他,跌跌撞撞往前走。

刚走两步就摔倒在地,膝盖直直地磕在湿滑的瓷砖地面上,钻心地疼。

真的好疼啊!

脊髓直达头皮的那种。

缓了一两秒,付雪梨知道身后的人在看着她。她咬牙,扶住一旁的洗手台,忍着痛准备爬起来,突然一只胳膊被狠狠拉过,身体被打横抱起。

肩膀处传来的痛楚仿佛要刺进心里,她感觉要被许星纯捏碎了,内心却忽然一点都不怕,身上也感觉不到丝毫冷。她转头搂住他的脖子,把脑袋埋在他肩上。

感觉到许星纯浑身一颤。

付雪梨突然想笑。

眼睛弯得像月牙儿，心里却莫名难受，一点一点揪着疼。

婊子的做作永远比淑女的真话迷人。

许星纯从来不懂。这么多年，一点长进都没有。

他从小就缺爱，她随随便便的一句玩笑话，甚至是谎话，就能让他痛苦万分。

记得很久以前，上高中的时候。有次她和他发脾气，随口说："许星纯，我真的烦透你了，你马上就要逼死我了，你知道吗？我不想再见到你了。"

这当然是气头上的浑话，她太知道怎么能让一个人更伤心了。听到这样的话，许星纯整个人似乎一瞬间都空了。

接连几天的课他都没去上，听老师说是请了病假。

第四天放假。

付雪梨在家一觉睡到黄昏，天色已暗，出门吃饭。许星纯坐在她家旁的花坛上。

身影孤零零的，像一棵挺拔嶙峋的树。

她站了两分钟，才溜达过去。

刚接近，就看见许星纯衣服上有明显的血渍，袖口处尤其明显。付雪梨心中大惊，忙过去拉起他的手臂。

上面全是纵横交错的伤口。

"你疯了?!"她不敢置信。

他居然疯狂偏执到这种地步，因为她随便的一句气话这样对待自己的身体。

许星纯抬头，眼里很平静，和她对视："付雪梨，我们一起好吗？"

"……。"

他站起来。付雪梨挣扎着往后退。

几秒的寂静。

那时候她就隐隐约约意识到，像许星纯这种表面温和的人，其实骨子里比谁都绝情。

她死死咬着惨白的嘴唇，不敢有任何动作，脊背有冷汗渗出。

他俯下身去，下巴搁在她的肩上，鼻息喷洒在她耳畔："不敢死，以后就不要在我面前说这种话。"

她起了一身的鸡皮疙瘩，像被一盆冷水猛然盖顶。

"呜呜，许星纯，你就是一个变态吧？"付雪梨脑子里轰的一声响，大哭起来，快要背过气去。

申城公安分局会议室。

"氯硝西泮？"

"对，在死者体内检测出来的。"林锦翻看着卷宗和资料，"我感觉事情没那么简单。明赫琪被发现时躺在浴缸里，身穿红裙泡在水里。因为失血过多，全身皮肤已经呈青紫色，但怪异的是脸上浓妆艳抹。"

刘敬波眉头紧蹙："你是说她被下药了？"

"这啥药啊，听都没听说过，能不能来个专业的介绍？"小王年纪尚轻，很多东西没见识过，在旁边听得发蒙。

"这玩意无色无味，一般人吃了以后起效时间得有二十分钟，药效持续时间四个小时起，服用后人就会处于昏厥状态。"林锦直接解释。

刘敬波越来越疑惑了："对，我觉得很奇怪的地方就是这里，你说自杀就自杀呗，割腕前化好妆，还吃个稀奇古怪的药，想想都怪瘆人的。"

林锦摇头："不排除死者求生欲望太低，又害怕自己反悔，割腕前服用药物以减轻痛苦。"

那化妆又是为哪般？

上路也要走得体面一些吗？

这个案件他们有些头痛，助理发现明赫琪自杀以后，第一时间先拨打的是120，等医生赶来才报的警，之后明赫琪当场抢救无效死亡。

随后不知道怎么，消息传得太快，记者和路人都围堵进去看热闹，第一现场被破坏得乱七八糟，能留给他们侦查的细节很少。

明星在酒店身亡引发的关注度非常高，各个媒体都在等警方这边的消息。

林锦站起身揉揉额角，靠在会议桌旁，声音沉沉："按照许队和老秦那边初步的鉴定，死者的死亡时间是上午11点左右。但是按照氯硝西泮在血液里的浓度分析看，正常情况下服药时间应该比死亡时间提前一到两个小时，也就是说，死者是在药效发作后才割的腕。"

"那这不是矛盾了吗？"小王翻看案发现场的照片，"不知道是不是现场太混乱了，我们去的时候排查了几遍，都没有发现明赫琪割腕自杀用的工具。"

明赫琪割腕的方式是顺着动脉割，这种情况，只有抱着必死的决心才会这么干。

身上没有明显挣扎的痕迹，手腕被锋利的尖锐物品割破了皮下组织八毫米到一点五厘米深，流血速度很快，被人发现之前就已经死亡了。

林锦继续沉吟："根据酒店提供的记录，明赫琪死亡当天房间门口出现过三个人。"

"一个是送外卖的，没有进入房间，这个暂时排除。"

"一个是戴着口罩和黑色鸭舌帽的年轻男人，经过调查应该是何录。不过按照他的口供，他只是出发去乌江录节目之前探望一下女友，并且他说当时明赫琪的情绪较为稳定。"

"还有一个是负责照顾明赫琪生活的助理，案发的时间段她刚好出门替死者买东西。"

"三个人的口供基本一致，和酒店的监控也能对上。"

小王挠挠脑袋："那就是说，明赫琪是自杀？"

林锦摇摇头："没这么简单。"

"……"

讨论了一上午也没有什么实质性的进展，解开一系列的谜团之前，快速下定论也不可能。

但侦破这个案子迫在眉睫，不能耽搁太久。

到中午吃饭的时间，小王收好一大堆案卷，揉着发酸的肩起身。

身边的人一个个经过，小王快步跟在刘敬波身后，神神秘秘地小声问："刘队，问您个事啊？"

刘敬波看他一眼："什么事？"

"就那个，哎，最近我上网，好多没谱儿的事在瞎传，看得我都急得慌。就付雪梨，那个明星，您知道吧，唉，被骂得特别惨。然后呢，我就突然想到，她好像还是许队的旧相识呢。"

刘敬波听得不耐烦，打断："你到底想说什么？"

小王嘿嘿一笑："听说汉街那儿的洗浴中心和娱乐中心聚众吸毒的案件又发生了好几起，许队他最近应该很忙吧，怎么有心思专门来管这件事？"

虽说许星纯是公安系统的法医，但他的身份首先是一名缉毒警察。他最近两年表现突出，在基层锻炼的几年里，破获的毒品案件有上百起，去年才在体制内被调来申城，听说是上头的安排，他们也不太清楚，总之许星纯平时特别忙。除了法医工作，相当多的时候他还要承担与缉毒相关的警察工作。

"所以呢？"刘敬波问。

小王一脸八卦的表情："所以我想问您啊，许队和那个付雪梨，他们是不是真有什么不可言说的关系？上次您知道我看到什么了吗？我在许队的临时休息室里，看到付雪梨了！当时我就震惊了，怀疑自己是不是出现幻觉了。所以这几天我一直在思考……其实许队是大明星的地下男友，您觉得有没有可能？！"

"……"

"就也挺不好意思的，我有个特别喜欢的偶像，好多年了。我就想说，能不能拜托一下许队，帮我要个签名什么的，嘿嘿。"

刘敬波像在看傻子一样，猛地抽了他脑袋一下："小王，我说你一年到头正经案子破不了几个，原来心思全放在这上面了？"

"哎哟哎哟，别打，有话好好说！"小王抱着脑袋嘀咕，"我不就关心关心许队嘛！"

付雪梨做了个梦。

在梦里，她和一群朋友去吃饭，其他人先上楼，只有她一个人坐电梯上去，进电梯后操控板上全是年份。

没来得及收手，按到了十年前，电梯门打开，她走出去，教室里正在上课。

朗朗的读书声里，许星纯穿着干净的校服，站在讲台上抄板书。

大家齐刷刷看过来，付雪梨顿时很惊慌，想回电梯里，一转身反应过来教学楼没电梯，刚才电梯的地方变成了走廊。

她是被吓醒的。

她茫然地睁开眼，看着头顶的天花板喘气。

过了好半天她才反应过来，原来是在做梦。

她又花了几分钟，渐渐找回思绪。刚刚她在浴室……

在浴室被许星纯拦腰抱起来。

然后……

然后……

付雪梨眼皮沉重，勉强撑起身子，掀开身上的被子下床，打着赤脚，拉开卧室的门。

她突然闻到空气里有股淡淡的，类似食物的香气。

她走过去，看到餐厅的桌上摆着一碗粥，已经没有热气了，不知道放了多久。

不用看也知道，是谁捣腾出来的。

付雪梨拉开椅子坐下，往嘴里送了一勺，然后慢慢咽下去。

一口接着一口，虽然很难吃，但她吃完了。

而且心里百感交集。

在沙发上摸出手机，开机，胡思乱想了一会儿，她下决心拨通许星纯的号码。

"嘟——嘟——嘟——"

突然耳边隐隐约约有铃声响起，不远不近，辨不清具体方位，大概是在阳台的方向。

许星纯没走？

付雪梨内心深处松了口气。她循着声音走，犹犹豫豫，拉开阳台的门。

在她的注视中，许星纯按下手机，终止通话。他穿着单薄的衬衫，阳台的风很大。

付雪梨停住脚步。

久违地，心虚又心悸。

"那个……"她迟疑了一瞬，然后开口，"上次的粥，也是你煮的吧？"

付雪梨希望自己这句话，问得很自然。

有短短一段时间的沉默。

"你每次主动来找我，都摆出一副不想跟我讲话的模样，你到底想干什么呀？"她疑惑地问。

许星纯置若罔闻，靠在墙边，低头点燃一根烟。

他的肩线流畅，顺着衣服的侧缝延伸出笔直的线条。他身上穿着略湿的白衬衫，黑色皮夹克。

烟雾缭绕之中，他似有若无盯着她的模样，居然有种说不上来的危险诱惑力。

阳台上摆着原木桌椅，墙壁上嵌着暖黄的灯带。付雪梨在心里一遍一遍提醒自己，不能被美色诱惑，千万要把持住，千万要把持住。

千万要把持住自己。

到底还是忍不住，向他走近两步，她一时手快，去抢许星纯的烟。

他没有反抗。

付雪梨光着脚，刚好到他的下巴，只能仰头，才看得到许星纯的眼睛。

"许星纯，你端着架子打算干什么？"她仰头，一板一眼地问，似乎很疑惑。

燃了小半截的烟被她随意丢弃到一边，他无动于衷，微敞开的黑色夹克，脖子好看得想让人仰头咬上去。

许星纯抬手，关了旁边的壁灯。

付雪梨微微踮脚，张开手臂环绕过他的脖颈。她用很轻很轻的声音，在他耳边问："你明明就放不下我，对不对？所以你一次又一次主动来找我。你根本控制不住你自己啊，许星纯！"

他全身都紧绷着，不发一言，像是被戳破了什么难堪的秘密心事。

付雪梨头贴在许星纯的胸膛上，不知怎么，突然有点怀念，她好久都没看到他笑了。

其他人都不知道，许星纯笑起来有多好看。

年少的时候，她可恶至极，经常恶作剧作弄他。他们单独在一起的时候，许星纯往往不会生气，偶尔会对她露出无可奈何的笑容。

笑得深的时候，脸颊上有浅浅的酒窝，不用仔细看，就能醉到心窝窝里。

她玉白的指尖闲闲地戳他的下巴，漫不经心道："笑一个，好不好？"

许星纯冷冷清清地看着付雪梨，却没有任何实质性的反抗动作，既没有推开她,也没有抗拒,只是微微挡住那只乱动的手,语气阴郁:"你想干什么?"

"我想……你对着我笑一个,好不好?"付雪梨又问了重复的问题,心里一叹。

没等他拒绝,水红的薄唇,稳准狠,毫不犹豫地对上他微张的唇。

舌尖去挑开他的牙齿,付雪梨一面笑,如愿以偿看到许星纯剧烈抖动的眼睫毛,她眼里却全是心不在焉的神气。

她加深了这个吻,越发地专注投入,双臂缓慢缠绕住他的腰。

由浅入深,由表及里,不过几分钟,场面就失控了。

负面心理和感情一直都被强行压抑着,一旦发泄出来,完全不受控制。

理智一点点瓦解,疯狂又激烈的情愫刹那间就已经超越警戒线,变成被欲望支配的怪物,付雪梨像狂风暴雨里飘零的一叶孤舟,感觉骨头都要被他勒断了。

一路纠缠到客厅,她被摁在柔软的沙发上,无力地攀住许星纯。他和她十指纠缠,额头相抵,不住摩擦。

情到了极致。

他口里低声呢喃的全是她的名字。

这让付雪梨突然萌生了一种罪恶感。她想呼吸,于是大口大口地呼吸。她眯着眼,盯着头顶令人眩晕的灯圈,感觉自己渐渐下沉。

多年前的不知是记忆还是梦境,在眼前似乎越发清楚。

人头攒动的商业大厦,她临时接到好友的电话邀约。许星纯在旁边,她瞎编了一个理由,让他去冰激凌店买甜筒。

等他去排队后,付雪梨安心溜走去玩。她在出租车上拿手机随便发短信,通知了许星纯一声。

"我走啦,许星纯,一个人乖乖的哟。"

夜里下起暴雨,玩到三更半夜的她被好友送回家,不知打着谁的伞。

她刚下车,摇摇晃晃走了几步,一抬头,就看到许星纯站在她家门口凌晨街头寡淡的路灯下。

他全身湿透,手里还拿着早已经融化的冰激凌,就那么平静无波地看着她。

那是付雪梨人生里第一次对某个人,产生了某种类似愧疚的情绪。

付雪梨。

你要许星纯乖乖听话。

他乖乖听话。

然后乖乖被你丢下。

有一个想法让她心生恐惧。

"许星纯。"

亲吻持续了很长时间,付雪梨的声音突然有些哽咽,一顿一顿:"上次的粥和这次的粥,都是你亲自做的,对不对?"

听到她的声音,他慢慢停下动作,垂下眼帘,很轻地"嗯"了一声。

更多的话最终没说出口,被咽回,藏在了心里。付雪梨心脏有些火烧火燎的痛:"你这么多年,没有忘记我,对不对?"

许星纯似乎知道她要说什么了,嘶哑着自嘲道:"你继续。"

"许星纯,你真傻。"

她好好抱着许星纯的腰,想笑笑不出,想哭也没眼泪,凑过头去,鼻尖轻轻蹭蹭他耳畔说:"你不要爱我了,好不好?"

真奇怪。

许星纯为什么这么傻,一路撞南墙,这么多年都不知道回头?

她知道的。

他是爱她的。

他没脾气。

所有做给她看的冷漠,骨子里都是赤裸裸的热情。

所以她第一次觉得,他可能喜欢她,真的喜欢得太辛苦了。

在这方面,她一直都没有自觉和自知之明。

付城麟说得没错。

天生三心二意的人,就一心一意玩耍,不要勉强自己有多专一。

付雪梨突然开始怨恨自己。

自己就是这么个玩意,控制不了天性里的缺陷,一点都配不上别人对她的好。

许星纯就是一个大傻子,还是一个运气不好的大傻子,碰上她就一根筋。

真的好惨啊。

明明自己会伤得更重,还是去换得她短暂的迷恋。

像牢笼里的困兽,装作深藏不露,然后独自吃下藏都藏不住的苦头。

唐心推开门,付雪梨趴在餐桌上,一动不动仿佛睡死了过去。她的面前摆着一个空了的盛粥的碗,没来得及收拾。

一声不吭走过去,唐心伸手推了推她的肩膀:"醒醒,你怎么在这里睡了?也不怕着凉。"

付雪梨头埋在双臂之间,半天,才抬起来看她。

"……"

唐心吓了一跳，看付雪梨眼皮红肿，面色苍白，整个人恍恍惚惚的，呼吸间酒气四散，不知道昨晚哭了多久的模样。她皱着眉头："不是吧，付雪梨？你不是一向最洒脱吗？这次一点负面新闻就把你打击成这样了？"

"没有。"付雪梨慢慢直起身，她觉得累极了，极度无力，嗓子已经哑得说不出话来，"你怎么来了？"

唐心起身去厨房的冰箱拿了瓶低度酒，随便拿个玻璃杯倒了点，随口问："你最近上网没？"

"没。"付雪梨侧歪在椅背上，头发乱糟糟的，手指摩挲着光滑的碗面，凝视半晌。

她有一搭没一搭地听唐心讲话，脑内一团乱麻。

昨晚许星纯走之前最后看她的眼神一直浮现。

从惊涛骇浪，到归于死寂，仿佛最后一点光也熄灭了。

他平静离去时的背影，映在她眼底，更像是一种滚烫的疼痛。

感觉心一抽一抽的，憋得胸口发疼。她也没想到自己这么狠，居然会把许星纯逼到这个地步。

有一瞬间付雪梨觉得后悔，干脆出尔反尔，出声留住这样的他，可随即理智回笼。

她之前的一句话已经堵死了两人以后的路。她怎么能这么没良心，厚着脸皮纠缠他，然后看着许星纯继续沉沦在痛苦中。

他早点对她死心也好。

唐心看付雪梨又走神了，也不在意，继续自顾自低声爆料，脸上有隐约的笑意："呵呵，你知道吗？明赫琪根本不是为情自杀，警方已经放出消息了。"

"什么？！"付雪梨游离的思绪瞬间被拉回，"这是什么情况？"

"具体的进展还需要保密，我也不太清楚，不过已经确定明赫琪是被人杀害的了。"唐心漫不经心地拨弄指甲，"昨天买通了圈里一个狗仔，不出意外，今晚微博就会爆出何录出轨的人。谁都别想白白让你背黑锅，踩着我的人上位，不可能的事。"

"哦，对了，你别担心了，网络上变天快得很，一天一个样。今天一过，我保准明天微博上给你带出一个'向付雪梨道歉'的词条。"

"……"

唐心喝完最后一点酒，放下杯子："行了，这个事暂时告一段落。下个月我手里有个项目，估计得出国一个月。这几天在家你休整得差不多了吧？接下来的通告我等会儿发你微信。"

堪称"年度大戏"的事件居然出现反转,网上各式各样的娱乐新闻铺天盖地。唐心趁着热度正高,第一时间就给付雪梨安排了一场记者发布会,粉丝也有几个名额进场。

采访到中途,底下突然有个男粉丝声嘶力竭地喊叫,激动得泪流满面:"付雪梨——全世界都欠你一句'对不起'!!!"

"……"

付雪梨本来在回答问题,猛然听到这个哥们儿粗犷又略带一丝心碎的声音,顿时觉得有点好笑,忍不住停了一下,控制住面部表情,才没笑出声音来。

但下面的记者没忍住,三三两两地笑开了,现场的气氛一下子轻松了不少。

有网媒继续问:"那请问你和何录——"

"不好意思,我们之前已经统一答复,我司艺人和何录先生私下没有交流,仅仅止步于同事关系,不回答类似的问题,抱歉。"旁边有工作人员礼貌打断这个记者的提问。

付雪梨安安静静不出声,过了一会儿,拿起话筒,一字一句认真道:"最后再说一遍,出道以来,我从来没有和任何圈里人发展过恋情。"

一场记者发布会平平稳稳地开完,无功过。下午付雪梨要赶去另一个地方拍摄一支MV,中午的休息时间很短暂,要吃饭、化妆、换衣服。

连续高强度的工作,几乎天天都在赶通告,付雪梨深感疲劳,有些支持不住。定好一个十五分钟的闹钟,付雪梨窝在沙发上沉沉睡过去。

身边似乎人来人往,嘈杂的声音时强时弱。昏昏沉沉间,付雪梨醒来后把手机摸起来看时间,西西半分钟前发了消息:

"雪梨姐,机票已经拿到手了,行李也收拾好了,我在车上等你哟!"

下电梯进入地下停车场,付雪梨拿着手机,往西西刚刚发来的地址走去。

"小方小方。"西西推门而入,空旷的化妆间里就剩小方一个人。她探头四处望了望:"你看到雪梨姐了吗?我手机不知道掉哪儿了,联系不上她。"

小方抬头,纳闷道:"啊?我刚刚看到雪梨稍微补个妆就出去了呀,是不是去上厕所了?"

"什么时候?"时间快来不及了,西西有些着急地问,"现在路上有点堵,我怕到时候上不了飞机。"

小方想了想:"十五分钟前吧,好像。"

东街花园居民区。

"嫌疑人是住这里吗?"刘敬波关上警车的门,打量着这栋半破旧的老式房。

林锦凝重地点点头:"应该没错。"

他们好歹和犯罪分子做斗争这么多年,从一开始他们虽然察觉到明赫琪的案子不简单，但一直都没什么头绪。

网上有些人又一直在拿这件事炒作，弄得他们一时间焦头烂额。初步确定明赫琪不是自杀以后，案子充满了疑点和矛盾之处。

现场没有留下任何可以比对的线索，加上当天出现在酒店的人口供基本一致，都挑不出毛病。于是在反复看录像，假定犯罪现场，最后再排查目标之后，锁定的嫌疑人居然是明赫琪身边的助理。

那个在警察局做笔录时哭到快晕厥的瘦弱小女孩。

"虽然我目前还没有找到犯罪嫌疑人的作案动机，但是这个助理和明赫琪的死一定脱不了干系。"林锦肯定地说，"她一定对我们撒了谎。酒店附近的一个街道的监控录像显示，8月17日下午，朱某根本没有出去活动，而是一直待在一辆黑色的本田车上，等案发后半个小时才原路返回。"

"上去看看。"一旁的许星纯出声。

朱夏的家在三楼，是一个颇为迂回的套房。几个办案子的民警到处打量着这处地方：墙壁已经斑驳，角落里缠着蜘蛛网。明明是炎热的夏天，这儿却有一丝丝阴冷的凉意。

"敲门。"刘敬波站在门边，默默掏出枪。其他人也自觉地躲藏在两侧。

小王深呼吸两次，在门上叩了两下。

等了半分钟，没反应，于是又抬手叩了两下，还是没反应。

小王正准备贴耳倾听，旁边沉默的林锦忍不住出声提醒："按门铃。"

"……"小王有些尴尬，看了他们一眼，伸手去按门铃。

家里应该没人。刘敬波几人眼神交流，最后决定破门强入。

厚重的防盗门一打开，看清房子里的样子后，在场的人都吸了一口气。

映入眼帘铺天盖地的，全都是何录大大小小的写真照。许星纯弯下腰，随手捡起一个揉皱的纸团，打开。

上面用黑色水性笔密密麻麻写着何录的名字。

小王感叹了一句："好恐怖啊，这个，没想到这个朱某居然是何录的疯狂粉丝。我记得明赫琪不是何录的女朋友吗？"

其实在看到这些后，林锦等人已经在脑海中形成对这个案子的简单判断。这时侦查员在家里搜出一把带着血迹的水果刀，他把水果刀放进搜查袋里："这应该就是当时明赫琪割腕用的那把刀，等会儿拿回去比对上面的血迹和DNA，结果出来就能确定了。"

林锦点点头。

刘敬波继续在这个狭小的房间转悠。朱夏平时应该很少在家，也不注意打扫卫生，很多地方都落了灰尘，厨房更是脏乱。他从浴室溜达到客厅，一转头，看到许星纯立在卧室门口一动不动。

"怎么，许队有什么新发现？"他走上前去。

环顾一圈，刘敬波顺着许星纯的视线，看到卧室里竖着两幅大型海报，其中一幅是明赫琪的，脸上已经被尖锐物品划烂。而另一幅……

刘敬波的汗毛都竖了起来。

虽然海报上那个女人的双眼已经被挖掉，只剩下黑漆漆的两个洞，但刘敬波一下就认出来——

这个人是付雪梨。

不好，估计出事了！

拿着手机拨号的小王许久没等到付雪梨的电话被接通，又重新拨了几次，都是不在服务区。

身边的人都紧张地盯着电话，小王手心也渐渐出汗："他们明星都很忙，可能这会儿没看手机，没接电话是正常的吧？"

林锦眉心紧皱："快点通知付雪梨身边的人，没猜错的话，嫌疑人应该也知道自己暴露了，下一个下手的目标很可能是她，犯罪概率很高。"

"不用急。"刘敬波还想说什么，视线瞥到许星纯的表情，他张了张嘴，"快点联系局里，让他们调出付雪梨助理和经纪人的手机号。"

那边动作很迅速，一会儿就传来两串数字。

小王打过去一个显示关机。他们有些傻眼，又拨通另外一个，唐心立马接起："喂？"

"你好，我们是申城金凉区公安分局的民警，是这样，我想问一下，付雪梨现在在你身边吗？"

那边的人声音很焦急："付雪梨不在我旁边，她手机也打不通，不知道哪儿去了！家里也没有，现在我们正准备去调停车场的监控录像呢！"

手机是外放，听到这些话，在场的人相顾无言，心头都猛地一沉。

刘敬波一抬头，话还没出口，就看到许星纯的背影消失在门口。

城郊一家废弃工厂，里面摆满了脏乱的汽油罐。付雪梨是被一盆冷水浇醒的，她从意识模糊到渐渐清醒，发现口里被堵了一团毛巾。

她整个人都震了一下，昏迷前的记忆渐渐回到脑中。

她去停车场……没走几步，拐弯时被人拍了拍肩膀，刚一回头，一块沾了药的纱布就捂了过来。

忍着周身剧痛，她浑身像散了架一样，尝到口里有一股血腥的铁锈味。她被绑在一张椅子上，动也动不了。

付雪梨抬头望了望四周，天色已经黑下来，头顶森然的白炽吊灯一晃一晃的，不知道是个什么鬼地方。

"看什么看！"旁边的人丢了水桶，一巴掌啪地把付雪梨的脸扇歪过去，"终于醒了？"

看到那把从眼前晃过的剪刀，付雪梨头痛欲裂，惊出一身冷汗。她绝望地闭了闭眼，心里不知道是恐惧多还是将死的凄凉感多。

她真的没想过被人绑架这样的事情会发生在自己身上。

朱夏走到付雪梨的面前，抬起她的下巴，表情疯狂又阴冷，森森笑了一声："啧啧啧，你看多么美的一张脸啊！何录他喜欢你们什么呢？如果喜欢的是你这张脸，我现在划花了它好不好？"

神经病。

付雪梨僵了一下，死死咬住牙，不让自己浑身打战。

说完这些话后，朱夏又不言语了，不知道想到了什么。安静了一会儿，她突然又扇了付雪梨一耳光，狠狠道："网上骂得没错，你真是一个婊子。你不是很喜欢勾引男人吗？你不是喜欢何录吗？为什么不敢承认?！你这么喜欢勾引男人，我等会儿就喊个男人来，当我面做了你，好不好？"

付雪梨悄悄握紧了拳头，含含糊糊，非常艰难地说："你……不如……直接……杀……杀了我。"

看她狼狈的模样，朱夏身心愉悦，掐着她的脖子，手上渐渐加重力道："你以为你不会死？哦，对了，你知道明赫琪是怎么死的吗？放心吧，等我折磨完你，我让你也尝尝这个滋味。"

付雪梨感觉眼前有一闪而过的白光，她渐渐没了力气，连呼吸都是间歇性的。

"我去，怎么会这么快，邪门了！你好了没有?！"一个身形彪悍的光头男人匆匆从窗户边返回来，打断她们，"你怎么这么折腾，现在好了吧，条子都来了。"

"里面的人注意，你们已经被包围了。"

外面的人拿着扩音器，声音在工厂里清晰回响着。

"快点解决这个女的。"光头男很暴躁，气急败坏道，"老子就不该答应你，钱没捞着，还惹上警察了！"

对峙半个小时后。

"绑匪终于同意让我们进去一个人谈判。"

在工厂一百米开外，停着好几辆警车。林锦抹了一把额头上的汗："朱夏和付雪梨都在里面，还有一个成年男子。"

刚刚调看监控录像，确定付雪梨在停车场消失以后，他们迅速启动重特大

90.

案件侦查机制,刑侦支队召集警力投入破案,然后一路追踪到这里。

许星纯太阳穴突突地跳,不发一言。他神色似乎恍惚了一下。

"等等。"有人拦住他往前走的动作,"我知道你现在的心情。但是许星纯,你别冲动,还是等谈判专家吧,已经在路上了。这次人质身份特殊,我赌他们现在不敢轻举妄动,你如果现在进去解救人质,一旦失败,导致人质被杀害,要背处分事小,面临的社会上的压力会有多大?!"刘敬波劝道。

耳麦里传来后方监视人员的声音:"不行,人质感觉快不行了,已经处于半晕厥状态,等不了那么久,要不要先破门强入解救?"

"不行,这样风险太大,里面有一个人手里有枪,还有一个人的情绪好像不太对劲,很容易出事。"

"指挥中心已经下达命令,到万不得已可以直接击毙。"

直接击毙的风险其实很大:第一,目前已经是深夜,周围隔挡物太多;第二,绑匪显然很有经验,牢牢地和被劫持的人质贴在一起,如果贸然击毙,很可能伤害到付雪梨。

工厂内的人已经不耐烦,向空中"乒乒"几声鸣枪。

"我们要不要再商量商量怎么办,朱夏身上绑了炸药,她知道自己死路一条,现在根本不是一个正常的心理,随时都可能自爆,眼下贸然进去实在太危险……"

许星纯垂头,安静了一会儿,终于有了一点反应:"我进去。"

林锦顿时没了声音,看了他几秒,叹了一口气:"好吧。"

看许星纯走出几米远后,又忍不住对着他的背影喊:"小心!"

付雪梨被光头大汉紧紧地抱在胸前,寒光逼人的尖刀抵在她的脖子处。朱夏双手举着枪,对准刚刚踏进来的年轻警察。

"先别动!"朱夏声音颤抖,"现在你先不准靠近。"

许星纯安安静静看着光头男:"我不是来谈判的,放了她,我可以当你们的人质。"

付雪梨浑身都已经发软,只能被人勒着。她眼前已经开始模糊,听到那道熟悉的声音响起,她心里一紧,勉强睁开眼,脚开始乱踢乱蹬。

"干什么,你,老实点!"光头男不耐烦,手肘用力,固定住付雪梨的脑袋,尖刀在喉咙处又逼紧了一点。

触目惊心。

"不要动她!"电光石火间,许星纯深深喘气,喉咙发涩,声音发颤,"你们别动她,我可以当你们的人质。"

"她已经坚持不了……多久,你们不如换我。我是警察,拿我当人质,外面的人不会轻易动你们。"

光头男听了他的话,看了朱夏一眼,商量道:"要不……换一换?"

朱夏摇头,上下打量他:"我怕他太狡猾,他是警察,反抗能力太强了,不能换。"

"你,把身上的所有东西都丢过来。不能带枪!"见许星纯站着不动,朱夏梗着脖子道。

耳麦里传来焦急的声音。

"许星纯,你要听指挥,不能这样轻举妄动。"

"等等,别丢枪,小心发生什么意外!!!和他们先周旋一段时间。"

"你这样太危险了!冷静一点,狙击手已经就位了。"

"许星纯。"付雪梨突然喊了他的名字,眨了眨眼,哽咽着,泪水顺着眼眶滴下来。

"许星——"

许星纯垂眼,关了对讲机,耳麦里传来的话戛然而止。他摘下耳麦丢开。

在三人的注视下,枪重重砸向地面,他缓缓举起手。

第七章 未接来电

——偶尔她就在草稿纸上涂涂画画，经常画到最后不经意画出的就是许星纯的侧脸。

付雪梨双手被反绑，身体不断发抖，站不稳脚跟。她合目深深吸进一口气。她眼睁睁看着许星纯站在几米之外。

又苦又涩的滋味在口中化开。她说得没错，他真的是一个傻子。

付雪梨眼前一阵阵发黑，声音已经不大能发出来。

光头狠狠喝止住许星纯："别动！不准过来！"

朱夏身上捆满了炸药，一只手拿着引爆器，举枪对准许星纯，声音又尖又细，情不自禁后退了一步："你最好老实一点，人质不可能交换，你要是耍什么花样，大不了我们就一起死！"

光头皱眉："老子不想死，你去给我们找一辆车来！"

许星纯神色深沉而平静，眼睛看着付雪梨，很久很久。汗水顺着脸颊一直滑到脖子上，他呼吸渐渐变粗："你们有什么要求可以提出来。我身上已经没有任何东西了。"

"我是来和你们谈判的，没有恶意。"许星纯缓缓开口，手依旧举着。

"付雪梨认识你？"朱夏看着他幽深的眼眸，忽然冷冷一笑，讥诮地开口，"看来是旧相识了，好啊，既然……"

朱夏面色阴沉，正要继续说下去，忽然察觉到什么。

意外就发生在一刹那！趁着光头侧身疏忽的瞬间，藏在楼顶的狙击手终于找到机会，迅速开枪，一个点射击穿光头的脑颅，登时脑浆迸溅！

在场的人都被这个突然的变故惊呆了。

付雪梨软绵绵地瘫倒在地上。朱夏躲在箱子后，面色遽然而变，惊怒交聚的声音已经变调。她盯着许星纯的眼里充满了怨恨与不甘，厉声大吼道："外面果然有人，你就是在骗我拖时间！！"

电光石火间，工厂内响起接连的枪声。倒在地上的付雪梨痛苦地闭上眼睛，浑身的血液一瞬间凝固。

耳边传来清晰的爆破声，分贝巨大，震得人耳膜发痛。硝烟弥漫，火光冲天。

灼人的热浪似锋利的刀铺天盖地，烧在身上剧痛无比。突然有人从身后把她整个搂住，紧紧箍在怀里。他的手臂有血迹，犹带温度的血液已经把两人的衣服都浸透了。

刺目黏稠的红。

在这一刻，不知道为什么，所有的一切突然都变得很安静。付雪梨发不出声音，素来天不怕地不怕的她，此刻惊惧无措的心突然狂跳起来，什么也不敢想。用尽所有力气，艰难又断断续续地问："许星纯……你受伤了……？"

停了一会儿："你会死吗？"

"……不会。"

不知过了多久。

他慢慢抬手，摸索着盖住付雪梨的眼睛，气息很微弱地贴在她耳边，十分吃力："别哭了。"

突然从梦魇中挣扎着醒过来，付雪梨猛地睁开眼，入目是刺眼的雪白。迷茫了几秒，她揉了揉眼睛，只觉得浑身上下哪儿都酸痛。

脏污带血的衣服已经被换下，身上也被擦洗了一遍。付雪梨稍微动了动，一点都提不起力气。

旁边的西西看到她醒了，像看到救世主一样扑上来，扶住她，眼泪汪汪："天哪！雪梨姐，你终于醒了，吓死我了！"

"嗒，你轻点。"付雪梨倒抽一口气，抽出自己的手臂，反应迟缓，声音沙哑地开口，"我在医院？"

"嗯嗯。"西西连忙点头。

"睡多久了？"

"没有多久，唐心姐刚走，好多记者都在门外没让进来，我刚刚刷微博，网上现在讨论得特别热闹，都在担心你呢！"

仅仅一夜，付雪梨被绑架的事情已经传出去。外界震惊、担心、好奇的声音皆有，粉丝都炸了，闹得不可开交。

西西正说着话，付雪梨一把掀开被子下床，双膝发软，额头冒出冷汗，她抬手撑着一旁的墙："许星纯人呢，他在哪儿？"

看西西张嘴，半天说不出话来，付雪梨感觉事不对劲。

昏迷前凌乱的记忆回到她脑海里——

当时朱夏按下手里自爆器的时候，她整个人被许星纯一翻身压在身下，两人滚了几圈。不远处漫天的火光轰隆隆炸开,一片殷红……

西西一直垂头不语。付雪梨急了,推开她想往外面走:"你听不到我的话吗?!"

"不是……"西西现在不敢说一句刺激她的话,"医生说,你现在需要好好休息,不能乱跑。那个……那个一起被送来的警察,他也是……"

"他是不是出什么事了?"付雪梨深吸两口气,平静地问。

"啊?"西西苦着脸,细声细气,横下一条心,捉住付雪梨的手臂,有些迟疑,"他还在ICU。"

许星纯刚刚被送来抢救的时候情况很糟糕,身上中了两枪——右肩膀、左腿膝关节,还好都是贯通伤,子弹没有留在体内带来二次伤害。只是他背上有太多零零碎碎因为爆炸嵌入的小碎片,伤口很深。

他流血过多导致休克,已经陷入重度昏迷,生命体征非常微弱,直接被拉过去抢救。

"他……什么时候能醒?"

医生为难:"这个还真说不好,伤势挺重的。"

就算已经有心理准备,付雪梨还是听得心一揪,佯装镇定地点头。她站在过于寂静的重症监护室外,里面只有医用仪器嘀嘀的声音。许星纯脆弱又苍白,身上到处插着管子,双目紧闭,唇色如雪,仿佛下一秒就会死掉。

付雪梨愣怔好几秒。

她从来都没看过这样的许星纯——无力地躺着,浑身缠满了白色纱布,一点都动弹不得——虚弱到甚至可能苏醒不过来的模样。

明明当时受了这么重的伤,还是一声不吭。他有什么委屈、什么难过,从来不在她面前提,从来不主动伸手去索取什么。

付雪梨撇过头,红了眼眶,觉得有些心酸。前尘往事一刹那全部涌上心头,她想起和许星纯兜兜转转这么多年,总觉得都是很早以前的事了。

人总是怀旧的,就算口里否认,再怎么逃避,付雪梨也没办法否认她对许星纯仍旧抱着一种难以言喻的感情。

那晚在她家,许星纯最后的眼神时不时在她脑海里徘徊。

虽然这世上的感情都没有那么清白和公平,但她滥用许星纯赋予的权利,不断肆意伤害他。她对他那么坏,让他吃了这么多苦,最后他也没能讨个公道回来。

付雪梨突然害怕起来,其实她可能没有想象中那么爱自己,自由和无拘束在她心里也没有那么重要。她对许星纯的感情早已经在不知不觉中积累下来了。

如果许星纯真的熬不过去,就这么死了,她以后该怎么办?连一个好好的

"再见"都没说过,就要生离死别。

这个城市依旧车水马龙,夜晚璀璨闪耀,人来人往的街头,好像什么都不会变,可是不论什么时候,打许星纯的电话,永远都是无法接通。

想给他发消息,要反应好一会儿,才意识到已经没这个人了。

他的声音她再也听不见了。

无论是温柔、冷淡还是甜蜜,通通都听不到了。

还没有好好地说过话,这个人以后都不在了。

苦情剧里演的都是假的,付雪梨站在清清冷冷的走廊上好几个小时,一直等到第二天,都没有等到许星纯有苏醒的迹象。

做演员这一行,不论人后如何狼狈,人前都要保持光鲜亮丽;不论多疲惫无力,摄像头对准脸的时候,都得笑出来。

付雪梨除了受惊吓,其他没有什么大碍,当天唐心就替她办了出院手续。刚从医院大门出来,远远看见有几个穿着制服的年轻警察从车上下来。

外面阳光很刺眼,付雪梨黑眼圈深重,戴着遮了大半张脸的墨镜,被一大群人围拥着,公司请了几个保镖跟在她旁边。

唐心扯过她的胳膊,耳提面命地告诫:"现在外面乱成了一锅粥,你的粉丝和何录的粉丝都疯了,最近别瞎跑。新戏下个月就开机了,我帮你推掉了一部分通告宣传,你心情不好我理解,那个……许星纯是吧……你不要有太大负担,收拾一下心情工作,你安心去拍戏,有什么情况我会通知你的。"

付雪梨心里不是滋味,"嗯"了一声,表示听见了。

"最近你和何录的负面新闻太多,对方团队拿钱尽量压下了这件事……"唐心絮絮叨叨。

付雪梨转头远远望了一眼医院的方向,弯腰踏进保姆车。

坏心情是收拾不好的,不论多忙,不论心理暗示多少次,总是像乌云压顶一样赶也赶不走。

这几天付雪梨夜里经常惊醒,一睁眼,黑漆漆的四周,让她有一种不知道身在何处的茫然和恐惧感。

大半夜定定地坐着,又会反复回想起那个梦魇。奄奄一息的许星纯,最后盖上她含泪的眼。只要想到这一幕,她就汗出如雨。

胸口一团郁气堵得她实在睡不着了,就跑去外面吹夜风、抽烟,抽到脑袋开始发晕,拿起手机给许星纯打电话。

未接听。

再打一次,还是未接听。

几分钟打了好几通,最近通话页面密密麻麻都是许星纯的名字。

付城麟听说付雪梨出了事，过了几天就坐飞机来申城看她。约好时间，这会儿两人在医院旁边随便找了家西餐厅吃饭。

下午四点谈完工作，拍完一组杂志照，她一天都没怎么吃饭和休息。可付雪梨还是吃不太下什么东西，放下筷子，催促道："你快点吃吧，我等会儿还要去医院。"

付城麟抬眉，戳着碟子里的鱼子酱，慢条斯理道："我总觉得你俩像在演苦情剧呢。"

"滚开，没心情听你说风凉话。"

看她难受到要死的表情，付城麟淡定自若，身体往后靠，一副已然预见的模样："妹妹啊，哥早就跟你说吧，让你年轻的时候少造孽，这迟早都是要还的。"

付雪梨提不起兴致和他玩笑，怔忡地坐在那里。

在记忆里搜索一圈，说起许星纯吧，付城麟印象里，就是特别抑郁冷淡的一个人，长得有点帅，成绩特别好。他们初中、高中都是一个学校的，连付城麟都对他有所耳闻，他非常受学校里的小姑娘欢迎，征服各种类型的学姐和学妹的那种。

因为学校论坛里经常飘起热帖，类似：

怎么才能认识高一那个特别帅、成绩特别好，叫许星纯的学弟？
许星纯他有女朋友了吗？
有个理科班学霸，他真的好帅，听说叫许星纯，求联系方式！
今天早上在校门口值周的那个男生叫许星纯吗？
高一九班男生的颜值怎么如此高？除了谢辞，还有那个班长叫什么？

连付城麟都时常不解，在这种年纪，受到这么多爱慕的一个男生，怎么可能是个痴情种呢？对象还是自己生性放荡不羁又傲慢的妹妹。

说实话，付雪梨真的不太招人喜欢，付城麟这个做哥哥的都经常被她气到吐血。

还记得高中时付雪梨因为流感住院，许星纯跑医院的次数比他这个当哥哥的还要多。

更恐怖的是，付城麟怎么都想不到，像许星纯这么寡淡冷漠的人，对付雪梨是真的好到完全没原则、没底线。他撞到过几次，许星纯半蹲在地上帮付雪梨换鞋……

好花不常开，好日子不常有。一报还一报啊，唉，但开窍得也不算太晚，看来许星纯的好日子快到了。

付城麟默默感叹，拨弄着打火机："我吧，也能理解你。你嫂子当初出车祸，我就跟你现在一样一样的，就想二十四个小时都陪着她，寸步不离，恨不得躺在那儿的人是自己……"

"你别说了。"不过是陈词滥调，说也说不到点子上，一点都不能缓解付雪梨的愁绪。等付城麟喊服务员来结账的时候，付雪梨突然接到一通医院打来的电话。

那边刚刚说了几句话。

"真的吗?!"付雪梨瞬间从椅子上跳起来，在付城麟深感莫名其妙的注视下，她慌忙拿起自己的包，打了个手势示意自己走了。

许星纯醒过来的消息来得实在是太突然，突然到付雪梨一出电梯，就停住了脚步。

说不清是什么感受，她只是突然想起之前自己对许星纯说的话，饶是厚脸皮惯了，也真的没脸再面对他。

看到他，也不知道开口要说什么。

许星纯的主治医生认识付雪梨，刚刚从普通病房出来，转身就看到了她，惊讶道："咦，你来得这么快？"

"啊？"付雪梨额头上微微汗湿，还在轻喘，"我刚刚……就在医院下面。"

医生笑眯眯地："也是够巧的，快进去吧！"

付雪梨心跳加速："他……他真的醒了？"

"不知道哟，可能又睡了。"医生"哈哈"笑了声，带着护士走了。

轻轻把手放在门把上，小心翼翼旋转半圈，打开一点点缝，里面有昏黄的光透出来。

付雪梨心一紧，硬着头皮，慢慢地，慢慢地，侧身进去，不发出一点声音。

时间有点久了，许星纯似乎又陷入沉睡之中。她就停在帘子那里看着他。

几分钟后，还是忍不住，手指贴在许星纯冰凉柔软的面颊上。

洁白松软的枕头上，他安静沉睡着，手指忽地微微一动，付雪梨心一揪，猛地收回手。

付雪梨看着他慢慢从昏迷中转醒。

付雪梨感觉到，他眼睛微微睁开，看到她了。她声音很低，微微发颤，憋了半天，憋出一句，带着些无措："许星纯，你醒了？"

她听得到许星纯想呼吸，但是很不顺畅的声音。

感性在这一刻突然被无限放大，她的眼睛藏不住秘密，本来不想哭的，忍到极致，还是没忍住。她无声地撇开头，不争气地哭了。

许星纯看了她一眼，把手伸过去，眼泪砸在他的手背上。

付雪梨不知道他想干什么，握住他的手，喑哑地说："你把手放进去。"

她看他这个样子，自己浑身都是疼的。她蹲下身，拿出手机，单手在上面打出一行字：

"你不能说话是吗？是就眨一下眼睛。"

整个病房都是静的。

许星纯缓缓地点了一下头。

躲进厕所里，翻开小镜子，借着不太亮的灯光，付雪梨看清一张晕妆的脸。眼睛酸胀难耐，大概是很久没这么频繁地哭过了。

她拿出卸妆水，打开水龙头，用冷水洗脸，长长吁了口气，从包里翻出化妆棉，一点点细细地擦干净脸上残余的脏东西。

身后有一点响动，门被半推开，有人小声问了句，很苍老沙哑的声音："里面有人吗？"

付雪梨闻声回头，看到一个老婆婆，瞧着已经很年迈了，佝偻着腰，满头银丝，但是很慈祥。

她有点印象，刚刚在许星纯的病房里看到过这个老婆婆，应该是哪个病人的家属。付雪梨上前把门打开，很和气地说："我马上就出去了，您进来吧。"

老婆婆端着塑料盆，打开水龙头接水。厕所里就两个人，老婆婆不知道面前的人是明星，随口就攀谈起来，布满皱纹的脸上充满了笑意，问道："你看着和我孙女年纪差不多大，这么晚过来，是旁边床小伙子的女朋友吗？"

"……"付雪梨没作声，也没有扭捏羞涩。

"听医生说，他早上才从重症监护室转出来呢。他是警察吧，今天下午我看到好几个警察来看他呢。唉，警察这个职业就是很危险，怪让人担心的。"

付雪梨"嗯"了一声，觉得老人家怪亲切的："您就一个人吗？"

老婆婆笑得很慈祥："不是呀，儿子白天才来过。晚上我放心不下糟老头一个人睡，就在医院陪他。

"看你刚刚在哭，是有什么不开心的事吗？"老婆婆伸手去关出水的龙头。水龙头有些老旧，不太好操作。

付雪梨见状去帮忙。"我来吧。"她顿了一顿，"没有，就是最近加班加累了，很多烦心事，感觉压力很大。"

"是这样呀。"老婆婆感叹地摇一摇头，拍拍付雪梨的肩膀，"小姑娘，还年轻呀，要开心一点。到我们这个年纪你就知道，什么事，叹口气就放下了。说不定等你明天睡醒觉起来，今天的令你伤心的事已经不算什么了。"

付雪梨低低应了一声。

回到病房。

"我……走……啦。"旁边同房的病人已经休息了,她俯身,无声地对许星纯做口型。

房间里大灯关了,只开了一盏夜里应急用的小黄灯。付雪梨刚刚卸完妆,脸上很素净,冲淡了平时的妩媚明艳,像寂静夜里雾中开放的海棠。

他刚刚苏醒,仍旧昏沉,迟一拍,才慢慢点头。

张了嘴,费力地吞咽,嗓子哑得厉害:"路上小心。"

"嗯。"

磨磨蹭蹭转身,掀开帘子的一瞬间,付雪梨忽然感觉鼻子莫名一酸。

心里十分矛盾。

她和他分手以后,听到的关于他的消息很少。但是她知道许星纯的爸爸很早就去世了,他家人朋友本来就少,这会儿这么晚了,不会有人过来。

寂寞的深夜,他独自醒来,又要独自沉睡,一个陪伴的人都没有。

这么想着,在门口一下站住了脚,付雪梨忽然感觉被抽去了浑身的气力,摸上门把手,却怎么也推不开。

不知道过了多久,又一步一步走回去,她犹豫了一下,悄悄掀开帘子的一角。

许星纯没有昏睡过去。

在暗影里,听到脚步声响,他缓缓睁开眼,一圈黄朦朦的光圈,看到她,睫毛漆黑,眼神静静的。

谁也不先开口。

他什么也没说,但是付雪梨觉得,他什么都说了。

付雪梨将目光投向一边,慢慢往前挪了一步,嘴唇动了动,低声说:"我今晚就在这里陪你。"

没人逼迫,没人强求,她硬着头皮回来了。付雪梨找来一张矮凳。

这么狭窄安静的一片小空间,虽然没说话,她感觉到许星纯微微侧转头,一直注视着她。

他神情平静,目光专注,只是感觉莫名遥远,像未融化的积雪。

突然心底有些不舒服。

付雪梨忽然探身,手轻轻抬起来,放在许星纯的眼睛上,掌心传来睫毛微微抖动的触感,他的眼珠好像也在动。

付雪梨小声问:"你是不是怕我走?"

不等他回答,付雪梨带着一点自己都没发觉的柔软,垂下头说:"我就坐在这里，不会走的，你安心睡吧。"

慢慢拿开手——

许星纯的眼睛已经乖乖合上。

她缓缓叹口气。两人离得很近，她还没退开身子，可以很清晰地看到许星纯的面容。

目光一瞬间挪不开。

暖黄的光线柔和，他安静躺着，弱不禁风的脆弱模样，没有一点反抗能力。虽然苍白失血，也掩盖不住他极其英俊的一张脸。

她出神看了会儿，居然有些心猿意马，出现一个奇怪的联想。

这个角度和姿势挺适合接吻的……

应该会蛮舒服……

定了定神，神魂回体，付雪梨立马弹开。

付雪梨，你是禽兽还是变态?!

这都什么时候了，还在……还在贪图他的美色?!

付雪梨坐回小板凳上，在心里暗骂自己，惊魂未定。

她真的被自己刚刚一闪而过，但是又很强烈的念头震惊了——

她刚刚居然想凑上去强吻许星纯?!

强吻……许星纯?!

付雪梨心情复杂……她感觉自己也不至于是这么见色起意的一个人。

也太下流了吧！

她眼神呆滞，从包里找出手机，打开微信。唐心发了有十几条消息。

"下周去象山拍戏。"

"西西说你又不见了，你人呢？为什么又消失了?!"

"我跟你说，你别瞎跑再出什么事，不然我马上辞职不当你经纪人了，呵呵！"

"你是不是又跑去医院了?! 明天早上 7 点半给我准时赶去拍 ADIS 照片！晚上飞腾的'明星之夜'也别忘记了。"

"回消息!! 回我消息!! 看到就回消息！"

…………

付雪梨看看时间，心虚回了一条："象山的戏推了？反正我就是个友情客串打酱油的。怎么办？我还没休息好呢……"

唐心立刻回复："什么怎么办?! 这次是大制作、大班底，你知道主演是谁吗?! 能蹭个光很不错了，戏总不能开天窗吧！你能给我省点心不？"

付雪梨回："知道了（笑脸）。"

她想了想。

象山的古装戏……男主是江之行。

女主……女一好像是季沁沁？

不过江之行这几年不是不拍电视剧吗？怎么也下水了……

付雪梨太累就睡了，梦里迷迷糊糊地想。

其实从最开始，她一直都对许星纯的长相没什么抵抗力。许星纯除了太喜欢管她，其他地方都很合她心意。

不咋呼、不闹腾，安安静静、秀秀气气地搞学习，还蛮吸引人的。

两人当同桌，那是春天过渡到夏天的时候。

初中的语文课，她就喜欢趴在课桌上听，抽屉里塞满了垃圾零食和"过期"的试卷，耳边是老师若有若无的讲课声。

偶尔她就在草稿纸上涂涂画画，经常画到最后不经意画出的就是许星纯的侧脸。

有一次在自习课上伸懒腰，付雪梨打了一个哈欠，手绕过许星纯的背，拍他的右肩膀。

许星纯转头，她立刻收手。

后面的男生被看得一脸无辜，几秒后，许星纯头转回来继续写作业。付雪梨又故技重施，拍一下之后手快速缩回来，低着头，咬着唇闷闷地笑。

她笑够了，然后偷偷瞄许星纯的反应。

视线刚一对上，许星纯就停住笔，看着她不说话。

付雪梨得逞的笑意僵住，看着许星纯从抽屉里默默掏出一本班务日志，翻开。

她一下扑上去，趴到许星纯桌上，盖住那本班务日志。他稳住差点被带翻的课桌，低垂着眼睛看她。

而付雪梨却愣住了，她眼尖，从这个角度突然看到——

之前被她揉成团随意丢在地上的画像，安然躺在许星纯没有拉上拉链的书包里。

它的归宿不应该是垃圾桶吗？！

"你……"付雪梨顿了一下，居然说不出多的话来，"你翻垃圾桶干什么？"

许星纯虽然脸上看着很平静，低声咳一下，但还是有些不太自然地说："我没有翻垃圾桶，你纸团上写了我的名字。"

所以呢？！

付雪梨从牙缝里挤出一句："继续。"

许星纯淡淡指出："你画的是我。"

"……"

他没头没尾地问:"付雪梨,你是不是喜欢我?"

付雪梨傻了:"……"

也还好吧。

许星纯怎么自恋到这种地步了?

班级里哄闹,不知道前面发生了什么事。油墨书香弥漫在整个教室,窗外吹来温柔的风,许星纯看着还是很淡定,不过把手上的笔攥得挺紧。

付雪梨汗从身上冒出来,心脏跳急跳慢,居然开始不受控制。

他眼帘垂下,沉默了一会儿,说:"如果你喜欢我……我可以……"

第八章 枯萎马蹄莲

——比谁更狠心，许星纯怎么可能比得过付雪梨？

刚过5点，天还没亮。

手机铃声开的振动，付雪梨微微一动，伸出手臂胡乱摸索着，摁掉闹铃。

昨晚趴在床边上睡觉的姿势不舒坦，又做了很多乱七八糟的梦，这会儿刚刚一动，浑身上下过电一样，都是麻的。付雪梨忍不住轻轻"咝"了一声。

好不容易把注意力集中到眼前，视线还处于模糊状态，她愣了一会儿神，微微抬头，眼睛睁开一些，才看清自己脸下……

是许星纯的手？

慢慢反应过来，摸了摸，他的指尖热热的，手掌摊开，骨节分明，托着她的脸，犹带余温。

一只胳膊就这么在被子外面晾了一整晚。

付雪梨站起身，扭了扭酸痛的脖子，看了一眼床上沉睡着的人，心情复杂——

昨晚是她睡得太……直接把他的胳膊拿来当枕头了？

付雪梨想了想，轻轻把他的胳膊放回被子里。

许星纯眉头皱了皱，却没醒。付雪梨向来不喜欢和别人道别，就没叫醒他。她蹑手蹑脚出了病房，一转身看到走廊上昨晚的老婆婆慢吞吞走过来。

"小姑娘，这么早就走了呀？"老婆婆打了个招呼。

付雪梨点点头，看到她提着的早餐，思考了一会儿，突然问："婆婆，您这是在哪儿买的呀？"

"这个？"老婆婆准备开门进去，"就在医院旁边的一个小巷子里，很近哩。"

"好，谢谢啦。"

墨镜、口罩、鸭舌帽，装备齐全了付雪梨才敢走出住院楼。

现在她看到记者就想躲，家也不想回。可能是最近曝光率太高的原因，付雪梨住的小区周围经常转悠着"私生粉"，唐心上次还给她打电话，说物业在她家附近发现了很多摄像头，不出意外的话，她又要准备搬家了。

医院附近有挺多卖早餐的小店，快到6点，都是早起的上班族、学生党，还有老爷爷、老奶奶。付雪梨选了一家人少的去，橱窗里面是一对中年夫妇在忙碌，还有打下手的年轻小伙。

看到有客人，年轻小伙迎上来问："小姐，想吃什么吗？"

付雪梨整个装束实在太严实，店里有其他客人投来奇特探究的目光。

付雪梨仰头研究了一下菜单牌，略有些犹豫，转头问："那个……你们这儿有送外卖的吗？"

"外卖？"小伙子愣一下，"您要送到哪儿？大概几点？"

"就旁边医院，很近，就……7点半到8点之间吧。"

"那个啊，没问题，可以的。"

"是吗？"付雪梨开心了，借了纸笔，想了想，把病房号和地址写下来递过去，"那你等会儿记得哟，送一份原磨豆浆，一碗粥，再加几根油条什么的。"

"好嘞。"小伙笑脸相迎。

付雪梨犹豫着，又一本正经地交代："如果他问是谁替他买的早餐，你就说是一个善心的大美女就好了，让他不要感动，别的就不要多说了。"

"……"

小伙子笑："记住了。"

前段时间积累下来的工作太多，最近付雪梨通告越发频繁，各种出席活动，接受采访。经过这大半个月的波澜起伏，何录和付雪梨的绯闻终于没市场了，她被记者问的问题也正常起来。

晚上"明星之夜"走红毯，付雪梨和方南一起。方南是唐心手下的一个艺人，和付雪梨关系不错，也是最近两年拍青春偶像剧崛起的，很有少年感，就是喜欢插科打诨，不正经。

面对四面八方的摄像头，方南笑得桃红色的唇瓣咧得老宽，一排白牙全显，一派孩子气。站在旁边的付雪梨娉娉婷婷，身穿亮闪闪的银色晚礼服，同样笑容迷人。

进场以后找到座位，把椅子放下，付雪梨就跟方南交代："我玩会儿手机，帮我注意点导播镜头，扫过来的时候提醒一声。"

方南扭头，用带点港味口音的普通话说："是玩游戏吗，网瘾少女？"

"少女？你知道我几岁了吗？"付雪梨打开通讯录，找到一个号码，犹豫着拨不拨。想了半天，还是没拨。

方南饶有兴趣地笑："当然，我以为你们女人无论哪种年纪都喜欢听这种夸奖。"

"我？还好吧。"付雪梨兴致缺缺。她现在一闲下来，就开始想许星纯。

想许星纯。

又想到许星纯的日记本。

老旧、泛黄，像十几年前用的，可能他从小到大都只用这一个本子，总之真的很老土。

于是付雪梨想起之前付城麟对他的评价：

许星纯是一个很念旧又固执的人，比较专一，不易改变。

她以前最烦的也是许星纯的这一点，条条框框太多，一旦认定了什么就抓住不撒手，执着得可怕。

开始还好好的，到高中以后，占有欲就愈演愈烈。

真是没错，情情爱爱不是什么好东西，就算是自制力再强的人也会渐渐暴露缺陷。

但是对付雪梨这种从小到大肆意潇洒惯了的"渣女"来说，对于爱的需求是彼此宽容，重要的是保持新鲜感。虽然许星纯无底线地对她好，却连基本条件都满足不了。

感情注定陷入死循环。

上次在许星纯的休息室里，她偶然发现这个日记本。虽然偷窥别人隐私这种行为真的非常可耻，但是像付雪梨这种没有什么道德感的人，又在好奇心爆棚的情况下……对象还是许星纯。

她是真的摸不透许星纯天天都在想什么，也想知道他到底在想什么。

于是做思想斗争大概只花了半分钟，她就决定拿手机偷偷照下来。咔嚓咔嚓一共有几十张，都存在私密相册里。

本来想哪天闲下来再去慢慢欣赏，但是接踵而来的事太多，付雪梨早就把日记本抛之脑后。第一次记起来看，还是她在家被网上那些"喷子"骂得心态大崩，打算去看点什么别的转移注意力，结果随手点开，刚好就看到了一点关于她的，一点点而已，就让她的愧疚感爆棚。

自己真是坏透了。

她大概真是插进许星纯胸口那把带血的刀。

抱着鸵鸟的心态，干脆就不看了……

反正越看越觉得对不起他。

此刻付雪梨倒是又想起来了，手指在屏幕上敲了敲，要不要看呢……

方南突然转头搭话："或许，你喜欢玩《王者荣耀》吗？"

"……"付雪梨把手机收起来，"不玩了。"

晚上的颁奖典礼进行完大半，付雪梨捞了一个人气明星奖，在掌声中不咸不淡说完感谢词，下台后，找个上厕所的机会就开溜了。

保姆车在茫茫夜色里朝着市中心医院开去。窗外繁华街道的影子飞速倒退，付雪梨在车上打了一通电话，那边很快就接通："喂？"

"齐阿姨吗？我是雪梨。"

西西抱着刚刚订好的马蹄莲，看付雪梨挂了电话后，小心翼翼地问："雪梨姐，现在已经晚上11点了，飞机是明天早上6点的，你现在还要去医院看许警官吗？"

"嗯，我把花放那儿就走。"

付雪梨到了医院，才发现已经过了可以探望病人的时间段。付雪梨和值班的护士交涉半天，对方依旧摇头："真的不好意思，但是我们医院怕影响病人休息，有规定的时间，你们可以明天早上6点再来。"

付雪梨点点头："能麻烦你帮个忙吗？"

护士问："什么？"

她把花递过去："明天把这束花送到401病房，2床，谢谢。"

最近，医院的护士很喜欢去401病房查房。张秋就是其中一个，每次去之前，都在镜子前转来转去，把自己捯饬好。

"哎哟，又要去401看帅哥了吧？"一人经过时，看张秋又在臭美，不禁打趣道。

说起401的那个病人，女护士们多多少少都有印象。

他眉清目秀的，穿着病号服，像老旧的精致黑白工笔画，浓淡刚好。平时接触，他看起来很温和，但话不怎么多。

"那个警察我找人打听过了，叫许星纯是吧？年纪轻轻就是个中队长，没什么不良嗜好。我有个表哥就是他们支队的，说他还没有女朋友。工作上做事很少出差错，他们局里很多领导都赏识他，反正是个潜力股，前途无量。"护士A眼光灼灼，和张秋中午吃饭时聊起来。

张秋淡定自若，听着护士A说八卦，斯斯文文吃饭。她没法否认，自己的确对许星纯挺感兴趣的。

有一方面原因就是最近家里一直催婚，逼着她去和一些油腻的中年男人相亲。

张秋长得很漂亮，人有点傲，从小就是"颜控"。她自身条件好，工作又是护士这种铁饭碗，追求她的人不少。那些相亲男虽然有钱，但总感觉少了格调，反正她看不太上。

"对了对了，还有个。"护士A神神秘秘道，"他家里父母好像都不在了，看

. 107

着面冷心热，肯定是个会疼人的性子。虽然工作性质危险了点，但还算是有车有房，嫁过去有福享的咧。"

张秋一愣，仔细想了想，好像除了一个经常来送饭的阿姨，真的没见什么亲戚来看过许星纯。

不过她表面没显露，略有些矜持地对护士Ａ娇嗔道："你在瞎说什么呢，这是哪儿跟哪儿？"

"你别装了好吗？你这几天都像活在春天里，我还不知道你对别人有兴趣？上次我去帮许sir换绷带，哎哟，那美好的肉体，八块腹肌贼性感，我都想伸手去摸一摸。可惜我有男朋友，不然要个联系方式什么的。"

张秋脸一红，作势要打她："你色不色？"

护士Ａ会心一笑："哎哟哎哟，行了行了，不开玩笑了。"

到了午休时间，张秋还在琢磨许星纯。

她觉得，他家庭不幸福，肯定会有点缺爱，如果她在这段时间乘虚而入，多去送送温暖，让他体会到被别人关心的滋味，说不定能有事半功倍的效果。虽然许星纯现在表现得比较冷淡，但是至少表明了，他长得帅，却不是个喜欢勾搭女人的性子。

下午到点查房。

隔壁铺位的老爷爷前几天去世，东西已经搬出去了，病房只剩下许星纯一人。

他静心淡定，靠坐在床头。因为右肩受伤，只有一只手能自由活动，他面前堆满了要处理的文件，还有一台电脑。

张秋的目光从许星纯脸上扫过，又注意到他握笔的手。

没有过于凸出的指关节，指甲被修剪得很整齐，手指修长流畅，看着赏心悦目。

一个男人，在本来就拥有英俊皮囊的情况下，当他凝神专注时，真的非常吸引人。

她不自然地咳嗽一声，手插在上衣口袋里，唤起他的注意力："许警官？"

许星纯闻声抬头。

张秋调皮地歪头，玩味地，带点笑意："业务能力这么强呀，身体都没有恢复，就开始忙工作？"

许星纯微微点头，算是回应。

撩男人呢，就是要张弛有度，不能太热情，但也不能太冷淡。逾越一点没事，若有若无的暧昧才最恰到好处。

张秋过去，帮他扶了扶歪掉的靠枕，声音里带着恰到好处的腼腆："平时就不要再和你那些来医院的同事讨论案子啦，医生都说了，要你少说话，最好别说话。现在还没恢复好，要注意休息。

"你别怪我啰唆呀，毕竟身体最重要。"

她低着头，羞涩地甜笑着，自然错过了许星纯眼里的倦意和冷淡。

床头小巧洁白的马蹄莲已经没了香气。张秋注意到，伸手去摸，却被一只手挡开。

她一愣，听到许星纯毫无情绪的两个字："别碰。"

"那个……"张秋带点委屈又天真的神情，欲言又止地解释，"我看它已经枯了，是想问你要加点水，还是拿去丢掉？"

她感觉，刚刚许星纯的语气里，藏着很复杂的情绪，好像在极力控制、忍耐着什么。

"不用了，谢谢。"还没来得及细想，他冲她点头，声音隐约带着疏离，又恢复了往常的样子，"我现在要处理一点事。"

言下之意是让她别待在这里吗？

一句话堵死了张秋剩下想说的话。她有些郁闷地离开病房，转角就碰上了整天送饭的阿姨，两人象征性地打了个招呼，张秋没什么心情地走了。

齐阿姨拎着两个保温桶推门进来："小许啊，怎么还在忙？！"

许星纯一愣，放下笔："齐阿姨。"

"今天给你熬了鸡汤，特别香，饿了吧？"齐阿姨也没问，直接把桌上的一些乱七八糟的文件全部拿起来放到一边，换上两个保温桶，"先吃饭，快点快点。"

齐阿姨坐在一旁看许星纯吃，就陪他有一搭没一搭地说话："医生说你还有多久能出院了吗？"

"半个月。"

齐阿姨微笑："那挺快的。"

许星纯低头："麻烦您了，这段时间。"

"麻烦什么？！你也算是我从小看着长大的，你不知道，我之前接到梨梨的电话，她让我来申城照顾你一段时间，说是受重伤住院了，可把我心疼的哟。"

许星纯手一停顿。

齐阿姨是付雪梨家里的保姆，一干就是很多年，对于付家有很深的感情，算是半个长辈。这些年因为成家立业，工作繁忙，付城麟和付雪梨回家次数很少，齐阿姨也算是半退休了。

齐阿姨看着许星纯把最后一点汤喝完，眉开眼笑回忆道："我就记得你喜欢齐阿姨的手艺，以前上学时，你经常来家里给梨梨补课，几个人都挑食，就你吃得最干净。这么多年，我宝刀未老吧？"

许星纯闻言笑了："嗯，还是很好吃。"

"你这个孩子，就是一直太懂事，特别招人疼。都这样了，就少折腾自己，别一整天都想着工作。"齐阿姨收拾着桌子，突然问，"对了，你现在和梨梨怎么样了？我问她，她也不跟我说，就让我别管。"

许星纯又恢复一贯的沉默寡言。

看他情绪低落的样子，齐阿姨也不好再逼问，自言自语道："你们也是挺奇怪的，梨梨天天打我电话问你的情况，我要她亲自问你，她也不肯，不知道又在闹什么别扭。"

许星纯盯着那束即将枯萎的马蹄莲。

齐阿姨隐有忧色："唉，梨梨从小就是这样，倔脾气，这么多年还像个小孩一样，心智不成熟。你们要是有什么矛盾，你脾气好，多担待她。"

许星纯似乎出神了，半晌才点点头，轻声道："好。"

申城最近闷热的天气持续了很久，在前几天终于雨多起来。雨幕无声无息落下，像一张巨大的网，把整个城市兜下。

夏季的雨不起风，总是显得很沉闷。

付雪梨拜托导演和编剧，快点让她杀青，理由是与下个月的档期冲突。于是紧赶慢赶，她的古装戏一个月不到就拍完了。

象山的影视城离申城坐飞机只要一个小时左右，付雪梨偶尔会趁拍摄间隙偷偷坐凌晨的班机，溜回来看许星纯。

因为担心许星纯，她拍戏的时候也心神不宁的。

不敢看手机，怕收到什么消息，又不敢不看手机，怕错过什么消息。

但是也不知道为什么，每次真正到了只离许星纯几米的地方，付雪梨都贴在门缝那儿看半天，就是不敢进去。

每次有点想进去，又想起之前自己明明对许星纯说出那种狠心伤人的话，现在这么主动去找他，总是显得自己有些反复矛盾，有刻意求和的感觉。

不太好。

以前年纪小的时候，那会儿付雪梨真的不太喜欢许星纯管她管得太多，有时候烦了，隔三岔五就开始单方面地冷战。

如果主动去求和，那是很没有面子的事情。

可是现在和以前的心境不同了。

倒不是面子不面子的问题，只是付雪梨心里深处，总是有隐约的犹豫、摇摆和忧虑。

她可能知道许星纯想要的是什么，但是不确定自己能不能给。

或许可以。

或许不能。

如果不能……她带给他的伤害，可能会更大。

所以她总是暗暗警告自己，最好就别主动靠近他。

可是付雪梨又常常陷入矛盾和自我怀疑的状态。她觉得……自己也可能还是挺喜欢许星纯的……

如果把他让给别的女人，想一想，都有些不甘心。

但是不论怎么样，总是跑去偷窥别人的行为，也太奇葩了。

小王抓紧时间对许星纯汇报最近的工作。他朝杯子里冲了温水，倒了茶给许星纯："许队，你这恢复得还不错呀。"

"嗯。"

小王把杯子放桌上，等许星纯自己拿。他知道许星纯不太喜欢和人有身体接触。

"刘队前几天还跟我说，等你出院了，在家一个人也不太方便，要不就去他家里住。反正刘队家里也空了一间房，嫂子平时能照看照看你。刘队还特地嘱咐我，要你别不好意思。正好刘队他儿子上初中了，成绩一直很一般，就想着许队你学历这么高，肯定是个高知分子，可以顺便给刘小胖辅导辅导功课什么的。"

刘敬波和许星纯的房子离得很近，都在以前分的福利房那块，小区里有很多老一辈的领导，安保比较好。

许星纯听着，揉了揉额角，合上眼："不用了。"

小王开口劝："我知道许队你不喜欢麻烦别人，但是你一个人也确实不太方便吧？我们这种工作，也不能说随随便便就雇个护工不是？再说了，加上你又有点小洁癖什么的……"

说了半天，许星纯反应都不大，小王也不继续自讨没趣了。眼见着天色渐晚，他突然想起一件事："哎，许队，我有个事，不知道能不能拜托你。"

"什么？"

小王挠挠头："就是吧，单位最近新来了个小伙子，和我挺铁的。他就特别迷付雪梨，知道你俩关系好，非拜托我来求你要个签名什么的。"

房间里没了声。

看着许星纯的表情，小王小心翼翼，给自己找台阶下："……说起来许队也能算是付雪梨的救命恩人了，一个签名不过分吧？"

"……"

"不过分啊！"

小王一顿，猛地回头。

许星纯睁开眼，缓缓转头，看向声音来源。

付雪梨今天又是一身黑，黑色牛仔裤，牛仔外套，戴着黑色鸭舌帽。她手里拎着的是很眼熟的保温桶，脸上没化妆。

签完名，打发走小王，房间里很快就安静下来。

许星纯收回目光。

她摘下帽子，头发顺势披散在肩头。她低头掰开保温桶的盖子，显然不怎么熟练，试了几次才成功。

里面是热腾腾的黑芝麻糯米粥，还有枣泥的馒头，又香又软。

食物热气蒸腾，付雪梨看着许星纯。

他的脸好像瘦了一圈，棱角分明。付雪梨心跳又不自觉地加快："你最近还好吗？"

许星纯点点头。

"今天齐阿姨有点事，我帮她送过来。"付雪梨假装很自然，替他摆好碗筷。

来之前，付雪梨做了很多次心理建设。

许星纯经历过一次生死后，应该很多事情都可以看得开一些。他已经等待、忍耐了那样久，估计也累了。

付雪梨是这样想的，因为她觉得，许星纯对她已经没了以前那种浓烈到要让人窒息的情感。

不是很冷淡，也谈不上温柔。

她说不出来到底是什么感觉，就像偶尔不经意闻到某种渐淡的香气，想仔细体会，又感觉闻不出个所以然。

付城麟之前说，很多事就像斗地主，要不起就过去了。

可能许星纯真的要不起她，打算过了吧。

他右肩受伤，只能用左手拿调羹，动作迟缓，感觉很不方便。

付雪梨忍了一下，有些讨好地说："我来喂你吧？"

"……"

在他的注视下，她硬着头皮，一手端起碗，一手拿起勺子，仔细吹了吹，才小心翼翼递到他唇边。

许星纯垂眼，顿了有两三秒，才顺从地张口，吞咽下去。

两个人，一个人喂，一个人吃。倒是极少见地温馨和谐。

难得地，付雪梨放松了不少，最后还和许星纯开起玩笑。她的话和以前一样多，许星纯一直听得很耐心。

"许星纯，我感觉你好像越来越白了，死人脸那种，都要长出蘑菇了，你应该多去晒晒太阳。"

许星纯"嗯"了一声。

他穿着蓝白色的病号服，被衣服一衬，脸色显得更苍白了。他眼睑有些内收，睫毛漆黑浓密，微微翘。

一想起他行动不便，宛如残疾，付雪梨想都没想就脱口而出："那你出院怎么办？"

"……"

话一出口，两个人都沉默了。

过了半晌，也不知道是脑子哪儿抽了，付雪梨接下来说出的这句话，她真的觉得自己需要强大的心理素质，也需要一张比城墙还厚的脸皮。

她问："要不我搬去你家住吧？"

许星纯绷着脸，目光移到她脸上。

付雪梨咬了下唇："我可以付你房租。"

房间里，两个人同时陷入了沉默。

气氛僵持了十几秒，付雪梨忍不住将视线挪到他脸上，分了点神。

眼窝微陷，眼神有些潮，浅浅的双眼皮，漆黑柔软的碎发。

面部轮廓浅显疏淡，病号服领口有点低，白皙的肩胛和锁骨全露出。

不得不说，他这种长相、身材，真的很有诱惑力。

一般女人不喜欢都难。

她自己……也经常被他的美色迷惑。

至今也没怎么改掉这个毛病。

目光又在他身上逗留了一会儿，付雪梨强迫自己别开眼。

其实她知道，自己突然提出搬去他家住这种话，很不妥，真的很不妥。

毕竟许星纯和她两个人，孤男寡女，又曾经有过一段那么纠结的感情……但是她刚刚真的没多想，他们两个算得上从小一起长大，感情早就不止于爱情了。

爱情能彻底消失，但感情不能，就算一刀斩下去，牵绊和纠缠还在。

许星纯这次又是为她受的伤，于情于理都不能不管。但是之前她还说要人家忘记她，好好开始新生活，这会儿她又主动提出搬去他家……

付雪梨也觉得自己有毛病，可是说出去的话就像泼出去的水，这时候收回，会不会显得太反复无常了？

如果不行，还是得解释几句。

"你怎么没反应，没听到吗？"她问。

许星纯面色无波，眼神不温不火，睫毛颤了颤，半晌过后，目光定在她的面容上，才缓缓说了一句："你对我说的话，哪一句是真的？"

"……"

突然来这么一句，付雪梨一时间还真听不出来，他的口气到底是反问还是陈述。

他是在讽刺她只会对他说谎。

还是单纯地发问？

付雪梨自问，也没有欺骗他多少次啊……

许星纯这么矜冷沉静的样子，总让人不知道他在想什么。他向来是这样，冷冷淡淡，不会轻易动怒。就算动怒，也不会教别人看出来。

她手里还端着碗，缓了几秒，一时间也不知道该说什么好。

"说话。"许星纯蹙眉，压着气息。

以为他这是拒绝且不耐烦催促的意思，付雪梨太尴尬了，有些艰难又窘迫地解释："我知道你有洁癖，然后事情比较多，不喜欢别人碰。你又不愿意住别人家，也不想请特护，那我刚刚在外面不小心听到了，就想着最近一两个月我通告都在申城，时间比较闲，所以才问问你的。"

他默不作声，也不为所动。她只能继续磕磕巴巴说下去，也不知道自己想表达什么，语无伦次。

"呃，许星纯，你是不是误会什么了？我意思是等你恢复好了我就搬出去，不是你想的那样，你这次是为了我才受的伤，我就是想补偿你。不是，不是补偿，是报答这样。如果你一个人在家休养，又出了什么意外，我真的会过意不去的。"

这段话让许星纯眼底顷刻布满阴翳，好不容易正常的表情又迅速冷淡下来。只是他偶然流露出的，难言的寂寞和悲伤，快得让人无法捕捉。

付雪梨动了动嘴，好不容易挤出一句话："不好意思啊，如果你不开心，就当我是开玩笑吧，你别当真。"

凝滞的空气仿佛回到了一种原始的、静止的状态。

许星纯凝视着她，分明的指骨紧握，手背的筋骨绷紧。

过了很久，他移开视线，望向别处："……你走吧。"

每个字都说得艰难生涩，仿佛受尽了阻碍，快要喘不过气来。

"……"

付雪梨想说什么，可终究在快出口的当口，又吞咽回去。面对这样的他，她似乎失去了语言组织能力。

平时嘴硬狡辩的功夫也没影了。

付雪梨难堪地别过头,终究是哑口无言。她觉得,她来之前可能把事情想得太简单了。

"那我走了。"除了这,她想不出还有什么别的话说。

她默默收拾好碗筷,临走时,看了一眼许星纯。

他似乎疲惫至极,躺靠在床头,已经半阖眼,不再言语。

付雪梨轻手轻脚拉开了门。

"咔嗒。"窸窸窣窣的响动后,伴随着一声轻响,房间里重回宁静,又是悄然无声。

很安静。

安静到连呼吸声都能察觉。

良久,许星纯胸口起伏,扶着把手,再按住墙,从床上下来。

枯萎的马蹄莲被不小心扫落在地,砸在地板上,震碎,有几片花瓣凋零。

下过雨的夜空十分晴朗,住院楼栋下,稀稀疏疏的路灯有一点点光亮。

他太着急了。

他嫉妒。

他不甘。

从失落到绝望。

觊觎隐忍、折磨思念、欲望良心——他这么义无反顾爱了付雪梨十几年。

时隔多年,重新再见她,她还是没有太大的改变。

但他还是过于投入了,投入到渐渐忘记付雪梨是怎样的人。情绪在最微末时破碎沉坠,总是控制不住,于是他故意设计一个个意外让她更加愧疚。

但是太急了……

还是太急了。

几乎是下一秒,下一个忍不住的瞬间,她就会意识到——

自己仍旧身处他可怕扭曲、令人害怕的爱慕之中。

然后立刻毫不留情地离开、逃避、推卸。

付雪梨从来没有责任心,最喜欢说一时兴起的谎言。她给他的体温,给他的一切,总有一天会给别人。

从来都没变过。

这份爱情,对他是人间极致,对她却是从小习惯了的无聊虚度。

比谁更狠心,许星纯怎么可能比得过付雪梨?

病房门没关拢,被风吹开。外面有护士经过,走了个来回。看到许星纯笔直地站在窗户那里,不知道看什么如此入神,这么久还保持着同一个姿势。

她忍不住探身进来提醒:"喂喂,那位病人,在干吗呀?你腿上打着石膏呢，不能久站，快回床上去！"

接着，突然响起一道熟悉的声音："许星纯！"

这道声音响起的时候，许星纯浑身一僵，才慢慢回头。

付雪梨单手扶在门口，半弯腰喘着虚气，因为奔跑，脸颊已经开始泛红。

短短半秒内，他的表情经历了一系列变化，从眉梢到嘴角，最终才堪堪维持住表面的平稳。

他一时间，一句话也说不出来。

付雪梨微微喘着气，走近了，才看到许星纯的脸色比平日里更加苍白，毫无血色。

"你回来干什么？"连带着声线也低下来，已经变得虚弱又沙哑。

付雪梨不自觉地绷起嘴唇，局促而紧迫地盯着他看似平静的脸。

其实刚刚拎着保温桶，走出住院楼一两步，在去停车场的途中，付雪梨心里一直很不舒服，开始一顿自我分析。

目前的形势，她真的有点捉摸不透。

虽然可能、大概，只是她有点自恋地在想——许星纯还是喜欢她的。但是在他没有亲口承认的情况下，这一切也只是她的猜测而已。无论怎么说，当初她因为家里出事，因而产生的坏情绪一股脑全部发泄到许星纯身上，无数次由她挑起的分分合合都让他疲惫不堪，直到许星纯选择一走了之结束。

这么多年不是没有愧疚过，甚至有好几次，她尝试着通过一些方式联系许星纯。只是事到临头，付雪梨往往还是选择逃避。她很清楚地知道自己是个什么人，喜新厌旧的毛病根本改不掉，许星纯想要的从始至终都不过是她的专一罢了。

而她给不了。

她还没准备好去面对这样的责任。他们两个也许根本就不合适，各种感情观念都合不来。

不过说真的，如果问付雪梨还喜不喜欢许星纯。

她自己绝对说不出来否定的答案。要不是因为还喜欢，怎么可能记这么多年？

所以付雪梨很怕，她的一时心软，给许星纯的不过是重复的折磨。

但付雪梨又想起付城麟的话，不论怎么说，她总归是欠他的。不论是以前的，还是现在的，都应该好好还完才能说拜拜。

一次次这么逃像什么话？

于是付雪梨就一直在做激烈的思想斗争，来来回回，神经都感觉分裂了。还是选择回去。

"那个……"

付雪梨看着许星纯，连他脸上最微小的情绪变化也不放过，语速变得异常快："首先，我非常认真非常认真地，对之前说的可能伤害到你的话说声抱歉。如果你讨厌我说谎，我能保证，以后尽量不再欺骗你。"

许星纯胳膊自然地垂落到身侧，身形一晃，付雪梨手疾眼快去扶住他。

他的眼睑低压，脊骨微弓，视线低垂直望着她。长而密的黑睫牵出一条细细的黑影，眼里似乎有一片模糊的雾气，无法消散。

几秒后，付雪梨重新把目光聚焦到他的眼里，继续出声："我不能向你保证什么，但是我会尽量对你好。如果你愿意放下，找到更好的姑娘，我也会祝福你。但是现在，我想……我想好好和你重新开始，从朋友，从同学，从什么都可以。以后怎么样我也不知道，但眼前，我是认真地想跟你好好开始。"

"……开始什么？"许星纯发出的音节依旧难以辨析。

"你想什么就是什么。"

付雪梨努力保持着神情的镇定，认真地，又重新问了一遍："所以……让我还有齐阿姨，在你恢复的这段时间，在你家照顾你，可以吗？"

他久久没有出声。

但她感觉到，许星纯的指节自然松弛着，很轻，很轻，反手抓住她的手腕。

付雪梨知道。

许星纯这次。

依旧对她没原则地妥协了。

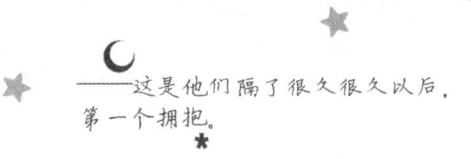

DENG FENG REWEN NI

第九章 一把枯草

——这是他们隔了很久很久以后，第一个拥抱。

十月下旬，申城迎来最后一场高温后，气温陡降。天空中积压着灰蒙蒙的乌云，街上起了大风，不过一会儿，大雨瓢泼而至。

今天是许星纯出院的日子。

齐阿姨提前买了新床单，拿去小区洗衣店洗了又烘干。她知道付雪梨睡不习惯硬床，又专门去订了一款软床垫子让人搬了过来。

光打扫收拾屋子都费了一上午的时间，齐阿姨看看表，下午3点刚过。

齐阿姨估摸着时候差不多了，许星纯该从医院出来了，准备准备就要去超市买菜。

付雪梨怕湿也怕冷，根本不想动。她窝在沙发上拿手机玩消消乐，懒洋洋地说："外面雨下得很大，干吗不叫外卖？"

在玄关换鞋的齐阿姨说："外卖哪有我的手艺好？再说了，我今天还打算熬个排骨汤给小许喝。"

出了小区，隔着几条街才有菜市场。入了秋的雨威力不一般，还夹杂着风，齐阿姨撑着伞，身上不可避免地被淋湿少许。她单手吃力地拎着一大堆菜，站在街边缩肩跺脚，准备拦个出租车回去。

她正左右张望，面前突然陆陆续续停下几辆警车，并扬了几声喇叭示意。

来往路人都不禁侧目。

齐阿姨正蒙着呢，还以为周围出啥事了，也跟着张望，警车的侧窗玻璃就降了一半下来："嘿，巧了阿姨，来来，捎您一程。"

"我打着伞哪，你们还能看到我？"坐上车，齐阿姨糊里糊涂地道。

第一次坐警车，齐阿姨还是挺忐忑的，四处打量，又莫名有种很气派的感觉。

刘敬波开车，许星纯坐副驾驶，剩旁边的小王胡侃："这才哪儿跟哪儿呀，阿姨您是不知道，我们出去办案子的时候，揪嫌疑人那才叫厉害。眼睛像X光

118.

似的，一扫扫一片，那嫌疑人有变性的有化妆的，我们照样能揪出来。"

齐阿姨觉得有趣，故意说："按你这话说的，我是你们的嫌疑人了？"

"没没没！"小王"啧"了一声，"您看您，还不是多亏许队，一眼就认出来了。"

齐阿姨问："你们这几辆车的人，都是去接小许出院的？他好像也没什么东西呀，怎么要这么多人？"

两人说话的时候，刘敬波看着路况插了一句："我们是今天休假，就一起来了。我老婆还在家做了一大桌子菜呢，您要么把菜搁冰箱里，今晚带着许星纯就去我家吃？"

"不用了。"还没等齐阿姨出声，许星纯就开口拒绝。

齐阿姨笑呵呵道："你们吃你们吃，家里还有个人呢。"

小王刚想说"谁啊？一起带去呗"，话溜到嘴边，不知想起什么，又吞了回去。

许星纯胳膊上的石膏拆了，白色绷带把伤口缠着。他的腿脚仍旧不太方便，需要拄拐。

支队一个特壮的汉子帮许星纯把零零碎碎的东西搬到家门口，往返几趟，在楼道门口和许星纯又说了几句才离去。其余人都去刘敬波家里吃饭，就留下许星纯和齐阿姨。

"哎哟，小许啊，你看你这样，怎么不要他们扶你上去？"

许星纯摇头："不麻烦他们了。"

齐阿姨不知道许星纯一般情况下都会避免与人的一切身体接触。他有重度洁癖。

"雪梨，我们回来了。"

拿钥匙开了门，齐阿姨叫了两次，偌大的房子里不见一点动静，也没有回应。她纳闷地把菜搁好，自顾自嘀咕："人呢，又跑哪儿去了？"

朦胧中，隐约听到有人叫自己的名字，付雪梨迷迷糊糊把耳机摘了，撑起身，从沙发上探了个头："……你们回来了？"

话音刚落，她又软趴趴倒回去。

大包小包的东西都由齐阿姨安置，安置完齐阿姨换了一身衣服就去厨房忙活了。

付雪梨睡得正迷糊，被人吵醒了也提不起精神。她脸埋在软和的抱枕里，翻了个身，继续沉沉地睡过去。

昨晚她才在别的地方录完通告然后赶回申城，连夜喊来搬家公司，把一些重要东西从家里挪到许星纯这儿。可是他们这小区安保特严，付雪梨不得已给

119

许星纯打了好几个电话，好说歹说，这个证明那个证明，保安才肯放行。几乎是一夜没合眼，今天一大早又和季沁沁去拍姐妹系列圣诞特辑广告，到现在才有一点休息的时间。

付雪梨好困啊，深重的疲惫感袭来。电视机开着，她能听到厨房里偶尔乒乒乓乓的声音，闻到隐隐传来的香气。

她一直处于半睡眠状态，隐隐感觉有人影在面前晃来晃去。

直到被齐阿姨推醒："梨梨，去房间里把小许叫出来吃饭。"

墙壁上的挂钟已经指向晚上7点半。

"哦。"她顶着乱糟糟的头发，打了个哈欠，闭着眼，起身去寻人。

推开卧室的门，她怔了怔。

许星纯一脸平静，微微撂着腿，正在打电话。

他手指放在衬衫上，领口已经解开几粒扣子，大半个胸膛露出，一副准备换衣服的样子。

他声音一停，望着门口的人。

两人同时静默。

"……"

电话那头的人迟迟得不到答复，扯着嗓子吼了几声。

许星纯取下耳机，终止了和那边的通话。

付雪梨下午刚洗过澡，穿着纯棉睡衣，光着脚。她喉咙发紧，随即恢复正常神态，眼皮耷拉着，后退几步："许星纯，出来吃饭了。"

青椒炒肉丝、糖醋茄子、西红柿鸡蛋汤、麻婆豆腐，红的、白的、绿的，一眼望过去配色丰富，汤汁浓郁鲜美，香喷喷又美味，可谓色香味俱全。

乖乖等在椅子上的付雪梨闻到香味精神一振，她凑上去闻了闻，是记忆里少年时期那熟悉的香味。

齐阿姨把碗筷随手放到餐桌的一边，又反身回厨房继续端菜。许星纯想跟上去帮忙，被拦了回来。

"许星纯，你都残疾了，就好好歇着吧，跟我一起坐着等吃的，别给齐阿姨添乱了。"付雪梨好似完全忘记了刚刚那尴尬的一幕，手肘搁在桌沿上，双手撑住下巴，眼光灼灼地盯着眼前的美食。

半天，她突然抬头对坐在旁边的许星纯说："许星纯，你信不信，我用手就能把这桌上的菜吃完？"

他视线和她对上："不信。"

于是付雪梨理直气壮瞪着他，眼睛黑亮黑亮："不信你还不赶紧递一双筷子过来给我?！"

"……"

身后齐阿姨扯着嗓子吼了一句:"梨梨,你个子没怎么长,脾气倒是长了不少。好手好脚的什么都不干,还坐在这里指挥小许干这干那!一把懒骨头。"

过了一会儿,许星纯把碗筷推到她那边去,低声说:"没事。"

付雪梨美滋滋,撸起袖子拿了筷子准备开吃,顺便提高嗓门呛声回去:"可是筷子和碗都在他那边,他方便一点。"

最近忙得要死,都没顾上吃饭,就等着现在吃顿好的。付雪梨尽心尽力地吮一块排骨,肉吃得干干净净,一点也不剩。

齐阿姨看她这狼吞虎咽的样子有些心疼,又夹了一块放在她的碟子里:"慢点吃,多的是,没人跟你抢。"

"不行,我只能吃两块排骨,会长胖。"付雪梨想都没想,转头,很自然地,夹起那块排骨随手就扔进许星纯的碗里。

许星纯只是顿了一下,瞥一眼突然多出的排骨,继续默默吃饭。

对她让步,已经成为许星纯的本能。

齐阿姨看在眼里,心里默默叹了口气。

吃着吃着,付雪梨老毛病犯了,又开始闹厌食。

"我说了我不喜欢吃香菜啦,也不喜欢生姜、大蒜,闻到这个味道我真的就不想吃了。"

"本来能吃的就少,干吗还要放香菜?"

做明星以后,平时唐心对她吃东西要求都很高,会严格控制她的饮食,要她自律,咖啡、奶茶、蛋糕,什么都不能沾。加上付雪梨这胃口早就被养得挑剔无比,想着好不容易今天放纵一次,吃一顿好的,结果是这样。

她百般不情愿,恨不得当场摔掉筷子。这种挑剔的小姐做派,自然又被齐阿姨一顿数落。

"你怎么这么大了还和小时候一样挑食?一点也不懂事。生姜、大蒜是去腥味的,当然要放。一点点不满意就不吃了,这怎么行!再说了,今天我这都是为小许准备的,你还挑剔上了?"

许星纯停了筷子:"没事,齐阿姨,先吃饭吧。"

"什么没事,小许,你不能总这么惯着梨梨,什么都由着她的性子来,一点不如意就发脾气,等她以后成家了怎么办?给别人嫌弃……"

除了齐阿姨,付雪梨几时被人这么说过。

但这是齐阿姨又不是许星纯,她想发火又没理,横也横不起来。于是付雪梨只能皱着鼻子出声打断,哼哼唧唧像撒娇:"停停停,好了好了,我知道错了,我是真的意识到自己的错误了。不过要我的人多了去了,齐阿姨,你瞎担

. 121

心什么呀?!"

她父母早逝,从小跟着叔叔长大。付家旁系亲属很少,家里长辈不多,齐阿姨从小照顾着他们的吃喝拉撒,肯定算一个。

这也是付雪梨和付城麟性格顽皮,上天下地没怕过谁,却很少忤逆齐阿姨的原因。

排骨汤熬玉米太香了,付雪梨喝的时候有些烫嘴。

一顿饭吃下来,虽然许星纯话不多,但是饭桌上基本没有冷场的时候。齐阿姨特别多话,付雪梨话也不少。

晚上齐阿姨不住在这儿,只剩下付雪梨和许星纯两个人。他们两个现在单独相处,还是稍微有些尴尬和不自然。付雪梨总有些不自在,齐阿姨走后她就龟缩在房间里。

她下午已经把角角落落都看了一遍,很熟悉了。

晚上轻车熟路地摸去浴室洗完澡,付雪梨闲得无聊,躺在床上敷面膜,抱着平板电脑开始看季沁沁发给她最近大火的一部泰国恐怖片资源。

片中灵异事件发生在一家精神病院,从一个女病人吊死在一个房间里开始。

付雪梨是那种典型的不敢看鬼片,但是一旦开始了又控制不住好奇心的人。

跑去洗手间放温水,洗完脸,她立刻跳回床上,又怕又怵又犹豫,提心吊胆了一个半小时,终于把这部泰国鬼片看完。

为了寻求刺激,房间里的灯被全部关了,暗沉沉的。外面电闪雷鸣,轰隆轰隆,偶尔劈过一道亮光,似乎有风在拍打着窗户。

付雪梨感觉脖子上冷汗直冒。

闭上眼后,过了几秒,那副女鬼最后凄厉尖叫的恐怖嘴脸却在头脑里越来越清晰。

越来越清晰……

又是陌生不熟悉的环境,付雪梨总觉得黑暗中,在哪儿有双眼睛一直盯着自己,越发感觉毛骨悚然。

真的好恐怖啊!

她突然想到,许星纯是法医。

动不动就要和死人打交道……

他的家里应该不会放过什么尸体之类的吧?!

想到这儿,她猛地打了个冷战。

在床上辗转反侧,实在睡不着,付雪梨脑子回忆着刚刚的情节,胡思乱想得越来越厉害,自己都要把自己吓死了。

眼看着就要过了半夜12点,付雪梨终于忍不住,索性掀开被子,蹑手蹑脚下了床。

二十四个小时里,她最害怕的就是夜晚12点。

因为以前听别人说过,夜晚12点,是最容易招鬼的时候。

心在胸口狂跳不止,耳根子后面也开始出汗。付雪梨忙不迭穿过空荡的客厅,拔足狂奔,跑向另一头许星纯的房间。

二话没说,敲也不敲门,直接推开他的房门。

房里只开了床头一盏灯,温浅的光线里,付雪梨差点被绊住,脑子清醒了大半。

轻手轻脚靠过去。

背对着她,许星纯躺在床上。他右肩受伤,只能侧躺。

"许星纯?"她小心翼翼地出声,"你睡了吗?"

她慢慢地,慢慢地绕过去,凝视了半晌。

他看上去已经睡熟了。

她居然有点喜欢许星纯这么睡觉的样子,看起来好乖,脸半埋在枕头里,睡梦中眉头也紧皱着,不像清醒的时候,总是显得过于正统,有无法看透的沉默。

静默了几秒,付雪梨单腿跪上床沿,去推许星纯的脸:"哎,你醒一醒。"

手下触感软滑得不像话。

付雪梨顿了一下,控制不住想揉他脸蛋的冲动。

许星纯的皮肤怎么好像比女人的还好?

又等了几秒,他的眼睫毛微动。

付雪梨仍旧保持着刚刚的姿势,一瞬不瞬地盯着他。

灯下他面孔模糊,她很少这么专注地看着他。

许星纯身上干干净净,什么味道也没有。

他的五官,无论哪儿,真的都恰到好处。虽不算突出,但是组合起来就很英俊。

挺拔的鼻梁,薄而柔软的唇,有点嫩,有点红。

许星纯半天没说话,短暂地处于迷茫期,眼皮微微撑开,半睁不睁的,似乎有点迷惑。

可能是还没反应过来是何时何地,她的面容映在他微抬的眼里,有很少见的,似乎是很温柔的感觉,目光不像平时一样淡淡的。

付雪梨咳了一声,厚着脸皮,假装强行弄醒许星纯的不是自己。

她若无其事地说:"许星纯,我想问你一个问题。"

他像要起身,声音疲倦喑哑得厉害:"……什么?"

付雪梨退开了一点,坐在床边上,很认真地问:"你觉得,这个世界上有鬼吗?"

"……"

她又问了一遍:"许星纯,这个世界上有鬼吗?"

小时候,付雪梨一个人在家害怕,就喜欢打电话给许星纯问这种问题。他总是耐心地一遍遍告诉她,没有鬼。

这个世界上没有鬼。

只要听他从口里说出来,她就格外信服。

许星纯上身靠着床头没动,静静看着她:"鬼只是代称而已,存在某种物质是有可能的。"

"不对,你以前不是这样跟我说的。"付雪梨有点气,捶了一下床,对他的答案,显而易见,很不满意。

他没睡醒,嗓音仍旧低,比刚刚更加沙哑:"我是怎么说的?"

"你跟我说,这个世界是什么?"她是个半文盲,从小就不好好学习,只知道贪玩。这会儿他问,她还真有点想不起来,只是模模糊糊有印象罢了,"你说这个世界是唯物主义?还是什么……我忘记了。"

没听见他出声,许星纯仍专注地看着她,手指抬了抬,碰碰她的耳垂。

付雪梨僵了僵,有种口干舌燥的错觉。

这动作……这……有点不对劲啊……

他斜靠在床头,过了片刻低语:"唯物主义,承认世界的本质是物质,世界上先有物质,后有意识,物质决定意识,意识是物质的反映。"

绕来绕去,绕得付雪梨有些混乱。她伸手拉了拉他的被子,依旧不放弃,凑过去:"等会儿,你重新跟我说,这个世界上有没有鬼?没有,对不对?那些东西都是编的,对不对?"

许星纯无声,整个人都沉默了。

她觉得他眼神中似乎有什么别的东西,等抬头仔细看去,又什么都没有,仿佛只是自己的错觉。

他"嗯"了一声。

"不行!"付雪梨压根没注意,自己上半身已经压住了他,赤裸的小腿、脚踝,横在空气里,她小声要求,"你亲自跟我说一遍好不好?"

过了好一会儿,他唇微动:"世界上没鬼。"

许星纯低缓平静的声音,在这样寂静的黑夜里显得格外深沉。

卧室里立马响起她的追问:"真的没有吗?"

"嗯,没有。"

回到房间后，付雪梨躺在床上，独自翻来覆去。明明心里不是很怕了，但是这时候很神奇地不怎么困。

过了很久，她又窸窸窣窣穿上拖鞋，拧开门把手，沿着刚刚的路线，重新推开许星纯房间的门。

他不在。

付雪梨松开门把手，走进去几步，发现房里没有人。

四处张望一圈，才发现黑黢黢的阳台上，有一点微红亮光，忽明忽暗。

她有点心虚，不敢走过去，只是站在原地喊："许星纯？"

借着房里透出的一点点昏昏暗暗的光线，她看到许星纯嘴角咬住烟，有炽红的一点微光。

他又抽烟了。

为什么在这个时间又抽烟？

是因为有烦心事？

还是因为寂寞？

回过头看到她，许星纯拿下烟，掐灭。夜风飒飒，他的碎发有点被飘雨打湿。

付雪梨渐渐犹豫，欲言又止，困惑了几秒，有点不安："你是不是被我吵得睡不着？"

"怎么还没睡？"他问。

"我睡不着。"

隔着一段距离，付雪梨抬眼看他："你是不是因为我，心情又不好了？"

许星纯穿着一件黑色短袖，只是有点湿了。他的腿脚仍然有些不方便，把打火机扔在桌上，随口说："不是。"

打火机轻轻磕碰，发出响声。付雪梨"哦"了一声，然后问："那是为什么？"

许星纯看她："我有点饿，所以睡不着。"

付雪梨立马露出一个讨巧又无辜的笑容："那我给你煮面条吃，你真的好能吃呀，晚上吃了那么多还饿。"

事实证明，付雪梨可能真的不太适合待在厨房这个地方。

她一点生活自理能力都没有。

打开燃气灶，等了一会儿，把锅里的水煮沸，咕噜噜一直冒泡泡，付雪梨开始思考丢多少面条进去。锅里的水已经翻腾着往外溢，她忙去把火调小，然后凭着感觉扔进去一把面条，又手忙脚乱地想起没放调料。

她也不知道怎么调味，临时拿手机出来搜，按照食谱，放入一点点醋、一点点盐、一点点味精。

忙得一身汗，一番折腾下来，总算弄出一碗看着还像样的面条，付雪梨用双手端起瓷碗，这一碰，几乎要把碗甩出去！

我去！她差点惊叫出来，赶快放下碗，手捏着耳垂，好烫好烫！

用湿冷的毛巾裹好碗的下面，付雪梨一点点挪去餐厅。

在许星纯下筷的第一时间。

"好吃吗？"她迫不及待地问，有点期待，也有忐忑，还有点窘。

"嗯。"

"那你多吃点！"付雪梨开心了。

一时安静。过了会儿，许星纯低声说："你先去睡吧。"

"不行！"付雪梨穿着围裙，这会儿可美着呢，沉浸在自己很能干家务的喜悦里，"我等你吃完，我要把碗洗了。"

"……"

许星纯停下，鼻尖沁出汗，脸上看不出太明显的情绪，吃了一口面，慢慢咀嚼，又咽下去。

许星纯无声地吃饭，付雪梨趴在旁边看，脑子里随便想着奇奇怪怪的东西。

他吃了她的面条，就说明她已经补偿了——（2/100）。

要默默记下。

等到100，她就不欠许星纯的了。

"你的手怎么了？"

付雪梨发着呆，许星纯忽然捉住她的右手，一脸凝重。

她顺着他的视线低头看过去——没怎么注意，刚刚被烫到的地方，这会儿已经肿起了一粒晶莹的小水泡。

付雪梨居然有点紧张，想把自己的手抽回来："没事。"

一下没抽动。

她这才发现，许星纯的表情已经冷下来，瞧不出是生气还是没生气，就是莫名让人心底发怵。

他扣着她的手腕，一路进了厨房，打开水龙头，把她的手放进水池子里面用水冲。

整个一系列的动作，沉默而强硬。这样的冷淡，是她很少体会过的强势与压迫感，令人莫名产生畏惧感。

冰冷的水流顺着指尖不断往下淌。

付雪梨靠着料理台，走神了一会儿。

许星纯眼睛盯着她。

他俯身过来的时候，无声无息。

付雪梨忽然被扯得倾身过去，然后只有一只手，不算很用力地箍紧她的背。算是温柔的力道，她僵了一下，但是一点也没有挣扎。

这是他们隔了很久很久以后，第一个拥抱。

但是时间好像有点长，已经超过必要的范围。

脑子里短暂发蒙。

许星纯好像……已经有点克制不住地轻颤了。

她费力地将脸侧开一点，抿唇，微微张嘴，把手一点点抬起，又放下，又抬起，然后抱住他的腰。

大中午，付雪梨被电话吵醒。

西西声音焦急："雪梨姐，摄像大哥被拦在外面了，我们不准进小区，还说哪儿都不准拍。"

付雪梨看着天花板，反应了几秒。哦……忘记了，她之前接了一个综艺，今天约好要专门来艺人住的地方上门拍摄。

她挣扎着起身，吐出两个字："不行。"

当然不行。许星纯还在呢，他怎么可以被摄影机拍到，到时候新闻、黑稿又要满天飞。付雪梨打电话给唐心，让她临时订了一个酒店，喊人去布置。

门卫只放了西西和化妆师上去。

付雪梨刚起来腰特别酸，半清醒不清醒之间，发现床头柜上放了杯水。付雪梨端起来润嗓子，趿拉上拖鞋去许星纯的房间。

她揉揉眼睛，靠在墙上瞧他。正午的阳光太明亮，晒得眼瞳有些不舒服。

"许星纯，你早餐吃什么？"刚睡醒，她声音尚且微弱干哑。

"现在是中午12点半。"阳台上有冷风呼呼直灌，许星纯坐在椅子上，温度有些低，他身上只有一件略有些松垮的薄灰毛衣，没穿外套。他翻过一页书，如常般平淡安稳。

"齐阿姨没来？"

"来过。"

付雪梨皱眉："怎么不喊我？"

此时门铃正好响起，她止住话头，反身去开门，走了几步又转头说了一句："你衣服穿多点啊，许星纯，这么冷。"

拉开门，西西抱着一大堆东西乖乖等在外面。看到付雪梨，立马眉开眼笑，第一句就是："嘿嘿，雪梨姐，这儿管得好严，应该不用担心记者来偷拍了。"

"我又不在这儿常住。"付雪梨皱眉，放她们进来。

西西和化妆师都没有接受过什么高深的教育,进门就被那一整排书唬住了,随即又暗自嘀咕,如果能把摄像大哥带进来,到时候播出到网上肯定又可以掀起一次风波。

西西好奇地打量着,又不太好意思到处转,简简单单四下看了一圈,就跟去了付雪梨的房间。

因为时间紧张,只有半个小时来搞定发型、衣服、妆容。付雪梨没吃饭,啃了几片吐司,喝了一杯西西带上来的豆浆。

接近11月,已经有点冷的天,她要录综艺,不得不穿只及膝盖的连衣裙。

滑溜溜的,还是真丝的。

啜着小半杯豆浆,付雪梨有点不放心,又晃荡过去,推开许星纯房间的门。他还保持着刚刚的姿势没动。

她说:"我今天下午有点事,晚上不知道可不可以回来,你有事给我打电话。"

沉吟了一会儿,她继续自言自语:"你一个人待在家要紧吗?我把齐阿姨喊来,还是怎么?"

许星纯没答。

安静了小一会儿,付雪梨自顾自点点头:"算了,我尽量早点回来。"

"付雪梨。"许星纯开口叫她。

付雪梨回头,看他。

"钥匙带上。"许星纯说,"在客厅的桌上。"

一路上,西西一脸花痴相,支着脑袋,略带羞涩地说:"雪梨姐,我感觉,许警官好帅。"

明明在家养病,却一点都没有消瘦疲惫的感觉。虽然距离有点远,西西没看得很仔细,但莫名就觉得,他身上有一种特冷感的气质。

付雪梨拿眼睨她:"一直都很帅啊,高中我们班班草呢。"

"真的?"西西瞪大眼睛。

付雪梨想了想,又想到了谢辞,于是改口,弯了一下唇角:"哦……是还有个比他帅的,不过人很浑蛋。"

"其实我觉得,许警官胜在气质好。对了,他上学的时候,是不是成绩特好?"

付雪梨正在翻等会儿要录的台本,动作一顿:"你怎么今天突然对许星纯这么好奇?"

西西不好意思:"我就是突然想听一听,因为我没上过高中,但是很崇拜会读书的人。"

会读书的人？

付雪梨盯着纸，有一点出神。

要说会读书的人，那许星纯一定可以算一个。

以前初、高中，他就随便在那儿站着，就和许多人划开了一道明显的分界线。每一分，每一秒，他就只差告诉别人，他不一样。明晃晃地在脑门上顶着"优等生"三个字。

每次早上的大课间，她和宋一帆他们一群人疯完了回教室，路过走廊，都能看见规矩穿着校服的许星纯，单手扶住旁边的栏杆，低头认真给别人讲题。

那样子，周身好像绕了一层微光般的薄纱，总之他是能让经过的女生小心偷看的那种帅。

他的确不一样。

也不止一个人找过付雪梨，能让她记起来的，也就是高中毕业的最后一次聚会，大部分人喝醉了。马萱蕊看样子快哭了，凑到她耳边跟她说：

凭什么你什么都不用做，也能让许星纯喜欢？

他到底喜欢你什么？

付雪梨自己也想知道。她除了长得好看，实在没有一点可取之处，既不乖巧，也不懂事，做什么事都随着自己的性子来，从不顾及别人的感受。

像许星纯这么优秀的人，喜欢自己什么？

喜欢她的漂亮？

还是她的无情？

西西还在追问，付雪梨却不想细说，避开了这个话题，随便两句打发了。

接下来，手里的台本付雪梨迅速过了一遍，记住了个大概，然后在脑海里，开始制订1v1（一对一）还债计划。她打定主意，让许星纯彻底放下心结，重新做个正常人。

只是她脑袋空空，想了一天，什么都没想出来。

晚上唐心通知付雪梨回临飞开会，一整个团队都要去。有个让人比较惊讶的消息，临飞把季沁沁签下来了，接下来一段时间应该要上资源了。消息还没爆出去，知道的人很少。

看着季沁沁那张笑眯眯的脸，付雪梨问："你是魔鬼吗？"

"……"

"为什么最近在我身边，你一直阴魂不散？"

季沁沁耸了耸肩："付雪梨，你一点都不可爱了，嘻嘻。我是魔鬼，所以我们以后要经常见面咯。"

确定了一些事情后，付雪梨懒得跟她开玩笑。

下午她收到付城麟发来的短信。

付远东要她今年过年回临市——扫墓。

这条短信瞬间毁掉付雪梨大半天的好心情。

开完会，公司大手笔在某个高级位置安排了聚餐。付雪梨准备吃两口走人，结果被方南拉住："怎么回事啊，付雪梨，整天往家里跑，你这是家里养人了？"

"没有，有点事。"

方南的笑容不怀好意："听说你酒量很差呀，是不是不会喝酒才想着早点溜，免得丢人？"

付雪梨心情正不好，特冲："怎么着，想灌醉我？"

方南笑说："不敢不敢。"

付雪梨向来对这种酒桌文化很不耐烦，但这时候心里提了劲，对方南说："你说你长得帅点吧，我还能考虑一杯倒。就你这样的，我付雪梨今天豁出命也要让你见识一下什么叫社会。"

方南："……"

最后付雪梨没让方南见识到什么叫社会，自己倒是见识了一把。所以喝多了一准误事，付雪梨整个人迷迷瞪瞪的，下台阶的时候又把脚崴了。

倒霉透顶。

夜里是被冻醒的。

付雪梨喝得有点多，在客厅的沙发上睡得很死。她抱着不知道哪儿来的毯子坐起来，一抬头，晕得天花乱坠，眼前似乎有晃动的重影。

头顶的小吊灯啪地被按开，付雪梨收回手，一转头，吓了一大跳："啊——！"

"许星纯，你装神弄鬼干吗，想吓死我啊？"她惊魂未定，酒都醒了大半。

"去房里睡。"他声音有点沉闷，却没解释自己在黑暗里坐了大半天的奇怪行径。

付雪梨拧着眉头，视线对好焦距："我知道。"

结果一只腿放下来，立刻痛得倒抽一口气。脚背脚踝全部红肿一片，高高地隆起。

落在旁边人眼里，又是另一番景象。

"哗——别碰别碰，我有点痛。"付雪梨脸颊有些发红，忍不住想挣扎，嘴唇有些抽搐。

许星纯动作一滞。

"别动。"他低声说，然后去旁边打了个电话。

接通后,说了两句,电话那头随即破口大骂:"许星纯!你丫没学过医啊?!崴个脚至于吗?还专门打电话问,也不看看现在几点了?老子刚刚做完一台手术你知道吗?!屁大一点事大半夜的扰人清梦,神经病!"

这个音量在夜里属实太大了,许星纯听得面不改色,付雪梨都有些尴尬起来。

幸好家里还有碎冰块,可以敷一敷。许星纯身上有伤,行动不太方便,只有一只手能用劲。他用一种很别扭的姿势,半跪在她面前。

"好疼。"付雪梨差点哭出来,另一只脚蹬上许星纯的肩膀,想要脱离桎梏。

"付雪梨!"许星纯有稍微的停顿,"别闹脾气。"

"我没闹脾气,可是很疼。"

他等了一会儿,似乎轻轻叹了口气:"忍一下。"

"你心疼我了?"她大着舌头,一喝酒就喜欢说胡话,也不管醉没醉。

"我是不是太美了?"她又问。

"是啊。"许星纯淡淡回答。他垂下眼帘,骨骼分明的手指,带着冰凉刺骨的冷意,却用着很温柔的手法,揉着她肿成馒头的脚踝。

"对,我太美了。"付雪梨点点头,"所以我做什么坏事你都会原谅我吗?"

"比如?"

"比如……"付雪梨还在想,可是他手上用的劲又弄痛她了。

她心里想,许星纯果然还是那个样子。

不论怎么装冷淡与漠然,都掩饰不了自己的天性。

她早就看清了。

他就像一把枯草,多半时候是沉默的,把自己藏得极为深沉,但骨子里依旧有无法压抑的歇斯底里。有时候,他甚至连掩饰都懒得做。

她觉得,许星纯一直都憋着一股劲。

只要等来一点火,他就能烧得只剩下灰烬。

第十章 最后一面

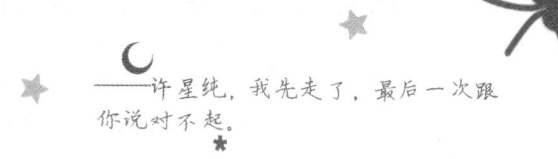

——许星纯,我先走了,最后一次跟你说对不起。

"齐阿姨有没有煮骨头汤给你喝?"脚踝处传来的痛感稍微减轻了一些,付雪梨紧绷的神经松懈了不少。

"没有。"许星纯弯曲手指,按压红肿那处,"疼就跟我说。"

"你最近不要抽烟,也不要喝酒。"付雪梨目光漫无目的地在茶几上扫了一圈,然后若无其事地问,"那束百合是谁送的?"

他不咸不淡地回答:"同事。"

"马萱蕊?"付雪梨直接问,"她今天有来过?"

"有一群人。"

这算是默认了吗?

她半边眼梢挑起来,忍不住道:"那你知不知道……一般探望男朋友才送百合?"

许星纯低垂着头,充耳不闻,她看不太清楚他的表情。

"当然,我不是管你的意思,假如你现在有合适的对象……"

她努力想找个理由,把刚刚话里流露的占有欲给圆回来——

毕竟他们现在的状态和关系,还是比较僵硬纠结的,什么话都没说开。且不说她摸不清许星纯的态度,连确定自己的都难。

换句话说,她对许星纯,有感情,有欲望,还有很多很多愧疚。

这样多的愧疚感,甚至已经快要超过她能够承受的范围。

可怎么办呢?付雪梨就是这么缺乏责任感。

明明自己也知道,但总是控制不住得意忘形。劣根性改掉根本不是一时半会儿的事。

有时候也会冒出干脆就这样一走了之算了的想法。装作她从来没有做过对不起许星纯的事,他们是互不亏欠的。

可心里总有一个声音说:

对许星纯好一点吧!

他这么可怜。

他喜欢了你这么久。

对他好一点吧。

"有合适的对象,然后呢?"许星纯语气似乎有嘲讽。

付雪梨知道自己说错话了,心里仍旧抱着侥幸,硬着头皮,企图像以前一样蒙混过关:"我们之前不是说好了吗……"

说好就当朋友,放下以前,重新开始……

唉,为什么刚刚还轻松的气氛,现在突然变成了这个样子……

许星纯盯着她看了片刻:"你到现在,还要继续对我说这种话装傻吗?"

"没有,不是。"付雪梨下意识否认,一时茫然,想说什么,又没开口。付雪梨静默片刻之后,突然想明白许星纯话里的意思,心里七上八下的,渐渐下沉,浓重的羞愧情绪又涌上来。

原来,他心里比谁都清楚,只是不想说穿而已。

冷眼旁观她的反复无常,看她对他一系列的行为——像偿还,其实是自己受不住诱惑,从而找了个冠冕堂皇的借口接近他。

看透了她的自私狭隘,看穿了她的人性阴暗,却依旧没有揭破。

表面好像是付雪梨在对他好。

其实呢?

其实只是她打着偿还的旗帜,对许星纯做尽了无耻之事。

还是喜欢对他撒娇,展现似有若无的占有欲,偶尔给他尝一点甜头,却又不付出什么实际行动。

她知道自己这样真的很自私,说一两句表面的话关心他,就假装自己是在偿还。

但是她根本没想过他要的到底是什么。

只要他不说,她以为就这样假装下去,就这样粉饰太平,也没事。

几分钟以后,付雪梨很小声地说:"对不起……"

说完又在心里骂自己。

又说对不起……到底要说多少个对不起才算完?

对不起有用吗?

不说对不起又能说什么?

可是对不起真的好无力。

许星纯的呼吸明显变得粗重起来,他站起身,说:"好。"

付雪梨有些心慌,伸手去抓他的手腕:"我刚刚……不是那个意思。"

"嗯，是什么意思？"

"我觉得你值得更好的女孩。"付雪梨又在口是心非。

许星纯变得好凶。

和平时的他反差太大了。

弄得她有点不敢惹。

这么低的气压，这么冷淡的表情，对旁人很少有，对她最近却不少。

付雪梨闷着不出声，像是突然泄气，嘴角一撇："当初我那么对你，你是不是很伤心啊，所以到现在也不愿意原谅我？"

"原谅你什么？"

张了张嘴，付雪梨说："如果你愿意听，我以后再跟你讲，好吗？许星纯，你不要恨我，我难受。"

"你知道和我住在一起的后果吗？"许星纯问。

他的回答，和她的提问八竿子打不着。

的确让人有些摸不着头脑。

毫无预警地，许星纯俯下身。付雪梨只感觉后颈被一股力攥住，蓦地，唇舌被人迎面堵住。

他挡住了背后的光，剩下一片漆黑，半点空隙都没有，几乎是要窒息的力度。他真的是用咬的，湿湿软软的下唇又被裹住，吮了吮。

她根本来不及反应，只能被迫承受。

下巴被手指扣紧，身上那条滑溜溜的真丝裙已经被粗暴地撕扯开。膝弯被折起来，她眼睛水迷迷的，试图推他，但是没推动。口腔鼻道的氧气在一点点流逝，眼角沁出了一点泪。

她说，不要恨她。短短几个字，就能让许星纯的克制力迅速濒临崩溃瓦解。

汗从相接触的地方密密渗出。

拉扯之间，他身上的T恤也从腰部卷起来。她的手无处安放，不小心碰到他背上赤裸的皮肤，指尖像带电一样，又快速弹开。

"不行，许星纯……"付雪梨有点怕他这不受控制的样了，心里有点抵触。

耳边有点嗡嗡的，突如其来，这么激烈的亲吻，让付雪梨不知道该怎么办。慢慢地，她停止了对他的推搡，不再抗拒，而是勉力环住许星纯的脊背。

姿势很别扭，可感受到她的回应，这不是错觉。

许星纯呼吸滚烫，头埋在她的颈窝，手背青筋绷起，格外白皙，能看清脉络血管，撑在她头顶上方的墙壁上，保持这个姿势一动不动，过了很久。

没有再进一步的动作。

"许星纯……你在想什么，能不能告诉我？"付雪梨勉强找回声音。她已经彻底蔫了。

他嘶哑开口:"付雪梨……"

"啊……?"

"三年牢我应该坐得起,你想试一试吗?"

付雪梨眼露茫然,没听明白,也没敢细问。

沙发微微颠动,许星纯像是深深叹了一口气,咬住她的耳根:"从现在,我不逼你……但是如果你没想好,就不要来找我,懂吗?"

付雪梨从梦里醒过来,一时间有些恍惚,昨天晚上又做了那个噩梦。

压抑沉闷的循环,让她脑袋很疼,下床拉开窗户。

带着晨露气味的淡淡凉风从敞开的窗户吹入,酒店房间角落里有安神香。

从跟许星纯分开的那个晚上到现在,已经过了两个月。虽然没有从他家搬走,但是和齐阿姨说好以后,付雪梨也没有再去找过他。

总是忍不住回想那个晚上。

许星纯把她压在身下,无动于衷看着她呼吸困难地张嘴喘气,像一条濒死的鱼。在眼泪流得最凶的时候,她被狠狠摁在沙发上。他倾身过来,模样好像和以前一样,又好像不一样,喑哑的声音里,满满都是忍不住的攻击欲:"付雪梨,我最后给你一次机会。"

最后一次机会?

他们两个到底是怎么回事,付雪梨很少在乎别人的想法,什么都不喜欢思考,她现在想不明白,既心酸又困惑。

她不知道许星纯真正想要的是什么,但又好像隐隐约约知道。只是暂时,她无法把真实的自己袒露在他面前。

金色的朝阳慢慢从天边升起,维多利亚港湾的海风吹在身上。付雪梨支着下巴,望着远方出神。

今天又要回申城了。

临飞最近在和一家上市的餐饮娱乐公司谈融股的事情,这次回申城,是放年假之前最后的应酬。

付雪梨有点忘了自己是要干什么,直到身边的人提醒,才回过神来。

"你怎么了?是不是哪儿不舒服?"唐心问。

"我没怎么啊。"她淡淡出声。

唐心撇嘴:"从昨天下午开始,你干什么都心不在焉。"

付雪梨敷衍道:"可能是马上就能休假了,比较开心吧。"

一年忙到头,也就这个时候能休息休息。明星表面风光无限,其实谈何容易。

"你今年大年三十要回去过是吧?"

"是啊。"付雪梨玩着手上的烟和打火机。

唐心点头："是该回去和你家里人团聚团聚了。"

申城入夜，临近 7 点，各大主干路上又开始堵车。黑色夜幕下，这儿是城市繁华高消费的金三角地区，霓虹闪烁、灯红酒绿。

天堂——在这片金三角区很出名的高级娱乐场所，里面除了金碧辉煌以及豪华，让人想不到更多的形容词。这里分几层楼，一共有四十八个包厢。

进了大堂，前面有经理领路。唐心低声说："最近地产圈死气沉沉的，前几天上面的领导找我说方总打算投资几家传媒公司，今天圈里来的人应该很多，你……"

"什么意思？我和那个方总又不是很熟。"付雪梨皱眉。

唐心惆怅："大小姐，没让你干吗，方总今天过生日，等会儿去敬酒的时候说两句好听的话，顺带提一嘴代表公司来的就行了。"

来天堂的人非富即贵，一般都见过世面，是有头有脸的名流，不会弄那些太低俗的事，起码不会在那里玩。基本上今晚到的，都是像唐心她们一样为了拉拢关系，也就是走一个过场，重点还是要去谈事。

与此同时。

"申城娱乐界的顶级场所，那个'天堂'的大股东叫方沉，是方都的弟弟。"

会议室里，林锦皱眉："这个方某，在申城和 B 市等地拥有几十家地产公司，也是有名的夜店'天堂'的大老板，从上个月我们接到的人民群众的举报就非常多。"

许星纯一动不动望着窗外，夜色深沉。

这是行动前临时组织的最后一场会议。许涛穿好衣服，把枪套打开："上次我们在加油站抓的那两个人，嘴巴很硬，但是根据调查，他们俩都是方都手下的马仔，现在的一个两个的夜总会，表面太平，实际上都是以容留吸毒、组织卖淫、聚众赌博为主的场所。"

前几个月，新官上任三把火，申城进行了一次规模较小的扫黄行动。因为陆续接到的举报太多，上头又成立了专案组，这次治安、刑侦、巡警、特警等多警种联合，分几路突查。

对象是天堂、名夜、花城国际、钻石春天，四家豪华夜总会。

半夜 11 点。

夜色更浓了，一辆接着一辆的警车悄无声息地飞驰在路上。林锦按开了一点车窗，风声大作，灌入耳内，他转头，看了看仪表盘的码数，打趣："纯儿啊，我就最佩服你，每次飙车都能面无表情，一点都不怕死。"

"……"

林锦叹息："唉，你真是难沟通，和你说什么都会冷场。今天的活这么有趣，又不沉重，放轻松一点嘛。"

和其他死人案件比起来，这次的扫黄打非的确不算是什么大行动。

许星纯揉了揉太阳穴，平平淡淡地说："天堂，那个夜总会有点问题。"

林锦记忆回溯："我印象里，之前天堂不是关过一次吗？"

"是啊。"后面的警员接话，"我的上任局长是在××年10月份调离这里的。那之前，天堂就是重点关注对象了。涉黄、涉毒、涉黑情况很严重，上头给了指示，也进行了多次打击，但是后来不知道为什么被压下来了。"

林锦也有印象："我记起来了，反正那阵子风头一过，这个天堂就轰轰烈烈重新开张了是吧？也就是说，上任局长走了他们就开门，也是一种示威性质吧，我去，他们有够嚣张的啊，这种做法！"

警员点头："上次加油站抓到的人押去逼问出的线索，沿着找下去，但是都断了。目前我们只知道天堂肯定有稳定的毒品来源，但是一直没办法根除。"

花天酒地，声色迷离，到处弥漫着淫靡的气息。包厢一楼，付雪梨端了一杯酒靠在钢琴旁边，有歌女在台上唱歌。付雪梨不知何时，已经不再享受这种热闹，渐渐厌倦了这样浮夸的社交场合。

真没意思。付雪梨心里想。

付雪梨听周围的人笑，自己也笑，只是神情略显冷淡。

不远处的角落，暗红色沙发上，有两个人在疯狂地接吻。不用问也知道，这俩刚刚肯定嗑了什么药。

付雪梨漠然撇开眼。果汁味的酒，度数不太高，但是她头有些晕，随手放下玻璃杯，里面的冰块晃动。

付雪梨看着镜子中无精打采的自己，接起一捧凉水，醒了醒神。推开厕所的门出去，手机嗡嗡振动，接到几条消息。

她没来得及看，走到楼梯拐角。

突然有一个男人迎面从楼上下来，颤颤巍巍即将摔倒。付雪梨吓了一跳，然后看着他直起身试图接着下楼梯，但由于无法站稳，只好双手着地趴着往下退，但依然下不了楼梯，彻底摔倒了。

又一个吸毒上头的。

付雪梨怔了两秒，嫌恶地绕过他，抬脚继续往前走。她拿起手机，正好看到唐心发来的消息。

"你在哪儿？快点想办法溜走，我刚刚接到消息，今晚有警察要来查。我们这个包厢应该不会被动，但是外面记者很多，不少都是对家公司请来的狗仔，被拍到要出大事。"

看着这几行字，付雪梨一时不知道该说什么。

她开始怀疑人生，估计是本命年要到了。

有个经理模样的人拿着对讲机，匆匆路过："快点通知清场转移。"

找了个隐蔽的位置，她扶住栏杆，探望楼下的情况。

数十名便衣冲进大堂，天堂的酒店保安正愕然，看到对方亮出明晃晃的证件："我们是公安局的，例行搜检，请配合一下。"

仅仅过去几十分钟，正在包房内陪唱、陪酒的小姐全都被带到天堂的大堂集中接受调查，一时间大堂内挤满了穿着暴露的年轻女人。

流年不利，真的是干什么都倒霉。到处都充斥着尖叫声，付雪梨一个头两个大，现在这么乱，警察又多，怎么走才好。她贴着墙，尽量降低自己的存在感，想找个隐蔽的消防通道看能不能出去。

结果刚刚没走几步。

"等等，前面那个女的，头抬起来，你是干吗的？"一个警察喊住她，付雪梨低着头，背对着他站住了。

许涛一行人停下脚步，眼神扫过背对着他们的女人。

漆黑的发丝被一根琉璃钗绾起，露出光洁的柔颈。瘦骨伶仃，纤薄的旗袍，淡紫藕色的裙摆，隐隐可见暗金色的繁复花纹。

这个扮相也不像天堂里的"嗨妹"，还蛮正常的，就是行为有点鬼祟。

付雪梨血压飙到了极致，背上全是细密的冷汗，脑子被迫飞速转动，这个时候需要找个说得过去的理由快点离开，但是一旦被认出来，就真的完了。

"我……"她深呼吸，吞了吞口水，差点就想不管不顾跑路算了。

身后的脚步声越靠越近，付雪梨一言不发，心渐渐下沉。

完了完了完了。

下一秒。

彻底绝望前，突然被人勒住肩膀，付雪梨身体被那个人一带，不可控制地反转过去，跟跟跄跄，脸撞上蓝色的制服薄衫，身形被人整个挡住。

付雪梨难以置信，心里一跳，起了一身鸡皮疙瘩，但是没反抗。一瞬间，晃晃神，一股熟悉的味道扑入鼻腔，骨头都发麻了，脚软腿发虚。

许涛震惊地看着眼前诡异的一幕，都快结巴了："许……许队，你这是?!"

沉默了一会儿，面容英俊的警察当着他们的面，和往日一样冷淡，并无波动，说道："抱歉，这是我女朋友。我先把她带出去。"

"哦……哦，好的，没事没事。"许涛想多说什么，这个时候也只能憋住，内心疯狂吐槽。

这是怎么回事,扫黄扫到家属了?!

"我马上回来。"

脸贴靠的胸膛里微微发出震动,他的声音依旧平缓。付雪梨劫后余生,现在依旧很紧张。她得救了,被他箍在怀里,头低埋在肩颈处,隔绝了一切视线。

抬手,缓慢地抓住许星纯的衣角。

天堂六层楼的出口全部被封锁,各个电梯口、楼梯口都有警察把守着。人山人海,估计有上百个警察。

正门外面二十米处拉起黄色的警戒线,把路人挡在外面。有戴着头盔的特警端着枪,连成围墙。外面停着押运人用的大巴车和警车,这个地方……已经被大批警力包围。

天真了。

这怎么能偷偷溜?

太荒唐了。

付雪梨头上顶着许星纯不知道从哪儿弄来的外套,她掀开一点点缝隙,被眼前的场面吓到了。

这么大阵仗是要干什么?

许星纯揽着她疾步往外走,一路畅通无阻。他同其他人打了个招呼,很快就出了警戒线。

又走了几步,黑漆漆的环境里,前面人的脚步停下。这儿有一片熄火的警车,不远处有三三两两吸烟的警察。

付雪梨惴惴不安。

她也站住,把外套从头上摘下来,不知道说什么,踌躇开口:"……谢谢你。"

"有碰东西吗?"许星纯穿着制服的样子冷硬得不近人情。

付雪梨屏住一秒呼吸,小心问:"你说什么?"

她乌黑的瞳仁很亮,像刚从水里面捞出来的一样。殷红的嘴唇像花瓣,半张半合。此时因为狼狈,她少了很多艳丽,倒有一种乖乖的可爱感。

被他那么注视着,她突然意识到许星纯在问什么。

"有碰吗?"他森冷地问,声音滞重,和往日清秀温和的外表截然不同。许星纯沉着脸,怒喝,按住她的肩膀,"我问你有没有碰!!"

"没有!"付雪梨脱口而出。她憋出了一身的汗,艰难地回答,"许星纯,你误会了,我从来都不碰那种东西。"

许星纯嘴角收紧，垂眼，迈出半步，定定看着她。

"我真的不吸毒。要不你把我带回你们那儿检查？"付雪梨语无伦次，实在不知道该怎么解释了。

浓稠的黑暗，隐没了许星纯修颀的身形。只有一臂的距离，她却能明显感觉出来，他的情绪看似平静，其实很不正常，夹杂着少见的暴烈。

微突的喉结上下动了一下，他下颌收敛，绵密的眼睫低下："外套穿好，坐在这里，等我回来。"

"你要去多久……"付雪梨迟疑了一下，换了个说法，"我要等多久？"

就在她以为自己等不到回答的时候，听到许星纯说："不知道。"

声线深沉而冷凝，他的表情，有一瞬间的阴沉。

"哦……好吧，你快点啊，我明天还要赶飞机回临市。"她接着，又乖乖地问，"我就在这里等吗？"

付雪梨眼里有他全部的影子，这样少见的乖顺，让许星纯的语声稍有停顿："嗯。"

"好。"

听到答复而不是拒绝以后，用了极大的自制力，他竭力逼迫自己转身。

付雪梨裹紧了有些大的外套，坐在石凳上，看着许星纯重新返回混乱的现场。

从黑暗里，一步一步走到光影切割出的分界线下，浅蓝色衬衫，身高腿长，他腰杆挺拔，背影孤桀。

许涛烦躁地靠着包厢的门，四下打量，咬了一根烟含在嘴里。

抬手关掉炫眼浮夸的壁灯，里面有十几个人在搜，玻璃瓶里的各种液体都不放过。又过了几分钟，一个警员走出来，摇头无奈道："目前为止，什么都没有。"

"一点货都没有？"许涛皱眉。

警员摇头："搜遍了，没有。"说完他视线往上一移，喊道，"许队。"

许星纯点点头："怎么样？"

"不怎么样。"许涛腾出一只手了揉眼睛，控制不住八卦的心，打趣道，"哟，你把女朋友送出去啦，这么快？"

见许星纯冷着脸不答，许涛又回忆起刚刚的画面。他这个平日自诩不近女色、冷静自持的队长，在所有人意识到之前，众目睽睽之下，把一个女的死死按在怀里。动作简直堪称迅速，令人目瞪口呆，这似乎真的和平日的他不太相称……

"今天除了抓到一些卖淫的，别的估计也找不出来了。"另一个警员来汇报。

他们搜完一个包厢，准备去下一个。刚好路遇熟人，对方打了个招呼："哎哟，许涛，你们是禁毒队的吧？"

"怎么？"

"哎呀，侦查员刚刚给指挥部反馈信息了，早一个小时就有服务员和保安去几个包厢里打招呼说等会儿公安局要派人来查抄。应该是事先就转移了。"

许涛和许星纯对视一眼，低声骂了一句。

这会儿正混乱，眼下到处都有衣衫不整、逃窜的男男女女，看到他们穿警服的一行人，就像老鼠见了猫，怕得不得了，一个劲地躲。

许涛眯着眼，随意一瞟，看到前面包厢出来几个年轻壮汉，个个都是项上金链，文着花臂，块头结实，只是脚步略有虚浮，两眼发直。

那群人还没来得及做出反应，转身就碰上了许星纯他们，脸色立刻难看了起来。

有人小声偏头问："怎么办？"

"快点走，别出声！"

他们脚步迅疾，刚走没两步，后方果然传来一声喝止："等会儿！"

文花臂的大哥模样的人神色不太自然，转过身，勉强对领头而来的许星纯打了个招呼："警察同志，我们就是哥几个出来聚个会，喝喝小酒，也没召妓，真的没犯法，不知道你们有什么事？"

许涛简直想翻白眼，不耐烦道："这种话就别说了，装什么装，和我们走一趟。"

"凭什么啊？现在警察还能随便抓老百姓了？还有没有王法？"几个壮汉脸色难看起来，开始和他们对峙，骂骂咧咧个不停。

许涛等人理都不理，直接亮出手铐。

"今天我还就不走了！"壮汉像突然愤怒，双目怒瞪，血脉偾张，"我看看今天谁敢动我?! 也不是吓你们，都是社会上舔刀尖血的人，混到现在就没怕过谁，别来这一套！"

这位大哥话都没说完，突然噤声，眼里微微浮现波动，一瞬间屏住了呼吸——一把枪稳准顶在他后脑勺上。

走廊顶上的钻石射灯打下来，年轻警官安静站立，侧脸的轮廓棱角分明。他单手持枪，顶住面前人的脑袋。

分明的指骨扣着扳机，黑色碎发有形状不均的阴影，遮住了褪淡的眼神。

"那个……"大汉的声音有些生硬发紧，腿正在不易察觉地抖动。

许星纯一句废话也没有，语速轻缓，声调低了几度，却不容置疑："铐上，带走。"

这个夜晚相当不平静，警笛的鸣叫引来了大量围观群众，看热闹的人过了凌晨还没散。付雪梨安安分分坐在石凳上，风很大，这里黑得几乎不见五指。

有点冷，她怕唐心担心，点开微信回消息：

"我没事，碰到许星纯，他把我带出来了。"

唐心："这么巧?! 吓死我了！"

付雪梨："你呢，在哪儿？"

唐心："我还在天堂啊，我们这个包厢没有进来警察。你在哪儿，到酒店了吗？"

付雪梨："没有啊，我在一个人很少的地方等许星纯呢。明天我就要回临市了，等会儿让西西把我身份证送来，行李没什么要带的。然后加上年假，请你至少一周不要给我打电话好吗？"

唐心："知道了知道了，也不知道他们警察是要年底冲业绩还是怎么样，为什么要挑过年前扫黄啊，服了！你记得等会儿帮我问问啊！"

付雪梨："问谁？"

唐心："问你那个很帅的警察'男朋友'呀！（笑脸）"

她虽然此刻狼狈，看到这句话，也忍不住笑出声来。一旁有不重的脚步声，渐渐靠近。付雪梨脸上还带着残留的笑，侧头望去，试探性地叫出口："许星纯？"

离她还有几米远，来人停下脚步。

付雪梨举着手机，借着微弱的光，辨析对方的身形。

"许星纯吗？"迟疑着，她又问了一遍。

"不是。"

其实付雪梨对别人的声音不太敏感，每天接触、打交道的人太多，她想记也记不住。但这个声音，几乎是听到的一瞬间，就从记忆里搜索了出来。

冻僵的双腿有点疼，她跺了跺脚，很快恢复了平淡神态，犹疑地问："马萱蕊啊，你来这儿干什么？"

不着痕迹地，马萱蕊顺势坐在她身边，笑一笑问："你好像挺紧张的？"

喊。

付雪梨目光四处逡巡，牵了牵唇角，漫不经心道："你想说什么？"

长时间的静默，漆黑又阴冷的环境里，两个人没有谁再开口。

马萱蕊自言自语："我猜，你们又联系上了吧。"

不用问也知道，她口里的"你们"指谁。

眼下，付雪梨只能看清一些些模糊的影像。她觉得在这种情况下，和别人谈心——还是谈感情的事——真的挺诡异的。有点不耐烦了，付雪梨简短地回复："和你有什么关系吗？"

马萱蕊笑了笑，不为所动。

"你爱许星纯吗？"短暂的沉默被打破，她突然问。

付雪梨感觉实在莫名其妙，耐心消失殆尽："你在说什么？"

马萱蕊不知道在说给谁听，似乎只是想倾诉而已："我知道你不喜欢他，可是我多喜欢他啊！"

"喜欢到巴不得他众叛亲离，所有人都抛弃他，只有我一个人爱他。"

她的声音轻柔，很温和的语调，不待付雪梨插嘴，接着说了下去："你付雪梨这么多人爱，哪里缺许星纯一个，对不对？他就算死了，你都不会伤心多久呀。可是许星纯为什么就是不懂呢？"

付雪梨忍不住了，开口："你来的目的是什么？如果你想告诉我，你有多爱他，我知道。"

似乎忽然之间，想到了什么，她不痛不痒补充道："如果你想告诉我，他有多爱我，我也知道。"

"嗯，你什么都知道。"马萱蕊略有嘲讽，"那你知道，许星纯他妈妈是什么时候死的吗？"

"……"这句话，成功地让她僵住了。

过了很久，马萱蕊一字一句地喃喃，每一个词都咬死了牙关："那一年，B市举办奥运会。许星纯瞒着所有人，一个人住院，你知道我这么多年，多想给你看那份诊断治疗书吗？两个月以后，他一个人去学校，申请从临市分局调走，从此就没了消息。"

她越说越激动，语速毫无征兆地加快："你呢，付雪梨？我想不通许星纯有多绝望才会去自杀。他奄奄一息躺在病床上，出院之后又一个人离开，你那个时候在干什么，又在哪里？和谁笑得有多开心？"

最后马萱蕊的音调已经完全颤抖，只有一句话被她说得清晰："你对许星纯做了什么，你自己记得吗？！"

压抑着想转身逃离的冲动，付雪梨听在耳里，头皮发麻，像被人兜头泼下一盆冷水。她深深呼吸着，手指神经质地蜷缩起来。

之前为了防止走漏风声，参与办案的警察手机统一关机，都被没收上交。

直到天微微透白，一切工作才算收尾。

许涛拿着一篮筐的手机到处分发，抓住一个人问："许队呢，怎么没看见他的人？"

"许队啊……"那人微微回忆，"刚刚还看他坐在B区那边的椅子上呢，你去看看。"

许涛找到许星纯时，他正一个人坐在石凳上，晨雾浓重。

不知道坐了多久，他面部的轮廓简洁，头发有点湿了。又是平时寡言少语的表情，身上沾着很薄的血腥味，旁边放着一件武警的黑色外套。

许星纯不像是在发呆，样子莫名有种异样的耐心沉凝，仿佛正在心无旁骛地等待着谁。

但又的确是孤身一人。

许涛眼皮跳了跳，总觉得哪儿有点怪怪的，他走过去，把许星纯的手机递给他："哥们儿，在这儿坐着干吗？抓紧时间回家休息休息，小心猝死。"

两人视线对上的时候，许涛看着许星纯，心里一惊。他眼里有很纯粹的倦怠，沉凉又冷漠，一点起伏也没有。

许涛以为许星纯是累狠了，拍拍他肩膀："辛苦了。"

机场路上。

许星纯专注地开车，干了一整晚，一点也不见疲惫，行车平稳如常，只是皮肤苍白得不像话。沾着血污的袖口向上翻折到肘弯，露出一截线条流畅、优美的手臂，凛冽外突的腕骨。

中央台上的手机界面上，有一条已读短信：

"许星纯，我先走了，最后一次跟你说对不起。我现在有点没办法面对你，等想清楚了，我就来找你。"

这个陵园，付雪梨每年的这个时候都会来。她手里捧着路上临时买的纸钱和鲜花，慢慢拾级而上。

墓碑上有一张老旧的黑白合照，一男一女微微笑着，男人英俊，女人柔婉，皆是年轻时的容颜。

——付雪梨的亲生父母。

她茫然地盯住那张照片，眼睛应激性地眨了眨，不知道该说什么。放下白菊，她又脱力地蹲在一边，发了很久的呆。过了半天，她才想起要烧纸。

"爸……"略停顿以后，又艰难地喊，"妈。"

话出口后，鼻腔酸胀得难以忍受，眼里滚烫的泪水终于忍不住落下来。她忙抬手胡乱地去擦，苦笑道："其实我知道……我可能做错事了，但是今天我才敢承认，是不是很胆小懦弱？"

"有一个傻瓜他很爱我，很爱很爱我。"付雪梨下巴垫着膝盖，整个人蜷缩起来，把火点燃，哽咽道，"我总以为，他把所有的事情都跟我说了。"

付雪梨感觉嘴唇在颤抖，说着说着就自己笑起来，可是眼泪就是止不住地流。

她知道的，其实许星纯什么也不会对她说，于是她也就假装什么都不知道。

可是马萱蕊的话，字字都像一记重锤，狠狠砸向她的心脏。

把付雪梨一直以来自欺欺人、拿来自我安慰的一层表皮碾碎到稀烂,让她全身血管筋脉感觉被断掉,五脏六腑全部冻结。

付雪梨呼吸困难,止住话音,顿了一会儿:"你们把我生下来,可能就是一个错吧。这几年,我感觉自己活像个笑话,我埋怨很多人,埋怨叔叔,埋怨你们,甚至我还埋怨过他。我埋怨他,为什么我给不了他长久的爱情,他就要抛弃我,从此消失。"

"我多怕寂寞啊,我舍不得他的,但是他这么多年都没有回来过。"付雪梨感觉有咸湿的泪水掉进口里,"我也想过去找他,可是日复一日地害怕,我会犯这样可笑的错误。"

"我只是觉得他适合更好的女孩。"她深深埋下头,"但是我知道,我不敢承认。这些全都是冠冕堂皇,让我能心安理得好好过日子的借口。"

是的。

直到现在,付雪梨才敢承认——许星纯过了这么多年,从来没有,没有一秒放弃过喜欢她这件事。

付雪梨从小就看得清身边人,谁和谁相配,谁和谁不合适。

她知道两个世界的人不应该在一起。

这是她一直都懂的道理。

可是她还是辜负了许星纯这么多年。

让他独自伤心难过这么久。

转眼日渐黄昏,只有付雪梨一个人安静坐着,坚持看着纸燃尽。似乎只要这团火燃尽,心中就会干干净净,无忧无虑。

"许星纯,我想好了。"

在付雪梨这句话说完的一瞬间,电话那头,没了声息。

哭得太久,她的声音完全嘶哑了,顿了顿才能继续:"如果你想听,我在临市,我现在就能来找你。"

"……你在哪儿?"许星纯问。

付雪梨坚持道:"我来找你。"

那边过了好一会儿,才打破沉默,说出一个地名。

——他们分手的地方。

好像过了很多年,又好像只过了几天。这所大学哪儿都没变,熟悉到一草一木、楼亭建筑。晚上7点以后,校园里的路灯亮起,有来来往往许多结伴的学生,老师和大学生混杂在一起,不太能分清。女生宿舍楼下,有一对对抱在一起如胶似漆、怎么也不分开的情侣。

这是付雪梨读的大学。

路灯昏沉，暗暗淡淡的光线模糊了他的脸。许星纯坐在那儿，一动不动，还穿着昨天已经有些脏了的警服，做着就像过去好多年，日日夜夜，他在做的事情一样。

等着她。

在许星纯身边坐下的瞬间，付雪梨微不可见地轻轻抖了一下。

空气里有黏腻的水汽，让人无法正常呼吸。

两个人不知道安静了多久，三分钟？五分钟？或者更长。她终于开口，语速很缓慢："许星纯，我想跟你说一件事情。"

"……嗯。"

付雪梨把自己的手机拿出来，设了一个闹钟。

只有五分钟。

她知道他正在看着她，然后说："你应该知道是什么意思，五分钟之内，我就可以讲完。"

心底一阵窒闷。

付雪梨说了在脑海里排练过数百遍的一句话："今天，是我亲生父母的忌日。"

和许多年前一样，那天也是一个很普通的忌日。

上完坟后，在家里摆着照片，付远东、付城麟，还有付雪梨一起吃了顿饭。

这是每年都有的形式。吃完后，付雪梨约好了朋友，打个招呼就出去了。因为从小就跟着付远东长大，她对亲生父母并没有太过浓重、深厚的感情。

忌日那天下着雪，在路边想打车，却怎么也打不到。等得不耐烦了，付雪梨只好返回家，准备拿钥匙开车自己去。

开门后，客厅空旷极了，齐阿姨也不知道去了哪儿。根本没人，只是多了一双鞋子。

付雪梨奇怪。

想叫人，然后走上楼。

书房的门虚掩着，她看到付远东一边倒酒，一边叹气摇头。付雪梨听到了自己母亲的名字。

她推门动作一顿，站在原地没出声。

家里的狗懒散地趴在不远处，懒洋洋地摇着尾巴看着主人奇怪的行径。

付远东旁边的好友劝道："都过了这么多年了，你把阿娟和阿坤的女儿也养到这么大了，他们不会怪你的。"

付远东重重叹了一口气："如果不是我，催着坤哥回家解决事情，他不会赔上自己的命，还有阿娟……"

友人急忙说："总归要拆伙的，阿娟对阿坤早就没了感情，当初年轻，谁也不知道会发生这种事。"

付远东说:"他们本来不会死在那种地方。那时候我年轻莽撞,只想着做生意,只想着和爱的人在一起。我和阿娟的事被坤哥看到,是我对不起他,这些年想一想,当初也是一起扶持过来的……"

——听到这些话,付雪梨要疯了。

无法消化这些信息,她登时只觉得窒息,往后退两步,感觉整个世界观都即将被颠覆了。

以往无数的困惑疯狂涌上来。

为什么付远东这么多年不结婚?

为什么她偶尔能感知到付远东总是会对她流露出过分哀伤的神色?

为什么付远东对她比对付城麟还好?

为什么自己的堂哥和叔叔,都对那个婶婶闭口不谈?

为什么付远东总说是欠她的?

哦……

原来是这样……

付远东和付远坤准备做一个工程,可是拆伙资金跟不上。当时他们已经在谈合同,每天都要应酬。那段时间两人又因为付雪梨生母的事情吵得很凶。

有一天晚上下雨,付远坤一直不和付远东见面。付远东跑去他们家里,两人又大吵了一架。最后付远坤气得摔门而去,阿娟紧紧跟上去追。

深夜路太滑,一个司机酒驾,正好撞死了两人。

付雪梨没有歇斯底里冲进去质问,她只是麻木地走下楼,一个人在雪地里走了很久很久。直到没有力气,栽倒在路边,才感觉有泪涌出来。

是的,她没有勇气去找付远东对峙,因为她知道自己根本无法恨一个把自己养大的人。

可是,什么是爱情?

为什么都拿爱当借口,人就理所当然变得这么肮脏?

爱情重要,还是责任更重要?

那几天,她一点都不想回到那个家。她住在学校里,却夜夜都去酒吧买醉。

晚上归来,许星纯每天都等在宿舍楼下。

一天又一天。

付雪梨心里又过不去那个坎,只能把一切的负能量发泄在许星纯身上。她开始逃避,甚至恐惧这份太过坚固的感情。

抽烟、喝酒、泡吧、打架,这些事情她都会。

可是用心爱一个人,她可能真的……难以坚持。

147

根本没有例外吧?

到最后，所有的爱情都会变得恶心透顶。

"许星纯，你以后能不来找我了吗?"付雪梨摇摇晃晃，走两步就摔跤，却不准许星纯靠近。直到最后她一屁股坐在椅子上，不知不觉泪水就流了满脸。

她喝得烂醉，心感觉被绞到要烂了，口里却喊着："许星纯，我早就想跟你分手了，你能不能别缠着我？你不要喜欢我好不好……我真的感觉好累，你们口里都在说爱，可爱是什么，爱就能让你们变得这么自私吗?!"

"我求求你了，放过我也放过你吧。"付雪梨眼里有真真切切的痛苦。

许星纯坐在椅子上，陪付雪梨哭了半个夜晚。他隐约听见她哽咽地说，还想回到以前。

看着深深的夜空，许星纯用很轻的声音问："付雪梨，我真的让你这么痛苦吗？"

可是十四岁那年，付雪梨和她叔叔吵架，气得跑出来找他。

也是这么冷的夜晚，在那个公园的长椅上，许星纯穿着薄薄的睡衣。

她也哭到不能自已。他把外套盖在她身上，吹了很久的冷风。她抽抽噎噎地问："你会陪我到什么时候？"

许星纯说："一辈子。"

过了很久，付雪梨问："那你冷不冷？"

他回答："冷。"

她说："我也冷。"

"外套在你身上。"

"许星纯，我现在好像开心点了。"

"嗯。"

"你是不是不开心？"

"看到你哭，所以不开心。"

"我现在开心了。"

许星纯抬手摸了摸她的脸："好。"

付雪梨抱着他："许星纯，我开心和你开心，哪个更重要？"

"你开心。"

她终于破涕为笑。

楼群之间的天空像深蓝色的幕布，许星纯的轮廓在灯火零落的夜色里模糊而秀气。

他那时候明明答应了，陪她一辈子。

可是现在的付雪梨，哭得比那个时候更厉害，眼里有了让他看不懂的绝望和难过。

——我开心和你开心，哪个更重要？

——你啊。

——当然是你。

付雪梨在一片漆黑中醒来，头痛欲裂，带着宿醉的昏沉。她躺在柔软的床上，不知身在何处。

"几点了？"她哑着声音问。

"不到5点。"许星纯坐在床尾和门口间隙的地方，他头低着，"你醒了？"

她"嗯"了一声。

这时房间里有手机闹钟响起，付雪梨拥着被子起身："你设了闹钟？"

"是。"

"关了吧。"

"不用关。"许星纯问，"你昨晚说的话，还记得吗？"

"记得。"

"你想好了吗？"

"……"

"还有一个闹钟，你想好了告诉我。"

只是犹豫了一瞬，在闹钟第二次响起的时候，她眼底滚着水雾，咬着牙，依旧强迫自己说："分手吧。"

良久，他说："好。"

听到门轻轻被带上的响声。

许星纯最后一句话是，"我走了"。

付雪梨知道自己哭了，没有发声，只是流泪。

这是他们重逢前，最后一次见面。

也是她这么多年来，不敢再认真回忆的场景。

来找许星纯之前，她专门洗过脸。

此刻，付雪梨腮边挂着两行泪珠，不施粉黛，皮肤接近透明的白。她脸上没有平时艳丽的妆容，但是格外干净纯洁。

三言两语，就能讲完过去的事情。眼里蓄起热意，付雪梨说："我父母的事情，让我对爱情产生了困惑。我完全被困住了，当初的我认为爱情的存在毫无意义，只会让人在一份关系里歇斯底里，遍体鳞伤。

"所以我软弱了，我只想逃避，以伤害你为代价。但是我很无耻，我喜欢说谎。我还喜欢你，所以总是控制不住地去找你。只是我暂时没办法给你一个永久的承诺，又怕承认自己的错。"

许星纯把心掏出来给她,她看不见,假装他不疼。

对不起。

真的很对不起。

所以现在她要遭报应了。

对普通人而言,爱是欣赏和享受。可对许星纯来讲,付雪梨的爱是饥饿下的粮食,是非如此不可,是最后一根救命稻草。

那他是怀着什么样的心情对她放手?

沉浸在那样的痛苦里,明明自己快撑不下去了,还是没有给过她一句责怪。

付雪梨要自由,许星纯就给她。

付雪梨说她怕禁锢,许星纯再激烈的痛苦也被掩盖,仿佛无事发生一样,就算去死也要放手。

她最后如愿以偿了,却始终没能忘记他。

明明没过去多久,却仿佛有一个世纪。许星纯静坐了约莫几分钟。

远处有零星几个不太真切的人影,头顶的灯泡越发暗淡,他头稍微歪了歪,抬手,拭去她滴落的泪。

动作温柔细致,熟悉到像做过无数遍。

付雪梨一愣。

许星纯找回了自己的声音,很平静地说:"……我现在,不想听对不起,我只想知道,你想清楚了,所以要和我在一起吗?"

是愧疚也好。

爱情也罢。

或者只是想补偿,他全都认了。

还没来得及做出反应,手机就被许星纯拿走。闹钟在响起的前一秒,被关掉。

她被他圈拢进怀里。

付雪梨话音微滞,艰难地张了张口:"我不知道怎么爱别人。"

"我教你。"

她鼻音浓重:"我怕以后……"

怕什么?

怕他们的感情重蹈覆辙?

还是怕自己依旧会践踏许星纯满腔的赤诚。

可是付雪梨隐隐有预感,这一次和他在一起,可能就没办法分开了。

许星纯的唇轻慢温柔地贴到她耳边,极低的音量,炙热又克制——

"付雪梨,我都不怕,你怕什么?"

第十一章 那年盛夏

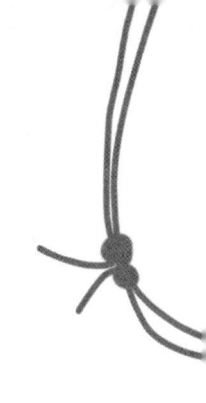

——那么喜欢许星纯，都变得不像付雪梨了。

天彻底黑下来了，夜色沉浮，月色溶溶，空气里有刚下完雨沁凉的味道。

眼泪还未风干，刚刚哭得一团糟，脸蛋冰冰凉的。付雪梨有些疲惫，目光飘忽不定没有焦点。她耳朵贴着许星纯的脖子，握住他的手腕，就这么消磨时间，只想把这种放开一切的感觉延续得久一点。

很久没有这样踏实舒适的感觉了，她真的累了，甚至想就这么闭上眼睛睡一觉。终于下定某个决心，虽然朦朦胧胧的恐惧感犹存，但仿佛卸下了千斤的担子。

"许星纯……"她略抬头，喊他的名字，被许星纯捏住了下巴。

久违的情愫挂在心尖上，数日来浓重的感情得到缓和，让人懒洋洋地不想动弹。

付雪梨感觉他目不转睛盯着自己看，可能是想吻她，于是止住了话头。一时间都做好了心理准备，但是等了很久，许星纯都没有下一步动作。

"你要干吗？"她徐徐呼吸，眨了一下湿漉漉的睫毛，先开了口。

"张嘴。"许星纯低声说，手指擦过她的脸颊。

有一股淡淡的烟草味。

吻落下之前，付雪梨牙关就已经发软。他喉结滑动，强烈缠腻的吻更加深入。

这个姿势接吻不太舒适，付雪梨不自觉想换一个，挣扎着攀上许星纯的肩，两条腿不知羞耻地岔开，跨坐在他的大腿上，双脚离地。

她也不分场合，疯起来完全不知轻重。

细瘦的手指缓慢摸过他的鼻梁、下巴，然后从制服衬衫松开的领口钻进去，指腹在凸棱的锁骨上乱滑。

"你……穿制服好帅啊！"

这是真心实意，憋在付雪梨心底很久——发自肺腑的夸奖。

上次在片场，就有很多小姑娘都在偷偷花痴许星纯，让她一直耿耿于怀。

其实付雪梨一直都迷恋许星纯的脸。从小就是，见到他的第一眼，她就觉得这个小男孩长得特别好看，比其他人都好看，所以才心甘情愿让他当了自己这么久的同桌。

肤浅就是付雪梨的天性。

尽管有时候受不了许星纯太过分的管教，但是她每每都会在他的美色之下屈服。这种审美一直持续到现在。

听着许星纯短促的呼吸声，付雪梨小腿耷拉在两侧晃荡着，脚后跟有一下没一下地踢他，不轻不重像挠痒："有人经过……会看到我们接吻……"

许星纯咬住她的嘴唇，一手稳住她的腰肢："别乱动。"

付雪梨被人用力量牢牢制住了，像条光溜溜的鱼，被捏住了尾巴。

她软在他的怀里，幸好被勒住了腰，不然一准跌下去。

许星纯稍稍偏头，两人的唇舌意犹未尽，缓慢分开。

稍静一会儿。

她稳定住呼吸，咽了口唾沫，小声开口："我感觉腿麻了……"

夜晚的温度比白天更低，接近寒冬，付雪梨身上只有一件薄薄的裙子，现在终于感觉到冷，她抑制住打喷嚏的冲动。

许星纯半蹲半跪在地，握住她一截白嫩的小腿揉，手法专业，一举一动有说不出的纵容。

那种熟悉的感觉又回来了。

她看着有点失神，心底有些苦涩地想：

许星纯很久……

很久都没有像这样对待过她了，久到付雪梨都快忘记——他的本能就是对她好。

压抑是许星纯的天性，可他再怎么忍耐，对付雪梨的爱慕都融在了骨血里。从少年时期开始，这种畸形的感情就太过盲目，根本控制不住。

她以前真是太狠心了，许星纯的温柔，她居然爱怎么践踏就怎么践踏。就算重逢以后，心性也没有随着时间改变太多，因为各种犹豫也不想去主动承认自己的错误。

如果早点就好了，也不会多出这么些事。

都怪自己太犟了。

许星纯的头低着，看着轮廓像瘦了一大圈，付雪梨心莫名其妙痛了一下，不知不觉便脱口而出："许星纯，我以后会对你好的。"

妥协似的向他告白，语气之间不乏心疼。这句话，成功让他动作一顿，然后抬头。

"……"

付雪梨杏眼水润，圆瞪着，装作若无其事地嘟囔："干吗，你为什么这么看我，不信啊？"

许星纯说："信。"

"你是不是不相信我？"她执着。

"没有。"目光重新垂下，敛着睫毛，许星纯回答道。

付雪梨不满意他的反应——明明脸上写满了不相信。

但想到自己的确是喜欢出尔反尔的人，便暗暗下定决心，以后一定要证明给他看，再也不做让他伤心的事。

手机铃声响，许星纯站起身，去旁边接电话。

"怎么还不回来？"那边许涛问。

他问："什么事？"

许涛崩溃道："许队，事多了去了，说也说不完。刘队那边又打电话跟我们要人，说是有个案子很奇怪，他们那儿新入职的法医没经验，要你去看看。还有就是天堂的事有进展了，我们找到线人了。"

"什么案子，老秦呢？"许星纯皱眉。

"他老人家早就回去过年了，不知道在哪儿快活呢。说起这事我就心痛，我今年大年三十又被排到班了……我刚刚打电话给你，你一直没接，我还以为你出什么事了呢！"许涛哀号，"你在家吗，我去接你？顺便出去吃顿夜宵……"

"不用了，我现在不在申城。"许星纯语气很淡。

许涛怪叫："哥！纯哥！你怎么就跑了呀？撂挑子不管了，想我一个人熬死在支队啊？！"

"晚点联系。"说完许星纯就掐了电话。

付雪梨偷听到一点，站在他身后问："你是不是还有事没处理？"

许星纯看着她："嗯。"

"哦……"

付雪梨舔了舔嘴唇，像只被拔了牙的小猫，彻底乖了。

许星纯忍不住低头，亲了亲她的唇角，又烙下一吻："我处理完……就来找你。"

"为什么你们这么忙啊……你前段时间不是身体才刚恢复吗？"

以前在许星纯家住的时候，付雪梨就天天看他要处理很多事情的样子。一连串的事，忙得不可开交。

抱怨完，她主动讨好道："那要不要我跟你一起回去？我可以陪你啊，等会儿去买个帽子、口罩就行了。反正临市我认识的人多,随便打个电话喊个人送来也行。"

这副架势,仿佛又回到了当年在学校横着走的妖艳太妹的状态。

只是邀功邀得太急切。许星纯还没说话,她的手机又响了。

不耐烦地接起来,没想到那边的声音比她还不耐烦:"付雪梨,你回家回到现在一个人影子都没看见,要死啊?!"

付城麟脾气向来暴躁:"上次你把老子一个人丢在餐厅不闻不问,账都没找你算呢!齐阿姨知道你回来饭都做好了,全部人就等你一个,怎么回事啊,看看这都几点了,又在哪儿鬼混呢,你?!"

好不容易那边噼里啪啦机枪似的突突完,付雪梨火气也起来了,大声说:"你对我温柔一点行不行?!什么鬼混,付城麟,你在胡言乱语什么?我今天去给我爸妈上坟了!"

那边果然安静了一阵子,态度软和下来:"你在哪儿,发个定位过来,我去接你。"

"不用了。"

"什么不用?"付城麟咬牙切齿,"你懂不懂事,几岁了还小孩心性?家里长辈都在呢。"

付雪梨仍想着怎么拒绝,就听到许星纯平静地说:"你衣服穿得太少了,回去换一身。"

"我可以路上买啊。"她口气依旧埋怨。

说完意识到不对,愣了一下。

自己表现得好像很想和他待在一起似的……

握着手机站了几秒,有力的手握住付雪梨的后颈,拉到怀里,另一只手抬起来。许星纯好像低声叹了一口气:"回去吧。"

她头埋进他的胸膛,嘟嘟囔囔,不准许星纯笑自己。

最后分开的时候,付雪梨居然破天荒有些依依不舍的感觉。本来想问一句"你会不会想我"这种话,憋了半天没说出口。

太酸了。

车上爵士乐缓缓流淌。

兄妹俩一见面就拉下脸。随便扯了点别的话题,付城麟叹口气,问自己妹妹:"你怎么又和他走到一起了?"

瞟了眼后视镜,他说:"刚刚我没看错吧?"

"许星纯啊?"想了大半天,付雪梨谨慎地回答,"这事说来话长。"

"怎么个长法？"

"很长。"

付城麟很奇怪："许星纯怎么这么想不开？"

他的语气里满满都是遗憾，仿佛许星纯吃了什么大亏，一下就把付雪梨戳中了，她狠狠骂道："你什么意思啊？"

付城麟气定神闲："我什么意思，你自己心里没有一点数吗？"

"……"付雪梨不说话了，她否认不了。因为她一想到自己做过什么事，就心虚。

甚至……连问都不敢问许星纯，他那几年发生了什么。

回了家，一进家门，齐阿姨可高兴了，知道付雪梨今年回来过年，早早地就把饭做好了，热情地喊她过去。

"叔叔呢？"付雪梨问。

"等着呢。"

齐阿姨一家三口每年都在付家一起守岁，今年也不例外。付城麟今年带了女朋友回来，不是付雪梨眼熟的那个，但听说他们已经发展到要扯证的地步了。

吃过饭，她私下问付城麟："琴琴呢？"

琴琴是从学生时代就和付城麟爱恨纠缠不清到现在，也是付雪梨觉得自己堂哥唯一爱过的女人。

付城麟反应很平淡："琴琴是你喊的吗？分了。"

"你不前段时间还跟我秀恩爱来着吗？"付雪梨悟了，"这个怀孕了？"

付城麟别的不想多说，去旁边抽烟了。

反正日子能过一天是一天，到了他们这个年纪，能好好活下去都艰难，情爱犹如过眼云烟，都无所谓了。

合适就在一起，不合适就一拍两散。爱情这种东西，虽然能让人掉进蜜罐里，但还是太昂贵。

洗了个热水澡，付雪梨躺在熟悉的柔软的床上，有种安心的感觉。

但随即而来的又是一种失落感……

她瞪着天花板，在心里想。

现在怎么回事？一旦和许星纯分开后，心里就空落落的，开始不安。

还能不能好了？

纠结了没一会儿，付雪梨翻身，拿起手机给许星纯发消息。

"你晚上吃了吗？"

等了一会儿，没有回复。

估计又回公安局工作了。

她叹了口气,打开"临市扛把子第一梯队"微信群解闷。

大梨子:今年我回临市过年,出不出来玩啊都?

过了几分钟,群里迅速有人回复。

毅杰李李李:哇!大明星!大忙人!怎么还有时间理我们啊?

大梨子:老子放年假了(笑脸)。

毅杰李李李:行啊,我就在家呢,随叫随到。

宋一帆:毅毅,梨梨,啵啵啵。

毅杰李李李:老子啵了你。

宋一帆:好委屈哟。

大梨子:谢辞呢?怎么不说话,今年带着许呦一起吗?

宋一帆:这个点,谁还没有性生活呢?

毅杰李李李:……?

宋一帆:像你这个丑×一看就是没对象的,嘻嘻。

毅杰李李李:行,宋一帆,你给我等着。

宋一帆:别呀李哥,长得丑才活得久呀!

毅杰李李李:你说你最近当个飞行员,飞到北极去了?膨胀了啊?

宋一帆:不敢不敢!

看着宋一帆和李杰毅一来一去说相声似的,付雪梨笑得不行,笑着笑着就有点怀念,想到高中时候的趣事。

以前他们打赌输了,就罚在学校公示栏上贴各种稀奇古怪的东西。

类似那种:

性别:男

姓名:宋一帆

目的:我想要媳妇,我不想变同性恋,有意者留下联系方式,我们私聊,真诚交友。

有一次被老师逮住,那个老师不认识他们这伙人,大吼道:"你们是哪个班的?!"

跑的时候,李杰毅特别皮,大声回答:"老师,自古英雄不问出处!"

把老师气得不行的时候,宋一帆又回头,紧接了一句:"操作不看后路!"

唉……

那个时候啊……

付雪梨退出群聊,又翻信息,还是没收到许星纯的回复。

我去!

终于沉不住气,打打删删,她又发了一条:

"许星纯,你不会是后悔了吧?"

学校的夜晚很宁静，人迹寥寥，远处的篮球场尽收眼底，旁边有人踩着滑板飙过去。

许星纯握着手机，脚步一顿，垂手夹着半截烟，也没抽。从恍惚到回神，只需要一瞬。

淡淡的白色烟雾散开，仿佛漂浮的冷冰。

多少年了。

只要关于付雪梨的，每一帧画面，每一个瞬间，他都能记得清晰。

在她还不认识他的时候，盛夏傍晚的巷子口，她穿着白色薄毛衣，水蓝色牛仔裤。脚一蹬地，踩着滑板，从他身边呼啸而过。呼啦啦带起一阵风，手臂张开，微卷的黑发飞扬，夕阳的金光倾泻在她的指缝之间。

那时候的付雪梨，大概不知道自己早已经被人这么盯着，窥视已久。

对，是窥视。

年少时，许星纯仿佛得了癔症一样地窥视她。

他无法，也不想克制。

隐秘压抑的欲念，如同一株收紧了花蕾的树，闷声不吭地向上渐渐伸展。

直到和付雪梨在一起，这种感情在持久的等待、焦躁、绝望、痛苦中最终得到释放和爆发。

经年累月，许星纯像个傀儡一样，把整个灵魂都交给了她。

他曾经心甘情愿被付雪梨掌控，对她的任何要求都无条件答应，像呼吸一样自然。

可是高高在上的她，谁都不会喜欢，何况是许星纯。心理畸形、偏执又怪异的许星纯。

但他还是要忍，只要她愿意留下来，没人想做一个异类。

其实许星纯伪装得并不好，松懈下来以后，情感逐渐失控，贪恋便想要得到更多。

所以不会玩手段的他，还是让付雪梨察觉到了——他对她扭曲到极致的感情。

这样的感情，一开始就是错，只要不小心就会走上死路。于是到最后许星纯被骗，她还是要离开。

然而战胜欲望的永远只有更高级的欲望，所以死路没有尽头。只要心够狠，谁都能玩赢。

他从来没想过离开她，但还是放手了。

但放手不代表失去。

虽然等太久了，但付雪梨还待在他身边，就没有什么不满足的。

在黑暗中，许星纯捻灭烟头。

压抑沉闷的往事被想起来,不是一件令人舒服的事。因为付雪梨不在的日子,许星纯依靠着另一件事,仍旧支撑着继续生活。
　　但是事实上。
　　他快要死了。

　　飞机的速度过快,几个小时后他就到了申城。回家简单洗澡换了身衣服,许星纯开车去支队。
　　进了办公室,立马有人围过来招呼。
　　许星纯随手拖过来一把椅子,坐下来。许涛弯腰,单手撑着桌子,指着屏幕,直接进入主题:"这次贩毒团伙人员众多,组织严明,非常狡猾。而且,许队你看。"
　　他的手指指点点:"几条暗线明线交叉,有案中案。通过交涉,我们了解到,前几个月的确有一伙人从云南带回来大批的货,他们在上次我们追捕的红江区街头留下过行动痕迹,这些人都不是本地人。"
　　鼠标滑动。
　　又翻回到之前街头的监控视频,盯着一个手插口袋的中年男人,许星纯眉头紧蹙。
　　许涛察言观色:"有什么不对吗?"
　　沉默了一两秒,他说:"没事。"
　　天堂背后的人依旧毫无头绪,但能肯定的是,这次行动走漏了风声,警队里肯定出了内鬼。
　　这个案件牵一发而动全身,一旦全部摸清楚,上面的人都会进行一次大洗牌。
　　解决不是一时半会儿的事,稍有不慎,不要说破案,进入贩毒团伙内线的侦查人员就很有可能暴露身份,后果不堪设想。
　　许涛继续说:"我们得到消息,这批人里有一名外号叫么哥的毒贩,年后会来踩地盘,准备做一大桩毒品交易。"
　　两人低声交谈着,突然有人端了一杯咖啡过来。声音一断,许星纯视线一偏,是个轮廓稚嫩的年轻小伙子,小平头,眼神很清澈。
　　就是有点面生。
　　他挠了挠头,若无其事道:"许队,嘿嘿,我刚刚冲的,您好好享用!"
　　神色之间有压抑不住的激动。
　　一旁杵着的许涛浓眉一耸:"还有一个许队看不见?差别待遇啊,这是,我的呢?"
　　小伙子呆呆地说:"忘……忘记了。"

打发走小伙子，许星纯问："这是谁？"

知道许星纯基本不碰别人动过的东西，许涛端起那杯咖啡，喝了一口，慢悠悠道："他啊，队里最近来的一个热血实习生呗，门口标语看多了，天天嘴边就是'为了祖国的安宁和谐，把生死置之度外，打击毒品违法犯罪，用生命谱写禁毒之歌'。"

许星纯："他认识我？"

"呵。"许涛放下杯子，"前几天领导训话吹牛的时候又拿你的事当典型，听过你的事迹之后，这小伙子特别崇拜你，估计拿你当偶像了。"

"什么事？"

"你居然不知道？"许涛惊讶了，"就说你以前执行任务的时候，曾经被西南地区的毒贩高额悬赏过，然后和毒贩各种斗智斗勇……"

"不用说了。"许星纯懒得听下去，打断道，"说正事。"

说起正事，许涛还真想起来一件："对了，上次我们在天堂抓到的那个胖子，家里有人，说要办理保外就医，多少钱都可以。"

许星纯略微回忆："谁？"

"你老人家拿枪顶脑袋的那个。"

他没有很特别的反应："符合条件吗？"

许涛谨慎回答："应该……不符合。"

"不办。"

"……"

那边领导过来视察，看到许星纯，招了招手："小许，过来。"

然后他就被带去了办公室。

领导先是问了最近几件案子的进展，然后针对一些比较特殊的情况提出疑问，最后询问了一下支队的工作效率。

有的能答，有的不能答。

许星纯挑拣着回。

领导问得很满意。他向来喜欢许星纯，许星纯没有年轻人普遍存在的心浮气躁，反而不骄不躁，是个很谨慎认真的性子。

领导笑着拍拍他的肩："好好干啊，小伙子，前途无量。"

等谈话结束，大约半个小时，许星纯离开办公室，从裤兜里拿出手机，已经晚上10点过后，他收到付雪梨发的几条消息。

他点开，咬了一下左手的食指关节，站在原地看了很久。

一抬头，发现不知道什么时候，距离不远不近的几个同事都用一种复杂的眼神看着他。

许星纯问:"你们看什么?"

一群人唰地低下头。

"……"

等他出了走廊,一人说:"看许队……嘴被咬成那样,天啊,他自己难道没有意识到吗?"

"许涛刚刚说,许队明显洗过澡,身上都有点香。"

年关将近,事情越来越多,大家都被折腾得焦头烂额,一工作就是连续十个小时的强度。闲下来的时候,难得有点八卦,谁都不想放过。

另一人小声嘀咕:"原来禁欲的男人,都喜欢狂野的女人。"

"再说一次,不想看我们许队脱单秀恩爱的可以滚了!我先滚为敬,告辞!"

捧着手机,在床上翻了两下。

付雪梨气闷了一会儿,脑海里胡思乱想。

许星纯这个点不是睡了吧?

不应该啊……

她刚拿起手机,准备再发一条短信过去,就收到了许星纯的电话。

心里默数了几秒,付雪梨才接起来:"喂?"

"是我。"他的声音有点低。

"我都要睡了。"她装。

"好。"

"……"

付雪梨有点赌气,加重了语气:"我刚刚问你是不是后悔了,你为什么不回答我?你是不是对我有什么不满,半天不回消息?"

"后悔什么?"许星纯问。

付雪梨最不喜欢他明知故问:"后悔和我和好啊!"

许星纯在那边似乎叹了一口气。

"我不会后悔。"

他怎么可能后悔?

明知道她是故意撒娇,许星纯也甘之如饴地配合。

"哼,大猩猩、小变态……"两分钟后,付雪梨欢欢喜喜,这么开始叫他。第一次出口以后,接下来便顺畅了许多,一连换了好几个,怎么叫都叫不够似的。

这是她以前就喜欢喊的外号,如今喊起来还是很熟练。

"你是木头?"她得意完了问。

"不是。"

"那为什么不说话?"

"我喜欢听你说。"

她的嘴唇抿成一条线:"我也是啊。"

那边过了很久才有声音:"我以后尽量。"

挂了电话以后,付雪梨把自己埋在枕头里,想了许星纯很久,突然觉得自己有些奇怪……

才短短几天而已,她觉得在自己没意识到的情况下,她好像比以前还要喜欢他。

头一次这么在乎一个人的感受。

那么喜欢许星纯,都变得不像付雪梨了。

第二天早晨,齐阿姨硬是来了房间几次都没把付雪梨喊醒。

赋闲在家,偷得浮生半日闲。直到中午她才起来,下楼吃了顿午饭。

付雪梨裹着毛毯,缩在客厅沙发上看电视,时不时关注一下微信群。齐阿姨在一旁打毛衣:"今天不和你的朋友出去玩?"

她昨夜没睡太好,脑袋一偏,懒懒地说:"太冷了,不想动。"

她有点想回申城,有点想见许星纯了。

所以这会儿她干什么都提不起兴致。

昨夜下雪了,门外有薄薄一层积雪。付雪梨正看着自己前几天参加的综艺,看得昏昏欲睡,宋一帆直接打了个电话:"付雪梨,别装死,快出来啊!"

"什么啊?"付雪梨听到他开口说话就烦,"哪儿呢?"

那边大嗓门传来:"我和李哥车开到你家门口了,大姐,换衣服出门!"

他们是开着李杰毅的宾利来的,颜色很骚包,这么多年他都改不掉浮夸的毛病。

付雪梨开门上车。

一看到她,宋一帆就咋咋呼呼起来了:"哎哟,你看看你看看,这咋还把墨镜戴上了?都怪我们没眼力见,早知道带支笔让您签名了!"

今天下雪路滑,车速提不起来,付雪梨摘了围巾,问道:"杰毅最近哪儿混呢?"

"北京啊。"李杰毅打了下方向盘,"说多了都是泪。"

宋一帆安慰道:"李哥,你要坚强,千万不要哭,因为北上广不相信眼泪哇。"

"滚蛋,北上广不相信你个大野驴。"

宋一帆懒得和他杠,点头说:"好好好,成,没问题,咱有素质,咱不跟你争。"

付雪梨又被逗笑了，直接无视了黑皮，问前面开车的李杰毅："我们这是去哪儿啊？"

"找谢辞。"

"哦……"付雪梨问，"许呦呢？"

李杰毅随口答："许呦一起啊，你不知道今天同学聚会？"

"……"

付雪梨还真不知道。

宋一帆从座位上起来，拿了瓶水："你说你，怎么这么多年了，就忘不了人谢辞老婆呢？"

路上，几个人聊着聊着，有一句没一句，八卦趣事都有，最后就聊到了谢辞和许呦。

还挺令人唏嘘的，这俩人。

谢辞怎么样？

当初一个高一说完"你给老子等着"，第二天就带着一帮人去斗殴，浑身挂彩都没见哭过的小霸王，在哪儿不是横着走？后来他和许呦分手以后的几年，再约出来喝酒，就坐在那儿，没有一点表情。

把自己灌醉完事，眼泪珠子不停地掉，一直掉一直掉。

以前谢辞年纪小不懂事，女朋友换着花样来，谁知道伤了多少花季少女的心。

再后来遇到许呦。

一报还一报。

彻底完蛋。

第十二章 黑色秘密

——她蹲在他面前的地上，
曲折着腿，像一只乖巧的宠物。

轻车熟路到达和谢辞他们约定的地方，付雪梨戴好口罩，开门下车。
是临市一家比较有名的私人医院。
出名在妇幼保健方面。
李杰毅转了两下钥匙，活动脖子，感叹道："他们这，够速度啊，刚结婚就怀上了。我什么时候才能期待一下？"
宋一帆跟风打趣："阿辞最重效率。"
正说着，两个话题人物就推门出来。谢辞习惯穿着一件黑夹克，面孔英俊。许呦长发披肩，穿着米白色的羊呢大衣，戴着粗线围巾，裹成了一个球，这一身看着就特别保暖。她双眼弯弯，好脾气地在那儿笑，纯天然又无害，笑得让付雪梨心动不已。
她软声解释："我们刚刚睡完午觉，然后来医院产检。"
"哇，小可爱，好久不见啊。"付雪梨走近了，伸出两根手指，拧起她的脸颊，捏了捏。
她真的从高中看到许呦第一眼，就被这个南方来的水灵小姑娘吸引了。
柔弱文静，一本正经起来有种特别搞笑的萌感。重点是人家是个大学霸，默不作声的，非常低调，结果第一次月考就考赢了许星纯，震惊了年级的一大帮人。她成绩好不说，还经常帮上课睡觉的付雪梨抄笔记，真是不可多得的人间瑰宝。
当初第一次知道谢辞追她，付雪梨就特别气。这么好的小姑娘怎么可以被这种人渣糟蹋呢？她也不看好这份感情，深感两人决计走不长久。
世事难料，时隔多年，谢辞和许呦这一晃眼都已经结婚生宝宝了。

付雪梨盯着许呦的眼神太过迷离，让一旁的谢辞看不下去了。他把她的手一把挥开："付雪梨，我媳妇，你动手动脚的干吗呢？"

又是一副跩得二五八万的德行，和当年一般，又冷又懒的臭脾气。

付雪梨隐忍下来，拖长声音叹道："心疼许呦以后要养两个儿子。"

宋一帆等人在一旁看热闹。

其实他们这几年都会抽时间出来聚一聚，虽然生活圈子不同了，但并没有生疏多少，话题也一点都不缺。

今天聚会的事，付雪梨要不是听他们说，自己真的一点都不知道。

不过严格说起来，这次也不是以班级为单位的同学聚会，而是今年刚好一中一百周年校庆，他们那一届的人就组织了校友聚会，统一订的酒店和场地。

谢辞自己开了车，于是付雪梨还是坐李杰毅的车。

"黑皮，说起来你还是单身呢。"李杰毅敲了敲方向盘。

宋一帆微微笑了下，摸摸鼻子，然后低声说："我着什么急，单身不是挺好的吗？"

付雪梨平静地看了他一眼问："黑皮，是因为你长得太黑了吗？"

宋一帆摆出一副端庄的模样："我没名字的哇，男人要黑一点才性感，你知道吗？对了，付雪梨，你这么关心人家的感情，你自己的呢？"

"我什么？"

"感情生活啊。"

"不告诉你。"

宋一帆很快追问下去："不告诉我是什么意思，是有了？不瞒你说，我经常在微博上刷你和你的各种绯闻男友的桃色八卦，并且看得津津有味。"

"……"

看着她明显被噎住的表情，宋一帆开怀大笑。付雪梨想翻白眼："你有病？"

开车去酒店的途中，经过一中，身在闹市区，这段路有限速，又到了放学的时间段，车多路比较堵。

付雪梨降下车窗。

高一、高二的学生下午5点多就放学，嬉闹声、脚步声、车铃声互相交杂在一起，不少穿着校服的高中生走出校门。

过了这么些年，什么都好像没有变化。

付雪梨坐在车里，一手搭在车窗上，有点怀念地笑笑。

手机连续振动，她低头一看，来电显示是许星纯。接起来之前，她用力咳嗽了两声，然后把手机放到耳边："喂——？"

声音柔和得让旁边人都招架不住，侧目看来。

"你在哪儿？"那边声音压得极低。

付雪梨说:"哦……李杰毅他们来接我,正在路上,要去参加一个什么校友聚会。"

她后知后觉很开心,想起什么:"你回临市了,工作忙完了啊?"

"这几天轮休,刚到临市。"

"那你会来吗?你不来我去找你。"

许星纯口气同样平常:"高中的两个班主任前几天联系过我。"

言下之意是会去?

付雪梨笑出声:"哇,你这么大面子啊,这么招惦记。"

要说招人惦记,除了老师,许星纯还真的挺招同龄人惦记的。

这么多年来的同学聚会,他都难得露面。不少人都来问过付雪梨。

这次订的酒店,在本城寸土寸金的地段,很上档次。

付雪梨和谢辞他们坐一桌,桌上许多都是当初九班的老熟人。但是因为后来分过班,所以许呦没有和他们坐一桌。

上主菜之前,主持人在台上搞活动热场,付雪梨一直缩在角落玩手机,降低存在感。

一片嘈杂之中,突然听到有人忽地叫了声:"班长?!"

声音的来源是旁边许呦在的那一桌,当初在学校成绩拔尖的一拨人,如今个个都是西装革履、海外高校归来的精英。

付雪梨愣怔了一下,不由得把视线转过去,两个人隔空对视几秒。许星纯面孔如玉,穿着黑色外套,平静地在那桌坐下。

移开视线,他们这桌也有了讨论话题。

"我去,好久没看到班长了啊。"

知情的旁人目光不可避免地,有些隐晦地落在付雪梨的身上。

付雪梨因为工作性质的原因,岁数看上去比真实年纪小很多。她一直就给人很慵懒的感觉,老是漫不经心的,对很多事情都没太多的热情,脾气向来不好,成绩更不好,固执又骄蛮,一点也不通情理。

当初在校园里,像许星纯这种级别的男神,长得帅还性冷淡,成绩没的说,身上又有种冰凉玉石的清洁感,满足少女对梦中情人的一切幻想。他居然会和付雪梨这种横着走的女阎王谈恋爱,真是不可思议。

宋一帆看着付雪梨心不在焉的那副模样,咳嗽两声打破怪异的沉默:"我刚刚……刷朋友圈,刷到一个问题。"

"什么?"李杰毅问。

宋一帆拿着手机,认真念道:"如果有人想强奸我,你是希望我带着刀还是带着套?"

付雪梨没什么心情，提起筷子，夹了一片笋放进口里嚼："你想太多了吧！"

"不啊，我就是想听听你们的答案。"宋一帆说，"我觉得带避孕套吧。"

沉默了一会儿，付雪梨随口说："你这种丑×，带着微笑吧。"

"……"

"……"

宋一帆作势要去勒付雪梨的脖子，被付雪梨逃开。

全桌的人都笑喷了，闹得动静有些大，引得旁边几个班的人侧目。

付雪梨如今在娱乐圈混，披上了不少神秘色彩，更加引人注目了。

"你滚开，别碰我。"付雪梨自己也忍不住笑了，一抬头，就和邻桌的许星纯眼神对上，他身边有个男人倾身在跟他讲话。

他的眼睛却看着她，眉眼微沉，黑眉清目，半点烟火气都不沾，像冬至前的雨，淅淅沥沥，凉意入骨。让她不由得蔫了下来，动作一缓，停止了嬉闹。

这番小小的互动刚好落在李杰毅眼里，他不由得挑眉称奇："啧啧，付雪梨啊，你说你，每次许星纯在的时候就超级乖，不在的时候……"

"不在的时候？"宋一帆顺势接话，理了理乱掉的头发，气哼哼道，"付雪梨这个女人，简直是撑天撑地的泰迪！记不记得有次去溜冰，因为许呦吧，好像是，我们和一些社会上的混子起矛盾了，对方的肱二头肌比付雪梨的脸都大，她都要冲上去骂街。"

被人点破，还是有点尴尬和窘意，付雪梨自己低头吃饭："我又没撑你。"

宋一帆翘起了嘴："你干吗要说这种话，我先告诉你，我宋一帆向来受不了诱惑。"

"你适可而止啊，宋一帆，别发神经了。"谢辞忍着笑，低头，五指抓着酒杯，晃了晃。

一场校聚饭吃到中途，付雪梨收到一条信息，她看了一眼手机，和几个人说了几句以后，就穿好衣服，站起来打算走人。

"喂喂喂，你干吗去啊?!"有人喊住她。

付雪梨匆匆说："有点事。"然后就走了。

冬季天黑得很早，这会儿天边早已经是暮色，很快便彻底暗下来。这家酒店是日式装修风格，一楼还有许多精致的别院，路有点绕。

问过服务员后，她走的酒店后门，这儿人很少，下雪的夜晚稍微有些凄静，一路上挂着灯笼，微红的光很有风情，石子路上有散落的花。

付雪梨刚刚和谢辞他们喝了一点白的，人有些晕，走着走着，手腕被人突然拉住。

付雪梨回头，一惊，又一喜："许星纯？"

她转过身，踮脚抱住许星纯。

付雪梨整个人醉醺醺的，去闻他的气味，冷冷的浅香，很好闻。她的嘴唇忍不住在他脖子上蹭。

她皮肤白腻，今天又穿了一身红，如今沾染了酒精，像陷入鹅绒被，诱人不设防。

许星纯目光微垂。

她半天没得到回应，不由得抬起头。

清清冷冷的灯下，付雪梨感觉许星纯怎么突然好帅。这种帅和俗气沾不上边，沉默又冷冽，偶尔他边缘性人格大爆发，也特别吸引人。

许星纯也低下头，盯着她看了好一会儿。

这是他曾经烂熟于心的一张脸，只是又对着他人笑得那么开心。他强硬地把她的脸固定住，居高临下，在她嘴角处轻轻吻了一下。

这个吻只有安静，没有情色。

指腹下滑，分开她的唇，许星纯喉结咽动，轻声问："付雪梨，你刚刚在笑什么？"

付雪梨哼着，迅速咬住许星纯的手指，不知道哪里又惹到他了。

晚上的凉风吹散了一些身上的酒气，许星纯的侧脸埋在阴影里，手垂下来，搭在她的腰上。

付雪梨用指甲抠着许星纯外套的纹路，垂下头，耳根有些红："你什么时候回来的？"

"今天。"许星纯眼睛半阖，"你问过我了。"

为了摸清那伙贩毒集团内部重重叠叠的复杂关系，梳理清楚案子的头绪，这几天局里上上下下都忙得不可开交。他交接完工作就回了临市，几天之内总共睡了不到五个小时。

"哦……"付雪梨很小声地嘟囔一句，有点无辜，"我都忘记了，最近记性不太好，那你还有事吗？"

"有。"

"啊？"她这才肯抬头，盯着他的脸，哈出一口薄雾，"你怎么比我都忙？身体吃得消吗？"

四目相对，许星纯手指托起付雪梨的下巴，眼底有遮挡不住的侵略。

他不喜欢回答这种无聊的问题。

不能吻她，所以很浪费时间。

付雪梨心里一荡，顺从地仰着下巴，刚刚闭上眼，手机忽然响了。

对面一阵叽叽喳喳的声音，宋一帆明显喝高了，大着舌头不知道在笑什么："人跑哪儿去了，付雪梨？等会儿我们去李哥家里开派对，你来不来啊？"

"我……"付雪梨脑袋一歪，看了眼近在咫尺的许星纯，沉吟两秒便拒绝道："我不去啊。"

宋一帆这个夜夜笙歌的傻×，就会煞风景。

"我去，你放我们鸽子啊，你不去要去干吗？"

"你管我！"她说话有些不自然，退开一点——被许星纯隐隐的呼吸声干扰到了。

宋一帆奇怪道："你和谁在一起呢？"

付雪梨脑子里一团糨糊："得了，不说了，我回家修身养性去，你们好好玩。"

说完不等宋一帆反应就挂了电话。

后颈被人扶住，几乎是下一秒，许星纯的唇就顺势贴了过来，温柔地撬开她的牙齿。

她被亲得迷迷糊糊的时候还在想：

许星纯是有什么饥渴症吗……

下小雪的夜晚，树枝上还压着积雪，地上也是，踩上去有咯吱咯吱的响声。

他们绕了路，下雪天冷，加上付雪梨怕被人认出来，又是口罩、帽子、围巾全套，只露出一双眼睛。酒店门口这个时间段人来人往，有不少老同学，大多是刚吃完饭才散，个个春风得意，醉醺醺的。

她手插口袋，不紧不慢，跟在许星纯身后，两人保持着一点距离。付雪梨的视线到处乱晃打量着临市的夜景，不经意和一个人的视线对上。

"许星纯。"马萱蕊站在不远处，调开目光，视线转移，平淡地打了个招呼。

付雪梨跟着脚步一停，许星纯点头示意。

一路过来，马萱蕊不是第一个认出许星纯并向他打招呼的。马萱蕊顶多加一个同事的身份。

两人经过马萱蕊旁边时，她故作随意地问道："对了，你的衣服还在我这里，什么时候来拿？我已经帮你洗好了。"

她声音柔和，音量不大不小，刚好落入付雪梨的耳朵里。

许星纯似乎想了想，反应甚微。

"扔了吧。"

擦肩而过时，这是他的回答。

送她回家的路上，许星纯开着车。在红绿灯那儿等待的时候，付雪梨状若不经意地问:"你和马萱蕊是怎么回事啊,你们当同事多久了?"

她支着下巴,无所事事地盯着前方,语气随便。

"不知道。"

他没关心。

付雪梨偏头,似乎漫不经心道:"之前班级聚餐的时候,我看到你和她在聊天,你们在聊什么?"

许星纯随口道:"没什么重要的事情。"

本来有很多想说的话,付雪梨抿起嘴,顿时没了心情,整理起自己的头发。心底有种说不清道不明的情绪炸了开来。

她问不出来马萱蕊口里那件衣服是怎么回事。

只要涉及和许星纯这几年有关的事,她会下意识回避。心虚和懦弱的心态都有。在此之前,付雪梨曾经思考过很久,要不要和他开诚布公地谈谈,但是后来想想算了,她有点害怕面对。对于他的过去,她总是有些无力感。

她知道自己是对不起许星纯的,所以对很多事总是愧疚又心虚,无法开这个口。

但是有些事情,就算想当作没发生过,它依旧像扎在心底的一根刺,有点酸酸的感觉,又有点痛。

到了熟悉的别墅住宅区,车子缓慢停在铁门口。

"那我回去了……"付雪梨看了一眼许星纯沉默的侧脸。她说话很慢,强打起精神,"明天就是大年三十了,你到哪儿过?"

不知道是不是心理作用,总感觉有些缓和的气氛又别扭起来。

"我不在临市。"许星纯顿了顿回答。

想到他的母亲很早就去世了,她"嗯"了一声,目光放回了前方,抬手解开安全带,准备要走:"好吧,那……电话联系。"

身形一动,手腕突然被人拉住。

"过五分钟再走。"许星纯说。

于是这几分钟里,两人就这么坐在车里,各自沉默,谁也没讲话。付雪梨懒懒地靠在椅背上,发了一会儿呆,直到远处的大吊钟响起有节奏的报时声。

等钟声敲完,她开门下车,不说话也不吭声。车门撞上以后,她独自默默地往前疾步几走。

晚上的雪下得不消停,空气虽清新了一点,但是蔽晦的天色总让人心情不太好。

付雪梨突然发觉,她和许星纯之间的问题太多了,关系也很脆弱。明明是一件微小的事,就能僵到这种地步。

真是愁云惨淡……

走出百米的距离，付雪梨脚步渐渐慢了下来，心里沉甸甸的。她忍又忍不住，悄悄回头看去。

——空无一人。

许星纯这人怎么还是和以前一样，无欲又无趣的，一点也摸不清女人闹脾气的小把戏。

付雪梨有点上不来气。

高中的时候，许星纯学校内外判若两人。只要和她单独待在一起，就绝对寸步不离，和平时别人眼里的班长作风完全不同。这就导致付雪梨很大一部分娱乐时间都被占用了，于是她严重不满，大多数情况下对许星纯发点小脾气，他也完全好脾气到无原则。

后来高中毕业，许星纯的控制欲变本加厉，为此付雪梨和他差点闹到分手。自此以后，许星纯不知道什么时候养成的习惯，他学会不再处处限制她的自由。

有时候吵架，她负气离去，他也不声不响。直到有一次付雪梨回头，才发现他一直都形单影只、默不作声地跟在她后面。

很孤单，又没什么办法的样子。

想到这儿，胸口突然痛了一下。无形的负罪感又出现了，碾压过心脏。

其实……刚刚又是自己在喜怒无常、耍小脾气。明明知道许星纯这人不善言辞，人又闷，不会哄人，她干吗和他置气？

她就这么走了，他肯定一个人难受死了也不会开口说。

越想付雪梨心底越不安，步子彻底迈不开了。

那辆白色奥迪果然没走，停在原地熄了火。周围黑漆漆的，付雪梨走过去，脚步声很轻。

车停在一边，许星纯独自坐在不远处的木椅上。光线忽明忽暗，他叼了根烟，没有点着，只是松松地夹在嘴唇之间。

这么冷的夜晚，坐在那儿，仿佛也不知道冷。

她如果不返回来，他是不是又要一个人坐到天亮才离开？

"许星纯——"

听到这个声音，许星纯滞住的思绪一缓，他抬头看向声源。

付雪梨不知何时已经返回来，人走到光下，神情萎靡："你怎么又一个人坐在这里啊？"

她刚刚又任性地抛下他一个人走了。

"……"咬着烟，他看着她，说不出话。

付雪梨噘起嘴，摘掉许星纯嘴里的烟，用两根手指推平他的眉心："别皱着了。"

许星纯抬手，握住她细瘦的指尖，嗓子有点哑："为什么不高兴？"

"我？"这个问题太突然，弄得付雪梨一怔，才反应过来许星纯在问什么。

他们一站一坐，杵在寒风瑟瑟的冬夜里。付雪梨吸吸鼻子，老老实实地说："在气你和马萱蕊。"

沉默了一会儿，他开口："我们不熟。"

于是付雪梨立刻追问："那你的衣服为什么在她那儿？"

"我们之前去执行任务，抓人的时候要扮演一对兄妹，她穿了我的衣服。"他的解释很简单，也能让人立刻明白。

但是付雪梨仍旧耿耿于怀："那你为什么不告诉我你们讲了什么？"

"……"

昏沉夜色里，他的脸庞依然英俊，许星纯声调未变，轻描淡写道："不重要的东西，我很少记。"

他短短一句话，就让付雪梨心情立刻放晴。

情绪起伏成这样，她自己都没想到。

这是对许星纯迷恋得有多深，才能被操控到这种地步？

太凶猛，也太突然了。

其实贪恋不只他会有，她也有。

只是开窍得晚了点。

心情舒畅后，付雪梨声音都是软的，她手按在许星纯肩膀上，心疼道："那以后你不想我走，就直接点说要我留下啊。不要一个人傻兮兮地等，累不累？"

想起自己也很不成熟的行为，付雪梨犹豫一会儿，破天荒地向他道歉了："好吧，其实我也有问题，对不起，我不懂事，我知道错了。刚刚我知道你肯定会难受，还是下车走了，以后我慢慢补偿你，好不好？"

和许星纯比起来，付雪梨的心计和花招太多了。普通人都会被这种甜言蜜语哄得根本不会有什么招架能力，何况是他？

她蹲在他面前的地上，曲折着腿，像一只乖巧的宠物。

"过来。"许星纯倾身，把她拉起来。付雪梨懵懵懂懂刚抬头，就一下撞进他怀里，痛得直抽气。

许星纯也知道自己的力度太狠了些，只是现在他有点控制不住。

他用了成熟男人全部的自制力，还是有点熬不住。他俯首在她侧脸处嗅了嗅，温热的呼吸拂过："你什么时候回去？"

付雪梨环拥着他，什么也没说。

过了半天才红唇微张，闷闷道："我可以不回去啊。"

说不回去，就不回去。

又不是未成年。

付雪梨打电话回家，说要到李杰毅他们那儿玩，估计要过夜。

挂电话后，她内心感情泛滥，牵起许星纯的手："走，姐姐带你开房去。"

在临市的街头溜达到午夜才去酒店。她很怕冷，等开了暖气，酒店房间里稍微热了一点，付雪梨才把外套脱了，身上只穿一件毛衣。

她今天到处跑，身上流了不少汗，黏腻得有些难受。她和许星纯打招呼，先去浴室洗了个热水澡。

朦胧的热气散开，她闭着眼，任水流冲刷过脸。

洗完对着镜子端详自己的脸，拿着小毛巾，回忆起今晚发生的一切，心不在焉地擦拭着头发。

推开浴室门出去，许星纯就靠着墙站着，在亮着微光的廊道，两人的目光猝不及防地对上。

她眼神定不下来，努努嘴，讷讷地道："你可以去洗了……"

站在这里干吗……

走到床边坐下来，付雪梨继续擦拭头发，余光却看到许星纯在脱外套，一件一件，扔在椅背上。

他怎么不去里面脱衣服？

付雪梨心里想：非礼勿视，不行，不能看！

得忍着。

忍了一会儿，秉持着不看白不看的念头，付雪梨眼睛半眯，侧过头去。

——他早已经衣衫半敞。

许星纯似乎没察觉她的目光，双手交叉，举过头顶，衬衫被从下往上脱下来。

由于工作性质，他一直保持着相当强度的锻炼，身材很好。

他腹肌坚实，线条起伏，肋骨隐没在低腰裤上，弧度漂亮，具有弹性的紧致肌肤，性感又禁欲。

付雪梨目光往下移，不闪不避。

色字头上一把刀，他可真招人！

听着哗啦啦声响的时候，她孤枕难眠，窝在被子里，头昏脑涨，心重重跳了几下。

直到感觉房间的灯都熄灭，窸窸窣窣的响声之后，许星纯光着膀子，带着一身的水汽，在黑暗里坐在床头。

眼前漆黑，她屏息等了半分钟。

他毫无动静,低头不语,像个雕塑一样。房间里只剩下一片寂静。

付雪梨听到自己一本正经地问:"许星纯,你要和我盖着棉被纯聊天吗?"

"……"

付雪梨挣扎了一下,心想他是根木头吗,什么也不懂。刚准备开口,被子就被人掀开,她被一个猛力压倒。

自食恶果这个词,到半个小时之后,付雪梨才大概明白是什么意思。

一个晚上,付雪梨基本就没怎么安稳过。睡到半夜,又被人捞过去,扯开衣服。到最后,她被按住手腕压在枕头上,浑身的力气都像被抽空一般,精力濒临极限。

许星纯不发一言,沉默隐忍着,发出沉闷的喘息声。

不够。

还是不够。

第二天下午,付雪梨醒来揉揉眼睛,第一个念头就是问候许星纯全家,昨晚真是疯了,许星纯完全不知道休息,无论她怎么哀求,什么也不回应,回味起来简直是一场噩梦。

身边空无一人,被子一角被掀起,没什么温度。她完全没力气了,躺在床上缓了很久。

吃力地探出洁白赤裸的手臂,拿起桌上的闹钟看时间。放回去的时候,控制不住一抖,闹钟掉在地毯上,一路滚,停在某个人的脚边。

付雪梨满脑子都是糊涂的,盯着害她现在瘫痪在床、动弹不得的始作俑者看。

许星纯穿着一条黑色长裤,没穿上衣,裸露着上半身,从阳台进来。

真是搞不懂,寒冬天气又跑去吹冷风干吗?和他四目相对,付雪梨眼睛别开,有些逃避地背过身。手又被人攥住了,许星纯俯下身,一股凉意扑入她的鼻腔。

"醒了?"他问。

等她醒来的时间,许星纯在外面抽了几根烟。高楼林立,她就在离他几米远处的地方沉睡,所以时间过得并不漫长和难熬。

付雪梨一把推开他,缩进被子里,翻个身就不理人了。

"怎么了?"

目光在空中交汇,室内静默了一会儿,响起她大声的控诉。

"你说呢?!你昨天……昨天晚上……完全不管我……"说到一半,不知道是因为羞耻还是什么,就继续不下去了。

"说完了吗?"许星纯的气息近在咫尺。

羞完了，想着想着又有点气，付雪梨怕他再亲自己，赶紧用手臂隔开他，掩住嘴，瓮声瓮气地道："你能不能离我远点？"

单手撑在她的耳侧，许星纯目光微微下垂，把手上的打火机和香烟放在一边，然后凑上去，固定住她的脸颊，半强迫式地和她接吻。

用行动告诉她。

——不能。

付雪梨手忙脚乱地想把许星纯推开，却发现自己压根挣脱不开。心跳得很快很快，屏住一两秒呼吸，又有些恼："你现在对我一点都不好！"

"嗯……"他动作自然，温柔地亲亲她发红的眼角，漫不经心地不反驳。

他的发质很软，蹭着她的脸颊，痒丝丝的。

过了许久，许星纯才从付雪梨身上下来。

到了下午3点，付城麟终于发现自己的便宜妹妹又消失了。一个电话打过去，对方半天才接起来。

付雪梨躺在床头，懒洋洋的，浑身没劲使，连话都懒得说，就听付城麟叨叨。

银质勺子轻轻碰碰她的嘴，许星纯说："张口。"

她顺从地微微张嘴，嚼了嚼口里的食物，然后咕噜一声咽下。

付城麟察觉到动静，问了句："你和谁在一起？"

付雪梨脸上露出难耐的表情，也不说话，视线落在不远处的电视机上。

那边信号突然变差，声音忽大忽小，模模糊糊："对了，你记得今晚回来吃饭，别总在外面野得不知道自己姓什么。"

"我知道了。"

答应完，那头就挂了电话。许星纯用食指擦掉她嘴边的菜汁，不受打扰，继续喂。

这么大的人了还要被喂，付雪梨心安理得，许星纯不厌其烦，两个人简直都有些魔怔了。

他们现在的相处模式太怪异，具体要说，也说不太上来。付雪梨从醒来之后，就没有自己下床走过路。

上厕所、刷牙、洗脸、吃饭、喝水，全都是许星纯抱着行动，脚就没挨过地。

开始付雪梨还乐得指使他，后来不论她想干什么，他都这样。

亲密感太重，就要以牺牲一定的自由为代价，她的确有点吃不消。

提出晚上得回家吃饭后，许星纯没说什么话，也没有表示。付雪梨懒洋洋地，精气神不足地去浴室洗澡，心里盘算着什么时候和唐心说许星纯的事情。

恍恍惚惚正走神，就被人从身后搂住。

花洒打开，水从头顶喷涌而出。

许星纯的湿发被捋到脑后，五官轮廓极其秀气清俊，冷白的皮肤，锁骨清消。

"你怎么又进来了?!"她无奈。探头探脑，转过身问完话，又被迫吞他的口水。

闭塞的空间里，心跳声震着耳骨，充斥着水声。

付雪梨迷迷糊糊，双眼迷离，几乎要忘记了刚刚自己想说的话。她气喘吁吁，语无伦次道："你以前不是这样的。"

她性格本来泼辣，可这时候说话连条理都分不清。

"是怎么样？"他还在逼问，眼睛里有血丝。

"我不知道，反正……不是这样。"

明明是个不笑不闹，也不喜欢说话的人，如今的行为简直对不起他清心寡欲的一张脸。

除了赤裸裸的欲望再无其他。

"我就是这样。"许星纯声音很沉，"付雪梨，你看清我。"

很久以前，他爱她，所以费尽心思骗她，逼自己当一个正常人。

只是骗久了，对他也是一种负累。

她不喜拘束，他就尽力地，在能忍受的范围内，让她自由。

许多年来，许星纯只是在演付雪梨心中的那个人。

他知道自己不是这样的。

第十三章 荔枝糖

——一本相册，一个局外人，这是许星纯从小到大的纪录片。

疯狂后随之而来的是浓重的疲惫感，付雪梨在一阵连环夺命电话的催促下，匆忙穿好衣服，亲了亲许星纯，随即离开一片狼藉的酒店，赶回付家。

从酒店到回家的这段路程，付雪梨心不在焉，她知道许星纯要回 Y 城他奶奶家，下次见面又不知道要到何时。走的时候没察觉，现在不在一起了，不舍的心绪倒是浮上心头，萦绕不散。

刚进门，她就被付城麟拉着手臂拽着往前走。他浓眉拧紧，语调变冷："你这几天去哪儿鬼混了？"

"没去哪儿，打牌去了。"她信口胡扯，精神不太好，甩掉自己堂哥的手。等会儿还要吃年夜饭，她想上楼去换身衣服，并不搭理堂哥。

他气急，骂了一声，瞪大眼睛，嚷嚷道："小兔崽子，翅膀硬了?! 你玩归玩，电话都不接，知道我多担心你吗？"

付雪梨嫌弃道："我手机没电了！说几遍了，求求你，别说这种让我鸡皮疙瘩起一身的肉麻话了，付城麟。"

两人又骂骂咧咧，互相吵了一通。

付雪梨绕到客厅，气呼呼地正准备上楼，手刚挨上扶梯，就看到坐在沙发上的付远东不怒自威。他面容相当平静，扫了一眼衣衫凌乱的她，沉声道："过来坐坐。"

付雪梨脚步一顿，蔫蔫又钝钝地说："哦……"

坐到沙发上以后，两个人都没有开口说话。空气静默，付雪梨的头仍旧低着。两人就像毫无关系的路人。

"我不说我病了，你是不是一辈子都不回这个家了？"

付雪梨一言不发，咬着唇，死偏着不说话，眼角都不抬。

"天天无正业可务，家也不回，还把我当你叔叔吗？"话说完，付远东就剧烈地咳嗽起来。

176.

刚刚想冲出口的话又被硬生生咽下,她眼睛一瞟,就被那几根白发刺到。付雪梨心里说不清是什么滋味,坐在沙发上老老实实地不动了。

约莫十分钟以后,付远东才深深叹口气,挥挥手:"走吧走吧。"

听到这话,付雪梨跟被踩了尾巴的兔子一样,蹦起来就往楼上冲,一秒都不想多待。

晚上到8点才吃饭,付家亲戚不多,平时付远东工作繁忙,此时好不容易才凑齐一桌人。饭桌上每个人话也不多,大多时候都是付城麟和他带回来的女朋友讲。

他这个女朋友是第一次看到付雪梨,暗自激动了好久,后来吃完饭还要了几张签名,千篇一律求着她讲自家"爱豆"的八卦。

付雪梨本来耐心就一般般,这会儿一点也不耐烦,随便打发了她就把自己关在房间里。

大年三十晚上,前几年临市市区禁止燃放烟花爆竹,弄得一点年味都没有,年过得一点也不热闹。今年政府倒是取消了这个规定,一到点,外面就天光大亮,砰砰作响。齐阿姨上来敲门,喊她出去看烟花,被付雪梨懒洋洋拒绝了。

手机微信里的拜年信息叮叮咚咚,付雪梨都不想回,唰地拉开窗帘,仰头,看到接二连三的响炮和烟花冲上夜空炸开。铺天盖地的光亮,短暂又炫目,尽收眼底。她吸吸鼻子,突然就想到了,高中那年为许星纯过生日。

过了十几年的时间,如今想起来就像一场梦。

付雪梨翻身滚到自己床上,身体挪动,拉过枕头蒙在头上。她整个人趴着,又忍不住开始想许星纯,嘴角一会儿上扬,一会儿撇下。

估计发了有半个小时的呆。

她自暴自弃地想:

自己说起来也是个奔三的成熟女性了,现在怎么这么像个情窦初开的小女生一样。

动不动就抑郁。

假期还有最后两三天,她就要回去工作。

现在干什么都没有和许星纯待在一起有意思。

这可怎么办啊……

摸出手机看了看时间,刚刚凌晨1点,安静趴了一会儿,心里忽然涌起一股冲动,付雪梨忽地跳起来。她从房里拖出一个行李箱,胡乱丢进几件衣服,披上羽绒服,戴上帽子,从桌上抄起一把车钥匙,蹑手蹑脚地溜下了楼,飞快往后院的车库跑。

付城麟估计出去和他那群富二代朋友约牌了。其他人也早早就入睡了。她没通知任何人，开了付城麟的一辆车，点火，挂挡，迅速驶离大门。

车一阵风似的飙了出去。

打开导航，搜索地图，然后上高速公路，从临市到Y城一共有五个小时的车程。

付雪梨从来都是一个天马行空的行动派，做起事来全靠大脑发热和一时冲动。

半夜孤身一人，花了一个晚上，开车去一个陌生的小城市。

车厢里音乐声流淌，拿起电话拨通许星纯号码的时候，她的手指都在微微颤抖。

十分钟之后。

车里全是暖气，外面的冷空气涌过来，迅速在车窗上凝了一层白雾，雨刷器来来回回地刮动。

她一腿跪坐在驾驶位上，整个人扑过去，把许星纯撞得往后趔趄。付雪梨膝盖抵着他的腿根，略微有些神经质地揪着他的领口，像生怕他跑了一样。她胸口窒闷，有乱七八糟的快乐和满足。

听到他开口问："你怎么来了？"付雪梨微微喘着气，看着许星纯的表情，莫名觉得刺激。什么也不等他问出口，抱着他的脖子，付雪梨无声地凑上去与他接吻。

许星纯任由她抱着没动，垂得低低的睫毛微颤。

付雪梨想，她真是喜欢许星纯了。

良久，她才依依不舍地和他分开。

"几点了？"她哑着嗓子问。

"6点多。"他答。

"带你去吃早饭。"

一大早上，路边有当地人在卖东西。走在街上，环顾一圈，都是简简单单的四合院，木头窗、木头门，简洁明了又古朴。

等脚落地，付雪梨才见许星纯来的时候两手空空，穿着衬衣长裤，只有一件外套。外面的低气温冻得她一哆嗦，才讶异："不用开车吗？"

"很近。"

有亮着灯的出租车从两人眼前开过，经过前面的拐角，然后开走。街道清冷，严寒中，清晨的风都有些凉凉的，泛着淡青色的微光，吹得身上每个毛孔都有瑟缩的感觉。

离早餐店就四五步。

四五十岁的大妈穿着围裙，坐在摇椅上。旁边的小板凳上坐着一个五岁左右的小男孩,举着苹果准备往嘴巴里送,抬眼瞅住许星纯和戴口罩的付雪梨,长睫毛忽闪忽闪,立即跳起来喊:"哇!来客人了!"

她要了香菇烧卖和一杯豆浆拎在手里,突然喊:"许星纯。"

他视线看着前面:"嗯?"

"没什么。"付雪梨顿了顿,没吭声,紧紧拖住他的胳膊,欲哭无泪,嘴唇微微嘟翘,"我大姨妈好像来了。"

二十四小时营业的便利店,许星纯蹲在货架前面,扫了扫,随手取出几包卫生巾,随后走到收银台,从衣兜里摸出钱包准备付账。

女店员笑盈盈地问:"先生,还需要什么吗?"

他拿了个打火机,放在收银台上:"一起。"

找了个地方换好姨妈巾以后,付雪梨坐在车里,口里嚼着烧卖,吞下去,用纸巾把手上和嘴巴上的油渍擦干净,咕噜噜喝水的时候,眼珠却一动不动地盯着许星纯看。

发质乌黑,露出来的一点皮肤如白玉一般。他靠在车门上咬着烟,线条明晰的轮廓,五官清隽,就是有点瘦,无论从哪个角度看都透着让人沉醉的英俊。

距离太近,从这个角度,甚至能看清他每一寸吞吐烟雾滑动的喉结。

简直能撩到人崩溃。

毫无预兆地,付雪梨抬手夺下他的烟,动作很自然:"许星纯,你知道吗?你抽烟虽然很帅,但是会死得很早。"

许星纯慢半拍,微侧了头,目光落在她脸上,片刻怔怔后,往前探身,他问:"死了不好吗?"

"我是不会让你死的。"付雪梨想了想自己的存款,笑得可神气了,"我跟你说,我有很多很多钱。就算你生病了,我也可以养你一辈子。"

修长的手指托着她的后脑勺,指尖被冻得有些冷,他的眼里深深沉沉,无边无际。

怎么又亲起来了……

付雪梨张口咬住他。

嘴唇柔软,清凉的气息绕进她的嘴里,他一点点咀嚼她口腔里甜蜜的温度。

他用指背轻碰了碰她的耳根,有些发烫。

许星纯把她紧紧抱在怀里,她的手指插入他柔软乌黑的短发,有狠狠揪一把的冲动。

他为什么一直没有变?

干干净净不入世,笑起来像在道歉。

病态又深情。

是她的许星纯。

昨夜无声无息下了小雪，这会儿断断续续还没停，路上的薄雪被车轧过，湿淋淋地变成一摊碎冰。付雪梨穿着雪地靴，踩上去，鞋面已经被洇湿了不少。

找了个地方把车停好。第一次到 Y 城，付雪梨跟着许星纯一路走过去，好奇地四处张望。这里与其说是个小城市，不如说更像一个依山傍水的小镇，可见远方矗立的山峰。

这里到处都有种被时代抛弃的古朴感。石狮子、糖葫芦、烟囱升起笔直的烟。小男孩们晃晃悠悠地骑着自行车掠过。这里远不如市中心繁华，但一切都远离世俗纷扰。

和许星纯的气质很像——四大皆空，无欲无求。

付雪梨本来就有宫寒的毛病，走着走着，这会儿小腹又开始有沉沉下坠感。只吃了两口烧卖，胃里空空如也，也在隐隐作痛。

"等我回来再说。"许星纯把电话挂了。

付雪梨脸绷得很紧，凝视着他，用担心的语气问："你工作是不是又出什么事了？"

他摇摇头，轻描淡写，直接转到别的话题。

"你还骗我，什么都不跟我说。"付雪梨本来就脾气刁钻，看不过许星纯这个样子，身体又不适，一郁结，气得狠狠捶了他一拳头。

被打的许星纯很难得地沉默片刻。

她力气不小，打得有点疼。他揉了揉肩膀，摇摇头，失笑："没有，我没骗你。"

平常不怎么笑的人，长得又好看，五官蜕变至成熟，这时候只是勾了勾唇角，虽然不至于惊心动魄，但也能让这冰天雪地即刻消融。付雪梨脑子一蒙，感觉自己被诱惑了。

许媛站在门口，一手拎着满塑料袋的菜，一手正在掏钥匙，转眼看见自己的侄子旁边跟着一个戴口罩的小姑娘，两人打打闹闹，动作很亲密。

等两人走近，许媛推门进屋，状似不经意地回头说："许星纯，把衣领整整。"

为什么许星纯的长辈和他一样，都很正经冷漠……居然连个小名都没叫，直接喊名字。

付雪梨没料到有这一出，饶是脸皮厚、心理素质强，也有点尴尬。

深吸一口气，有点心虚地跟着许星纯进门，院子里有条大黄狗看到他们俩，嗷嗷叫着，冲过来，兴奋地冲着付雪梨摇尾巴。

一人一狗大概对视了五秒，付雪梨嘴角抽了抽，往许星纯身后一个劲地躲，

180.

拽起他的袖子,声音变弱:"我怕它。"

她怕狗,也不知道为什么天生就招狗。以前小时候也是,路边的流浪狗特别喜欢跟着她回家。上次拍戏的时候幸亏许星纯拦住了那条警犬,不然付雪梨被吓得毫不顾忌个人形象的丑照,很可能直接被放到当天的热搜头条。

一个头发花白的老头坐在屋檐下的椅子上,闭着眼睛似乎在听曲,摇头晃脑。付雪梨被许星纯牵着,两步踏上台阶,小心叫道:"爷爷好。"

那爷爷没什么反应,好像没看到他们。

"老人年纪大了,耳朵不好。"许媛进屋放菜出来,擦擦手,边穿围裙边问,"是许星纯带来玩的朋友吗?"

问得太含蓄了。

"姑,她是付雪梨。"许星纯言简意赅。

"哦,是吗?"许媛有点惊讶,这才仔细去瞧付雪梨,笑笑,"一转眼都这么大啦,上次看到还是个在读书的小女孩呢。"

虽然她的出现很突兀,但许媛多的什么都没问,随便交代了几句有的没的,就去后厨做饭烧菜了。

老头嘴里不知道哼着什么。许星纯过去,从旁边捡了几块木头丢进炭盆里,然后带着付雪梨去了一间房。

"坐床上,我找吹风机。"

付雪梨莫名其妙,拿眼珠子瞅他:"找吹风机干吗啊?"

过了几分钟,她就懂了。

许星纯迈步到她身前,弯下腰,把她已经被打湿的雪地靴脱下来,连带着袜子一起。

吹风机轰鸣的响声里,配合着付雪梨的心跳,一下一下,重重地跳动。

不由得想到……

像许星纯这种刑侦类的警察,是不是观察力都特别强,太细心了吧……

"你为什么对我这么好?"付雪梨身体后倾,双肘撑着床,眼睛别开,听到自己一本正经地发问。

明明知道答案,偏偏要矫情,虽然身心很舒畅。

其实她否认不了,自己很喜欢这种被许星纯宠着、哄着的感觉。被人好好照顾呵护的感觉蛮好的。回忆起小时候,他对她的温柔,和别人的从来就不一样,偶尔像溅开的火星一样暴烈,但大多数时候都是抒情又安逸。

靠着柜子吹干鞋袜,过了一会儿,聒噪的风声停了。许星纯一声不响蹲下,握住她的小腿,把付雪梨的鞋子给她穿好。

看了看墙面上的钟,他低声道:"先睡一会儿,我等会儿喊你起来吃饭。"

中午和晚上的菜都很丰富，檀木的圆桌上满满当当都是菜肴，热气腾腾，色香味俱全，很正宗的家乡味道。

他们吃饭很讲究规矩，食不言寝不语。付雪梨闷头只管吃。

晚饭吃完后，许媛用付雪梨听不懂的家乡话和爷爷交流了一番，老头摸索着拐杖，颤颤巍巍地起来去内堂。

后来老人家给付雪梨拿来一个红包。

付雪梨用眼神向许星纯求助。

他点头，示意她接过。

直到进了厨房，付雪梨亦步亦趋跟在许星纯身后，发愁道："是不是不太好啊，这个红包。"

"有什么不好？"

"我……觉得要老人的钱不太好，我又不缺。"她欲言又止，"算了，我好好保管吧。"

许星纯打开炉子为付雪梨热红枣牛奶，顺便收拾厨余。简直英俊又能干。

付雪梨站在旁边围观，很快就忘却了这点烦恼。

他从橱柜里拿出一袋小西红柿，洗干净了装在碗里，放在她面前："吃吧。"

付雪梨惊喜："你还记得我喜欢吃这个？"

"嗯。"许星纯继续洗碗。

连吃了几个后，她突然意识到什么："你要吃吗？"

"我手很脏。"许星纯放低了声调，"喂我。"

"哦……"付雪梨随便捡了一颗小西红柿，稍微迟疑了一下，然后递过去喂到他的嘴边。

手这么举着。

过了会儿，他才张口，然后吞下去。

付雪梨很享受两人这么相处，很家常，又很舒服，像结婚多年的老夫老妻一样，普通且温馨地在厨房里消磨时光。

忽然就觉得脸有些烫，她低声和他说话："你奶奶呢？"

"我小时候她就去世了。"

"你家里还有别的亲戚吗？"

"有。"

付雪梨有一下没一下地吃着小西红柿，牙齿轻轻一咬就飙汁。她的嘴唇被染得鲜红，嘴角也沾了一点西红柿汁。

许星纯抬手，用指腹替她擦去。

鬼使神差地，付雪梨伸出舌头舔了舔他的手指，亮晶晶的笑意在眼里流转，天真又无辜的模样，甜甜地诱惑着谁。

撩心又刺骨。

锅里的热牛奶咕噜噜沸腾起来。

拽住她的手握在手心里,许星纯关了火,把她的腰固定住,嘴唇堵了上去。

"小纯,今天你带雪梨去后院左数第二间房睡……"许媛推门进来,探头往里看,看到垂下头遮脸的付雪梨。

还没说完,话音就消失了。厨房的门被带上。

室内安静了几秒。

付雪梨转动手腕,想挣脱出来。她两鬓的发微乱,还是不肯抬头。她刚刚被吻得身体酥软,脸上自然而然浮上一层红晕:"你姑姑刚刚看见了没啊?"

"应该没有。"许星纯声音低低的,带点哄慰,"没事。"

"我想洗澡。"她点了个头,闷闷地。

因为院子是很多年前的构造,洗澡的地方在后面,有些远。开了灯,外面也黑黑的,付雪梨胆子小,让许星纯站在外面等她。

晚上的院子,依旧灯火通明。一轮冷月挂在天边,石砖砌成的小花坛边上蹲了一只小花猫,喵喵呜呜地叫唤。

付雪梨带着浑身的水汽,穿着厚厚的珊瑚绒睡衣,悄悄走出来,从后边狠狠扑过去,蒙上许星纯的眼。

下一秒,她就被他圈进怀里。

耳朵贴着他的胸膛,心跳规整有力。

许星纯身上的气味很干净,带一点春夏交替的草木香。每次闻到,付雪梨都像被电打了一下,麻麻的,电流过遍全身。

她真的很喜欢。

仗着今天来大姨妈,她简直为所欲为。胳膊抱着他的脖子,用尽浑身解数蛮横地痴缠,动物似的磨蹭,就是不松手:"许星纯,今天我想跟你一起睡。"

已经是晚上11点多,乌云挪出一个角,露出点点月色。枯叶被冷风吹着坠落,摇摇晃晃、无声无息飘到地面上。付雪梨一点都不困,她踮起脚,紧紧依偎着许星纯,像只小猫咪,又讨好地蹭了蹭他。

"许星纯,你胸口好烫啊,是出什么毛病了吗?"付雪梨抬头,忽然问了这么一句。

沉默了半响,他斜靠着,摸了摸她的头发,然后说:"心跳不齐整,内脏有偏离。"

"……"

不愧是学过医的人,心跳加速都能说得这么有文化。

"我今天晚上要跟你睡，你还没答应我。"她退开一点，又重复了一遍。

"好。"

小雪在温柔地飘摇，似断非断。得到回答后，付雪梨又凑近许星纯，亲了亲他的下巴，不等他有什么反应，就立马跳开，大胆调戏道："你知不知道自己长得很好看？"

"……"他始终注视着她。

"你别过来，小心我又亲你。"她似真似假地威胁。

许星纯走过来，牵住她的手腕，耐心道："外面很冷，先进去。"

"你不信我会强吻你？"

"信。"

"喊。"付雪梨撇嘴，歪着脑袋，"你总是这么无趣，我不想亲了。"

回他房间的路上，她突然想到什么，从口袋里摸出一样东西："我有两颗糖，刚刚吃饭的时候，旁边家小弟弟跑过来给我的。"

付雪梨摊开手掌，粉脸低垂："分你一颗。"

一红一绿，西瓜和荔枝的味道。

她问："你喜欢吃哪个啊？"

"荔枝。"

这个回答，让付雪梨若有所思了一会儿，转头看了许星纯一眼。

还记得初中有一次，许星纯上课突然抽风，问了付雪梨要不要和他在一起。

在一起的意思就是谈恋爱。

那时她先是震惊，心感觉像被掐了一下，更多的还是莫名其妙。她停滞了几秒，接着就无情地拒绝了他。

因为那时候付雪梨是个叛逆美少女，对她来说，这个从头发根到脚板心都写着严肃的班长，就算长得帅，也不能当她的男朋友。

拒绝许星纯后，他对她倒是明显冷淡了下来。视线从来不主动和她交汇，下课就闷头写作业，但是付雪梨看着他爱答不理的样子，征服欲莫名有些膨胀了起来。

之后的几天，下课时间她在班后面和一群男生打牌，他在教室后面扫地。付雪梨耍牌休息的间隙，就看到许星纯冷冷地瞪着她。

她不甘示弱，回了他一个龇牙咧嘴的表情。

这种僵硬的相处状态大概持续了一周。某天，付雪梨上课转头和别的人讲话，许星纯抄完板书从讲台上下来，停下脚步，眉头紧皱起来，用沾了粉笔灰的手去提了提她快垮到肩膀的T恤领口，遮住露出来的衣肩带。

她呆了一下。

大庭广众之下，动作完全是下意识的，并且和付雪梨说话的人，看到这一幕后，嘴巴已经张成了小O形。

等许星纯从位置上拿了一瓶矿泉水，去外面洗手，后桌拿胳膊肘撞她，恍然大悟道："啧啧啧，看不出来啊！原来你和班长关系这么暧昧？"

付雪梨其实也被他刚刚的动作弄得有点尴尬。她翻了一个白眼，不吭一声就转过身，一把抽出抽屉里的枕头开始装睡。

两人一上午都没讲话。

等到下午第一节课下课，物理老师站在门口吆喝，要课代表下节课结束收作业。

许星纯坐在座位上写作业。

把旁边的窗户拉上，一动不动趴了好一会儿，付雪梨转过脸问："喂，圣诞节，你想要什么？"

他说："什么都不要。"

她放了一颗荔枝味的糖在他的课桌上，厚脸皮地说："班长，其实我想要你的物理作业。"

"……"半晌，他还是被一颗水果糖收买，抽出自己的作业本，递给她，"有什么不懂的可以问我。"

说完这句话，仿佛什么都没有发生，继续低头写自己的作业。

他皮肤白腻，从鼻尖到下颌，还未长开的五官已经初现精致。

付雪梨双手交叉，叠在脑后，不知道怎么脑子一抽，鬼迷心窍地调戏道："吻你啊？"

音调明显发生了变化。

许星纯似乎微微意外，笔尖一顿，慢慢地，耳尖变得有点红，嘴唇紧绷，仍旧不看她，面上还是很平静："嗯……"

"那我吻啦？"她持续脑抽中，看着他的侧脸出神，脸颊上还有一个可爱的小酒窝。

"好。"许星纯顿了又顿，手里的笔已经被放下。他看着眼睛都直了的付雪梨，说，"可以。"

放荡随心惯了的付雪梨四处望了望，逮着机会，凑上去对着许星纯一咬。

软软的，像果冻。

甜滋滋的。

嘿嘿笑着，付雪梨咂巴咂巴嘴，有点回味。

于是，后半节课，许星纯丢下桌上一摊作业本，人就消失了。

学校二楼的男厕所。

水池子里哗哗放水，许星纯低头，两手撑着洗手台。

他脸色红润，呼吸凌乱急促，水珠顺着额角眉梢滴滴答答往下掉。

愣怔了好一会儿。

看着冰冷黑灰的墙壁，慢慢地，许星纯略微回神。他抬起右手，也是湿的，用手背蹭蹭脸，带着一点小心翼翼。

想到这些往事，她忽然有些怀念了。

付雪梨收起西瓜味的，剥开荔枝味糖果的糖纸，捏着放进自己嘴里，然后一把拉过许星纯的脖子，捏住他的下巴，闭上眼睛，唇对唇贴了上去。

软软的小舌头伸出半截，滑过唇缝，有刻意引诱的意味。

他的唇像炙热的火焰，又像樱桃的红，带着湿润冰凉的空气，唇齿之间软且甜。

有点糟糕。

喜欢好像是可以互相传染的。

早以为自己已经变成了一个世故的大人，见一个烦一个，平平淡淡对待爱情也已经掀不起什么波澜。但付雪梨越来越感觉……自己沉迷许星纯了。

许星纯换了个姿势，搂着她的后脑勺往自己颈窝里压。他把她抱实了，密不透风。

他的呼吸热热的，两人是一偏头就能亲到的距离。

"你看你，又在假正经了。"付雪梨哼哼唧唧，"你知道以前宋一帆跟我说你什么吗？"

他评价许星纯，有一段很搞笑，她一直都记着。

"许班长吧，就这么跟你说。凭着男人对男人深入灵魂的了解，班长这人比你想象的还要有颜色！"

许星纯独自去浴室洗澡，留付雪梨一个人在房间里，捂着自己的小肚子，在床上翻滚。

望着床头的灯罩发了会儿呆，台灯晕晕地透着一些光，付雪梨刚刚感觉自己喉头有些干热，就看到许星纯从窗户边走过。

他单手端着一杯水，反手关上门。

"我刚刚突然有点害怕。"

等许星纯走近了，付雪梨跪起来，手摸上他的腰。

他弯腰搂过她，贴在耳边，夜深人静之时，声音有种低低的温柔："喝点温水。"

关了灯，房间里陷入一片黑暗沉寂。

付雪梨的手从被窝里慢慢摸索到他的颈窝，再滑到下巴："其实我这几年过得也不好。拍戏老是日夜颠倒，有时候在酒店做梦梦到你，醒来就很失落，发呆的时候还会很愧疚。"

这个话，说得略有些违心。

虽然很没良心，但其实这几年，付雪梨已经不怎么敢想许星纯了。因为只要一想到他，一想到和他有关的事，她就被浓重的愧疚感包围，还夹杂着说不清道不明的悔意，心里拧巴着过不去。

太难受了。

付雪梨宁愿自己好了伤疤就忘了疼。

她从来不是圣人，明知道自己作恶多端，偶尔也会自我鄙夷。

她控制不住心里偶尔冒出来的念想。

——许星纯这几年没了她，过得非常孤独无趣，每到深夜的时候都能忘记她的坏，想起她的好。

如今重逢，她还能用温情填满他心里的裂痕。

讷讷说完这话以后，付雪梨想亲他，又够不着，于是略气恼，还有一些心虚："许星纯，你好冷漠，什么也不对我说，憋在心里会憋出病来的，还是说你完全都不心疼我的？"

"心疼你什么？"

"什么?!"付雪梨把他推开，质问道，"你为什么这么绝情?!"

可惜娇脾气还没发完，就被人掰着转过脸，许星纯强迫性地又落下一吻。一个接一个。

心脏一阵一阵发颤，被他单手按着，半强迫的味道。付雪梨又挣脱不开桎梏，呜呜叫着，双腿乱蹬。

拇指抚弄她的唇，许星纯屈肘，俯首在付雪梨的眼皮上亲了亲。房间安静，他听着她自暴自弃、断断续续的呓语。

"其实……我觉得我很自私。我怕你这几年过得不好，又怕你过得太好，我虽然知道自己对不起你，但是也不希望你没有我，自己过得很幸福。"

过得幸福？

许星纯有些自嘲。

离开付雪梨以后，他别无选择，只能想尽办法掩饰一塌糊涂的自己。

刚开始的几年，日子过得很烂，时间过得太慢。

知道她成了明星，他不敢看电视，不敢看娱乐新闻。

不敢接触任何和她有关的东西。

无数个深夜他都在想。

乘着火车去找她。

因为许星纯也受不了这样的自己了。

那样完完全全爱着她的他。

渴望到近乎迷恋。

每时每刻，都要逼疯他。

等旁边的人呼吸均匀了，片刻沉寂后，许星纯才慢慢睁开眼。

在黑暗里，静静看着她熟睡的轮廓。他意识很清醒，一点睡意也没有。

喜欢听她的心跳和呼吸声，温热的体温近在咫尺，伸手就能触摸到。

只是怕梦过后一睁眼，又是自己空想一场。

抱着软和的枕头，付雪梨一晚上翻来覆去睡得死沉。她睡姿差，被子卷在身上，胳膊、腿悬空了一半。

趴在床垫上，她睡得迷迷糊糊，听到电话响，睡意浓浓地"嘤"了一声，有些被吵醒的不耐，娇滴滴地哑声催促："许星纯……你接电话啊，好吵。"

然后换了个姿势继续睡。

过一会儿，放在柜子上的手机又开始振动，嗡嗡作响。

付雪梨唰地睁开眼，花了几秒钟清醒。她一把抄过手机看到来电的联系人，顿了足足几秒，翻身起来，拍拍脸让自己清醒，用一种我是流氓我怕谁的厚脸皮心态接通唐心的视频。

"付雪梨，你是死了吧?!最近躲哪个鸟不拉屎的地方去了，怎么都联系不上你？我这行程都给你排得爆满了，你还在逍遥快活?!"

付雪梨挺晕，穿着厚实的小熊睡衣："我这休假呢，姐姐。"

两人的确有好多天都没通上话了。付雪梨觉得头痛，最近过得太潇洒快活，与世隔绝，都快忘了自己是挂在商厦巨幅海报里妖娆美艳的大明星了。

"你怎么了，心情不好？"付雪梨察觉到唐心有点不对劲。

这一问，成功转移了唐心的注意力和火力。

拥着被子，歪在床上和唐心视频，付雪梨耳机里是她的咒骂声："那个臭婊子，就是之前在方南 MV 里露了个脸，我过段时间找人整死她！抢我男人，弄不死她丫的。"

唐心和她现男友，两人这些年闹了数不清有几仗，分分合合。付雪梨见过那个男的，只知道他是搞投行的，是个情场老手，喜欢玩学生妹。

唐心灌了一口酒，被呛得涕泪齐流，头顶的意大利吊灯晃得刺眼。

她从来都是个光鲜优雅的女人，善于阴谋算计，这会儿一手夹着烟，脸上妆容花了，显然大哭过一场。

太狼狈了，像个脑残。

付雪梨冷眼旁观："傻大妞，你有什么想不开的？没了渣男，多的是人追着哭着要你,脑子'瓦特'了在这儿这么伤心?"

唐心郁闷地扔掉高脚杯,恢复正常:"算了,说正事,你明天下午就回公司报到,最晚后天。"

付雪梨没吭声。

那边继续说:"前几天我又签了个人,准备给她两部戏先试试,有灵气有天分,但是有点后继乏力。身材脸蛋都比不上你,要磨腮然后做个鼻子。本来叫什么来着,是个美籍华人,忘了。我最近打算培养一下新人,反正你过不了几年也要转型了。哦,对了,还有个消息,《破晓》又改档了,是上面的意思,保守估计暑期可能可以上映。"

听唐心交代完工作上的事,付雪梨起床洗脸刷牙,撒腿下了楼,眼睛四处溜了一圈都没有看到许星纯,不知道去哪儿帮忙搞事了。

桌上有刚热好的粥和小菜,清淡可口。付雪梨吃饱喝足后,端着满满一杯甜牛奶出去,打算找找许星纯。

一脚刚刚踏出去,就看到眼熟的大黄狗蹲坐在地上晒太阳,不吵不叫,看到付雪梨汪了一声。一人一狗相顾而立。

屋檐下还挂了个鸟笼,鸟叽叽喳喳地叫着。

画面颇有些宁静祥和,可事实上,付雪梨动都不敢动。

眼见着大黄狗刚有撒欢扑上来的趋势,她往后退了两步,大黄狗被人出声呵斥住了。

"这狗不进屋,也不咬人,别怕。"

付雪梨转头一看,是许媛。她不好意思地笑笑,为自己的胆小做解释:"我小时候放学被狗追过,所以特别怕……"

"阿姨,你知道许星纯去哪儿了吗?"

许媛想了想:"他应该做饭去了吧。"

"哦……"付雪梨手指摩挲着玻璃杯。

许媛怀里抱着一堆大衣,对付雪梨说:"你跟我去房里拿点益母草,泡着喝一点,痛经会好很多。"

付雪梨答应了一声,三步并作两步跟着许媛,经过内堂、荷花池,往交错连续的里屋走去。

一进屋,许媛动作很利索,脱了鞋,把衣服放好。付雪梨双手揣在口袋里:"阿姨,要不要我帮忙呀?"

"那边有个木头箱子看到了吗?益母草在第二层,你找找看。"

等许媛收拾完,看付雪梨默默蹲在那儿,不知道盯着什么看,她走过去,边绾起头发,边问:"怎么了,没找到?"

"找到了。"付雪梨忙回答，抬头看她一眼，"阿姨，我看到有本相册，我想看看。"

她对小时候的许星纯太好奇了。

许媛失笑："想看就拿出来看。"

得到许可，付雪梨立马把相册簿捧出来。

翻开第一页，就是一张略泛旧的合影，一男一女，两人都朝镜头微笑着。女的眉目含情，气质优雅温婉；低调又沉稳的男人揽着她，让人眼前一亮。

在一旁看着，许媛过了一会儿，才笑着说："这是许星纯的爸爸妈妈。"

付雪梨点点头，看出来了。

许星纯的母亲，可真是个货真价实的大美人。研究了五官，她发现，许星纯的下巴和鼻梁都很像他的妈妈。

怪不得总觉得他有点秀气。

又翻了几页，付雪梨突然发现一件事，她略有些惊讶地抬头，不可思议地问："原来叔叔以前也是警察吗？"

许媛不知想到了什么，暗自思量了一会儿，叹叹气，又点点头："是的。"

"那叔叔……"一个念头一闪而过，付雪梨不知道怎么问。

许媛平静地说："许星纯跟你说过吗？他爸爸是在执行任务的时候死的。"

"啊？"这个重磅消息砸了下来，许媛一番话，让付雪梨有些乱了阵脚，"我不知道……"

"家里的事情有些复杂，当初我们劝过许星纯不要学我大哥走这条路，到头来还是命。"许媛的声音毫无情绪，甚至有些冷漠，"如果想和他在一起，你要做好心理准备。缉毒警察的家庭并不会太幸福，意外不知道会不会在下一秒发生。"

惊涛骇浪终归于平静。一番话在心里千回百转，付雪梨摇摇头："没有，是我主动找的许星纯。"

她眼睛没眨巴，看着相册上面容稚嫩的小男孩，低声道："我会考虑好，我自己的事情，我自己说了算。感情和生活都是。"

一本相册，一个局外人，这是许星纯从小到大的纪录片。

往事一幕幕闪过。

他的照片并不多，且每一张都很少有笑容。

许媛说，许星纯从小就命不好。

是个很偏激的性格，从小学就看得出来，被人骂了，他就打回去，不要命地打。后来大一点了，他才学会收敛。

因为家庭的原因，他懂事得早，在男孩在足球场上尖叫奔跑，女孩穿花裙绑马尾的年纪，许星纯不做饭，家里就没有饭吃。

厨房里。

许星纯套着围裙，手脚麻利、动作纯熟地切姜丝，剔除鱼骨。厚薄匀称的一双手上抹满了盐巴，打开一瓶料酒，安静且迅速，拿起料酒瓶在瓷砖台沿磕了一下。

付雪梨躲在外面偷看他做事，想着许媛告诉她的一些事，就有点难受，说不清楚，笑也笑不出，哭也哭不出。

饭桌上，付雪梨大口吃菜，努力往口里扒饭。她闷着脑袋，咬着筷头，只要听到他的声音，鼻尖就有点酸酸的。

冬季的天总是黑得特别快。刚刚傍晚五点，夜幕就低垂，老爷子出门去遛狗还没回，许媛放心不下，就找出门去。

刚刚在床上睡了一会儿，许星纯拿着杯子喝水，准备去厨房做饭。他手指在付雪梨的鼻梁上滑过，极轻，极温柔，察言观色："你今天怎么了？"

她今天低落的情绪，他明显能察觉到。

就连睡午觉，付雪梨也寸步不离陪在他身边。

少见地乖巧。

他很聪明，很快就猜到了："是不是我姑姑跟你说什么了？"

付雪梨吸吸鼻子，举着一个不知道从哪里摸出来的打火机。她拇指用劲，"啪"的一下按下打火机，火苗扑闪。旁边的突刺把她的手划出一道细微的伤口，有血珠滑出。

微弱的火光映在两人之间。付雪梨一点都没察觉。

"许星纯，你许个愿望。"

没头没脑，他看着她不出声。

"我也要许个愿望。"她回看他，眼睛有些红，"我要许星纯平平安安，这辈子都过得比别人幸福一千倍、一万倍。"说完这句话以后，付雪梨专心致志地吹灭火苗。

许星纯抬手捏了捏她的脖子，微微露出笑。虽然偶尔抽烟，但是他的唇齿保养得非常好，唇色浅红，嘴唇红且湿润。

付雪梨酝酿了半天又泄了气。她眼角潮红，脸上是非常诱人又可怜的表情。

许星纯向来道德感不高，更不是矜持得像圣人一样清心寡欲。他有贪欲，于是倾身在她唇上落下一吻："怎么突然这么乖？"

她不管不顾，胳膊张开，圈着他的腰。

终于。

鼓足了勇气。

"许星纯,如果我喜欢,我就喜欢全部的你。不论你多坏,谁也不能劝我离开你。"付雪梨退开一点,终于正视了他,"我想听你跟我讲一讲以前的事情。"

她知道许星纯的另一面。

尽管不多。

可还在不停地可惜和后悔。

撕破天幕的惊雷。

他歇斯底里地暴怒、绝望的时候,她却没能温柔地抱紧他。

"手疼吗?"许星纯微微低首,手顺着她的手腕下滑,握住。鼻尖碰上她的额头,额头相抵,四目相对,他的睫毛卷翘又长。

他柔软的嘴唇掠过她出血的指尖,像是最轻柔的吻。抚掉她眼角的一点湿润,他问:"你想听什么?"

第十四章 重写结局

——所有的话和思念都融化在这滂沱大雨里。

付雪梨昂首侧头,看着许星纯,翘起唇,凑上去,鼻尖摩挲,很小心地回应他。

思绪却开始游离……

不知道从哪儿问起。似乎也没有什么好的开头……

他们站在厨房门口。针织毛衣一点都不挡风,付雪梨觉得有股寒意从脚底升起,冷得牙齿打战。她用手搓了搓自己的脸,让脑子清醒一点。

付雪梨吞了又吐,反复几次,终于小心措辞,尝试着开口:"今天你姑姑给我看了你小时候的照片。"

"嗯。"许星纯靠在门边低头看着她,做出洗耳恭听的样子,灯光之下,眉目清晰。

"我以为你小学就很听话,三好学生之类的奖状拿到手软,但是你姑姑说,你一个奖状也没有拿回家里过。"

付雪梨说完之后,抬头瞧了瞧,许星纯似乎有笑。

她心安了一下,从鼻尖到腮帮都冻得有些红:"可是你初中成绩这么好,高中也是,谁知道你小学居然是个调皮鬼。"

头顶的光线很柔暗,许星纯指背抵了抵鼻尖,靠着门没动,轻咳一声:"我没有像你一样,很调皮过。"

付雪梨假装没听见他声音里的调笑:"你能跟我说说你爸爸吗?"

"等以后。"他敛了一点笑容。

"那……你的妈妈,是……你大学毕业的时候……"

许星纯喉头动了动:"癌症晚期。"

手指上细小的伤口本来没觉得疼,这会儿倒是微微疼了起来,心尖也跟着抽了一下。

额头抵上他的肩胛骨,脑袋扎得低低的,一呼一吸之间全是熟悉的味道。

有点不知所措。

沉默了很久，付雪梨才低声试探着，问了一句："你那时候……是不是因为我……"

她想了想，话到了嘴边又咽下，犹豫了几道，把"自杀"这个词改成了"自残"，再想了想，又把"自残"改成了"受伤"，这才说出口。

她有点忐忑："你那时候是不是因为我受过伤？严重吗？"

许星纯被她压得背抵着门板："不严重。"

假话。

明知道他说的是假话，她却没勇气深问。付雪梨承认自己是个胆小鬼，表面拥有十分强烈的自我人格。

但每每都只是嘴皮子上下一碰，其实根本没勇气面对自己犯的错、种的恶。

窗外暮色沉沉，大黄狗在院子里懒洋洋地溜达来溜达去，有炊烟的味道。他们相对而立，像电影里的主角，中间跨越了十数年，兜兜转转还能回到原点。

墙壁上黑白相框里容貌年轻的父母笑容依旧。

记忆像决堤的河流，又像一汪深潭，回到了最初。

小时候，许星纯住的地方，有一个卖红薯的女人，丈夫生性暴虐，酗酒成性。这个女人从小母亲死了，随后被撵出家门，四处流浪，被逼坐台，最后嫁给现在这个丈夫。

后来，这个女人消失了。

因为丈夫吸毒借高利贷，两人双双跳河自杀了。

吸毒的普通人，最一般的下场，就是死。死在一家小旅馆的床上，手臂上插了一个注射器，或者死在这个世界上没人知道的地方。

这是他的父亲说过的话。

但那时候他五岁，不懂死亡。

许星纯的父亲是缉毒警察，生活的圈子里只有三种人，缉毒警察、毒贩和瘾君子。

缉毒警察有狙击手和外科医生的耐心和精准度，不怕死，随时准备好盖旗子。

但走错一步，就不能重见天日，天大的秘密都要烂在心底。

八岁那年，许星纯见到了父亲最后一面。

连再见都没来得及说，在家门口，父亲双手被扭到身后铐了起来。母亲追着他跑，被人一把推搡到地上。他回头看了他们一眼，很快被按住头颅，押进了警车。

警车的囚门哐地关上了，上了大锁。持枪的武警陆续上车。

自此以后，每到深夜，母亲臂挽黑纱，都在隔壁房间里哭泣。
她是个美丽的女人。
如今却变得神经质。

积怨发泄在许星纯的身上，她用手掐他的脸、嘴，身上各种部位。日日夜夜，他因为童年缺爱而痛苦万分。他自尊心敏感，缺乏安全感。

街坊四邻渐渐有人传开流言，学校里，有板凳砸在他身上，有人嬉笑他的母亲。手边有玻璃杯，许星纯顺手捡起来，面无表情，敲碎了向那个人捅过去。

许星纯的手臂和小腹全染上了血迹。

然后他被退学。

母亲带着他和一切人断绝了联系去临市。

抽烟、打架，在上初中前，他都会。

后来局里的心理专家看着许星纯说，他从小情绪得不到正常疏导，负面心理一直被压抑，一旦被释放就得不到控制。

他是有一点心理变态的。

是的。

对许星纯来说，不被这个世界需要，自己的存在毫无意义的感受，一直持续了很久。

到初中。

他遇到一个女孩。

长得很美的女孩。

穿着嫩黄的连衣裙。

每天她都会路过一个小巷子。

在那个小巷子里，他像个见不得光的肮脏昆虫，眼神病态，躲在角落窥视她。

看她的手攀上老旧窗台，夕阳下，小猫般顺着墙壁，跳落地面。

看她打碎了一个心爱的杯子，就哭了很久很久。

那时候的许星纯，脸庞瘦削，身上是空荡的白校服，在校园里毫无存在感。

后来转了班，他们当了同桌，她很懒，上课迟到，总是给他带校门口卖的馄饨，以此来要求他帮忙写作业。

他们在一起时，许星纯小心翼翼，把自己极端敏感的性格掩饰得不错，学会了收敛。

寂寥的生命里，她是唯一一点乐趣。

他喜欢她穿着那件嫩黄色的连衣裙，胸前一颗珍珠贝壳的纽扣，看着她摆出派头,脸也在闪闪发光:"我除了美色还剩什么?你只喜欢我的脸。"

她骄傲又任性,没心也没肺。可他这个可怜鬼,对她的喜欢来得毫无道理,却又无法抑制,只能不由自主地、想尽办法地向她靠近。

从来就没体会过人与人之间的亲密关系,所以许星纯对这一切都无所适从。

后来的后来。

也曾经想过,被她没心没肺地喜欢着也好,被她当作日常的消遣也好,过着没有明天的日子也好。

摆脱诱惑的方式就是屈服,放弃尊严和自由,保持着这份随时会被收走的感情。

他的爱已经兜底。

人心可怖。

战胜欲望的永远只有更高级的欲望。

"许星纯,翻页了就别往回看。"

"好不好?"

她说的时候,眼泪是不知不觉掉下来的。

糟糕。

付雪梨赶紧从旁边扯出一张纸巾盖住鼻子,装作擤鼻涕的样子,手指压紧,瓮声瓮气,不想给他又看见自己哭了:"我也很惨的,我们俩惨到一块去了。如果那时候我知道你也这么惨,我就不会抛弃你了。"

付雪梨这段时间对许星纯哭的次数,加起来几乎能抵上她小半辈子对别人服软的总和了。一点都不符合她从小到大嚣张跋扈的作风。

一点形象都没有了。

他凝视着付雪梨妩媚的脸蛋,目光在她脸上停了很久,用手抚弄她的脸侧,从眼到温软干燥的嘴角。

指腹略有些粗粝,刮过细嫩的肌肤。

付雪梨的脸很瘦,捏起来却肉乎乎的,暴躁起来的时候像个爹毛的小动物,内疚的时候就低眉顺眼,一副承认错误的表情。脆弱又倔强。

"好啊。"

许星纯嗓子低哑,有温柔的感觉。空气里有轻微震荡的气流,敲打在耳膜上。

老爷子和许媛回来了,开门的窸窣声伴随着犬吠。他们在堂屋里摆桌椅。付雪梨今晚吃完饭就要走了。

厨房里,许星纯单手挽起衣袖,从餐桌台面上拿起干净的白瓷小碗,放在水池里清洗。露出一截小臂，紧绷的肌肉，线条流畅。

不得不说，他五官考究，极富有观赏性，长相比圈里很多小鲜肉都有格调。

她倾身过去，两手撑在灶台上，歪着头瞧他，怎么也瞧不够。

许星纯的胳膊微微抬高，挡住她伸过来的手："水冷，先别碰。"

付雪梨"嗯"了一声，头靠上去，身子骨软，没个正形："我过几天要出国。看天气预报，国内降温了，你要记得加衣服啊。我看你们工作好辛苦，总是要满大街瞎转。"

想到什么，她骤然有些苦恼，又急着嘱咐："对了，许星纯，你在外面执行什么任务的时候，别对那些女人笑啊。"

他嗓子有点低哑，笑了一会儿，没忍住还是有点咳嗽："怎么了？"

"对对对，就是这个笑。你知不知道，这么对女性笑，很容易引起犯罪。"付雪梨说得一板一眼，很正经。

她把他当什么了？

"我是警察。"许星纯关火的动作顿了一下。

她心里囔囔，一声不响地抱住他的腰，手臂紧箍着他的后背："我才不管你是什么。"

合上相册，许媛在床上坐了很久，叹口气，擦了擦眼角的泪，又把相册放回原位。

看了看表，不知不觉已经晚上9点多。

"把她送走了？"

许媛推开门，房间里亮着微光，见许星纯静立在窗前。听到声音，他转过头。

像许多有话不说的家庭一样，他们安静对坐。

许媛凝望着许星纯，不知道为什么，心里有点慌："已经准备得差不多了吧，你明天要走了吗？"

"嗯。"

舔了舔干涩的嘴唇，许媛声音艰涩，一字一滞："其实很多事，根本不需要你去管，过去了就让它过去吧……"

情绪有些失控，许媛忙端了杯水，喂到嘴边，来掩盖自己的失态。

许星纯看了她一眼，保持着不动的姿势，默默低着头，没有更多的反应："我知道。"

过了好一会儿，许媛放下杯子："小纯。"

"嗯？"他眼底深沉。

"……没事。"

临走前，许媛说："我会好好照顾爷爷，他年纪大了，受不了更多刺激了，你也要注意照顾自己，争取把手上的事情处理完，以后好好过日子。"

把车开到临近机场的停车场，付雪梨打了个电话告诉付城麟位置，让他找人开走。

西西拖着大大的行李箱在候机室等她。

看到姗姗来迟的付雪梨时，西西都快哭出来了，急急忙忙迎上去："雪梨姐，我还以为你要误机了，刚刚打了好多通电话你都不接。"

西西一副见了她比见了上帝还激动高兴的模样。

"我这不是来了吗？刚刚开车呢。"付雪梨摘了墨镜，不以为意，四处望了望，"没狗仔吧？"

"应该没有。"西西笑容一下涌现，"来了就好，来了就好。"

她们先转机去申城，然后再飞巴黎。

才刚到申城，天就下起了雨，果不其然广播里接到航班延误的消息。到了半夜，付雪梨整个人困乏至极，才终于上了飞机。

机窗外的种种夜色都模糊成了色块。

怔怔愣神，心口像沉甸甸的石英钟，付雪梨心想：

时间是不是过得太快了？

应该说。

和许星纯待在一起的时间过得太快了，快到似乎只是一眨眼的光景就过去了。

回忆起这几天的种种，又想起临别时，他俯下身，捏起她的下巴，心无旁骛地亲她的嘴。

半强迫式接吻的那种头晕目眩脚发软的幸福感，和现在离别的苦形成鲜明对比。付雪梨这会儿身边没了他，空落落的，难受得有些过分。

思念无孔不入，很折磨人。

闲下来无事可做，满脑子都是许星纯。甩甩头，付雪梨戴上耳机，开始随便找电影看。

一部 2004 年的老片子。

影片开头，一段对话，让她打起了一点精神。

"这是离开的唯一方法，我不爱你了，再见。"

"假如你还爱他呢？"

"就不离开。"

"你从没离开过一个你爱的人？"

"没有。"

旁边的西西已沉沉睡去，付雪梨拿了瓶水喝。

《偷心》里有一段台词。

"有那么一刻，人总有那么一刻。那一刻你觉得你可以倾其所有，你可以为之屈服，你无法抵抗。我不知道你的那一刻是在何时，但我打赌你也有一个。"

屏幕上的画面停顿在那一秒，像是被无限拉长。收回手，付雪梨有些揪心。

一辈子总有些奇妙的时刻，让人一瞬间可以想通很多事。

心中溢满甜蜜苦涩，还有陌生的责任感。

后知后觉地，付雪梨其实有一点怕，许星纯现在是在报复她。先扬后抑，把她捧得太高，又毫不留情摔到地上。

就像当初的她一样。

用最温柔的方式，放任她的任性和自我。到头来才发现，一切都只是她至死不渝的一场梦。

如果时间能一直停留在许星纯毫无保留爱着她的那时候，该多好。

付雪梨眼睛有些发烫。

以前是她任性，以后她再也不赌了。

原本以为自己会睡不着，结果缓缓醒来，已经到了巴黎。连着几天，付雪梨做事特别有力气，看了几场秀，顺便拍了个MV。

同时期国内出了不大不小的事，不知道哪家放出来的绯闻消息，有个狗仔拍到付雪梨和一个男人互相拥抱的照片。虽然模糊，但是作为隐隐有一线流量小花的她，在社交平台上已经掀起了不大不小的舆论。各方媒体都在猜测这个男主角是谁。

网上倒是暂时没做公关。

唐心气急败坏打电话过来："你怎么回事？"

彼时付雪梨正在酒店涂指甲油。她漫不经心地说："没事啊。"

唐心无语，在电话那头暴怒："什么叫没事?!你事业在上升期，我不是要你小心一点吗？"

"再怎么上升，还能升到天上去？反正我都快三十了，被拍到就拍到，我又不怕。"

付雪梨懒得和她争辩："就这样吧，到时候对着记者我也不知道自己会说什么，大不了就退圈呗。"

年后任务格外繁重。

正在商议事情，许涛推门进来："通知个事啊，刚刚接到电话，今天省里有领导来局里检查工作。"

他顺便介绍了身后的女人："刚刚调来的美女，叫文文，业务能力强。有什么事情就找她帮忙办。"

所有人都在鼓掌欢呼，许星纯独自坐在角落里，单手撑着额角，翻着档案。

他下午亲自出勤。

随行的有许涛、文文，还有一个实习生。

他们都是能说的。实习生一上车，就不肯老实坐着，和文文叽叽喳喳个不停，一副热络的模样，非常自来熟，聊到后来居然聊到了感情问题。

许涛打趣："小子，你喜欢什么样的？"

实习生老老实实回答："漂亮的。"

许涛抽了他脑袋一下："肤浅得你。"转头就问许星纯："许队呢，喜欢什么样的？"

许星纯在开车，他回答："漂亮的。"

车内安静了一会儿，这回轮到实习生笑了起来。

许涛也摇头笑着，点燃一根烟，笑完忽然感叹道："记得以前我有个队长，分去云南锻炼的时候，有个特漂亮的女朋友追过去了，结果我们队长直接把她劝回去了。一个大老爷们晚上喝酒拉着我哭。"语气有些伤感。

"为什么？"实习生睁大眼。

许涛指了指身上的警服、肩章："因为这个，比什么都重要。"

香烟呛到肺，止不住地猛咳。

干他们这一行的，根本不敢随便结婚，一旦出了事，就是两个家庭的支离破碎。而且无论多擅长等待的人，耐心也有被磨光的一天。

"抽一根？"许涛递过一根烟。

许星纯摆手，拒绝了。

"哟，怎么？"许涛拍拍他的手臂。

他淡淡道："最近在戒烟。"

夜幕之下，申城到处尽显繁华。只是这个时段路上有些堵。

文文一直没出声。她对许星纯有一点好奇，看太久，又怕冒犯到许星纯。

年纪轻轻就到了这种位置，性格有魄力，却依旧温润冷清，礼貌而周全。任何再普通不过的一件事给他做，都让人赏心悦目。

比如开车，比如和人交谈。

外表看着又不算是温暾的老好人。刚刚好，多一分就危险，少一分就平淡。

"最近上映了一部电影还不错，要不要一起去看？"实习生转头和文文搭讪。

许涛在一旁帮腔："年轻人交友真是迅速啊，去嘛，文文，好不容易休闲娱乐一下。"

文文刚想问许星纯去不去，看到他降下车窗，看着外面若有所思。

顺着他的视线望过去。

华丽的火烧云下,商厦挂着巨幅海报,上面的女明星,美得惊心动魄。

"真美啊……"

看着那张比巴掌大不了多少的脸,文文小声感叹。撩起眼皮,又往许星纯的方向看了看。

他置若罔闻,指尖在方向盘上敲了敲,继续开车。

文文暗想:

刚刚他那么专注的神色,是不是只是自己的错觉……

"嗯,什么?"许涛接到电话,眉头越听越皱。挂了电话之后他倾身,对着驾驶座上的许星纯正色道:"刚刚有人在火车站那边碰头了,我们等会儿要去看看吗?"

许星纯问:"几点的时候?"

"下午5点左右。"随后查看手机,许涛报了一个地名。

车子拐了个弯,往西站的酒店方向驶去。

实习生刚刚还无精打采的,听到这话高兴极了:"我们要去蹲点了吗?这还是我第一次出真正意义上的外勤!"

"你和文文等会儿把车开回去。"许星纯捏了捏眉心,对他的热情无动于衷。

被他冷漠的样子打击到,实习生有点小失望:"啊……我们不去吗?"

许涛伸了个懒腰,谑笑着问:"怎么,想跟着?"

"想的!"

"你和文文现在这身衣服能跟着我们去工作?"

"难道……不行吗?"

许涛反问:"除了集体活动,你什么时候看到我们队出勤穿的警服?"

看着实习生恍然悟了的表情,许涛顺口提了一句:"干这行啊,多动动脑子,对得起你身上这身警服,不然怎么死的都不知道。"

因为缉毒这个警种的特殊性,大多时候都需要跨省追捕嫌犯,他们一般都要隐藏身份,所以平时用的都是化名,在外面很少穿警服,枪支也基本不带。

说起来这个话题,许涛回忆了件事,调侃道:"你们不知道吧?之前出了个事故。许队的照片被人放到网上了,还有人写表白信寄过来。听他们喜欢上网的说,许队差点还上了最帅民间帅哥什么什么的排行榜,主要是当时没跟新闻社那边的人沟通好,侧脸还是正脸被放出来了。虽然后来局里联系人全部撤掉了,但还是造成了一点影响。所以你们没发现,这段时间许队都没有在支队这边出外勤执行任务吗?"

文文的确不知道还有这回事,脸上隐隐露出了担忧,掩住嘴:"原来是这样,这么严重吗?"

许涛不以为然,扬眉:"是啊,你以为呢,现在毒贩也看新闻,记人脸,记车号咧。现在花里胡哨的东西太多了,你记住,只要是我们在网上露脸的照片,全部都得打上马赛克。"

实习生人都听蒙了,把崇拜的目光投到许星纯身上。

夜色并不浓重,光线很飘逸迷离,他的侧脸在掩映之下,依旧能辨析出清隽的意味。

怪不得照片能引起网友犯花痴……

许涛这人倾诉欲很强,开了话匣子就噼里啪啦说个不停。他主要讲自己以前的光辉历史,一段接着一段,把两个没什么工作经验的"菜鸟"唬得一愣一愣的,心跳都有点失控。

一番话说完,实习生陷入沉思,沉默了会儿才问:"许队也有过这么坎坷的经历吗?"

年轻男生的心思一般都很好猜。

在他的注视下,许星纯倒是没什么很特别的反应,只是问:"什么是坎坷?"

他性子向来比较清淡,大家都习惯了。

许涛拿过烟盒,抖出一根烟,又按下打火机,抽了两口,把车窗降下来:"你别看你许队现在安安静静不怎么讲话,一副高冷男神不惹俗世尘埃的样子。他和毒贩交火的时候你还在上初中呢。"

"和毒贩交火?!是不是好危险?"文文脑子有点转不过来,也想象不到许星纯居然有这么激烈的时刻。她不知道自己想说什么:"你们不怕死吗?"

"怕啊,当然怕了。"许涛好笑道,"再危险,也总要有人上啊。"

他两次被毒贩用枪顶着脑门,只要那根手指轻轻一动,自己早就"光荣"了。但是经历了那么多,到现在,早就有一点生死看淡的意味了。

也没别的原因。

只是还记得当初刚进警校,听老校长说的。

他们当警察嘛。

这个职业本来就隐秘而光荣。

对得起身上穿的衣服。

打发完了文文和实习生,他们去城区那边守到晚上 10 点,嫌疑人转移阵地了,于是他们又坐车去一家快捷酒店门口蹲守着。

胖子熬不住,有点饿,下车去路边买了个红薯上来吃。坐在车上剥皮,闻到食物的香味的时候感动得眼泪都要流下来了,啊呜啃了两口,双眼放光,趁空隙抬头问:"纯哥,你要不要吃?热乎乎的还是。"

"废话!"旁边有人无语,"你知道许队有洁癖还故意问,吃独食吧你!"

胖子嘿嘿笑起来。

他们平时都不在一起工作,执行某些任务的时候才到一起。也就是去年8月份,申城公安局禁毒支队从各个分局抽调人员成立了一个专案组,要解决一起公安部督办的特大案件。忙起来的时候天天就要像这样摸排线索、蹲点、审讯毒贩。

到凌晨一两点过后,蹲守的人都有些疲倦了。等在黑夜中,许星纯降了一点车窗,让冷风吹进来。许涛打了个哈欠,用手抹去眼角的水光。刚刚放下手,眼角瞥到了什么,他迅速把头撇过去:"你们看门口,他们好像出来了。"

这番话让车里的人都打起了精神。

许星纯拿过对讲机,眼睛一瞬不瞬盯着那边看情况,低声通知另外两辆车。

胖子也慢慢停止咀嚼,把没吃完的红薯丢在一边。

两个人,身形年轻,一男一女。他们站在门口商量了一会儿,女的喊了一辆出租车,男的自己开了辆帕萨特。

对讲机里传来讯息:

"确认了,那个男的车里有货,直接抓。"

那个男人的警觉性很高,很快就发现了身后的车辆不对劲,眼里闪过一丝凶狠,脚踩上油门开始疯狂加速。

跟在后面的许星纯还算冷静沉着:"把安全带系好。"

胖子看着他冷酷的表情,有点怕,赶紧拉过安全带。

接下来几分钟,各种急刹车的冲力让胖子刚刚吃的烤红薯差点没全部吐出来。刺耳的喇叭声和刹车声此起彼伏,说是凌晨街头生死时速也不过分,前面的帕萨特被许星纯强行逼停,车子前风挡玻璃撞得粉碎。

想弃车逃跑的年轻男人被按在车门上,被许星纯反手擒着胳膊。许星纯单手压着他,拧着他的手腕,上了手铐。掀开他的外套,在内层发现有一把子弹已经上膛的手枪。

后面跟上来的人拉着警犬,在后备厢那儿嗅到了踪迹。毒品被用两层黑色塑料袋包装着。

人赃并获。

一直到凌晨5点才审讯完。

出了审讯室,许涛先是轻松地和许星纯打了个招呼,然后问:"几点了?"

许星纯坐在走廊的椅子上,翻开手机:"6点不到。"

他就静静坐着，黑夜下，沉静之中透露着疲倦。只是放空自己，意外地没抽烟。许涛诧异："哟，你还真的在戒烟啊？"

许星纯舔了舔嘴唇，点头。

"行。"许涛抬了抬手，拍拍他肩膀，"忙了一晚上，先回去休息休息吧。明天再来审。"

街道空寂，还有未融化的白雪。这个点滴滴答答下起雨来，晕黄的路灯仍未熄灭。

车一路开回家，刚刚在车库停好，熄火，推开车门，许星纯坐在驾驶位上，接到了电话。

是付雪梨。

"你在哪儿啊？"

他低下头："刚回家。"

地上有车轱辘的印子，耳边听她嚷嚷："又忙到这么晚!!"

不知道她在温哥华还是巴黎。雨岑寂地下着，许星纯在心里计算时差。

"你想我吗……？"她的声音有些不确定，"我这边也下雨了。"

"我听得到。"他声音沙沙的，很温柔。

她很凶地问："你在笑什么？"

"嗯……我想你。"

许星纯脱掉打湿的外套，从楼梯口上去。他走得很慢，一步一个台阶。

"真的想我啊？"付雪梨问。

"嗯。"

她抑制不住笑声，压低了声音："那你转过头。"

许星纯一愣。他太投入了，脚步一顿，刚刚转过头，猝不及防，就被人从身后搂住。

付雪梨看他都不动，抬起头来："喂，真的被吓到了啊？"

感觉到许星纯身上冷得跟个雪人似的，她有些不满，抬头嘟囔道："也不知道多穿点衣服。"

剩下的也说不出来了。他掐着她的下巴，唇堵了上来。所有的话和思念都融化在这滂沱大雨里。

两人抱着亲了不知道多久才进门。

付雪梨腿都软了，坐在门口的椅子上等许星纯帮她脱鞋，顺便控诉般嘀嘀咕咕道："你知不知道，我刚刚等你，我的脚都蹲麻了。天又这么冷。"

其实她在许星纯公寓门口等了接近两个小时，猜到他应该是在忙，期间倒是没有非常不耐烦的情绪。对她来说，等待许星纯的时光，都不是很难熬。

"要我帮你揉揉吗?"许星纯单膝跪在付雪梨面前,把她脱下来的鞋子放在一边,抬头。

两人对视上。

他的眼神,让她心房一颤。付雪梨抬手盖在许星纯的眼睛上:"你不要这么看我,我怕我控制不住自己。"

拉下她的手,许星纯站起来,抬起手腕摘下手表,然后问:"说完了吗?"

付雪梨说不下去了。她指了指自己的嘴唇,眸光湿润,小声说:"亲这里。"

下一秒,她就被拦腰腾空抱起来。

来不及惊呼,就被封住嘴唇。手挂着他的脖子,许星纯舌尖撬开她的唇缝:"抱着我,别松开。"

这么接吻……实在有点要命。

两人都有点失控。付雪梨被丢在床上,脑子里迷迷糊糊还在想:

他刚刚站在床边,看着她解皮带的动作……真的好性感。

第十五章 仙女棒

——他对所有人温和，
可是温柔只留给一个人。

这算什么？

制服诱惑吗……

看着他，认真地看着他。

在许星纯脱掉外套，露出腰的一瞬间，只用一眼，付雪梨就认识到，这么多年了，自己对他的肉体依旧毫无抵抗力。

看到了就只想缴械投降。

如果有人问，哪个瞬间，是她对许星纯心动的开始。

付雪梨一定回答，是初中那年。

初中那年，体育课上到一半溜去教室，她拐过楼梯口，脚刚刚踏进后门，一不小心撞到许星纯在位置上换衣服。

他的座位靠后。

教室里的吊扇呼啦呼啦地转悠，他背对着她，双手交叉，脱掉上半身的校服。他腰部肌肉绷紧，暴露在空气中。

她的视线从他的脖子滑到线条流畅的背，再到腰。她又重复一遍，像个变态偷窥狂一样。

她心虚着，忘记了呼吸，不敢出声，也不想挪开视线。

在性意识尚未觉醒的成长岁月，那是付雪梨脑海里，第一次有了对异性身体的好奇。

终于，许星纯发觉到有人，把衣服迅速往头上套，侧脸看过来。她睫毛颤了一下，往后退了两步，没地方躲。她迎上他的目光，张了张口，一个手抖，没抓住，手里的矿泉水瓶落地。

"咚"的一声，灰尘飞扬。

砸在心尖上。

她眯了一觉，到了晚间，悠悠转醒，拿过手机看时间，一转过来，发现身边没人。付雪梨一阵心烦气躁，搁下手机，挣扎着爬起来，抱着被子下床满屋子找许星纯。

她口里不停叫唤着他的名字。

付雪梨刚刚推开书房门，就被他连人带被子一把抱起来。

"把鞋穿好，地上很凉。"许星纯直接把她放到床上。

"你干吗去了？"付雪梨还是气闷，瞪了他一眼，"我每次睡醒都看不到你的人，这样真的很烦，你知道吗？"

他看她发脾气的样子，有些愣。

"你是有多忙，大事等着你挨个处理啊？！还是说你背着我在和别人聊天？！"说完不解气，她又捶了一下床，"我睡觉的时候，你就不能好好待在我身边吗？！不是跑去阳台吹风，就是跑去不知道哪处在干什么，你就这么不喜欢跟我待在一起？！"

"喂。"付雪梨看许星纯沉默半晌，"你怎么不说话，是耳聋了吗？"

又一会儿，她意识到自己脾气有点大，便心虚了："干吗一直看着我不讲话？我说错了吗……"

轻叹口气，许星纯笑了声，低声问："还睡吗？"

"被你气得睡不着了，还睡个屁呀！"付雪梨气哼哼地撇过头去。

许星纯弯腰，替她穿好鞋，声音有淡淡的温和倦意，极有质感："我在你旁边，会影响你的睡眠质量。"

这番话付雪梨过了半天才反应过来。

后知后觉，才有点不好意思。

许星纯亲自煮了面条给她吃。

坐在餐桌前，她双手撑着下巴，装模作样，慢腾腾地说："你喂我，我没力气动。"

没有任何怨言，他好脾气地拿起桌上的碗筷照做。

心安理得享受着许星纯五星级服务的时候，付雪梨盯着他看啊看，突然喊："许星纯。"

他"嗯"了一声。

她略有些纠结地问："就是那个……嗯……你以后会不会嫌弃我脾气太坏了啊？"

仔细想起来，她都有点受不了自己。

餐桌的吊灯有些低，许星纯坐在她旁边，笼罩在温和的光线里。他穿着简单的白衬衫，袖口被翻折到手肘处，周正俊秀。沉默片刻后，他说："不会。"

付雪梨立刻改口，用食指戳了戳他的胳膊："我知道你不会，不过就算你嫌弃了，也不可以，忍着吧。"

她原本就是这样，被人伺候惯了的大小姐脾性，刁蛮任性，不讲道理。

再抬头想说话的时候，忽然有人敲了敲门。

许星纯出去开门，付雪梨坐在位置上玩手机。

敲门的人没进来，许星纯把门虚虚带上，站在门口和那个人讲话。

付雪梨和唐心发微信。

那边问：你是怎么还有时间跑去找你的警察哥哥玩的？一回国就马不停蹄地赶过去了？你难道不知道男人都不太喜欢你这种太主动的女生吗？

付雪梨：哼，你懂什么，许星纯和别人都不一样好吗?!而且时间嘛，挤一挤不就有了？

唐心：行吧，明天上午11点，你的粉丝见面会。我让西西去接你。

聊完微信，已经过去了十多分钟，许星纯还没进来。付雪梨咬着半根面条，被热气烫了一下舌头。刚放下筷子，想着去门口看看，就看到许星纯进来了。

她看着他走近，仰头问："刚刚那是谁？"

"我同事。"

"怎么了？"

"没事。"

"到底怎么了？"

"我下周可能要去外地执行一个任务。"

他停顿了一下，表情虽然很平淡，她却突然紧张起来："要多久？"

"两周，或者一个月。"

付雪梨继续低头吃面，"哦"了一声："危险吗？"

长时间的沉默。许星纯只是安静地坐着，他的眼神让她有点心慌。付雪梨吃得很慢，忽然摔了筷子，猛地抬高了声音，眼睛都要冒火了："我问你危不危险啊！"

"不知道。"

反应过来他的意思，她脑子里乱哄哄的，梗着脖子硬撑："什么叫不知道？危险还是不危险，什么叫不知道，什么意思啊？"

直到她没了声音，许星纯才轻握住付雪梨的手，安静地看了她一眼："别担心我。"

今天申城公安局禁毒总队很热闹。

有个记者在大厅采访队里的侦查人员。

办公室里，许星纯用肩膀夹着电话，拿出湿纸巾擦了擦手，眼睛瞟到旁边，拿起一本杂志在手里翻了翻。

旁边经过的一个小伙子一惊一乍地叫唤:"哇?!付雪梨!"

许星纯顺口跟刘敬波报了个地址,然后挂了电话。他把杂志放回原位。

小伙子没想到平时看着那么认真严谨的许星纯,居然也看八卦杂志,还看得这么认真!

他不禁笑了,还特地补了一句:"嘿嘿,想不到许队你也喜欢付雪梨啊。"

"嗯。"

小伙子实在无聊,就找他搭话:"你喜欢付雪梨多久了?"

"很多年。"

小伙子诧异地看着他。

许星纯的样子看着不像是开玩笑。

他感慨着,一副"我很懂"的表情,摸出手机,点开付雪梨粉丝见面会的现场直播,凑到许星纯身边:"来来,一起看,放松放松。"

不知道进行到了哪个阶段,应该接近尾声了,画面上有大批媒体记者围着她追问。

叽叽喳喳,大多都是问关于前段时间她在巴黎时传出的绯闻事件。

突然有个记者开口:"你能否透露一下你现在的感情状况?"

旁边有工作人员正要开口圆场面,付雪梨看了那个记者一眼,缓缓地,用很平淡的语气问:

"《约定》这首歌听过吗?"

外场很静,只听得到她的声音:"这是我写给他的。"

这个他,不用说,也知道指的什么。

"这是我第一次在你们面前提他,也应该不会是最后一次。"

"他是一个很普通的人,但是……"付雪梨很淡地笑了笑,"是我的初恋。"

短短一句话,让整个场面静了下来,实在是太令人错愕了。接着是粉丝汹涌的尖叫声。

同时"哗啦"一盆水,浇灭了大半男粉丝火热的内心。

后控的导播室乱成了一团。

付雪梨没有停下,她对着摄像头,指了指自己:"我性格很不好,从小到大都是,虽然长得很漂亮,但是身边没什么人喜欢我。

"也只有他,能忍受我随时随地、莫名其妙地发脾气。我也不知道为什么,有人对我,能耐心到不可思议。

"我小时候很娇气,爱哭,别人都拿我没办法。只有他很耐心,一遍一遍哄我、劝我。虽然越劝我越哭,但他还是继续哄。"

采访的记者听到这儿,忽然羡慕得不行。

"天啊，不是吧！"

有人低声感叹了一句。

回过神来，才发现是武警队的一个帅帅的哥们儿站在旁边。那人有个外号叫laughing（爱笑）哥，他笑着，扫了眼屏幕，随口又说："不像你们的风格啊，还看这种东西呢？"

似乎没听到他打趣的话，许星纯双手撑在办公桌边沿，微低头，耐心地看着直播画面。

现场也陷入了一片混乱。

主持人想出来打圆场，却发现自己根本插不上话。

在明亮的光下，付雪梨的眼睛湿湿润润的，显得异常温柔。

苦笑了一下，她叹道："后来年纪大了一点，我却没有成熟多少，依旧我行我素，自私自利。说起来我们算是青梅竹马，但是我好坏的，做过很多伤害他的事情。

"我记得他的眼睛颜色很浅，年少时，总是在背后偷偷看着我，一颗心完全地爱着我。"

像是陈述，又像是自语。

往昔时光，到如今仍旧历历在目。

至今回想起来，意识到许星纯当初爱她爱得有多卑微，她心里就止不住地内疚。

付雪梨开口说这段话之前，心里还有一点犹豫。但是到现在，她又觉得什么都没所谓了。

"我明明自己吃不了苦，却让他吃了那么多苦。身边好友说我一点也不懂得心疼人，我从来没有否认过，因为我也知道自己是个什么德行。其实我知道自己伤害了他，过去有好几年，我看过很多次心理医生。坏毛病一大堆的付雪梨，总是很缺德，又很幸运。因为她兜兜转转很久，最后还是重新找回他了。

"但我不能把他带到你们面前。他好不容易重新进入我的生活，希望大家能给我留一点私人空间。

"最后我要说一句对不起。在场大多数人可能觉得我疯了，但是事实上，我的确没办法再控制自己的感情。"

"我不能太贪心了。我和他，不需要其他人的任何形式的祝福。所以希望等今天过了，也不要再拿我的感情出来炒作。"深吸一口气，看向最近的摄影机，她缓缓开口，"最后一段话，是我要说给你听的。"

"我知道你以后一定能看到这个视频。"付雪梨眨动睫毛，忍着乱跳的心脏，若无其事地说，"你知不知道，其实我很爱你的，也很怕失去你。"

这句能把人骨头都听酥的情话，说出的一瞬间，现场鸦雀无声。

如果这时候，摄影机给付雪梨的手部一个特写，一定会发现她的手指全部攥在一起，紧张地用力。脸上的神情是半点不掺假的纯粹，完全不是在做戏。

曝光了……很彻底地……

曝光了。

把她的私生活，把她心底一直想说，又逃避不敢面对的东西，没什么保留地袒露在所有人面前。

大多数人长时间沉默着。

"唉……真是佩服付雪梨，真情真意，什么话都敢说。"和许星纯一起看直播的小伙子有些惆怅，感叹完了，突然感觉到气氛有些奇怪。他抬起手，在许星纯眼前晃动："纯哥，你想啥呢？看入迷了？"

许星纯缓了缓神。他不发一言地直起身来，打算往外走。

"等等。"小伙子追上许星纯，小心说了一句，"纯哥，你还拿着我的手机咧！"

"对不起。"许星纯顿了顿，低下头，看着已经结束的直播画面，他问，"这个能回放吗？"

"……"

旁边有两人一齐看向他们。

虽然觉得这个问题很奇怪，但是小伙子还是咳了两声，答道："应该可以的。"

场外，助理低下头，不停说"麻烦让开点"，领着付雪梨往外走。推开蜂拥而上的记者和粉丝，付雪梨被护着，镁光灯在周围闪烁，她不再回应一个字。

后台休息室里，唐心直接发飙，差点没把手边的东西全摔了。

"你是明星，什么时间什么场合该说什么没有一点分寸吗？还有你，不知道拦着她吗？你们全都疯了吗?!"

西西低头挨训，支支吾吾了半天说不出话来，只抖了下。付雪梨小声要她走，西西忙不迭地出去了，生怕自己被唐心的怒火波及更多。

毫不介意自己马上要闹出多大的新闻，付雪梨倒是气定神闲，顺便还在用笃定的语气安慰唐心："我之前受何录录那件事的影响，本来继续炒绯闻就会让路人观感更差，还不如直接公布恋情来得好。你看我每次参加什么活动，都要被那群妖魔鬼怪讽刺，我受不了这个委屈。"

"我看你继续编。"唐心冷笑，气得翻白眼，用方言骂了一句："脱线。"

付雪梨气鼓鼓的，拉下脸来："没有，我真没编啊。这是小事，反正钱我已经赚够了，随时都能退出娱乐圈。"

"现在说什么也没用了，公司又要替你收拾烂摊子。"唐心终于把视线移到付雪梨身上，像在看一个被爱情冲昏了头脑的傻子，恨铁不成钢，"恋爱脑，一点事业心都没有，还不注意影响。"

偌大的休息室里，只剩下付雪梨和唐心两人。

刚刚骤然紧张又欣喜的情绪稍稍冷却了下来，她低头玩着指甲，漫不经心地说："还有什么好注意影响的，我真的都不知道该怎么办才好了。"

"什么不知道怎么办？"

唐心看着付雪梨脸上的表情，意识到她没在开玩笑。

"我太喜欢许星纯了。"

"喜欢他喜欢到，你们所有人都救不了我了。"

春节刚过完就是一连串的事，申城铺天盖地的雪没停过，刘敬波已经连着在办公室睡了两夜。今天领导来视察，他还得前前后后地陪着。

他掏出一根烟叼到嘴里，用火机点燃，深深吸了口烟，然后吐出来："妈的，本来就忙，今天中午几个毒驾的富二代在闹市区飙车，三死两伤。"

许星纯面不改色踩紧油门。

刘敬波喋喋不休地抱怨："刚刚不按规矩开了个专案会议，侦查部署调整了无数遍。我知道你最近身上有案子在忙，但是我们那边人手抽不出空，只能来找你。真是烦死了！"

骂骂咧咧说完他又想起什么，看着开车的许星纯："对了，道听途说啊，市局里有个大案子快收尾了，你什么时候搞到情报记得带我们去浪一波啊。"

"嗯。"

一路上，许星纯话都很少。他平时就是如此，所以刘敬波倒也没发现有什么不对劲。

直到在解剖室里，许星纯按流程穿上解剖装备，在旁边的刘敬波才忍不住开口提醒："纯儿，今天怎么回事？你走点心啊，手套都戴反了！"

今夜申城体育馆那边有烟火晚会。

付雪梨却看不了。

临时推了几个通告，她被唐心关在公司一下午。无所事事窝在布艺沙发上，她就只能刷刷微博，看看贴吧和综艺。

越看心情越低落。

霸榜热搜头条的都是：

"当红明星付雪梨恋情曝光，深情告白，首次承认对方为圈外人！"

这么大的事……

这么浮夸的标题……

她就不信许星纯没看到……

许星纯明明看到了也不主动联系她。

难道一点都不感动吗？付雪梨躺在沙发上蹬腿。

真是大写的"渣男"！

就算打个电话什么的也好啊。

捧着手机，等来等去，等得黄花菜都凉了，还是没等到。

愤愤关了手机，她又缩进沙发，蜷成一团。

果然男人都是大猪蹄子！没良心的王八蛋！

冬天的夜来得早。

晚上有个剧组吃饭的局，她强打起精神应付，聚会结束已经很晚了。

席间，大多数人都用异样的眼光注视着付雪梨，她阴沉着脸，就装没看到。

等啊，盼啊，到了10点，短信和电话终于来了。

"西西，等会儿帮我跟唐心说一声，我有事先走了。"她慌张地收拾东西。

西西诧异地看着付雪梨，张了张口："雪梨姐，你……"

西西话没说完，付雪梨人影子都跑不见了。

他发的地址，在一个很偏的公园。

付雪梨开着定位找了半天。

她自觉今天是做了大事的英雄，现在气势十足。

等找到许星纯时，她先是惊了一下。

他居然坐在花坛上。

一点都不像他重度洁癖的性格。

付雪梨放缓脚步，调整表情，不让自己显露太过兴奋的情绪。

一步两步，一点点挪到他身后，再猛地拍上他的肩膀。

许星纯转过头来，似乎是傻了，看着刚出现的付雪梨。

"你想不想我？"她问。

"想。"

她的手腕被他牢牢抓住。

"你抓太紧了，疼啊！"

许星纯又握了一下她的手，才放开。然后他拿手背抵了抵脑门："对不起，我好像有点喝多了。"

瞧着和平时没什么两样，付雪梨却意外觉得，这样的他，瞧着可爱至极。

付雪梨好玩地碰了碰他，坐下来，又戳戳他的脸。

许星纯的身子紧挨着她，埋头趴在她的肩膀上。

付雪梨和他离得很近，眼睛一瞟，就能瞟到许星纯目不转睛看着她。

透过镂空的灯影，看着她。

那双眼里，有粘连、病态的爱意。他的脸和俗气不沾边。

稍微动一动头，就能亲上的距离。

简直在诱人犯罪啊。

醉了的许星纯和平时没什么两样，只是更纵着她欺负他了。

付雪梨故意凶他，用力眨两下眼睛，又使劲睁大："看什么看，没看过大美女啊？"

"怎么不作声，喝点酒脑子就短路了？"

许星纯迟迟不说话，他的外衣领子被全部拉起来，近乎遮住鼻尖。黑漆漆的夜色里，他的眼神有些潮。

许星纯低眼看付雪梨，过了一会儿，才微微用力，把她扯过来。

两人一高一低，他整个身体从后面靠住她。光线被许星纯罩过来的身影挡住大半，她稍微转过一点头，两人就呼吸相闻，有点醺热的酒气蔓延开。就这么简单的动作，却像包含了说不尽道不清的情意。

付雪梨本来想问：你要上车休息吗……

刚刚出声，许星纯就抬了抬胳膊。手指碰到她的下巴，然后用手轻轻覆上嘴唇，不准她再说话。

他呓语："让我再抱会儿……"

于是安静任他靠了几分钟，付雪梨心里倒是涌起一股说不清的怜惜。

从她认识许星纯开始，他好像就不太能喝酒。以前高中逢年过节、运动会、班级聚会，一到热闹的时候他就不见人影。

但是付雪梨不一样。只要出了学校，她什么刺激的都喜欢玩，哪儿人多往哪儿凑。

印象里有次是在溜冰场，外班的一个李杰毅带来的哥们儿，来找付雪梨玩游戏拼酒。赌注是输了做对方女朋友那种。

她嘴里含着碎冰块，一下一下地嚼。可惜当时太吵没听清赌注是什么，打量完来人，大大方方随便答应："来呗。"

咕噜咕噜喝了几杯才有人在旁边提醒她，付雪梨一听惊了。她虽然喜欢乱玩，但是这种东西很少答应的。本来想赶紧闪人，但是旁边围观看热闹起哄的人太多，不得已只能硬着头皮和那个男生继续对喝。

她酒量可以，起初无所谓，到后面还是有点撑不住。之后就没记忆了，反正是不省人事了。

过了几天付雪梨听宋一帆说,后来是许星纯替她喝完的。当时他白色校服衬衣还穿在身上,扣子扯松了两颗,直接端起几瓶混在一起的酒扬脖灌下。

在场的人几乎都认识这个优等生,霎时间人声鼎沸。

许星纯上头了不像别人一样红光满面,反而面色惨白,看不见一点血色。汗珠子顺着短短的鬓角往下淌,额头和鼻尖都沁出冷汗。喝完以后,走出去没几步就倒了,吓得宋一帆他们差点把他送去医院。

…………

回过神来看时间,已经快过11点。付雪梨打开手机,借着微弱的灯光瞅他,开口叫:"许星纯,你是不是很累了?"

"嗯。"

"你开车来的?"

"同事送。"

"他没喝酒?"

"没喝。"

"还好不是酒驾,要不你们被交警拦住了可怎么办?"

夜色里,他声音带了点笑意:"不会有人拦我的车。"

"……"

付雪梨嘟囔:"喊,小心热心市民付小姐,实名制举报你们以权谋私,滥用权力。"

"你又在乱说什么?"许星纯起身,揉了揉额角,眼神比刚刚清明了一点。

"那个……"她肩膀被压得酸酸痛痛,趁机揉了揉,转脸看着他,欲言又止,"那个……"

一副有话说不出来的模样。

"怎么?"

"没什么。"话到口边,转了几下,付雪梨说,"你想看烟花吗?"

许星纯不禁笑了一会儿:"应该已经过了放烟花的时间。"

她被笑得莫名其妙,歪着头:"我认真的,你笑什么?"

于是,像变魔术一样。

付雪梨不知道从哪儿摸出来一个打火机。

站在碎石小径上,几根孩童玩的仙女棒被付雪梨拿在手里点燃,一簇一簇带着火花的华彩流光在黑夜里闪耀。

在已经空荡荡的公园里,她随意挥舞两下:"好看吗?这是我拍广告的时候顺手拿的道具。"

付雪梨玩了两下,发现许星纯站在两步外,她看在眼里,没出声。

仙女棒很快熄灭,付雪梨脸上有些臊,走过去:"你是不是不喜欢?"

"喜欢。"

"骗我。"

"以前生日,你也给我放过烟花,我记得。"

付雪梨扭怩起来,不自在地左顾右盼,半天才慢吞吞道:"你难道这两天没看电视、微博什么的吗……?"

"有人跟我说。"

"说什么?"

"说他失恋了。"

"……"付雪梨一言难尽。

她想问的不是这个啊。

两人是不是完全不在一个频道上?

许星纯俯身过来的时候,无声无息:"他是你的粉丝。"

付雪梨迟疑了一下,往后退了退:"然后呢?"

"但是你在电视里说,你最喜欢我。"不提防被亲了亲指尖,付雪梨浑身都缩了一下。

因为刚刚喝了酒,他声音低低的,有点温有点哑。她突然觉得这句话格外温柔。

于是,付雪梨没头没脑地说:"许星纯,你声音好好听啊,我想跟你接吻。"

头顶上,许星纯低声说:"好。"

付雪梨伸手抱他,又觉得有点窘。四周尽黑,路边有驶过的机车轰轰响。她只犹豫了大概两秒钟,便乖乖凑上去让他含住自己的嘴唇。

微凉湿润的触感。

和喜欢的人接吻,酥麻的感觉来势汹汹,就像心脏里在溶跳跳糖。

感觉太美妙了。

亲了一会儿,付雪梨浑身一哆嗦,勉强睁开眼,微微喘气:"喂,喂喂,你的手别乱动……"

旁边有根大石柱子,她想推开他,却被许星纯的手臂捞回来。她的手表不知道磕到哪儿了,发出轻轻一声脆响。

旁边有一簇人热闹而过,谁也没注意到这一角的混乱。

他的手撑在她头顶上方的石柱子上,俯头凑上去,吻落在她眼睛下方、鼻梁上,然后是深入喉咙的热吻,有时温柔,有时又很凶。

她低声说腿麻了……

看他没反应,她又继续说:"我渴,想喝水……"

"……车上有。"

"我要喝水……"

只是被许星纯抱去车上,她也没能喝上一口水。

车钥匙哐当落地,心跳得很厉害,人都感觉飘了,然后又猛然惊醒过来。

温热的皮肤接触到冰凉的空气,冷得她差点没叫出来。

许星纯的吻力道很重。

付雪梨有些慌乱地缩起身体,手却被拉起来。许星纯侧头,嘴唇在她的手腕上蹭蹭。

她的手不自觉地蜷缩起来。

……这人是许星纯吗?

这情调玩得。

付雪梨被撩得汗水淋漓,昏昏地想,自己这下真的玩过头,不知道怎么收场了……

怎么一到这个时候,他就和平时冷静自持的模样判若两人……

她真的只是想亲亲他而已……

许星纯太不禁撩了。

许星纯身体往前倾,双手背后解腕表,衬衣刚刚在混乱中被扯开大半,松松散散,胸膛边缘微现。

他的衣领被拨开一点,肩胛骨和颈窝那儿深陷。

她的眼神恋恋不舍,半天没收回来。

可真是好看啊!

思绪滞了一下,她呆呆地看了他一会儿。

然后想。

美好的肉体,以及不自知的性感……大概也能成为一种罪恶。

他不禁撩。

但是她……

好像也很容易受他诱惑……

付雪梨一脸毫无防备被俘虏的无辜模样,落在许星纯眼里,他无法再忍,又重新压上去。

厚厚的外套垫在身下。

只用手肘支撑身体,许星纯额前的发根全湿了,气息非常不稳,喊她的名字。

在付雪梨看不到的地方,他的眼里全是某种刻骨的温柔。

这个问题,付雪梨一直想到第二天。唐心上午帮她推了一个访谈,去拍代言的广告照。

这次不在摄影棚,出的外景。拍摄间隙,她在灯架旁临时架起以供休息的椅子上,盯着自己的手机发呆。助理去买饮料了,工作人员来来去去,但是这儿只有她一个。

"雪梨,你在看什么?脸都红了。"

付雪梨侧头,微扬起脑袋,赫然对上 Jony 的一张大脸,他俯身正在瞧她的手机。她一惊,二话没说把手机翻过来盖住,摁锁屏键,心里怦怦直跳:"我去,你哪儿冒出来的,想吓死我啊?!"

Jony 早已经看了半天,可她实在太入迷,一直没发觉。

他笑着,眼角有细小的纹路,从她的小表情里,立刻看出端倪:"还是说里面那个是你的谁?"

"……"

"你在说什么屁话?"付雪梨无语。

Jony 和唐心是多年好友,自然和付雪梨也熟络,开起玩笑来没有太多顾忌。他在对面坐下,脸上笑意不明:"刚刚……虽然我只看到几秒钟,但是,是个很性感的帅哥哟。"

付雪梨难掩尴尬,咳嗽两声,喝下果汁:"什么乱七八糟的。"

"照片是偷拍的?"Jony 摇摇头,一副心照不宣的模样,"没想到你还有这个不为人知的癖好。"

是不是天底下的所有好事男都这么八卦又嘴毒?

付雪梨忍不住戗回去:"那是我男朋友!"

"哦!男朋友。雪梨,你脸热了。不过你的男朋友有点粗暴哟,以后记得提醒他注意一下。你是公众人物,狗仔可不会放过你身上的任何一处吻痕。"

她愣了一下,忽然感觉醍醐灌顶。

付雪梨低头把外套拉链拉上,准备不再搭理 Jony。

今天拍广告的衣服是低胸的纱织吊带裙,锁骨底下的吻痕太明显,早上化妆师扑了好几层粉底才压下去。

当时化妆师什么也没说,肯定是偷偷跑去和 Jony 八卦了……

西西拖着步子过来,买了一大堆饮料。Jony 随便拿了瓶果汁就去看刚拍的图。

正好手机响,看了眼来电显示,她几乎是飞快地摁下接听键:"喂?"

"是我。"

"嗯……我知道。"

她知道是他,每次都是这个开场白……

西西在收拾东西,察觉到付雪梨表情不对,目光频频往这边关照。

许星纯那边有点吵,他似乎走去了一个稍微安静点的地方,才重新开口:

"昨天磕着的地方，还疼吗？"

几乎是一瞬间，付雪梨就想起了他戴着的腕表，又联想起昨天的种种……耳根有点烧红了。

付雪梨"嗯"了一声，然后问："你在哪儿啊……？"

"在出外勤。"

沉默了一会儿，她心头突然有点泛酸，也没别的什么，就是很想见他。

付雪梨余光瞟了瞟周围，然后轻咳一声，小声道："我今天的工作马上就收工了，你在哪儿，我能去找你吗？"

他不说话。

她故意可怜兮兮地说着很肉麻的情话："我保证不乱跑，就站在很远的地方看看你，如果你允许，我就亲亲你。"

到了地方，戴好口罩和帽子，接过西西递过来的雨伞，付雪梨从车上下来，远远瞧见有一处被警戒线围起来的地方。

围观群众被拦住了一大堆。

由于下了暴雨，路面泥泞。

"停一会儿。"对讲机里传来刘敬波的声音，"现在人太多了，先疏散人群。"

许星纯还在跟侦查人员讲话，听他从头到尾报告完，似有察觉，一侧头，朝旁边的方向看过去。

马路对面，付雪梨跳了跳，在和他招手。

在人群里，他总是一眼就能看到她。

防水布顶棚被砸了个窟窿，发出"轰"的声响。

明晃晃的黄灯闪过，一辆公交车几乎贴着她的背开过。

付雪梨浑然未觉，只顾一个劲往前飞跑。

"小心——！"

许星纯生生被这个变故惊出一身冷汗。

被撇下的一脸蒙的侦查人员，看着许星纯步子急促，拉开警戒线，冲到马路边。

"下雨天，你走路不看吗?!"他大声质问。

一瞬间，惊骇、恐惧、怒火，纷纷涌上心头。还有无法言喻的后怕。

冷不防地被他伸手一拽，付雪梨眼里本来闪着兴奋的光，这会儿莫名其妙被许星纯发了一顿火，不由得隐隐地委屈。

本来满心欢喜，这会儿什么都不想说了。

付雪梨感受到箍在手臂上的力道越发收紧，刚刚跑过来太急，还有点喘不上气。她很少看到他生气的样子，心里有点不安，挣扎了两下。

"你差点被撞到,你知道吗?!"

许星纯怒了,脸色很难看。

"啊……"被这么严肃地批评一遭,付雪梨抬眼看他,显然委屈,她犹犹豫豫地说:"对不起嘛,我刚刚看到你太开心了。"

看她一脚一脚地踢着雨水,沉默了两秒,许星纯有些艰难地低声解释:"抱歉,是我刚刚太着急了。"

付雪梨用力点头,显然很同意许星纯的话。

他身上的白大褂都被泥水弄脏了。他把付雪梨揽进怀里:"别有下一次。"

不远处,马萱蕊坐在车里久久没动。

另一人边换衣服边和男朋友发语音,发完还要点开扬声器自己听一遍,看发挥得如何。

她看马萱蕊愣着不知道在看哪儿,便伸手在她眼前挥了挥:"想什么呢?"

马萱蕊眼睫颤了一下,收回目光,扯起一点笑。

"你刚刚想什么呢?"

马萱蕊摇头,感慨地说:"只是想起一句话。"

"什么话?"那人接着她的话问。

"嗯……我想想,是一个电影里的。"

她已经换好衣服,男朋友又发来语音,她惊喜地点开听,随口对马萱蕊道:"说来听听。"

"原则上我从不跳舞,却很难对 Alyssa(阿莉莎)说不。"

"什么意思?"

马萱蕊笑着叹气:"意思就是,我有一个梦中情人。"

我有一个梦中情人。

他对所有人温和,可是温柔只留给一个人。

可那个人,她是永远都不会明白的。

第十六章 我在等风

——等风热吻你。

"根据出租屋老板娘的登记记录,几名死者的身份基本已经确定了,有一个是陪酒小姐。"痕检员见当地派出所所长和刘敬波来,朝他们点点头,汇报情况。他抬头看看快要黑下来的天,说道:"不过这雨感觉要下起来了,现场没什么好勘查的了,等殡仪馆的车把尸体拖走,然后他们贴上比例尺照完相就能收工回去了。"

"行。"刘敬波戴着安全帽,手里还拿着聚光勘查灯,他四处随意照了照,现场勘查车已经开走,守候在路口的几辆警车闪着警灯,老秦一副闲人模样靠在一边抽烟。

刘敬波走上去问:"怎么,鉴定结果怎么样,又是群玩死的,和红山那群人有关系吗?"

"还不能下结论。"

"唉,真是,最近一出事就连着出。"

老秦笑了笑:"别这么紧张,等会儿回去再说。"

"纯儿呢?"

老秦下巴抬抬:"喏。"

附近的商业集中地带离这里不是很远,出事的巷子很宽,人群疏散工作不太好做,特别容易引起骚乱。

有个妇女突然从人群里冲出来,应该是其中一个死者的家属,刚刚收到通知。她首先看到许星纯穿着白大褂,不管不顾地拉拽着他的衣服,焦急道:"医生医生,我女儿怎么样了?还能救过来吗?"

付雪梨被这个突然出现的人吓了一跳。许星纯的胳膊撑在旁边,轻轻挡住那焦急的妇女。他衣服被扯歪,倒也没不耐烦,只是喊来旁边的一个人,让带去辨认尸体。

刘敬波的声音突然从身后响起:"欸欸欸欸,配合一下,别拿手机拍照发微博啊。"

付雪梨回头。

与此同时,刘敬波也在打量她。

幸好天黑,只能看到她一头长发,穿着牛仔裤、米色风衣、棕色短款高跟小牛皮鞋。等走近了他注意到她耳朵上有一对钻石耳钉,身上是很时髦的装扮,和脏乱的现场格格不入。

刘敬波眯着眼睛,转头对上许星纯,干咳一声:"是嫂子吗?怎么在这里?"

许星纯脱了口罩,对刘敬波的问题不置可否。他把车钥匙给付雪梨:"左走五十米,我的车停在便利超市旁边,先上去等我。"

等付雪梨走后,刘敬波就忍不住想问什么。许星纯看了他一眼:"别这么八卦。我有事先走了,剩下的交给老秦。"

"怎么?急什么,送嫂子回去?"

"专案组发协查令了,手里还有个贩毒案比较复杂,没解决。"

许星纯虽然调去刑警大队禁毒中队当队长,但是法医的活还在干,附加工作很多,复核鉴定一大堆都没弄。刘敬波知道情况,打个哈哈,也不再多留。

许星纯穿行在围观群众自动让出的一条通道上,虽然衣着低调,还是难掩其长相、气质,非常打眼。一路上,他沐浴着不少年轻小姑娘崇拜的目光。

付雪梨始终正襟危坐,偶尔瞟一瞟窗外掠过的景色,然后又看一眼正在开车的许星纯。

前方红灯,车开得很慢。无聊地拍拍车顶,憋了半天,她忍不住坐起来,小声问:"你是不是还在生我气?"

问完后,又叫了一声他的名字:"许星纯,说话。"

他终于侧头看了她一眼:"以后过马路小心一点。"

"我知道!我记住了,你别重复了。"

像是没话找话,付雪梨拿胳膊肘顶了顶他的胳膊:"你晚上是不是还要去哪儿忙啊,我能不能陪你?我今天没事了。"

趁着红灯还有几十秒,她又作怪拉他握着变速杆的手:"好不好嘛?"

许星纯纵容她拉着,捏一捏,再松开。

见他不做反应,她脸有些臭了:"不可以吗?"

许星纯看她的小表情,没忍住,笑了一下,有点咳嗽:"我晚上有个会,你要到哪儿?我送你过去。"

"你不会又感冒了吧……多穿点啊!"知道晚上他陪不了自己,她心情有点低落。怅怅然,付雪梨嘟囔,报出个地址。

是他家。

晚上在许星纯家里,付雪梨独自一人,把自己以往的综艺看了个遍,纯粹给自己找点事做。

后来困了,她看时间已经夜里 11 点都过了,不知道许星纯什么时候回来。

她丢开 iPad,抱着枕头昏昏睡过去。

再醒过来,室内台灯光线温和。

许星纯不知何时睡在她旁边。他和衣躺在被子外,手臂盖在额头上挡光,眼睫阖起,模样看起来是累极了。

付雪梨没发出声音,手撑起头,侧着身,看了他一会儿,心里被种种惦记和思念,还有不知名的情愫溢满。

冷不丁邪念冒上心头,轻手轻脚拿过在一边放着的手机,打开摄像头准备偷拍,结果手机忘记设置静音,声音有点大,一下吵醒了他。

她干脆丢掉手机,扑上去抱住他,捧着他的脸,在嘴唇上响亮地亲了一下,鼻尖热烘烘的。

没来得及转头,许星纯就被人抱着脖子吻了一下嘴唇。

压在他身上,付雪梨侧过脑袋,眼瞅着许星纯,在他耳边低声说话:"你醒啦?"

"你说呢?"他的声音有点沙哑。

她仍趴着,整个人都贴上去,捏起许星纯一边的脸颊,看她喜欢的小酒窝加深,忍不住又在微微嘟起的唇上碰了一下。

刚睡醒的他,很少见地,有点陌生新鲜的可爱感觉。

大概是付雪梨的眼神太过露骨,许星纯看了她几秒,也笑了,叹口气,抬手摸摸她的头。

"许星纯。"她用气音叫他名字。

"什么?"

"叫我名字。"

"付雪梨。"

"嗯。"

"怎么了?"

付雪梨无声做口型:"我爱你。"

许星纯忍不住笑了,面容清俊,脸颊的酒窝微陷。

很快,笑容淡下去,他一点点摸着付雪梨的头发、眼睛、鼻梁、嘴唇,再到下巴,认真观察这张脸。

他不确定这是不是一场美梦，脑海里闪现过很多画面。

一如多年来，他经常做的，如真似幻，关于她的梦。

偶尔，许星纯也在等，在等他对付雪梨的迷恋感消失。

这样的迷恋感，时常让他迷失自我，甚至让他难堪。

只是很多年了，只要和付雪梨有关的一切，他还是无法抑制自己从年少时养成的，刻在骨子里的渴望。

回忆起小时候，童年和少年阶段，他有时候会分不清自己的家庭究竟畸形到何种模样。从小父亲死了，从母亲口里，他甚至不知道自己的父亲是一个警察，还是一个罪犯。

在他的记忆里，那个很美的女人，总是怀着极大的痛苦。她所有的爱都给了一个男人，所以把剩下的苦痛颓唐，全部倾泻在年幼的许星纯身上。

那段记忆其实已经模糊，像是一场噩梦。只记得在每次吃饭的餐桌上、每个睡觉的夜晚，随时随地，她用手捂住冷玉一般的脸，指缝间落下滚烫的泪，在许星纯耳边低声说话，虐待他的同时，自虐。

他的母亲在十四岁时被中学的一个老师诱奸，二十岁被自己的父亲撵出家门。再后来，她碰见了许星纯的父亲。

那个男人给她的生命里注入过一段光，只是后来随着他的死，她也彻底死心。

小时候的许星纯，因为无法体会到由衷的安全感与爱意，总是对自己不理解的母亲又厌又怕。

那段童年是黑暗绝望的。

他想，如果能逃，自己一定会义无反顾地逃。

他尽力控制着自己。

许星纯知道真实的自己，不是一个能让人产生好感的人。

他讨厌成为他人眼里的怪物，讨厌面对那些异样的目光，所以他让自己变得正常，甚至靠着好用的脑子，在学校里成为最优秀的人。

从什么时候开始，在灿烂的阳光下，他对谁都能笑，也能对他们的冒犯无动于衷。他把温和停留到表面，深藏带着缺陷的人格，对其他所有人隔着一段距离。

付雪梨的出现，是第一个，也是唯一一个，能让许星纯触摸到类似开心情绪的人。

和她同班后第一次值周，他被其他班的一个混混女生表白，那女孩带着自己的哥哥。无所谓地站在原地，许星纯眉眼的阴影很深，耐心站在讲台上当他们的背景板。可其实他有洁癖，反感身边人的触碰，觉得不干净，连被那个女孩碰一下也不愿。

再后来，付雪梨一脚踹开教室的门，手里拿着扫把，带着凌人戾气，侧脸仿佛烁烁闪光，能把人看得定住，是很美的。

虽然有些可怜，但付雪梨的确是许星纯自记事起，第一个站出来维护他的人。

本质上，他是木讷的，后来却渐渐意识到自己已经无法控制地、越来越多地关注付雪梨。

他终于意识到，只有她，才能让他有心跳的感觉。

同时也发现，自己早就不知不觉、不可避免地受到母亲的影响，只会用畸形的方式去爱一个人。

第一次，是她主动吻了他。

那个吻结束得很快，却瞬间夺去许星纯所有的注意力。她带着涉世未深的无邪美艳，而他带着彻底的荒唐，只是略微挣扎，从此以后，便一头栽进她随意布置的陷阱里。

许星纯知道自己已经无可救药，可是他不知道的是，亲吻对付雪梨来说，只是和他人的一次无所谓的玩笑。

有相当长一段时间，付雪梨从人格上就太自我，根本不留情面，缺乏对别人的同情心，不把他人的自尊放在眼里。

首当其冲的就是许星纯。付雪梨对许星纯眼里流露出来的偏执，有很直接的逃避和厌恶。

渗入骨髓的孤独，让许星纯时常陷入很彻底的迷茫。他多希望付雪梨能彻底爱上他。这种难缠的幻想，百般折磨着他，打乱了他所有的分寸感。

很长一段时间里，许星纯都处在惶恐之中，忍受着精神的折磨，处在万劫不复的边缘。他太喜欢伪装自己，伪装自己温柔又深情。

所以害怕有一天，这些掩饰被戳穿，自私得令人生怖的占有欲，迥然不同的他，会让付雪梨的眼里再出现类似厌恶的目光。

也许她从一开始就逃离他，才能拥有一切不受拘束、自己喜欢的生活。

可是太晚了。

两个人都知道，太晚了。

当初的幻想，终于兜兜转转，在多年以后，在这样的深夜，被她平淡地说出。

付雪梨还是记忆中的那张脸，没了脂粉，像初生的婴儿，依旧干净动人。他随手抚摸过。

她落败般咬唇，声音里有真心的愧疚："许星纯，对不起，浪费你这么多年。"

许星纯在夜色里无声地回望她。

多少年又有什么关系呢?

除了付雪梨,他又能爱上谁?

他多喜欢她的眼睛啊。

像天边的寒星,融在了烈酒里的碎冰。

初中那年,她只是无意看了他一眼,他就再也没能忘记。

第二天,许星纯很早就被分局的电话喊起。他没吵醒付雪梨,离开时无声无息。

等她醒来,枕边早已没人,连余温都已经消失。在床上躺着,心里有些不是滋味,付雪梨定定望着房间的某处。

起来后,她先给许星纯打了个电话。结果他没接,估计是忙,她也就没再打。

还没来得及失落,唐心那里就打电话过来,要付雪梨回公司一起排练。那边忙着下个月的访谈和粉丝见面会。

付雪梨下午都泡在练舞房,正好是休息的间隙,她接到许星纯打来的电话。她浑身是汗,怕着凉,随便找了件大衣披着,盘腿在瑜伽垫上坐下:"喂?"

"在干什么?"

"我在排练节目呢。"

"很忙吗?"

说话的时候,练舞房有同公司的练习生推开门。

那个小姑娘一眼就看到付雪梨,先是惊了一下,然后进也不是,走也不是。踌躇了一会儿,对她礼貌地打了个招呼。看付雪梨正在打电话,她贴着门边小心翼翼地说:"前辈好,我进来找个东西。"

付雪梨"嗯"了一声,瞄她一眼,用手势示意她直接进来,然后继续集中精神,和许星纯说话:"我不忙,舞差不多学会了,多练两遍就好了,你呢?"

"我什么?"

"你今天早上几点走的,怎么这么早?"

"有同事受伤,在医院里动手术,去看了他。"

"严重吗?"

"还好。"他似乎不想谈这个话题,很快就略过去。

练习生小姑娘快速找到自己遗落的东西,从付雪梨身边经过。她不敢多留,脚步匆匆间似乎隐约听到"我想你"之类的话。

好肉麻……

小姑娘出了门才敢唏嘘。根据刚刚付雪梨的神情,又不禁猜测电话那头,可能就是她前几天刚刚高调公开的神秘圈外男友。

原来当红明星,谈起恋爱来也和普通人没什么两样……

说了会儿,付雪梨突然奇怪:"对了,你没在工作吗,有空跟我打电话?"

"在开会。"许星纯言简意赅。

"开会跟我打电话干吗?"

"想听听你的声音。"

"……"这句话听得付雪梨心都化了。她小声说:"许星纯,是谁准你这么讲情话哄女人的?你这几年是不是做了什么对不起我的事?"

马萱蕊坐在走廊的连排椅上。

今天的天气很好,气温没有回暖,阳光却些微灼晒着,刚好照着她的小腿。

这里是二楼专案会议室拐角。她默默看着许星纯站在窗边,单手撑在旁边的墙上打电话。

时间有点久了。

马萱蕊不由得想,他那么耐心,在说什么?电话那头,又是谁?

她低着头,忽地,脚步声响起,由远及近,一个身影从身前走过。

"许星纯……"马萱蕊从椅子上起身,用很低的声音,叫住他。她的手插在外套口袋里,手指碰到硬硬的小东西。

许星纯微抬眼,停住脚步,礼貌地望向她,依旧不温不火,等着她开口。

轻轻跺了跺僵冷的脚,马萱蕊往前走了一点,靠近他:"不好意思啊,知道你很忙,但是想跟你讲几句话,能抽点时间给我吗?"

许星纯没说话。

她比他矮,距离近了,只能微微仰起头,才能仔细看他。

正好旁边有来接水的人路过,说说笑笑,先后都望过来。那几个人猛地打眼色:什么情况?

马萱蕊神情柔软,突然抿嘴笑了,从口袋里拿出来一个款式很老旧的耳机,摊在掌心里,递过去。

许星纯纹丝未动,扫了一眼,没有接的动作。

"这是你的,还记得吗?"她嘴角的笑意变深,"高一军训,我们一起坐在大巴车上。第一眼看到你,就觉得你很帅。路上一直偷偷看你,那天下了太阳雨,你戴着它,在车上听歌睡着了。只是它后来落在座位上,然后被我捡到了。"

说话间,这段回忆在脑海里,也跟着过了一遍。

记得太清楚的过去,随口说一段,就有更多交错的情愫被随意牵扯出来。

恍惚又回到十多年前，她还是情窦初开、满怀心事的少女，一看见许星纯，就会忍不住咬着下唇，红了脸，抑不住眼里的星点笑意。

有时候，她知道他没那么喜欢她。可她克制不住满脑子都是他。

高高瘦瘦，安静又温柔，在心底属于她的班长，总是穿着简单的蓝白校服。他真是好看，在学校、年级里都引人注目。

是那个只站在升旗台上，随口说出名字，就能引得全场沸腾的人啊。

许星纯视线对上她的眼睛："丢了吧。"

他的眼底，像深达千万尺的海底，没有一点波澜，将她从回忆中瞬间扯回现实。

马萱蕊觉得有点冷，她收紧手指，握住那个珍藏多年的旧耳机，似在苦笑："你知道我喜欢你吧，一直以来？"

许星纯似乎没耐心再待下去听她说完这番话。

马萱蕊忽然说："以前我一直在想，你这么爱付雪梨，为什么要离开？"

他脚步顿住。

"我想了很久，可是一直不知道。"

马萱蕊笑起来，又倏地收声，像在自嘲："我多宝贝你啊，可是你一直以来，在付雪梨眼里什么都不是。我多了解你，我看过你偏激，看过你歇斯底里。你的阴暗面我全都接受。你知道的吧，她可能，永远不会接受这样的你。"

许星纯眉心微拧，压抑住心底的烦躁，还是没出声。

寂静中，她喃喃道："后来，我终于想明白了。"

"你从来没有离开她。

"你只是放走了她。

"因为你明知道这种方式，照她的性格根本走不掉，是不是？"

一字一句，轻且压抑。马萱蕊仰头看他："可我呢？我呢？哪怕你能多看我几眼，就知道我也在你身边等了那么多年。

"这么爱你的样子，连我自己都觉得好丑。"

许星纯把手机放回裤兜，问："你想说什么？"

马萱蕊摇头。

看他要走，她拉住他："我啊，只想问你最后一个问题。"

低头，重新把旧耳机递到他面前："许星纯……"

"你有没有喜欢过我？哪怕一个月，哪怕一天，甚至一秒钟？别骗我好不好？"她目光闪了闪，眼眶隐隐有些湿了。

许星纯站直了，微微侧着身，因而垂着眼睛："抱歉。"

回答直接又简单，毫无痛感。

错身而过。

耳机没接，应声落地。

马萱蕊终于忍不住蹲下，手背挡住眼睛，眼泪不受控制地涌出来，牙齿咬上食指，不让自己哭出声。

她的青春，她的爱情，都是从许星纯开始。也是由他结束。

只是那年夏日雨后的清风里。

她什么都没想，只想着爱他。

一晃就过完了4月，连着新电影上映，付雪梨的忙碌程度直线上升，不得已全国各地到处跑宣传。

最后一站在坎江，挨着临市。

晚上在酒店休息，垮下肩膀，付雪梨半趴在床上做面膜。连续几天的高强度工作，让她有些蔫。

前段时间出了个不大不小的事故。唐心给付雪梨一个白色信封，她颇感莫名其妙地撕开看，掉出几张照片。

全是她和许星纯的。各个地方的都有，有几张甚至跟拍到了他家楼下。

狗仔也是够厉害的，就许星纯住的小区的那种程度的安保都能跟进去。

唐心二话没说，当晚就砸了几十万红包把底片买了回来，压住了新闻。付雪梨又气又惊，怒火攻心。

收拾完烂摊子，唐心横躺在沙发上，语气凉凉："你是明星，就注定不能和普通人一样。最近出去要人跟着，别乱来。"

不得已被限制了人身自由，付雪梨烦躁之余，又忽然体会到做这一行的无奈心酸。

经过种种事，憋了一肚子气，她越发厌恶这个圈子。其实从一入行，付雪梨就意识到自己大概不适合当明星。

她对别人的追捧毫无兴趣，更无法从他人的喜欢中找到自我的存在感、满足感。她懒得和谁虚与委蛇地奉承，于是心里渐渐起了隐退的想法。

不过这些付雪梨都没和许星纯提过。

接到他的电话时，房间里有两个助理在安排明天的行程。付雪梨翻个身起来，穿上拖鞋，噔噔噔跑去走廊接电话。

"喂……"

她稍显低落的声音，落在某人耳里不要太明显。许星纯问："怎么了，心情不好？"

这话一问出来，就有点不行了。付雪梨背靠着墙，一只耳朵挂着耳机，拖鞋在地毯上摩擦。她咬着嘴唇，拼命忍住眼泪。不知道为什么她就是想哭。

可能是很久没见到他的缘故。

有多少话想说，就是不知道怎么说出口。

"没……就是想你了。"她低喃。

过了一会儿，他在那边打开了视频。

付雪梨看到手机里的自己，才惊觉自己满脸都抹着火山泥，一点也不好看。刚刚伤感的情绪一下子被冲淡不少。

她手忙脚乱，一下关掉视频。

沉默片刻，许星纯轻轻地笑："关了干什么？"

"不行，我没洗脸。这样显得我好丑。"

"不丑，很好看。"

"你睁着眼睛说瞎话，良心不会痛吗？"付雪梨根本不为所动，"你对准你的脸啊，我都看不到。"

卧室里，许星纯单手在扣睡衣纽扣，坐在床边。闻言他躬下身，调了一下摄像头的角度。

他刚洗完澡，头发有点湿。可能是光线的问题，他的眼睛瞳色更浅了，显得格外温柔和软："最近发生了什么，为什么不开心？"

因为职业习惯，许星纯有超乎常人的敏锐直觉。而且他的声音也很奇特地，有种安抚人心的魔力。

付雪梨收起满腹心事，努力扯出一个笑："我没事，就是最近好累啊。我不想当明星了，你以后养我好不好？"

几乎没有犹豫，就得到许星纯的回应："好。"

说到这儿，她忽然想起一个很重要的问题。因为放松，没经过大脑，付雪梨就脱口而出："我前几天才知道李杰毅都结婚了，你没有什么想法吗？"

"……"许星纯不说话。

?!

苍天大地啊……

我去……

我这是在说什么？

太僵硬了……听着就好恨嫁。

"我不是在逼你什么。"意识到自己最后一句话有问题，付雪梨脑筋急转，正好瞥见许星纯旁边立着的简易行李箱，岔开话题，"你又要出差啊？"

"是。"

视频里，许星纯拿着手机的手有点低。他的脸从下往上看，带着几分苛刻的审视，还是很精致耐看。能 hold（掌控）住这个角度的人实在不多。

付雪梨有点沉迷美色，随口多问了一句："要去多久？"

"不知道。"

"不知道?! 危险吗?!"她的脑海里突然浮现了无数个不好的念头,莫名慌乱起来,"那你能跟我定时打电话吗?"

"不一定,我尽量。"顿了顿,他有点心疼,才说,"不算危险,别怕。"

这次的案子,和天堂毒品来源有关。也和许星纯七年前跟的组破的一桩重案有千丝万缕的联系。

上头点名要他。

不过幸好不在边境地区,在内地的环境里交涉会相对好很多。

第二天傍晚,许星纯人到了大理,和工作组会合。

来接他的人一身黑衣,脸上有一道疤。黑衣男看过许星纯的照片,一眼就能认出他。

的确很帅,怪不得公安局之前特意选了许星纯的照片作为局里网站的形象照。

路上交通糟糕,开车的人连抽了几根烟。许星纯在副驾驶位上认真看资料。

黑衣男和他随便聊起来:"这次要接触的人比较杂,有很多灰色人员,到时候先跟酒店方对接一下。"

他突然问:"对了,哥们儿,听说你上过电视啊,你这长相没道理不火啊?"口气直接得没半点生疏,非常自来熟。

许星纯放低声音解释:"几年前上过一次电视,有大盆栽遮着,出镜了半只胳膊。"

酒店里早就有人等着了。

阿思一看到许星纯,就扑上去抱住他,对着他肩膀捶了两下。

以前他们在云南相识,许星纯救过他一命。云南那边贩毒的冰工厂里的马仔很多都是持冲锋枪的,连AK都有。

阿思当时被毒贩一枪贯穿脖子,所幸被许星纯及时抢救才没有牺牲,不过脖子两边留下了两块大疤。

寒暄了一会儿,老吴眯着眼笑,掏出一根烟,冲着许星纯说:"抽根烟,缓一缓,先去吃顿饭。晚上见到线人,再讨论工作。"

其他人跟着点头。

许星纯接过香烟,拿在手里却没抽。他突然有点想给付雪梨打个电话,问她在干什么,却又想起刚刚手机已经拆卸,换上了另一张被监听的卡。于是作罢。

这次电影的宣发坎江是最后一站。付远东前段时间刚出院,付雪梨顺便回了趟临市。到机场刚好收到付城麟的消息，说晚上一起吃顿饭。

他们约好在地下车库见。

最近付雪梨差点累瘫，找到付城麟的车，还有一些恍惚。她拉开车门，打算顺势坐进去。结果发现副驾驶位上有一女人。

"新女朋友？"她自觉拉开后面的门上车。

双方换了个眼色，付城麟似乎懒得多介绍："喊嫂子。"

付雪梨为了躲避粉丝、掩人耳目，扮相极为低调。副驾驶位上的女人笑了笑："你是付雪梨吗？我有很多朋友都蛮喜欢你的。"

随后她亲昵又自然地说："总是听城麟提起你。"

付雪梨随意扫了一眼这个未来嫂子，她浑身是顶级奢华品牌，珠光宝气。

付雪梨不太感冒："是吗？"实在太累，就懒得接话茬。

她接下来的话在嗓子眼里吊着，年轻女人的笑容有些勉强，车里的气氛一时间有点尴尬。

付城麟绷着脸解释："她个性就是这样，从小不怎么懂礼貌。"

"没事的。"

兄妹俩很久没见，但碍于有外人在，一路上没说话，就这么安安静静到吃饭的地方。

吃饭的地方是金碧园，有点过于辉煌隆重了。趁着那女人去补妆，付雪梨扯过付城麟："怎么回事啊，哪儿冒出来的嫂子？又换了，你速度够快啊？"

"爸选的。处了段时间，还可以。"

"之前那个呢？"

"分了。"

"现在什么情况？"

"和他爸妈吃顿饭。你叔叔等着你呢，上去吧。"

见付城麟情绪有点不好，付雪梨不由得问："你脸色怎么这么差？"

付城麟把车钥匙给泊车的人："老子天天在外面应酬到一两点，你说呢?!"

他们是最后到的。

包厢里两家人已经落座。

对方父母很有教养，虽然看到付雪梨的第一眼很惊讶，随后就收敛了神色。

人来齐了才点菜，由付城麟来。他低头看菜单，旁边坐着的女人笑得大方又得体："城麟，付叔叔最近大病初愈，吃不了太油腻的东西。"

付城麟点点头，面不改色："知道了。"

这顿饭吃得索然无味。

饭后，付城麟离开座椅，给对方的父母倒茶。

问到何时结婚，付城麟手一抖，茶壶的水不小心落在桌上。似有所感，不远处的付远东往这边投来淡淡一瞥。

付城麟很快恢复正常，笑了笑："听她的。"

直到饭局快散场，未来嫂子晚上有活动，付城麟把她送去了，又返回来接付雪梨。

不过她实在太累了，一到车上就合了眼睛，睡起来。不知过了多久，醒的时候，车子已经停在家门口了。

夜色里，付城麟坐在车前盖上抽烟，手机握在掌中，手机屏幕闪着微亮的光。

她悄声走上去，一把抢过他的手机。

付城麟无所谓地任她看，也没动作，有一口没一口地抽烟，举手投足是典型玩世不恭富二代的样子。

看到手机上的东西，倒是付雪梨有些沉不住气了："我刚刚想说没说的，你什么情况，真和你的小云掰了？"

"是啊。"

"你喜现在这个？"

他刻意低着头，看不太清脸上的表情。付城麟淡淡道："不知道。"

看他真实地在失落，像霜打的茄子，整个人都蔫了下去，似乎又夹杂着无尽的迷茫和委屈。付雪梨拍拍他的肩："行了，别这副样子了，又没人逼你，再说了……"

"她和别人结婚了。"

"……"

后半段话直接卡壳。

付城麟丢下手里的烟，又抽了一根出来："前两天，她和别人结婚了。"

万千心绪在脑海里交汇，付雪梨突然涌起一种兔死狐悲的感觉，很无力："我不知道怎么安慰你。"

付城麟"呵"了一声："我又不是小孩，要什么安慰？需要一点时间就好了。别管我了，让我一个人待会儿，你上去吧。"

从小到大，付城麟作为付家大少爷，在付雪梨眼里，是个非常精明、厉害，不肯让自己吃半点亏的利己主义者。只不过付家高门大户，他是接班人，的确有些高处不胜寒。婚姻大事由家里安排，自己做不得主。

忽然有点伤感，又不知道这感触从何而来。她转身就要走，付城麟却在后头叫住她："付雪梨。"

"啊？"

付城麟罕见地叹了口气:"你呢?你和那个谁,许星纯,你们俩来真的啊?"

"不然呢?我又不像你。"听他这么说,付雪梨不觉动气,虽然知道不合时宜,又补了一句,"哥,我刚刚想说没说的。虽然我不知道你为什么让自己沦落到这种地步,但是我觉得,你一不坚持,二不成熟,小云姐在你身上看不到希望,离开是必然的。张爱玲说,放弃一个人只需要两样东西,新欢和时间。你也早点放下吧,生活还是要向前看的,毕竟是你先'渣'了人家。"

付城麟听得想笑,心里的伤感郁闷也散了一点,夸张地把手放在耳朵边上:"什么?付雪梨,你再大声说一遍,张爱玲说啥了?我妹妹什么时候变文青了?"

付雪梨喊道:"自己不多读点书,还不允许别人做个文化人?滚蛋!"

付城麟一扫刚刚的失魂落魄,一副看白痴的样子望着她:"你哪里来的底气,我们俩五十步笑百步,我是'渣男',你又是什么?"

本来想反驳,随即想到许星纯,付雪梨顿时失了气势。

其实付城麟说的也不差,他们兄妹俩行事风格相差无几,不都是这样?唯一的区别是付雪梨更幸运一点。

转身走上台阶进门,来应门的是齐阿姨。瞧见是她,齐阿姨惊喜了一下:"梨梨,怎么回来也不提前说一声?"

"嗯……"

"你哥哥呢,没一起回来?"齐阿姨往后张望。

付雪梨无精打采:"外面呢。"她扔出拖鞋换好,电视机里在放京剧,准备上楼前,齐阿姨喊住她:"对了,我今天早上收拾杂物间,看到一个黄色大纸箱。我打开看了看,里面好像都是你的东西。"

付雪梨手扶着栏杆,脚步顿了顿:"那个纸箱子在哪儿?"

"还在那儿呢,我给你放在架子上了。"

齐阿姨这么一说,她就隐约猜到那是什么了。

从杂物间把纸箱搬到卧室,有点重,付雪梨累出了一头汗。先拆胶带,打开,最上面是几本花花绿绿的书,她拿起来辨认了一下,发现是高中时期特别喜欢看的杂志。

再往下翻,还有很多照片——毕业照、每年的生日留影。

里面有些人她都快记不起来是谁了。

又随便拿起一张照片,上面光线昏暗。拿近了看,才发现是许星纯。

应该是她偷拍后临时洗出来的,边角已经模糊了。

他一个人站在江边,勉强看得清轮廓。远离了人群,他倒有一种远超实际年龄的成熟落寞。

不可避免地想到往事。

付雪梨回过神来,继续翻看箱子里其他的零零碎碎。
忽然,角落的一个小黑盒子吸引了她的注意力。
付雪梨心思一动,拿起来研究。这是许星纯分手后托人给她的?只剩一点印象了……
只不过她当时根本懒得看。当初许星纯走后,她看到这些就觉碍眼,便把和他有关的东西全部收起来。她本来打算丢掉,到最后还是没狠下心来。一闲置,就是这么多年。
拉开盒子上的小抽屉,里面赫然躺着一封信。封面是很朴素的白色。捏一捏……薄薄的。
她拆开来看,才发现里面是一幅简笔画。上面用马克笔画了一只手,标注了日期,任何多余的话都没有。
这个日期,按时间推算……应该是初中。晃了晃神,付雪梨思绪发散开,某个场景渐渐浮现在心头。终于想起这幅简笔画的来历。
是一次她上课无聊了,要许星纯把手伸过来。
她唰唰唰,在他的无名指上画了一个戒指。
又在干净的手背上,唰唰唰写上今天刚学的英语单词:
Marry。
…………
许星纯是不是什么都记得啊?
他怎么什么都那么当真……
真是个大傻瓜……
估计自己难过得要死,却什么挽留的话都不肯对她说。
付雪梨心里好似泼天浇下一锅沸了的铜锅铁水,烧得五脏六腑都疼,瞬间有些鼻酸。

凌晨1点的大理街头。
许星纯下车的同时,阿思也马上下车。抓捕时机未到,他们先走到马路对面的小卖部。
"货主离开了,要我们到外面交易。这次的目标人物是当初红山那边来的,黑称叫咖哥,喜欢在凌晨两三点出门。这人特狡猾,他家在国道那边,比较偏,旁边还有条江,估计是为了跑路才选的。"
他们今晚要扮搭客仔去咖哥经常活动的酒吧。
刚刚老吴在车里盯了许星纯半响,才说:"你这样不行,文质彬彬,一看就

. 235

是正经人，不好打进去。得看着另类一点才行。"

他们站在"阿福发财"小卖部门口，阿思冲着老板喊："嘿！这儿有卖发胶的吗？"

接应他们的人就在旁边的理发店。没一会儿，一番改造完成后，许星纯推门出来，当场几个人都愣了愣。

昏暗灯光下，他身高腿直，额前碎发被发胶抹上去，平添了几分艳色。他的皮相真的很不错，除了黑眼圈稍显浓重，露出的额头光洁，玉面下颌，算得上是毫无瑕疵的一张脸。

黑金衬衫纽扣解开几颗，略微小一号的衣服，更显得他肩宽腰细。他取下银色腕表，中指戴上银戒，还特地夹了根烟，活脱脱一个不羁富二代。

片刻后，阿思摸摸下巴，像是回忆到什么："纯哥还是这么帅啊！记得以前我们在一个大队，每次出任务，就靠着他的长相去钓鱼嘞，特别好用。"

阿思说得轻松，可在场的人都知道，出这种任务有多危险，出一点差错就有八百种死法等着。其冷静可见一斑。敬佩的目光，不由得又落在许星纯身上。

浑然不觉其他人的视线全盯在自己这儿，他的眼睛始终盯着不远处。

大概还要等一个小时。

不知道为何，心念一动，他拿出手机来，握在手里。

除了阿思和许星纯留在这儿等着，其他人陆续回到车上布控周围的几条街道。两人随便聊着，阿思有点没精神，打个哈欠，拿出烟来抽。

楼上的两个年轻小姑娘下来丢垃圾，慢条斯理地从他们身边走过，眼光似有若无地往这边瞟。

小姑娘回来的时候，其中一个正准备过来搭讪，突然许星纯的手机铃响，于是她在两三米外，脚步止住了。

手机猛地振动了一下，许星纯看到来电显示，心下一跳。这是他前几天给付雪梨的新号码，发短信告诉的她。这么晚打过来，肯定是有什么事发生。

明知道不合时宜，他还是不假思索地接通。

他快步往旁边走，听到背后阿思的叫唤，脚步顿了顿，回身示意自己先接个电话。

"喂，许星纯？"

"我在。"

"嗯……"付雪梨好像有哭腔，声音听上去伤心极了，"许星纯，我刚刚在梦里，起了一阵大风，然后把你刮跑了。我到哪儿也找不到你了，然后就醒了。"

原来是做噩梦了……

"没有，我很好。"他的声音无端低哑，很是好听，"过几天就能回去了。"

"真的吗……"外面下起了倾盆大雨，在这样的夜里，听到他的宽慰，她放松了不少。

付雪梨强忍睡意："那你答应我，好好的。我等你回来。"

"好，我答应你。"

阿思抽着烟，看许星纯打完电话，猜到了什么，一直笑。他笑完突然感叹了一句："命运无常，福祸相依，要珍惜当下啊。"

许星纯不置可否。

他心里想着付雪梨，便有些心不在焉。

最近他能明显感觉到付雪梨对他态度的转变，却又说不出个所以然。

闷了口烟进肺，阿思仰头，望着大理的夜空出神，玩味道："纯哥，我记得你以前跟我说过，没有什么苦尽甘来。"

顿了顿，他又淡淡笑着："不会有苦尽甘来，因为苦不会尽。"

侧过头，阿思略偏一下目光，看向许星纯。刚刚接完那通电话，他面目柔和，垂下眼睛，倒是冲散了不少冷清感。

"现在呢？纯哥，会苦尽甘来吗？"

许星纯握紧了手中的手机。点点头，幅度很小，牵唇一笑，低低地说："会来。"

阿思至今还记得第一次见到许星纯的场景。

那是一个阴雨天，到处都仿佛笼了一层雾。他撑着一把色调黯淡的黑伞走来，发质乌黑，高高瘦瘦，周身有种冷冷的斯文感。

听说本来是帮人代班，但那天下午，许星纯从口岸上查到两起几万克大案，后来上头领导亲自出面，让他就这么转行来禁毒。

大概是第二年，局里收到消息，境外的毒贩让内鬼把分局政务公开栏的警察照片和姓名全部收集拍照，建立数据库。

其实早就揪出了内鬼，但为了不打草惊蛇，他们准备将计就计。边防部的同志容易暴露，要从外面调人，于是选了阿思和许星纯。

出任务前一晚，他们签了生死状。夜幕降临，阿思翻来覆去睡不着，去找许星纯抽烟。

他们俩就各自默默地抽了一个多小时的烟。

阿思年轻气盛，有一腔热血，也容易多愁善感："纯哥，这个社会有太多阴暗面了，那句话怎么说来着？要想天下太平，总要有人为万家灯火负重前行，是吧？熬个几年，日子总会好起来的。"

"没有什么苦尽甘来。"许星纯坐在台阶上，盯着远处若有所思。他低头笑了笑,看不清眉目:"对我来说,苦不会尽。"

那个笑容过于清汤寡水,带着不太突出的伤感。

阿思摸摸头,似懂非懂。但他总觉得许星纯身上有很多故事。

第二天约好的交货地点是一个制毒厂,那伙人属于武装分子。周边都布好了特警,他们手持微型冲锋枪。

交易的一瞬间,马仔发现周围不对劲,举起枪对准阿思,想当场解决他们两人。那是阿思离死亡最近的一次。幸好许星纯冷静下来,及时给了信号,狙击手瞬间就位击毙马仔。两方交火后对那伙毒贩实施了非常成功的抓捕。阿思因此受了伤,还好被许星纯救了回来。

最后这起缉毒案件轰动了全国。许星纯一路升到支队长,阿思对他有种莫名的拜服。

只是那次的案子,牵涉的人太多,根本无法彻底斩草除根。几年后毒侦那条线出了差错,差点赔上一队人的性命。许星纯被盯上了,他打了个报告,上级就把他调去了申城省公安局。

再见面,就是几年后。

"时间过得真快啊!"

阿思感叹:"我还记得当初,只要排班排到和你一起查岗,几乎都有妹子上来搭讪。当时在旁边的我心里羡慕嫉妒恨啊,可惜你好像谁也不爱搭理,一直没女朋友。我甚至一度暗暗怀疑纯哥你是个基佬,从来不想女人。"

阿思说完顿了顿,又接着调侃:"但是后来,我发现了一件事……"

"什么?"

"我发现,你经常会看一张照片。有一次你看手机的时候,我不小心瞄到了,百分百是个女孩,还穿着校服呢。"

"嗯。"

凭着直觉,阿思用肘部撞了撞他:"刚刚跟你打电话的,就是这个?"

许星纯点了点头。

正在这时,手机铃响起。他们互相看了一眼,知道要开始了。

这家酒吧,从外面看上去很隐蔽,门面小且凌乱,不容易被发现。

前台靠着一个女人,穿着暴露的牛仔超短裙,脸上涂着厚厚的一层粉,粗粗黑黑的眼线,浓妆艳抹,悠悠然吸着烟,看到有人进来,懒洋洋抬起眼皮。

许星纯进去之后,迎面扑来一股不正常的暗香。他不动声色观察了一圈,这个酒吧有两个平层,侧面开了几扇小门。

他慢步走上前,对那个女人说:"打火机有吗?"

"大哥,吃夜宵吗?猪头肉。"女人用一口大理方言问。

这是黑话。许星纯点点头:"喝的有吗?红酒白酒都要。"

红酒白酒是冰毒和麻古。暗号对好以后,有人到酒吧门口放了不营业的牌子,随即关上大门。女人一扭一扭,慢吞吞地从柜台后走出来:"跟我来吧,咖哥在二楼等你。"

一个小时后,车里。

"里面现在什么情况?什么时候可以抓人?"阿思按捺不住地问。

监听的人脸色严肃:"目前没什么异样,要等等,那边很谨慎,正在问,许星纯应该能应付。"

约莫几分钟,老吴脸色一变:"收到暗号了,行动!"

"钱对的吗?"许星纯手玩着打火机,看着黑漆漆的屋外,"货能拿出来了吗?"

有马仔清点完钱,附在咖哥耳边低语。

咖哥笑了笑,说:"叫许风是吧?张姐说,你家里是搞房地产的。你们是什么关系?"

明显是想诈他一诈。

许星纯脸色不变:"我们是什么关系不重要,钱才是最重要的,不是吗?"

清点钱数的马仔凑在咖哥耳边不知道说了什么,咖哥突然用眼色示意旁边一个人,给许星纯丢过去一根烟:"试试?"

许星纯看到这根烟后表情未变,迟疑了一下,便抬手揉揉自己的鼻子,拿起这根烟。没拿稳,中途不小心落到地上。

屋里所有的人都盯着他。

他慢慢地,试图弯腰捡起地上的香烟。

突然门被踹开,咖哥脸色大变,下意识把枪套里的枪拔出来。

变故发生在一瞬间,咖哥意识到中套了,想跑,却被许星纯从后面死死抱住。眼见无路可退,他便从腰间抽出一把刀,从上往下就朝许星纯的大腿插去,捅到了大血管,瞬间血流如注。

付雪梨前天晚上睡得不好,第二天起不来床。快到中午,她还是被楼下门铃吵醒了。付雪梨起床找衣服,右眼皮突突地跳个不停,心想肯定有什么倒霉事要发生。结果她收拾了几件衣服丢进行李箱里,发现身份证找不到了。

真是服了。

她急得蹦下床,打开房门,在二楼喊:"齐阿姨,我身份证找不见了,你看到了吗?下午我还要赶飞机呢!"

"你放哪儿了?"齐阿姨把买的菜放下,擦擦手,嘴上念叨道,"冒冒失失,我来帮你找找。这大冷天的,穿这么少,迟早得感冒。"

靠在扶梯上，付雪梨又给唐心打电话。那边接通了还没出声，她直接说："我身份证找不到了，一时半会儿赶不回去，没什么要紧事吧？"

不出意外遭到唐心一顿骂："破事怎么这么多，上来就给人添堵！明天有访谈呢，不管你，给我去机场临时补办一个，爬都得给我爬回来！"

说完她就把电话挂了。

中午吃完饭，齐阿姨总算把身份证找到了。下午付城麟没事，刚好抽空把她送去机场。

一出门，付雪梨就被风雨刮了满脸，她拢了拢外套，右眼皮又跳了跳。

付城麟探出头来："站那儿别动，我把车开过去。"

临市满城风雨，黑压压的，天有点太暗了。付雪梨心神不宁，视线从车外收回来："我感觉今天特别邪门，我右眼皮老跳。"

"有什么说法？"付城麟单手握着方向盘，抽出一根烟。

"左眼跳财，右眼跳灾啊！"

付城麟道："迷信。"话说着，他右手猛打方向盘，身边一辆黑色大众擦了过去，差点就撞上了："我去！"

付城麟惊出一身冷汗，见付雪梨不言语，他说："你这嘴开过光吧？"

"烦死了。"付雪梨低头摆弄手机，"先别理我。"

"怎么？"

"我打许星纯的手机，他老不接，不知道在干什么。"

"他一时半会儿有事吧。"付城麟刚刚被吓了一下，这会儿烟都不抽了，打起十二分精神开车，"你待会儿再打呗。"

"我从早上就开始打，一直打不通……"刚说完，电话突然显示接通了，付雪梨惊喜地接起来："喂？许星纯！"

那边没声音，过了几秒才答应她："欸欸欸欸。"

付雪梨低头扫了眼名字，又放回耳边："你是谁啊？许星纯呢，手机怎么在你手里？"

"我是他朋友，纯哥他中午喝多了，正睡呢……"

"那你让他醒了给我打个电话，可以吗？"

"……"

两人都静了片刻，付雪梨突然问："他到底怎么了，是不是出什么事了？"

挂了电话后，付雪梨彻底慌了神。手续是付城麟打电话找人办的，他陪她赶了最快去大理的一趟航班。

两个小时的路程，她脑子都是乱的，只知道一个劲说："哥，那边只告诉我，许星纯在医院抢救……我好怕……这个大骗子……"

许星纯真是一个大骗子……怎么能这样……

她还有好多话没跟他讲，等着他回来呢。

等他们赶到地方，许星纯还没醒。几个人在外面坐着，看到有人赶来，阿思站起身："是……纯哥的家属吗？"

许星纯插着管子，躺在雪白的病床上，纹丝不动。病房里只有心脏监控器发出的嘀嘀声响。

他躺在那里，太安静了。

安静到付雪梨都不敢上前一步。

人总是这样的，有些事在脑子里了，就永远也忘不掉。就像当初许星纯为了救她，躺在医院里的样子，她居然又想了起来。

这一路来，付雪梨想了很多事情，想得头都疼了。可现在她真的到了他面前，却觉得大脑一片空白，喉咙里哽着一股凉意。

她嘴唇微微发抖，张开嘴，一个字都说不出，一时间，居然连手都不知道放哪儿，脱力地扶住旁边的东西。

就算从电话里，已经隐约猜出他的伤势，也做好了心理准备，但是亲眼看到，付雪梨一时间实在是没法接受，只感觉心都跟着他死了一场。

她撇过头去，眼眶先红了一圈，还是不争气地哭了。她腿一软，旁边的付城麟扶住她。

付雪梨拉住旁边的医生，还在恍惚："医生，怎么……他才能醒啊？"

阿思看着付雪梨，又想到许星纯，大概猜出两人的关系，觉得震惊的同时，心里又有种说不出的滋味。

他们冲进去的时候，正好看到许星纯躺在地上的那一幕。他已经失血性休克。旁边的人使劲踩上他的肩，手里的枪已经上膛对准，就差几秒……

阿思苦笑，又觉得笑不出。他走到付雪梨身边："这是纯哥口袋里落出来的东西，我猜，应该是准备给你的。"

付雪梨愣怔着接过来，看那枚戒指。她感觉自己的脸上，泪不停地流下来。

他们两个，不该是这样的结局啊。

凌晨4点，许星纯醒了一会儿，不怎么清醒，又睡过去。这一睡，就睡到第二天下午。

其间，有几个领导模样的人来探望，没多久就走了。

到下午两三点，医生来查房，探身轻轻唤他。付雪梨起身冲到病床前。

看到他睁眼的一瞬间，她再也忍不住，扑到床沿大哭起来。

紧绷着的弦松了一下。

很久没这么不顾形象地哭过了，把旁边的医生都弄得哭笑不得，以为她在害怕，安慰道："没什么大事，人醒了就行了……"

许星纯费力地抬手，付雪梨马上反握住，又不敢太用劲。她在床前蹲下："许星纯，疼不疼啊你?! 疼不疼……"

"别哭了。"他的嗓子像被砂纸打磨了一样，又干又哑。

醒来的当天晚上，他脸上辅助呼吸的管子就拔了，但是精神还没恢复，医生不准付雪梨待太久。她临走前，悄悄凑到他耳边："许星纯，我的存款够了。我不要你赚钱了，你答应我以后别干这么危险的事了，好吗？"

可惜还没得到回应，她就被拉出了病房。

许星纯这一休养就是大半个月，付雪梨无视唐心的抓狂，推掉了一切活动陪在他身边，日夜不离。刘敬波一群人收到消息，从申城赶来看望他，感叹道："唉，许队今年犯太岁了吧，一半以上的时间是在医院躺着的。"

等晚上，付雪梨把特助也打发走了，病房里只剩下她和许星纯两个人。

最近两个人在一起相聚的时间少之又少，这样的时刻不常有。

"你这里是怎么回事啊，肩膀怎么搞的，还没好？"付雪梨凑上去，小心扯开他病服的衣襟，肉眼可见地红肿了一大片，背上还有很多小伤疤。

许星纯肤色偏白，青筋明显，这样的痕迹非常触目惊心。

她以前热衷于打听他的过去，现在却不太敢追问。隐隐也有预感，那些往事，她听了心里会难受。

又想哭了……付雪梨觉得自己真是粗心，竟然以前都没想着好好关心他。

"怎么了？"

"没什么……"付雪梨难掩低落，"前段时间，我哥哥跟我说，我叔叔高血压住院。我心里特别不舒服，虽然这几年我和他关系不好，但还是难受。你知道吗？我爸妈很早就离开我了，其实我很怕我身边的人出事。"

许星纯靠坐在床头，看着付雪梨的样子，心脏感觉无声被捏紧。是他一时疏忽，没照顾好她的情绪，叹口气，视线对上她的眼睛："手头这个案子解决后，我会向上面申请的。"

她疯狂压抑住自己想哭的情绪："真的吗……"

"嗯。"

许星纯揽住她，在她脸侧轻吻了几下，问："怎么这么咸？"

付雪梨顿时没了声音，半天才嘟囔："刚刚哭的！"

出院前一天，是久违的好天气。傍晚的风都带着暖意，夕阳挂在天边，付雪梨扶着许星纯去住院部楼下的公园里散步。

拉着他的手转了一圈，付雪梨突然说："我带你去个好地方。"

好地方是她前几天发现的——医院顶楼的天台。那儿没有护栏，他们走几步就停下了,半个城市都在眼底。

"许星纯。"付雪梨突然喊他的名字,"这段时间,我想了很多事。"

他穿着略有些单薄的外套,有些不明所以地转过头,正好望进她的眼里。

天边都变红了,晚风撩起她的发。

"你知不知道我为什么喜欢你?"

见许星纯不语,付雪梨认真道:"因为你和我身边的人都不同。"

这话在心里过了一遍,然后她才开口:"这几年,想起你,我总是开心又难过。"

许星纯心头发软,沉默了一会儿,偏过头:"会不会觉得,和我待在一起没意思?"

"这样吧。"她并拢自己的胳膊,伸出去,"你如果不相信我,你就把我铐起来。"

许星纯好笑地看着她。

不远处的广场飘来周华健的歌:爱也匆匆,恨也匆匆,一切都随风……

走上前两步,抱着许星纯的腰,头搁在他肩膀上,手指不听话地钻进衣服里。许星纯只是纵容着由她动作。

感受到他腰腹的肌肉微微绷紧,付雪梨吸了吸鼻子:"我小时候总是在想,自由是什么。其他的没想过,也不懂。"

她小时候不懂他的爱。

是真的不懂。

也没想过有一天,失去许星纯是什么滋味。

只是某一天,她回头隔着人群,却再也找不到许星纯的人了。

然后某一天,看着路边车来车往,突然好想他。她猛然发现,自己好像无法喜欢上别人了。

付雪梨继续慢慢地自言自语:"然后我才慢慢意识到,可能我以为的自由,和许星纯比起来,没那么重要。"

额头抵上她的,鼻尖也是。许星纯侧头,吻了吻她的唇,退开后,嗓音喑哑得厉害:"等一下,付雪梨。等一会儿,你继续说下去,我明天可能就出不了院了。"

她心脏咚咚地跳,汗珠细细密密地渗出来,倏地抬头去看他的脸,近在咫尺。付雪梨手微微颤抖,拿出手机。

手指头在屏幕上摁了几下,黑屏几秒后,正中央出现一个闹钟。她放在他眼前:"许星纯,你看好。"

话落的瞬间,闹钟上的秒针、时针开始飞速后退。

时间仿佛也跟着,一点点开始后退,一直退。

到最后,终于停下来。

许星纯已经意识到了什么,却怎么都发不出声。他手微微捏紧了,又松开。

其实付雪梨也乱到不行,脑子混混沌沌。她不知道自己做得对不对,是否太草率了,可心里又觉得,现在一定要这么做,以后才不会后悔。

"你……还记得这一天吗?"付雪梨手抖了一下,然后拿出那枚戒指,递给许星纯,"十年前,你曾经问我,能不能嫁给你。"

她几乎用尽了所有的力气,睫毛有点湿了:"现在,你能把那个问题,重新再问一遍吗?"

几乎没有半点迟疑,许星纯扣住她的后颈,把她整个揽到自己怀里,就这么静静地抱着她。

耳边的风似乎静止了,付雪梨听到他问:"付雪梨,结婚好吗?我们以后一起下葬。"

如果没有那年盛夏,许星纯淡漠平静的十三岁,就不会遇上一个又坏又美的女生。

爬满了藤叶的小巷里,开着几朵可爱的喇叭花。太阳很大,他叼着一根烟,被她拦在路上:"许星纯,你猜我在干什么?"

那时候的付雪梨,是不被老师接受的坏学生。

穿着不太白的白球鞋、蓝色短裙,漂亮滑顺的长长卷卷的黑发,洋娃娃一样的大眼睛,长睫毛。不等他回答,她笑盈盈地说:"我在等风。"

路边有浓密的树荫,感觉她的手指碰到了他的耳根。如花一样的唇瓣贴过来的瞬间,风吹过,许星纯被呼吸的温度烫到,然后听到究极一生,也无法忘怀的低语。

——我在等风。

——等风热吻你。

番外一 临市一中

——她看不见的角度，许星纯笑容很浅，脸颊旁有个不明显的酒窝。

01

临市一中高一年级办公室。

"对了，齐老师啊，你们班那个成绩表你拿了吗？"

齐熊正在看刚刚发下来的教学大纲，闻言头一抬："分班考试的那个？出来了吗，这么快，哪儿呢？"

说是分班考试，其实就是一中开学例行进行的测验，只考语数外三门，目的在于摸摸底，顺便给新生一个下马威而已。

那老师端着杯水，随手递给他："顺手给你打印了，拿着吧。"给的时候，自己又顺便瞅了眼，手往一个名字上一点："哎哟，你运气可真好，你们班第一，不是我们市状元吗？"

齐熊接过来，翻了翻成绩。除了前面几个人格外优秀，后面那些人的分数简直惨不忍睹……十几、二十分，学了这么久，也不知道是怎么考出来的。

齐熊不禁叹道："……九班那群人，这学期够我头疼的了。"

坐在窗边批卷子的物老师转头："齐老师，教你个招，你去初中部教过谢辞他们几个的老师那儿取取经……"

开学第一天，走廊上人来人往，特别嘈杂混乱。宋一帆和付雪梨并肩走在楼梯间找九班教室，一路过去，两人遇到不少朋友。

宋一帆一米八几的个头，虽然黑了点，但在人群里还算是帅得很醒目。他看着她耷拉着眉眼，哈欠连天，开口逗乐："小猪佩梨，你怎么又困了？！"

付雪梨忍耐着。

"像猪一样，一天的活动时间只有四个小时，你不也是吗？"

夏天太热太浮躁，昨晚上被付城麟拉去玩，累得要死，付雪梨正烦着呢。她揪住宋一帆的头发，抬脚往他小腿上踹，气道："你才是猪呢，有本事再说一句？"

"哎哟，哎哟，我错了，我错了！姑奶奶饶命，咋这么大火气呢！"他们打小就认识，玩闹没顾忌。宋一帆识趣地往前逃了两步，抬手臂作势挡她。两人玩得太疯，没完没了的，不小心撞到旁边站着的男生，踩上别人的脚。

付雪梨眉头一皱，动作慢了一拍，着急地拉住他。

宋一帆也跟着一回头，挠了挠脑门："不好意思啊，哥们儿。"他瞅着眼前的男生眼熟，却一时半会儿没想起来是谁。宋一帆目光在他脸上扫了一圈，又落在被踩脏的鞋上，回头和付雪梨对了个眼神。

她却没看他，只是百无聊赖，自顾自倚在一旁悠闲地整理衣服。

付雪梨一张桃心小脸，穿着薄而不露的雪纺裙，里面有吊带内衬。这样的装扮，在学生间就显得轻浮冷艳，有些扎眼。

她面孔雪白，离近了细看，唇上抹了东西，两弯柳叶眉，双目漆黑，亮亮的，不安分，很勾魂。一头蓬松卷曲的长发过肩，用红发绳松松扎着。明明年纪尚小，可眉眼间全是与同龄人不符的媚气与清艳。宋一帆拉了一下她，她却不搭不理，满不在乎地说："喂，你鞋脏了。"

那男生个头和宋一帆差不多高，转过头目视她，笑容特别温和得体，缓声道："没事。"

过了一会儿，两人脚步声远去。他站在原地，望着远处那道纤弱的背影，眼里一瞬的情绪，很快被冲淡，低敛下来。

"你说……刚刚那人是不是我们初中同学啊？"宋一帆见她神色冷淡，好奇道，"你们认识？"

"不认识啊。"付雪梨想都没想就否认，满脸不耐，"行了，走吧，废话多得要死。"

"可我怎么瞅着他这么眼熟呢？"宋一帆依旧困惑。

一中的初中部向来是一个年级换一次班，宋一帆又不怎么和班上的人来往，所以至今连同学的名字都没记完整过："长得还可以哟？小脸嫩得感觉要掐出水来。"

付雪梨用怪异的眼神看他，冷笑："你怎么这么色？"

突然之间，宋一帆灵光一现，脑海中汇出一个模糊的人影，他叫出来："对了，他是不是就是那个许星纯啊！"

"大家好，我是许星纯。"

九班教室里，由班主任齐熊带头，响起一阵掌声和稀稀拉拉的起哄议论之声。

老师介绍他的时候，对班上的人是这么说的："这位同学班上有的人可能不认识，但一定听过他。他就是我们今年的中考状元——许星纯，以非常优秀

246.

的成绩进入我们学校,值得在座很多同学学习。你们开学测试的成绩也出来了,顾及某些同学的面子,我暂时就不贴,但是你们自己心里应该有数。"

"我们班上,有的同学,三科近乎满分,而有的同学,三科近乎零分。人家在用功的时候,你们看看自己暑假在干什么?我知道,班上有的同学家境很好,一出生就赢在起跑线上。但是这并不能成为不用功的理由,也许在不知不觉中,别人一个个就加速超过了你。"

心灵鸡汤灌到一半,下面有人打断:"我开跑车行不行啊,老师?"接着哄堂大笑。

齐熊心下不悦,眼神愠怒:"笑什么笑,有没有一点纪律性?老师讲话的时候不要插嘴。"

坐在前排的女生几双眼睛齐刷刷盯着静静站在一旁的男生,神思早已经游离。

外面的树被风吹着,教室里只有试卷扇凉的声音,沙沙轻响。风鼓吹起他身上洗得干净的普通短袖,牛仔长裤,没有颜色和款式。

几个女生对视几眼,面色微红。一人压低声音道:"说真的,为什么这人能这么纯啊?"

之所以用纯这个形容词,是因为许星纯身上,真的有种……属于这个年纪的男孩子该有的干净。

他腰打得很直,手臂自然垂在身侧,衣服虽简单,却抵不住人是天生的衣架子,身形匀称,瘦削挺拔的身形裹在衣服里面显得格外修长。老师讲话时,他从不插嘴。就算从老师口里得到夸赞,他也始终满眼平静,一如既往地专注听着。拥有良好教养的模样,很容易让人生出好感。

班上大部分人都知道这个名字,也知道这个人。只要是从一中初中部升上来的,基本上都晓得他。或者说,不可能不认识他。学校正门的宣传栏上,常年地摆着他的照片。

只是没想到他真人的模样这般好看,眉骨形状完美,短发,眉毛黑,眼珠颜色却淡,唇色红,鼻梁骨很直,脸上浓淡分明。真是耐得住细看的一张脸,干干净净的知性感,让旁边的普通人瞬间沦为陪衬。

付雪梨同桌把她摇醒,使劲戳她要她看讲台。付雪梨扭过头,挡开她的手,睡眼惺忪:"怎么了……发生什么了,这么吵?"

同桌的眼睛望着讲台,满眼止不住兴奋:"帅哥,帅哥,居然看到活的状元了,学霸长得还这么帅,有天理吗?!"

距离有点远,那人的样子看不太清。付雪梨眼睛一直有点近视,不过她不爱戴眼镜。虽然来了点精神,她还是困,枕在臂上,无趣懒怠地扒拉着凌乱的课桌,找隐形眼镜。

她整个人迷迷糊糊的,过了好半天,目光才慢慢聚拢。

教室里的骚乱总算消停了一些。前面靠窗的男生猛地掀开了窗帘,9月份的阳光刺眼,直直地照到付雪梨的脸上。她眼睛微闭,抬起手挡了挡。宋一帆一拍桌子,一嗓子吼过去:"康凯,窗帘拉上,想晒死人啊!"

教室安静了一瞬,讲台上的人似乎有所察觉,转头看了看这边。

开学的事说多不多,说少不少,但付雪梨是什么都懒得管的,她不喜欢集体活动,对谁都不冷不热的,没事就和宋一帆他们鬼混在一起,偶尔翘一两节课出去吃饭,倒也和班上的人相安无事。

这天,体育课上,老师刚好有事,女生们便三两结伴,悠闲地去逛逛校园。

看男生打了十几分钟的篮球,符蓝有点无聊,于是喊马萱蕊去超市买雪糕。两人闲聊时,忽然提起付雪梨。

符蓝热衷聊八卦,而高中生能说的八卦无非就是那点事。她压低嗓音:"你知道吗?我觉得付雪梨好受男生欢迎啊。"

"啊?长得漂亮呗,不过我天天看她和我们班那群男生在一起,不怎么和女生来往。"

"不是,我是说,我看到好多外班的男生找她要联系方式,她人很高冷,都不怎么理的。"

"嗯……"马萱蕊有点心不在焉,踢开脚边一块石子,突然问,"对了,你觉得许星纯这个人怎么样?"

符蓝撇头,看她一眼:"我觉得蛮好啊。"

"那他有女朋友没,你说?"

"长得这么帅,成绩又好,有女朋友很正常吧?"符蓝挑眉,满是揶揄,"你问这个干吗呀,是不是对别人有意思?"

闻言,马萱蕊迅速低下头,耳朵都红了:"你可别瞎说,我就随便问问。"

"他真的好受欢迎啊,也不知道是不是我比较敏感,反正之前我下课和秋丽她们去上厕所,许星纯走过我们旁边,秋丽就故意撞我肩膀,笑的声音突然变大,嗲嗲的。"

"啊?……秋丽?"马萱蕊若有所思。

符蓝说完,突然回忆起一件事。昨天午休后,她因为要拿复印资料,所以去教室去得早,刚好看见许星纯在教室。他那时……

两人手挽手,马萱蕊专心想着自己的心事,并没有听到符蓝的嘀咕。

将近12点,中午快放学时,青天白日的,突然下起一瓢雨,淅淅沥沥,天空一眼望去雾蒙蒙的。

教室里乱成一团。

符蓝拍醒付雪梨:"放学啦,放学啦,别睡了。下午记得交班费给班长哟。"

"……啥?什么班费,谁是班长?"付雪梨掀开眼皮,脑袋微晕。就随便睡了几节课,班长都选出来了,够快的啊!问过她的意见了吗?

符蓝背对着她收拾东西,快速说:"我朋友在外面等我,我先走啦,下午再说。"

付雪梨瞌睡倒是清醒了几分,吸了吸鼻子,隐隐有些发酸。她望着外面的鬼天气,怕是又要感冒了。

过了会儿,堂哥付城麟打电话让人来接付雪梨,催促她下去等着。

耽搁了几分钟,刚到一楼,碰巧还遇到几个熟人。宋一帆跟在谢辞身边,旁边还有个妞。

付雪梨倚着楼梯,一愣,旋即就笑了:"阿辞,换女朋友的速度比火箭还快呢?!"

谢辞没所谓地笑出声:"滚啊。"但旁边那女孩可清纯了,被随便调戏了一下,就迅速低下头。她脸蛋又小又白,还有一点红,结结巴巴道:"没……我不是,你误会了。"

付雪梨看她冲着自己摆手,笑得更厉害了。

"对了,付雪梨,我们刚碰见李杰毅的妹妹了。"宋一帆讲笑话似的,"你猜怎么着?"

付雪梨疑惑:"他哪儿多出来的妹妹?"

"认的,干妹妹,就之前找过你麻烦的那个。"

"哦……所以呢?"付雪梨歪着头。她有点感冒了,所以说话有很重的鼻音。

宋一帆沉吟片刻:"这姐们儿路子真的野,刚刚我和辞哥在楼上,看她带了好几个小姐妹把我们班一个男生拉到天台上要联系方式,这才刚开学,太饥渴了吧?"

付雪梨点点头,并不觉得十分意外,甚至听得笑眯眯的:"谁啊,这么大面子,我记得她不是很挑剔吗?"

"许星纯。"

哦……付雪梨稍微想了想,突然反应过来:"我去,他是我们班的?!"

"不是吧你?人今天至少在讲台上演讲了三个小时,你干吗呢你?"

付雪梨眉头拧在一起,不知道在想什么,小表情特别纠结,良久才长"唉"一声。

这个"唉"字一叠三叹,颇有些意味深长:"怎么说呢?郭佳这姐们儿看男人的眼光一直就不太行。"

"关你什么事?!"

后方一道女声突然扬起来,咬牙切齿,听得出怒火正盛。付雪梨转头,吃

249

了一惊。

哟呵，巧了！说个坏话还遇到当事人了？

郭佳旁边还跟着几个人，挺有排场的，跟付雪梨说话的时候底气足了不少："我喜欢谁跟你有什么关系？你在这儿装什么装！"

付雪梨听得火起，冷着脸，眉头拧在一起。宋一帆本来在旁边看热闹，这会儿心里暗叫：大事不好！

这两人本来就有矛盾。其实也不是什么大事，就是当初郭佳某任男友，因为喜欢付雪梨而甩了她，在学校里搞得特别轰动。从此两人就结下暗仇。不过也只是郭佳单方面结仇，付雪梨倒是无所谓。

郭佳不知被戳中了什么痛脚，还是刚刚在谁那儿碰壁了，新仇旧恨一齐涌上心头，这会儿刚好抓住机会冲着付雪梨一顿发泄。她身边的人都在劝，其实她们知道自己是惹不起付雪梨的，也不敢帮着郭佳，只能当和事佬。

付雪梨抱臂，没好气地翻了个白眼，有一句没一句地和她互讽。

要不是看在她是李杰毅妹妹的分上，她早就撸起袖子上去给她一耳刮子了。

郭佳越说越气，怨气极大："你别整天摆出这副谁都瞧不起的样子好不好？也只有那种眼瞎的不三不四的男人能看上你。"

妈的。

郭佳这女的，趁着人多蹬鼻子上脸了可还行？！

真是傻兮兮的，又刺儿。

"行了行了，妹子，你打住打住。"宋一帆开口。

付雪梨有点烦了，推了她一把："嘴巴放干净点！"

趁着郭佳没反应过来，付雪梨带着她那种特别习以为常、高高在上的讽刺表情，说：

"许星纯追了我一年，你知道不知道？"

02

郭佳瞬间消了音。

付雪梨还没得意多久，随即听到脚步声，她下意识侧身避让，顺势回头睨了一眼。

和来人四目相对，两人互相看着对方。她迟疑了一下。

那人不知道来了多久，还是刚好路过。不知道他听见她最后一句话没，也许没有，也许有。但他只是静静地错开眼。

付雪梨慢慢地，轻飘飘地移开视线。她拨弄着指甲，在外人眼里，仍旧是那副无所谓、没心没肺的模样。

250.

别人不知道，但是像宋一帆这种极其了解付雪梨的人，一眼就看穿了她的心虚。

就那么几秒的时间，许星纯便和她擦肩而过，他脚步不疾不徐，对其他人连一个眼神都欠奉。付雪梨用余光刚好瞥见他冷峭的侧脸，心突地一跳。

就宋一帆先反应过来，他乐不可支，拍着谢辞的肩膀问："阿辞，你瞅瞅付雪梨那心虚的小表情，我们多久没见过了？"

谢辞闻言，也要笑不活的样子。

付雪梨狠狠瞪了宋一帆一眼。她周围人多，不好发作。

等郭佳她们走后，他立刻笑得弯了腰："你怎么回事啊，不是说人追了你一年吗，付雪梨？可是哥哥这会儿仔细一寻思，人家许星纯这么优秀一帅小伙，脑子也没坏吧？"

这下付雪梨脸真黑了。

他立刻举起双手投降："我不说了，不说了行了吧！"

付雪梨烦着呢，也懒得和他继续说，撑了把伞就进入雨中，连声招呼都没打就走了。

一路上，想到一些往事，她不禁走神了片刻。

其实吧……许星纯喜欢付雪梨这事并不假。

就初二那年，两人当过同桌。那时候追求付雪梨的人不少，许星纯也是其中之一。

她瞅着许星纯长得不错，人也有些呆愣的可爱，就总喜欢逗逗他。说实话，这是付雪梨第一次遇到这么纯情的男生，总之她不太能招架住。再后来，因为一些事情……付雪梨就不理他了。

其实不理就不理，反正付雪梨不理的人也不少，而许星纯也没过多纠缠。

但每次遇到他，付雪梨心里总有种说不清道不明的烦躁感。

幸好这点烦躁感，来得快去得也快，一会儿就被付雪梨抛到脑后。她在车上玩了一路的游戏，心情慢慢恢复愉悦。这种好心情一直保持到回家。

刚进门，一声怒吼就传到耳中，把付雪梨吓了一跳："这是怎么了？"

"城麟不知道闯什么祸了。"齐阿姨接过她的伞，也不敢大声说话。

果然，付城麟急着喊她回来，一准没好事。付雪梨丧着脸进去，暗自祈祷这次叔叔发火和自己没关系。

抹抹嘴，擦掉口红，扣好衣服扣子，检查了一下仪表，她才硬着头皮踱步往客厅去。

她从小跟着叔叔付远东长大，家里有一个堂哥付城麟。付远东平时忙生意，对他们管教不严，两人平时无法无天。她堂哥付城麟从小学开始就在学校里拉帮结派，翘课打架，是个远近闻名的校霸。作为校霸的堂妹，她当然也好不到哪儿去。

付远东看了一眼付雪梨，指着在一旁低头罚站的付城麟问："你昨天晚上又和他去干什么了？"

"什么干什么了？"付雪梨打算装傻到底。

付远东平时不怎么管他们，这次好像确实被气到了，抄起本书往付城麟身上砸："我上周才警告过你不准和黄飞翔接触，更不准带着你妹妹，他们在玩什么东西你不知道吗?!"

付雪梨最会扮无辜："叔叔，我和哥很久没搭理他了。"

"别以为我不知道你们前天三更半夜不睡觉溜出去和黄飞翔他们去古茗弯飙车。"付远东声调上扬，"你们就打算这么一直混日子下去？像什么样子，高考毕业继续出国鬼混，等我老了你们指望谁来养？"

之前到嘴边的反驳的话，又硬生生被吞回去，付雪梨立刻表态："我以后一定安分守己，乖乖听话。"一旁的付城麟也忙不迭说："爸，我也好好学习，当个根正苗红的富二代。"

两人保证是这么保证的，做不做得到又是另外一回事。不过付远东懒得对嬉皮笑脸的兄妹俩进行思想教育。深知他们是什么德行，他也没这个闲工夫，当天直接和两人的班主任联系。

自那天以后，付雪梨感觉到老师点她起来回答问题的频率明显地提高，到班上查勤也会问她的情况。真是烦不胜烦。

周四早上最后一节课是实验课，老师们都被喊去开会，付雪梨在教室特别安心地睡了个大觉。

等到醒来，班上的人差不多都走光了，她凝神看时间，才发现居然离放学早过了半个多小时。估计是宋一帆他们溜出去上网，符蓝又因为生病没来上课，所以没人喊她。

之所以说差不多走光，是因为许星纯还在教室写作业。

但她也没和他多说话的意思，收拾收拾包就走了。

临市连着下了几天的雨，天气阴沉，乌压压的，风又刮得很大，让人心情好不起来。付雪梨趴在走廊上看了看天气，确定没下雨的迹象，这才下楼。

走了两步，觉得有点不对劲，身后似乎有人跟着她。付雪梨站住了，回头。

一个男生手插口袋，在不远处看着她。

她有点近视，眯眼蹙眉："你谁啊？"等那人走近两步，付雪梨反射性后退，警惕地看着他。

252.

只听那人问:"你还记得我吗?"

小平头,个头不算特别高,人有点壮,长相也很大众。付雪梨真是有点忘记了。

男生看她的表情,自嘲地笑了一声:"我猜到你已经忘记了,那天……"

还没听他说完,付雪梨就要走。男生急着走两步,拉过她的手臂,却被她急急甩开:"你别碰我!"

两人一人走一人跟,那男的不依不饶,似乎是急了,一拳擂在墙上。还蛮响的一声。

付雪梨脸色极其难看,在心里暗骂,装什么啊!她眼瞧着四周没人,只能悄悄打电话喊人。

也不知道这人发什么疯,付雪梨憋了一肚子火,又不敢在这时候刺激他,真是浑身上下憋得慌:"大哥,有啥事下午你来找我说行不?这会儿我中午饭还没吃呢!"

"我的真心在你眼里肯定一文不值吧?有时候我感觉你真是没感情,一个人毫无自尊地去爱另一个人的机会大概一生只有一次……"

听到这种琼瑶句式的话付雪梨就头皮发麻,恨不得把耳朵捂住。跟她说这些有的没的的男生没有一千也有八百,她听得恶心死了,只想着怎么甩开这个人才好。

正不知道怎么办,她左看右看,在楼梯拐角处瞥见一个人。付雪梨想都没想,用力甩开纠缠不休的男生。

"许星纯!"

像抓住救命稻草一般,她飞速地跑过去,一时间没刹住,差点撞上去。

"欸欸……那个……那个什么,我有事找你。"

气有些喘不上来,心脏咚咚响,付雪梨眨巴眨巴眼睛,暗暗地按住胸口。

许星纯停下脚步,沉默地看着她。清清淡淡一双眼,像深冬的一汪潭水。不过眉的短发,衬得他眉目立体。

那个男生看到有人,踟蹰在原地,倒也没过来继续纠缠。

只不过她顺过气来后,看着许星纯的脸,一时间大脑卡壳,居然不知道说什么。

尴尬。

付雪梨背靠着墙,心跳得很快。

她的长发被风不经意地吹开。好像突然下起了雨,滴答,滴答。

不知道过了多久。

许星纯稍低下头,附在她耳边,清洌的气息瞬间笼罩过来。

她没缓过来,反射性闭上眼,等了两秒,听到他在耳边轻声说:"人已经走了。"

付雪梨唰地睁开眼，看到许星纯直起身："走吧。"
"哦哦……"付雪梨脸颊泛热，反应了两秒，跟在他后面下楼。
两人没再讲话。
四周死一般寂静，她手伸到背后绞在一起，在心里暗骂自己花痴。
可走了两步，盯着许星纯的后肩，他穿着干净规矩的校服，付雪梨却不自觉走神。
刚刚他倾身过来的一瞬间，她脑子蒙了一下，突然陷入了纷繁的回忆。
好像也是这样一个相似的场景，午后太阳盛烈，无人的楼梯间。
付雪梨踮着脚，狼狈攀着许星纯的肩膀。
他两只手把她摁在墙上，握着她的手腕，挨了上去。

03

两人一路无言，一直到校门口。
付雪梨口袋里的手机振动起来，她看了一眼来电显示，直接掐掉。
过两秒，手机又不依不饶地响个没完。
她接起来："干吗?!"
付城麟急吼吼道："你人在哪儿，没事吧？我哥们儿去了说没看到你啊?!怎么一直不接电话？"
"等你哥们儿来黄花菜都凉了，我没事了，马上回去，就这样，挂了。"
"欸欸，欸欸，等——"
付雪梨收起手机，也刹住脚，喊住前面的人。她斟酌两秒："刚刚谢谢你。"
他身板挺直如松，没答话，微侧过脸。
"你能不能看看我？"付雪梨努了努嘴，有点恼他的冷淡与敷衍。记得以前，许星纯对她根本不是现在这样冷漠。
"这句话，我对你也说过。"许星纯淡淡说道。
他语气并不冷，也不带嘲讽，但付雪梨眼神闪烁，心虚了。
其实付雪梨上高中以后，听过很多女生讨论许星纯。无非就是他外貌干净出众，性格成绩都很好之类的。不过付雪梨总觉得从她们口里听到的许星纯，和她印象里那个独来独往、平静又阴沉的男孩完全不是一个人。
也许是她很久没有认真注意过他。不知不觉，许星纯已经变了好多，温和又合群了许多，不像以前那样呆呆的。
一会儿的工夫，已经开始飘小雨了。被风吹了这么一会儿，脑袋清醒不少。

本来想解释一下郭佳的事情,但是想想又算了。反正在班上两人都装作互不认识,许星纯应该是记住了她当初说的狠话,也真的没再找过她。

其实付雪梨有时想找许星纯把话讲开,但又觉得他心思很重,闷骚得很。她懒得猜,也猜不透。当初和他绝交,就是觉得相处起来太累了。

也许他早就不在乎跟自己以前那点事了呢。

这么想着,付雪梨觉得轻松了不少。反正她也不知道跟他说些什么,于是道:"那我先走了,拜拜。"

许星纯站在原地已经好几分钟了,直到她的背影消失在街角。

看着付雪梨走远。是他自己早就习惯做的事。

走在回家的路上,随便找了家小商店买伞。结账的时候,许星纯低头看了一会儿,敲了敲玻璃:"再拿一包这个和一个打火机,谢谢。"

老板是个中年女人,她笑着说:"看你的校服是一中的吧?年纪这么小,学生仔烟还是少抽点哟。"

回到家中,母亲依旧如往常一样,一个人静静坐在阳台上发呆。

他打开冰箱,拿出昨天晚上买的食材,挽起袖子开始做饭。中午的午休时间少,只能简单炒个饭。

吃完饭,回房间翻开练习册做题,许星纯看着非常认真、专注,但注意力根本无法集中。

笔尖停顿好久,他拉开抽屉,拿烟和打火机去浴室。

看向镜子里烟雾缭绕中的自己,画面很模糊,许星纯闭上眼,弯腰洗脸、漱口。

湿漉漉的水珠顺着发梢滴落在衣领上,他开窗透气,洗净指尖残留的尼古丁。

课间,符蓝是英语课代表,老师让把作业收起来,第一节课下课前交去办公室。

有人刚刚上完厕所进教室,用粗犷的声音喊了一句:"班长,外面有学姐找你。"

时不时会有人来班上找许星纯,都是学生会或者教务处的事情,大家都习惯了。

被学姐找不是什么稀奇事,但如果这个学姐长发飘逸、长相出众,那就很劲爆了。

班上的人假装在做自己的事,其实注意力都在门口,好奇接下来要发生的八卦。

"外面的女生皮肤好白,像剥了壳的鸡蛋。"符蓝刚交完作业,在位置上坐下。

前桌的人转身,压低声音:"怎么回事?那个女生找班长干吗?"

符蓝摸了摸下巴:"我又不关心,可能是来要联系方式的吧!"

"那你刚刚路过就没听到什么?"

符蓝笑着推推她的肩膀:"哟哟,你这么关心做什么,是不是……嗯?"

前桌探身过来掐她,嗔怒道:"你别瞎说,我可没这个本事去折班长这朵高岭之花。"

不用问,年级里暗恋许星纯的女生肯定不止一两个。但刚刚开学,人家成绩这么好,平时看着清心寡欲,也没有谈恋爱的心思。所以大多数女生都默默地崇拜男神,没有不自量力去行动的。

前桌捂着心口:"好漂亮的女生啊,你说班长会不会陷入爱河?我一想到像班长这样的人有女朋友,我就心痛。"

符蓝虽然对许星纯不感兴趣,但听她这么一说,也觉有些心痛:"唉,我也怕班长思想出问题,这么好的男生,不好好学习去谈恋爱,我会嫉妒死那个女生的。"

两人都是话痨,讲八卦又不注意控制音量。她们说的话落在付雪梨耳里,一清二楚。她抱胸,视线悄悄转移看了一眼教室外。

心里一点波澜都没有。

其实符蓝她们根本不用担心许星纯会喜欢上谁。

他这个人吧,一般情况下,根本跟别人谈不了恋爱。真的是……他自尊心强,死心眼,又很自卑。

要是真能喜欢上别人,她也算能松口气了。

教室外。

"你叫许星纯吧?你校牌掉路上了,我帮你捡起来咯。"

"谢谢。"许星纯接过校牌,低头看看,的确是自己遗落的。

女生靠着走廊,笑吟吟的,眼角亮得像在发光:"光谢谢我可不行哟,请我喝一杯奶茶怎么样?"

微微迟疑,许星纯声音低下去:"……可以直接给你钱吗?"

一句话,把暧昧气氛全弄跑了。

学姐好笑地看着他,逗弄他:"我要你的钱干吗?这么不解风情,你是真呆还是假呆啊?"

许星纯目光很清明,没有要接话的意思:"对不起,我快要上课了。"

走到楼梯口,上课铃声打响,闹腾声渐渐远去。

"你认识他吗?"夏夏收回视线,问旁边一起的女生。

"认识啊,刚开学那时候你没来,这个学弟好出风头呢。郭佳也在追他呢,听说是级草。"

"不会吧，谢辞呢？"夏夏问。

"你不说我还忘记了呢，反正之前暑假贴吧里的帖子，谢辞还被这个许星纯压了一头，应该是人品和成绩输了，你懂的。"

夏夏回忆了下。

刚刚那个男生，真没看出来，居然是中考状元。他就站在那儿，干干净净的，好出众。他的确很帅，一点都不像个书呆子。

04

后来过了两天，到周五，下午第二节课课前，老师通知有数学周测。连着两节课都是考试。等老师巡视的空当，付雪梨随便抄了符蓝几题。还没挨到铃声打响，她交完卷子就溜了。

她要逃课，谁也拦不住。

校门口早就等了一大堆人。

"今天是李戡生日，他爸爸在古茗弯订了一个包房。"

付雪梨"哦"了一声。

宋一帆问她："你怎么这么冷漠？"

付雪梨扒拉扒拉头发，指一指远处："你看，李戡也是够浮夸的，你看跟着他的那群小喽啰，把校门口都堵上了，是要干吗？"

"这不是咱们李少爷要排面嘛！"

看见两人过来，李戡问："你们怎么这么慢？"

宋一帆贱笑，钩住他肩膀："急什么呢你，这么想我？"

李戡看了看他们身后："怎么，谢辞不去？"

"他？他爸把他喊回去了。"

没一会儿，开派对的会所经理给李戡打了个电话，说那边全都准备好了。

"等会儿啊，再等一个人。"李戡挂了电话正说着，就向远处招手，"欸欸欸欸——这边这边。"

李杰毅他们顺着看过去，眼睛一亮。

远处向他们走来的女生，扎着高马尾，身穿白色连衣裙，薄的紫色针织衫外套，袖子挽起来。

她虽素面朝天，但真的挺漂亮的，和付雪梨一个类型，都是一等一的美人，特别令人惊艳的美，走在路上一直有人回头看的那种。

等她走近了，宋一帆仔细一看，哦！这不就是来给班长送校牌的那个学姐吗！

相比宋一帆的猴样，李杰毅就淡定多了。
但是旁边的几个男生人都给整精神了。
"宋一帆，我看到你咽口水了。"付雪梨毫不留情地讥讽他。
"……"宋一帆一时面上挂不住。
这话刚好给夏夏听见，忍不住"扑哧"一声笑出来。李戡伸手拍拍哥们儿的肩："行了小黑，这是我小表姐。"

下课铃声丁零零响了，课代表收完卷子，教室里一片唉声叹气。这次考得特别难，大家一脸惆怅，收拾东西准备回家过周末。
不一会儿，整个教室就空荡荡的了。
看到马萱蕊趴在课桌上，符蓝过来问她怎么了。
她摇摇头："没事，你先走吧。"
过了会儿，等周遭彻底安静了，马萱蕊才从胳膊间抬起头来。
桌角的圆珠笔被扫落在地，骨碌碌滚出很远。
许星纯弯腰，把脚边的笔捡起来，给她递过去。
"谢谢。"
他点点头。
马萱蕊忽然叫住他："班长……我能问你一道题吗？"
看他停住脚步，她犹豫了一下："就是刚刚考试的倒数第二题，我怎么也算不出来。"
许星纯把书包随手扔在一旁，然后拿起她的笔，俯下身，单手按在桌面上，想了想题目，低头把大致步骤写了一遍。
这道题很复杂，前面马萱蕊还看得很走心，到后面，目光却落到了许星纯脸上。
他很认真，眼睫微垂，鼻尖到下巴的弧度线条流畅，皮肤恍若白玉。他手上未停。
这个距离，让她闻到一点他身上的味道。
马萱蕊没有忍住，忽然问："许星纯，你有女朋友吗？"
他停笔，半晌才道："没有。"
她恍然回神，看回那张纸："对不起，我没有八卦的意思，就是……"
许星纯已经写完，他放下笔："好了，代入数据算。"
"好……谢谢你。"马萱蕊咬着下唇，原本心里少许的挫败，现在却被另一种奇怪的小情绪代替。

包厢里特别吵，又有几个人进来，李戡起身去迎接。

付雪梨闲着没事,和宋一帆他们玩牌。她正准备出牌,听到宋一帆惊喜地叫了一声。一圈人纷纷抬头,看到夏夏端了杯奶茶在他们旁边坐下。

"你们玩什么呢?"

都还来不及说什么,宋一帆就做出热烈的邀请:"玩吗,姐姐?要玩大梨子让位置给你。"

付雪梨事不关己,当他放屁:"我真是服了。"

夏夏一愣,"哈哈哈哈"地笑了起来。

一局打完,有人让了位置出来。夏夏大方地跟他们一起玩起来。

"你们是几班的?"

一直没开口的李杰毅说:"我四班,他们九班。"

"九班……"夏夏朝他们坐的方向看过来,眼底漾出了笑意,"哎呀,我知道呢,帅哥最多的班,果然名不虚传。"

"不敢不敢,帅哥全都坐这里了。"宋一帆嘚瑟。

夏夏挑眉,喝了一小口柠檬水:"哪儿全都来了?你们班的许星纯就很帅呀!"

"学姐,你还认识班长呀?"说到一半,他又猛拍脑门,"哎哟,你看我这记性,你亲自给他送校牌,可把我们班男生羡慕坏了。"

后来到了饭桌上,大家喝喝聊聊,话题就放开了。席间,宋一帆突然提起谢辞,他喝上头了,笑得跟二五八万似的,大着舌头问付雪梨:"梨啊,你说我和辞哥谁更帅?"

耳边他咋咋呼呼,吵得付雪梨直皱眉:"算了,别说你了,没什么好比的压根。"

于是他又眉飞色舞转去问夏夏。

夏夏反应还算快,状似仔细思考了一下:"你和谢辞吗?"

"对对对。"

"嗯……我觉得……你们班的许星纯更帅。"

一时间,九班的几个人,包括付雪梨都看了过来。大家陷入了诡异的安静之中。

这是她第二次主动提到许星纯。

夏夏没察觉到气氛的微妙变化,反而兴致勃勃:"对了,有没有电话?喊他出来玩玩呗。"

宋一帆长叹一声。

"怎么了,他有什么问题吗?"夏夏好奇。

付雪梨用眼神警告他别乱说话。

倒是桌上另一边,李戡他们几个男生说笑:"难得看你主动提起谁,是不是看上别人了？反正你也好久没交男朋友了，让宋一帆他们给你搭个线也是极好的。"

"行啊。"夏夏抿嘴笑，"那你们有机会帮我问问，他介不介意姐弟恋。"

付雪梨把椅子挪开一点，和夏夏一个对视。两人目光交错，大概有个几秒。她起身："我上个厕所去。"

洗手的时候，突然想起许星纯，付雪梨看着镜子里的自己，冷笑了一声。

他倒是蛮受欢迎的。

她抽出一张纸，擦净手上的水。

这个点，临市的夜幕已经降临。远处星星点点的灯光遍布整个城市。

付雪梨坐在露台的椅子上，闭眼吹了会儿风。

离开吵吵嚷嚷的一群人，一个人静静待着，又开始想以前的事情。

其实她多少也知道点。

许星纯特别不合群，性格又偏执，从小没交过什么朋友，到初中都是。他父亲很早就去世了。他的母亲很美，却有点病态。他母亲家里很有钱，但是除了钱，也很少和他们有亲情往来。他父亲这边，除了他姑姑和年迈的爷爷，就没谁对他特别好。

她联想到自己从小也没爹疼、没娘爱的，不由产生了一点同情加怜惜。

所以那时候付雪梨对他可好了，虽然偶尔欺负欺负许星纯，但是在学校里一直罩着他。每次他受到外班小太妹的骚扰，付雪梨都第一个站出来。就连中午从家里拿苹果，也会分一个给他吃。

再后来两人关系近了，她才发现他实在太闷了，而且控制欲特别强。每次吵架，他有什么话都不讲，样子也蛮可怜的，搞得付雪梨每次都很内疚。

久而久之，她实在受不了，就和他绝交了。况且她一直都觉得，许星纯只是贪恋她对他的那一点好，一时自己困住自己了。

只要再等等，许星纯一定能想明白的。

可是后来的后来，付雪梨自己也没能明白。

在那个年纪，她对他的那点点特别的喜欢，早成了他灰暗的人生里，唯一的一点光。

也是这点微光，竟衬得许星纯以后的其他日子，全都黯淡无光。

05

果然，夏夏喜欢许星纯的消息没过多久就在学校里传开了。

毕竟夏夏之前就名声在外，是超难追的大美女。在情窦初开的年纪，这种八卦还是很劲爆的。

没过几天，大课间跑完操。

下节课是体育课，许星纯要放班牌，所以独自回班。他额头出了点汗，校服拉链拉开，里面是干净的白T恤。

上楼梯的时候，被人从身后拍了他一下。

一转头，看到一个女生娇娇俏俏，手背在身后，狡黠地对着他眨眨眼："嘿！"

"你还欠我一杯奶茶呢，学弟。"夏夏直勾勾看着他的眼睛。

许星纯抿了抿嘴唇，汗顺着脸颊往下滑，滑到脖颈处隐没，显得他越发清瘦。

夏夏仰头，目光不自觉看过去。他比自己高了大半个头，刚刚跑完步，因为缺水，嘴唇有点干燥。

"有没有人跟你说过，你的唇形好漂亮。"

"没有。"

"有过喜欢的人没？"

"有过。"语气普通平淡，说完就没后续了，他转身往上走。

"长什么样，有我漂亮吗？"夏夏目光追着他又问。

许星纯一手拎班牌，用衣袖擦了擦额头的汗，似乎不想多说。

夏夏总算止住了自己的好奇心："真伤心，干吗对我这么冷漠，是不是讨厌我？"

"抱歉。"他只是想让她别跟着自己。

许星纯乖乖的样子，让夏夏唇角不自觉又上扬了："算了，原谅你了，看在你一本正经的样子好可爱的分上。"

操场旁边的乒乓球台，这里视野极其开阔。

"那不是许星纯和夏夏吗？他们怎么走在一起了，真谈恋爱了？"宋一帆指着远处，手放在眼睛上方，"嘿，我有点看不清啊！"

"关你什么事？"付雪梨事不关己，反应冷淡。

她晒着太阳，又被喋喋不休比蝉鸣还吵闹的宋一帆叨叨得烦死了。

"你吃醋了？"自从上次，宋一帆听到付雪梨说许星纯追她的事之后，他动不动就拿许星纯刺激她。

"我警告你，别给我阴阳怪气地说话。"

宋一帆"啧啧"两声："哪儿敢啊，我这不是为你心痛嘛！这么优质的好苗子，我说你是不是脑袋被门夹了，还是梨眼不识泰山？"

"你别瞎用成语行吗？我们两个现在就是普通朋友。"她懒得同他碎嘴。

自从上次想通了之后，付雪梨也算是放下包袱了。平时看到许星纯，还主动跟他打个招呼什么的。虽然也不知道为什么，他对她倒是越发冷淡起来了。难道真是因为有美女追，整个人就膨胀了？

"宋一帆。"付雪梨喊他，"我问你，我漂亮还是夏夏漂亮，你觉得？"

"人家多才多艺，钢琴十级，成绩也不错。你呢，你会啥？就会喝酒打架，寒碜不寒碜？首先气质、内涵就输了一大截。"

付雪梨差点没被这贱人气死，转头又问："谢辞，你觉得呢？"

谢辞单手插着裤袋，斜倚着墙，漫不经心在旁边说："你漂亮。"

看到许星纯和夏夏走在一起的，当然不只他们。下午有人趁着交作业，就来找许星纯打听八卦。

但是许星纯什么也没说。别人见他居然是这种态度，觉得有些扫兴，也没继续问下去。

临近月考，班上的学习气氛越来越紧张。

付远东这几天回来得比以往都要早，搞得付雪梨和付城麟放了学也只能乖乖回家。

最高兴的就是齐阿姨了，每天去菜市场搜罗菜，乐呵呵的，巴不得家里人越多越好。

晚饭过后，一家人去客厅例行谈话。付远东看《新闻联播》的时候，又提起要给两人找家教。

付雪梨安静吃水果，努力把自己的存在感缩到最小。但是这把火还是从付城麟烧到了自己身上，付远东点她大名："雪梨，你以后还是要好好上个大学的，不能这么浑浑噩噩过一辈子，不然都是我这个叔叔的错。"

毕竟付雪梨是他看着长大的，已经当亲闺女对待了。

茶几上烟灰缸里全是烟头，付远东心思沉重："我就是太惯着你们，才让你们现在变得一无是处，都是我的错。"

付雪梨嘴角撇下去了。

她很少听叔叔说这种话，也最受不了长辈露出这样的神情。叔叔沉闷的样子，压得付雪梨胸口闷，当晚她就失眠了，翻来覆去睡不着。

一夜过后，付雪梨主动去找付远东，立下了好好学习、天天向上的誓言。

为了表决心，她甚至主动把手机上交了。

虽然没过几天她就后悔得要死，但是还要假装坚强。

临近 10 月，终于要入秋了。

付雪梨在班门口徘徊，居然有点紧张。

她又低头整理了一下身上的校服，总感觉哪儿哪儿不对劲。这是她第一次穿校服来学校，早上出门前估计照了半个小时的镜子。

深吸一口气，走廊上来来往往的人越来越多，付雪梨一咬牙悄悄推开后门进班。

但是她没能如愿。

刚刚进去，一组后排的角落就吵开了，李小强他们真的被付雪梨这副样子震惊了："我去，我没看错吧！这是付雪梨吗？"

同时跌破眼镜的还有班上的一大堆同学。

老远就听到宋一帆即将笑死的声音，他掏出手机拍照："我们梨穿校服还是很好看的嘛，好纯，好温柔哟！"

付雪梨猛地回身，恼羞成怒："你给我闭上你的猴嘴。"

虽然尽力保持镇定，但在位置上坐下的时候，破天荒地，她居然有点害羞。

连许星纯过来收作业，看到付雪梨，都有几秒的诧异。

早上上完课，老师通知了月考的时间，就在明天。下午下课后，要把班上的桌椅都打乱布置考场。

一中有个规定，月考前一天晚上和月考当天，晚自习都必须上。

付雪梨虽然是三分钟热度，但也开始假模假样地好学起来。溜出去吃完晚饭，她撇下一众狐朋狗友，迫切地回教室找到自己的位置准备复习。

不过也真是巧了，许星纯就坐在她后面。

付雪梨刚坐下来，屁股还没坐热，后面就来了一个慰问的人。

"班长，我看你一直就没出去过，你不吃晚饭啊？饿着自己不好吧？"

"没关系，我下晚自习去吃，有什么事吗？"

"你忙吗？我问你个题。"

"我看看。"

来问问题的人一个接一个，付雪梨本来还想临时抱佛脚，这会儿简直被吵得看不下去书，更别说许星纯了。

到李小强来的时候，她终于忍不住，把头转过去："我说老师是不在吗，人家不用复习的？"

李小强挠头："这不是问班长方便嘛。"

等周围终于安静后，她继续咬着笔头，埋头做题。看着面前扭曲的"鬼画符"，她硬着头皮写了一会儿。

什么东西?!

数学是人该学的吗?! 难不成她以后去菜市场买菜，还要用二次函数算怎么买便宜?!

翻书找公式吧，书本又是一片空白，什么重点都没有，根本无从下手。

自己想吧，落下的知识点太多，也不知道要想到猴年马月去。于是付雪梨很快忘记刚刚如何指责过别人，转身，把卷子拍在许星纯桌上，笔点了点，严肃道："你帮我看看这道题，快点。"

问别人问题都能这么嚣张，也只有她了。

班上的人这时候还不多。

两人都歪着身子。许星纯歪着头，倒是给她讲得很慢，仔细到每一步、每一个公式；怎么算、怎么代入。

他语气缓和，声音低沉。付雪梨很久没听到他这么温柔地对自己说话了。

不过她有个金鱼脑子，基础太差，懂了这一步就忘了上一步，听得一头雾水。

也就许星纯有耐心，一步一步教她。

付雪梨心情沮丧，自己也有点尴尬，转移话题道："你饿不饿啊？我还有面包，我从罗卡卡买的。"

没等他答应，她眼睛眨了眨："作为报酬，你给我多讲几道题。"

她趴在他课桌上，占了大半江山，理直气壮的，也不觉得自己打扰别人了。

突然，付雪梨把头一拍："对了！许星纯！你给我把老师说的重点全部写纸上，简单的也要写，我打个小抄也是极好的！"

差点忘了还能打小抄这回事。

她风风火火，说到做到，立马从别人那儿揭了一张巴掌大的粘贴纸。

"许星纯，你直接帮我写吧，写小点。你字比我工整，基础的、重点的都要。"

许星纯沉默了。

沉默后，在她希冀的眼神下，他拿起笔。

他有自己的原则。

但在她面前，好像什么原则永远只能退后，占一丁点。

许星纯低着头，碎发微微遮住眼，把一个个早已经铭记于心的公式在小方片纸上，誊写得格外认真。

于是，身为年级第一的超级大学霸，就在月考前一天，什么都没复习，就帮她在字条上打小抄。老师要是知道了，估计会气死。

付雪梨一想到这儿，就情不自禁地笑了出来。

他听到她笑，笔尖一停，抬起头来。

付雪梨摆手："没事没事，你继续抄。"

监督许星纯打小抄的时候，付雪梨玩不了手机，闲着无聊找他聊天："许星纯，你和夏夏是怎么回事啊？"

"没有怎么回事。"

"那她喜欢你？"此时的她，完全没意识到自己已经得意忘形了。

"不知道。"

"你看你性子这么冷淡，别人说不定就喜欢你这种不爱搭理人的帅劲呢。"

"我没有不搭理人。"

"那你喜欢她吗？我漂亮还是她漂亮？"

"……"

"不说话是几个意思?"

"你好看。"

付雪梨很满意:"还是你会说话,像宋一帆,他就猴嘴里吐不出象牙。"

她看不见的角度,许星纯笑容很浅,脸颊旁有个不明显的酒窝。

06

"对了,你是不是还没吃晚饭?"她说着,撕开一片面包,讨好地递过去放到他嘴边。

面包屑从她指尖落下。许星纯好像有点蒙,垂下眼瞟了瞟,僵硬地张嘴吞下:"我自己吃吧。"

"那我放旁边,你饿了自己拿。"她收回手的时候,不小心蹭到他的脸。

许星纯下意识抬手,用手背蹭了蹭嘴唇。

滑滑的,好嫩,皮肤真不错。她在心里暗暗想。

"许星纯,你身上怎么有点香……"付雪梨思考着合适的形容,"就像……就像……"

两人刚刚凑近时,她闻到他身上有一种很好闻、特别清爽的味道。她一时间却找不出合适的形容词。

这个话题正常来说太难为情了,但她丝毫没有察觉。

"肥皂。"

他简洁的回答,真的有点让人聊不下去天……付雪梨撇撇嘴,转身去和数学题奋战了。

没奋战五分钟,又卡壳了。许星纯在帮她打小抄,付雪梨不得已只能寻求旁边人的帮助。

题目有点难,那人研究半天,也不是很会。但是他人很好,懂多少就教付雪梨多少。

她叽叽喳喳问这问那,渐渐聊上头了,话题就从学业到了其他事情。

"付雪梨,上晚自习不要大声讲话,会影响别人。"许星纯不知道为什么突然冷了脸,嘴角下沉,显得很严肃,搞得旁边的人不好意思了。

那人的目光在他们两人身上转来转去,看出许星纯似乎……有点不高兴,于是缩了缩脖子。

付雪梨讪讪地回到自己的座位。

许星纯也不回避她的视线,但整个人都是一副不想交谈的样子。那个沉甸甸的眼神,也盯得她很不舒服。

刚刚跟他讲话的时候,怎么没这么多屁事呢?

她又是脾气相当大的一个人，冷眼看着他，把试卷用力扔在桌上："不学了。"

许星纯似乎愣住了，嘴唇抿成一条直线，不知道该做出什么反应。

他显得有些不知所措。

付雪梨生起闷气，趴在桌上。

过了会儿，他把写好的小抄递给她："付雪梨，我写完了。"

假装没听见。

也不动弹。

付雪梨从鼻子里哼一声，决定要冷许星纯几分钟，磋磨磋磨他的锐气。

坐在教室后面的人，要是这时候抬头，会惊讶地看到——一向冷静自持的班长，居然拿起水杯，一口气灌了半瓶才搁回桌上。

又过了一会儿，感觉有人敲了敲桌子。

付雪梨抬起脑袋，正好对上许星纯站在一旁，垂头看着她的目光。

头顶的灯光投射下来，阴影挡住了许星纯的半张脸。他看上去，尽力在让自己坦然自若。

"干吗？"她没好气。

许星纯有些不自在，短暂的沉默后，他低眼，头却偏向另一边："哪道题不会，我可以给你讲。"

"……"

付雪梨心里暗喜。

"……好吧，原谅你了。"她起身，立即忘了刚刚的不愉快，眼睛弯弯笑出来。

许星纯还是很识时务的嘛，这个服软态度还行，打个九十分。

许星纯不再多说，直接开始讲题。他声音压低，专心致志的。一张周测卷从头讲到尾，再简单的也没有忽略。

记得那晚星星特别多，时不时伴着蝉鸣。飞虫在白炽灯下飞来飞去，付雪梨撑着头就困了，眼皮直耷拉，笔尖停在纸上，画出一条线。

稀里糊涂中，她熬不住，趴在自己桌上睡了一会儿。

高三的晚自习10点下课。等到9点多，班上走得只剩下寥寥几人。她坐在窗户边上，夜风很冷，她下意识打了个冷战。

半睡半醒中，她感觉到许星纯起身，把校服盖到她身上，然后小心翼翼关上窗。

月考持续了两天半。

没想到临时抱佛脚还真的有点用。她第一次觉得自己看得懂题目了，虽然都是许星纯教她的。

他也真神了，跟她讲的好多知识点都考到了。

付雪梨走在楼梯上，心里盘算着，等成绩出来了，一定要拿回家给叔叔看，让他高兴高兴。说不定还可以拿出来在谢辞他们面前炫耀一番，想着想着她就听到两个女生的声音，一人拿腔拿调："欸欸，前面那个女生是不是九班那位……"

"哇，好像是她！"

接着两人说起了不知道从哪儿听来的野鸡料。

她们以为自己的声音很小吗？

本来刚开始还没生气，只是觉得好笑，等听到后来她们越说越离谱，什么校外几个男友，之前体检还查出怀孕几个月之类的……

付雪梨心头火起，气得脑袋冒烟，原地刹车，转头怒瞪着那两个说闲话的女生："你们有病啊?!"

后面两个人愣住了。

付雪梨白眼翻上天，毫不客气："你们几班的？再乱嚼舌根给我小心一点。"

她本来就美得很有攻击性，发起脾气来也异常凌厉，一股杀气还真把人唬住了。

明明站在她们下面，却整个人都居高临下的样子，扬着下巴直到瞪得两人说不了话，付雪梨这才罢休。

"小心——"在付雪梨转头的一瞬间，身后有人大喊。

该死的下雨天，地还能不能再滑一点？

谁能想到，在月考的最后一场之前，付雪梨居然从楼梯上跌下来，把腿给摔断了。

夏天穿得少，没有缓冲格挡，她脚腕一扭，身体没维持住平衡，几乎是硬生生摔了下去。

此时正是英语考试前，哗然和尖叫声之后，她周围陆陆续续围上了一圈的人。

有同班同学认出她来，立刻通知了老师。

许星纯赶过来的时候，手里还拿着文具。他看到她坐在地上，血从伤口处跌破的皮肤里渗出来，瞬间身体就发麻了，血液仿佛被冻住。

他用指尖掐了掐掌心，强迫自己冷静。

脱下外套，卷起袖子挤进人群。他单膝跪下，想抱她起来。

付雪梨刚搂住许星纯的脖子，却被其他人拦住："欸欸欸欸欸欸，同学，你不能动她的，松手松手，小心二次骨折。"

她有点崩溃。痛得倒吸一口凉气。

二次骨折还这么撞老子！能不能轻点啊？

这也太疼了吧!!!

付雪梨眼冒泪花，但是要面子，一直没哭出来。倒是许星纯满脸的冷汗，滴进了眼睛里。

可能是怕磕到她,也怕旁边人挤到她,他用胳膊撑在地上护着她。

两人贴得很紧,付雪梨感觉他的手在发抖。但是自己这时候也疼得无暇顾及了。

听到许星纯问:"疼吗……"

"废话……"付雪梨断断续续说,"我摔了一跤而已,又没死,你的手能不能不要抖了……"

这会儿老师也来了,打了120,驱散人群,说让大家去考试,别围在这里。

救护车来后,老师注意到旁边还有个男生,上来问许星纯怎么不走。

他说:"我是九班的班长,可以陪她去医院。"

"那你考试怎么办,这听力马上就开始了。"老师一时间也有些为难。

一个护士说:"抓紧时间,需要一个人陪同。"

幸好这时候,付城麟火急火燎跑来了。他一下冲上救护车,以为自己妹妹怎么了,吓得要死。

救护车的门很快被拉上,快速驶出校园。

老师也赶着要去监考,对仍旧站在原地的男生说:"赶快去考试!"

医生检查后,又去拍了X光。其实伤势并不严重,她除了脚腕扭伤比较严重,其他地方就是磕破皮了,没什么大事。

在医院住了几天就被批准出院,医生叮嘱了一些注意事项,让她好好在家里静养。

一个多月转眼就过去了。

付雪梨窝在家里哪儿也不能去,喝齐阿姨煮的骨头汤,喝得人都要发霉了,她真是被弄得没了脾气。

这一磨蹭,学期都快过半了。本来学校建议休学半年,但付雪梨死都不想留级。她虽然瘸着腿,但是好歹可以下床了,反复软磨硬泡下,付远东终于同意让她去上学。

上学那一天,正好是运动会前一天。

上午第三节课课前,有个男生进教室就笑开了。他站在班门口,夸张地说:"太搞笑了,你们知道我刚刚看到什么了吗?付雪梨一只腿打着石膏,挂着两根拐,还是宋一帆把她驮上来的。"

有人不厚道地笑了:"怎么个驮法?公主抱?"

身后的男生继续着他们的嬉笑,许星纯神色如常,仿佛什么也没听见。

他坐在椅子上,把手里揉皱的纸页丢进抽屉。

268.

07

等红灯的时候,出租车师傅跟车上的乘客攀谈。他趁着间隙咬了几口面包,口中含糊:"姑娘,看你刚从医院出来,身体不舒服还赶着去上课啊?"

略显瘦弱的女孩微微侧头,似才回神。

师傅这才看清她的脸。一张毫无攻击性的脸,苍白得没什么血色,眼珠却特别黑。很单纯的一副眉眼。

看她目光停留在面包上,也不吭声,师傅羞涩地说:"这是我今天的第一顿饭。"红灯只剩最后几秒,他没能多吃几口,便匆匆放下。

车子重新开动。现在是下午2点20分,许呦看向窗外。

一条宽敞平坦的柏油马路,两边有高耸挨挤的绿树。拐个弯,车子在临市一中大门口停下。

这是她转来这个学校的第二周,中午被接出去和小姨吃了个饭,赶回来上体育课。

付雪梨没来上体育课,所以许呦上完课后,便和班上女生一起结伴回教室。

在路上,大家本来是在讨论别的,话题渐渐就偏离到班上的八卦和帅哥上。

"你呢,觉得我们班哪个男生帅?"一个女生转头问。

许呦喝了一口水,摇摇头。

快到楼道门口时,前面有一大批男生迎面而来。

和旁边的人一起,许呦默默站在一角让出路。

就在这时,突然意外发生。

"小心——!"姚静大叫一声。

许呦站在台阶上,应声抬头,只见一个铁杯向她砸来。

铁杯挨着脸侧撞过来,嗡的一下,耳朵剧烈地痛起来。周围杂音朦朦胧胧一片,她什么也听不清。

这时候拥上来一群人,不知谁是刚刚的始作俑者。

许呦努力稳住身形,弯下腰去捡掉在地上的水杯。因为脸上疼痛,手指控制不住微微颤抖。

周围好几个人,她都看不清是谁。混乱中,她被撞到旁边一人身上,那人顺势扶住她的手臂。

许呦微微推拒着,紧张得手心出汗,带着少许笨拙,小心翼翼吐字:"我的水杯……"

谢辞弯腰给她捡起来。

太亲密的感觉,让许呦觉得奇怪又尴尬。她用了点力,甩开他的手,退出两步远。

谢辞个子比同龄人高过一个头，湿漉漉的额发撸到脑后。他眼眶略深，眉弓清秀，蓝白色球鞋未沾黑灰，瘦而修长的身形，皮肤包裹骨骼，渗透着汗水的味道。是一种剧烈运动后，可预见的，属于少年人爆发力的气息。

这种气味让许呦陌生。

她手心捂着被砸到的侧脸，已经感觉到火辣辣的撕裂感。从脖子到耳朵，一寸寸往上烧。乍一眼看上去，她的半边脸像抹上了淡淡的胭脂。头晕目眩了几秒，她才渐渐缓过神来。

"没事吧？"他后退半步，问她。

"没事，我没事。"许呦连着摇摇头，她是天生的好脾气。

谢辞低下眼睛，无意识地摩挲指尖。回想起刚刚手指的触感，湿腻腻的。

等人走远，他的视线才从许呦身上收回来。

那肩背太单薄了，旁边宋一帆嘀咕了一句："啧，阿辞啊，你说新同学怎么长得这么白？人小力弱。"

"刚刚那个人，我们班的？"有女生小声说。

姚静惊讶："他你都不认识？谢辞啊！你不是初中部升上来的吗？我觉得没有女生不认识他呃！而且关于他的传言很多，但是他只和几个特定的人来往。"

谢辞是谁？

是学校里无人不知、无人不晓的一中校霸。

九班有两个帅哥是出了名的。

一个是许星纯，一个是谢辞。

如果许星纯是冷冷淡淡的天上月，不沾染一丝尘埃。那谢辞就是高高在上的炽金乌，让人不能直视。

不过两个帅哥都如出一辙地寡言冷漠，往后不知要伤多少少女的心。

"他有女朋友吗？"

"不知道，他长得倒是蛮英俊的，家里是有点背景的，爸爸是搞房地产的。"

一女生冷嘲着说："八婆，你们在这儿说破天，别人认识你们吗？"

"拜托，我又不喜欢谢辞，你这么阴阳怪气的干什么啊？"

其实现在这个年纪的女生，并不全都喜欢抽烟、喝酒、打架张扬的小混混。像那种外貌、成绩出众的男生，往往更令怀春少女心驰神往。

像符蓝，就觉得许星纯这种绅士更符合她内心的白马王子形象。

许呦默默走，听到姚静忍不住地说："刚刚近距离看了下谢辞，这位长了张什么言情桥段里男主角的脸？我要爆炸了！"

她们说着说着，就走到了教室。

教室里人还不多，付雪梨懒洋洋的，又翘掉了体育课，坐在教室后排啃苹果看小说。

她看到许呦脸上的红肿,一下就从位置上站起来:"怎么,谁欺负你了?"

"我没事的。"许呦头低了一点,头发遮住脸颊,"过一会儿就好了。"

刚转来这个学校,她还没有适应。不过她话少,性格也比较内向,有什么都藏在心里。

等第二节课下了,付雪梨才从符蓝口里知道,是谢辞弄的。

还没等她去找谢辞算账呢,就有一个女生先行一步,帮许呦打抱不平。

那女生倒是蛮眉清目秀的,语气娇憨,满满地担心:"你刚刚砸到我朋友,她脸现在肿起来了,你知道怎么消肿吗?"

许呦坐在前排,听到有人替她说话,急着转过身,本来想阻止,可是已来不及了。

谢辞靠在椅背上,抬头打量这个女孩,伸手摘下一边的耳机。

"什么?"他问。

"消肿的药,你知道吗?"

"我怎么可能知道?"谢辞说得理所当然。

"那许呦怎么办?"

"关你什么事?"他说着,眼睛却看向许呦。

那女生没料到他这么直接。这样的答案,反倒把自己弄得有些狼狈。

有人阴阳怪气,故意逗她玩。

虽是说的一些玩笑话,也让女生有些尴尬了。紧随而来的又有些羞耻,她脸一热,血气翻涌至胸口。

谢辞倒是没什么表情。他就把脸一侧,手臂横在桌上,腿随意支在椅侧,低垂下眼继续看篮球杂志。他如此旁若无人,置身事外,惹得别人更加难堪。

那女生抬脚刚准备走,被旁边好事的男生推到谢辞身上。

一个踉跄倒下,谢辞单手撑住桌子,伸出手刚刚好稳住她的身子。

几秒过后,他声音尚有些低:"发什么呆?"

虽然行为举止礼貌,可隔得那么近,女生只从谢辞的眼里看到了冷漠。

"辞哥,你这样可真没意思,别人女生都这么主动投怀送抱了!"有人又笑。

女生整理头发回到位置上,一边掉眼泪,一边把头埋在胳膊里。

许呦刚想起身追过去,无奈上课铃在这时候打响。

付雪梨全程看好戏。她一眼就看出来这女生是什么货色。

但是许呦心里焦急。

位置隔得比较远,许呦只能沉默地看着那个女生哭。她哭了半节课。许呦也是一节课都在想,下课要怎么安慰那个女生。

后面的男生一直用笔戳她的背,许呦却丝毫不给反应。

到后来骚扰越发变本加厉。

许呦在草稿纸上写了一段话,撕下来丢过去。

"上课不要打扰我。"

谢辞微微弯腰,身子旁倾,探出头来看她,像是逗出了点意思:"服了,我又没欺负你,你在跟我生什么气啊?"

08

付雪梨觉得自己走路跛跛的不好看。她又要面子,于是挑了一个大家在做操,班上没人的时间,从后门偷偷溜进教室。

黑板上还有上节课没擦掉的粉笔痕迹,一个人都没有,她就一瘸一拐随便溜达了一圈。

找到贴在墙上的成绩单,打算欣赏一下自己的分数。

怪不得老师会专门打电话给付远东表扬自己……除了英语没考,其他几门居然全部都及格了,进步还是很大的。

欣赏完第一遍,再欣赏第二遍。

第二遍再看,她感觉有点不对劲。

可是……哪里不对呢?

又仔细看了一下,终于发现哪儿不对劲了。

是许星纯!

以往他的名字都应该位居榜首,这次考第一名的却是符蓝。付雪梨找啊找,在二十名开外才找到他。

实在是太不可思议了……

许星纯年级排名都没掉出过前三,怎么可能考到二十多名……

疑惑中,她仔细去看他的单科成绩。看到最后,才发现端倪。

——他的英语成绩是零分。

脑子里回想起那天她从台阶上摔下来,刚好是考英语之前。这么巧?不会是他耽误考试了吧……

难道是因为她?

也不对啊……许星纯又没有跟去医院,就算耽误了一点时间,也不至于考零分吧。

一堆乱七八糟的猜测堆积在脑海里,付雪梨回忆了一遍,完全理不出什么头绪。

教室门突然被推开。

她回首望过去,看到许星纯站在讲台上。他刚刚运动完,只穿了一件灰蓝色毛衣，衬得人如松柏一般挺拔。

自从上次以后，两人已经有一个多月没见了吧……她傻站在原地，慌里慌张半天，只蹦出一个："嘿……"

可是许星纯明明也看见她了，却视若无睹，径直走回自己的座位。

她正要出声喊他，这时班里陆陆续续来了人，渐渐喧哗起来。付雪梨还没回位置上，就被一群人热情地围了起来，七嘴八舌问这问那。

腿怎么样，拐杖怎么样，在家里怎么样……

付雪梨心不在焉地回答。

老师到教室来，人堆才散开。

直到上课了，付雪梨也没找到机会和许星纯说上话。

过了一会儿，她旁敲侧击向符蓝打听了一下，上次月考许星纯成绩到底是怎么搞的。

符蓝也不是很清楚："你一说我想起来了，老师还在班上批评班长，说什么胡闹也要有个限度啥的，还在教室外面找他谈话，听说是因为他英语考试交了白卷。"

"他没去考试？"付雪梨问。

"去了呀。"符蓝晃晃脑袋，抄黑板上的笔记，随意道："谁知道他是怎么想的？去了吧，但是一个字没写。"

"行吧……"付雪梨若有所思。

老师在讲什么都没听清，她光盯着许星纯的背影就走神了大半节课。

一下课，大家都在收拾东西准备往外走。

"这要干什么去，不是还有一节课吗？"付雪梨问符蓝。

"老师刚刚上课不是说了嘛，下节课去一号楼的实验室做生物实验。"

实验每组四个人，一节课要完成两个实验。一个是解剖鲫鱼，观察它的呼吸方式，还有一个是探究植物细胞的吸水和失水。

付雪梨可以走路，就是比正常人慢一点，跛一点。宋一帆看不下去，过来把她搀扶着。

他路上还一直叨叨："你说你怎么这么多事，走又走不动，上上下下折腾干吗？这个鬼实验不做也没什么吧，你翘掉的课还少吗？"

付雪梨敷衍他："反正我就要去。"

"怎么没看出来你还这么爱学习呢？"宋一帆嘀咕。

到了实验室，小部分人已经分好小组。

付雪梨、宋一帆、谢辞等人出现在这里，显得特别格格不入。他们甚至连书都没带，做什么实验？

谢辞拖了个椅子坐下，长长的腿随意耷拉着，左右看看，对着宋一帆歪头示意:"我们走?"

"好呀,上网?"宋一帆两眼放光。

"不行,你们留在这里陪我。"付雪梨打断他们。她抬头,看到许星纯正好从那边过来,便喊道:"许星纯!"

他站住了,回头看她。

宋一帆神色震惊,觉得付雪梨肯定是疯了。因为他居然听见她说:"那个……你能不能和我一组?宋一帆和谢辞都没带书,他们也不会。"

被代表发言的谢辞、宋一帆:"……"

许星纯看到他们几个人,也沉默了。但是他迟疑了几秒,还是没有拒绝她的要求。

于是……这一届九班最出名的两个大帅哥,在这个试验桌上首次"会晤"。再加一个瘸腿的付雪梨,真是备受关注。

老师说了几个注意事项后,就让大家开始行动。

他们这一组,明显只有许星纯知道该在这个实验室干什么,他得一个人做两个实验。

付雪梨把试管从试验台拿出来,敲了敲旁边的玻璃杯,叮当作响。

"之前没发现,班长,你还挺白的啊。"宋一帆竟和许星纯聊起天来。

"你也不错。"他脱掉外套,背过身去,穿上实验服,一颗一颗系上扣子。

将视线从付雪梨脸上移开,宋一帆嘿嘿笑起来:"班长,我和谢辞要出去上网,辛苦你了。"

说完,两人趁老师不注意就走了。只剩下许星纯和付雪梨两个人。

许星纯弯着腰,微微撇过头,侧脸轮廓鲜明。他挨着她,两人距离很近。付雪梨不敢多看他的脸,便把视线移到他手上。

他专注解剖鲫鱼,手法熟练,干净利落。整个实验他面不改色的,看得旁人对他的崇拜之情更上了一层楼。

终于,她忍不住说:"上次……考试谢谢你。"

"不用谢。"

付雪梨觉得他好像带着什么情绪,不由得问:"你又怎么了?"

许星纯摘掉橡胶手套,拿过纸和笔低头记录数据:"我很好。"

被刺到了。付雪梨耐着性子转移话题:"你英语考试怎么回事,没去吗?"

"去了。"

"那为什么是零分?"

"我没写。"

"为什么不写?"

"不想写。"

她强笑:"不是为了我吧?"
"……"
许星纯毫无反应,付雪梨只好作罢。
于是一个话题又结束了。
这人怎么这么难沟通呢?

付雪梨托着腮,审视着许星纯。起身的时候一不留神,她把旁边的玻璃试管碰到地上摔碎了。

她吓了一跳,刚想去把碎片捡起来,被许星纯喝止住:"别动!"
老师正好在巡视,听到动静走过来:"你们这儿怎么回事?"
她刚想张口,许星纯说:"对不起,老师,我刚刚做实验不小心手滑了。"
生物老师认出来是许星纯,脸色随即缓和:"没事,下次小心点啊,注意安全。"完了还关心一句:"做完了吗?"
"快了。"许星纯点头,"谢谢老师。"
剩下的时间,付雪梨撑着下巴安静看他做实验。身边的人渐渐都走光了。
"你不是说快了吗,为什么还没做完?"
他打开水龙头,把玻璃板放在水池里冲洗:"做完了,我在收拾实验器材,你可以先走。"
"算了,看你可怜,等等你。"她无聊地趴在实验台上,头转向另一侧,盯着空空的走廊,"哎……我刚刚又听到八卦,听宋一帆说你最近和夏夏走得很近啊……其实夏夏也蛮漂亮的,你们也蛮配的……"
自言自语半天,安安静静,没人回应。
一转头,发现身边空了,许星纯居然已经走了。
?!
"许星纯。"她单脚跳着追出去,"哎哎"直叫,喊他名字,"你等等我。"
因为腿脚不方便,她又嫌拐杖碍事,丢在一旁,便一蹦一跳地扶着栏杆,一级台阶一级台阶地跳下去。
许星纯站在原地。
下完最后一级台阶,她跳到他面前,一下没站稳。
许星纯伸手扶住她。
付雪梨大喘气,整张脸都皱在一起:"你……你也太过分了吧,居然丢下我一个人……什么……什么意思……"
话音戛然而止,她突然被人抱住。
力度很轻的拥抱,许星纯的手臂似乎根本没碰到她。他只是抱着她,身上淡淡的气息将她围住。
付雪梨手脚都不知道往何处安放,站着完全不敢动。

09

许星纯把额头抵在她的肩上。

这个动作倒有几分不自知的可怜,搞得付雪梨有点蒙。

就像回到了过去。

那时候的许星纯沉默冷淡,不像现在表现得处处温和得体、冷静从容。但他对她总是炽热隐忍的,有着十二万分的耐心与温柔。

加上许星纯清澈深邃的眼睛,秀挺的鼻梁,长直的睫毛,害羞的酒窝,鲜明的五官线条,全都完美戳中她的审美。

所以付雪梨从来都没能下定决心和他彻底断绝关系。

周围安静得针落可闻。

过了不知多久,她才抬起两只手,撑在许星纯肩上,没用什么力气就推开了他。她有点稀里糊涂的,但尽量装作没事人一样看着他:"你要干吗?"

许星纯被推开,眉头都没皱一下,只是淡淡地问:"你希望我和她在一起吗?"

这个嘛……肯定不能说希望。

不过自己有什么立场反对?

避开他的视线,付雪梨话到嘴边打个滚,又改成了:"那个……你喜欢夏夏就和她在一起,不喜欢就不在一起,反正我又不介意你和谁在一起。"

"你知道我喜欢你。"

他不是一个情绪外放的人,今日这么直白,所以这句话的杀伤力还是有的。

付雪梨脑子里往事重现,不过还是一团糨糊,便下意识地撇清关系:"但是我只把你当朋友。"

说完看到许星纯的表情,心里有点后悔,但是为了面子,付雪梨不得不把话讲完:"至于我们以前的事情,过去就过去了,是吧?"

这话她自己说起来,其实也有点犹豫。毕竟最近几次,好像都是她主动招惹的许星纯。

"你知道我喜欢你。"许星纯再次重复。

似乎……有点不对劲啊……

她吞了吞唾沫,勉强笑道:"嗯……那个什么……我觉得我们不合适。如果最近我的行为让你误会了什么……不好意思……我不是故意的。"

"我能误会什么?"许星纯蹙眉,笑容很奇怪,嗓子干涩,"误会你还喜欢我?"

付雪梨睫毛微颤,难得有些不好意思。

不管怎么说,许星纯是她曾经喜欢过的人。所以她对待他总是藕断丝连,某些事上能够摆正自己的立场还蛮不容易的。不过……摆不正也不怪自己。

对许星纯,恐怕哪个女生都做不到眼睛都不眨地拒绝。

付雪梨天生就是恬不知耻的性格,心中闪过无数念头为自己开脱,很快就恢复了坦然:"你什么都别误会最好,反正我把你当朋友。"

她哪里会知道,自己的幼稚和傲慢,刺在别人身上有多痛。

不知是不是错觉,许星纯脸比平时要白一点,英俊的五官紧绷着,眼里是一下望不到头的平静。

"你之前的考试试卷还在我这里,有时间来找我拿。"

他低下头贴着她的耳朵,垂下眼睑,声音很轻,很淡:"付雪梨,到此为止。"

运动会因为下雨,又往后推迟了一周。

她和许星纯好像陷入了一种奇怪的角力。两人好不容易缓和了关系,很快又互不搭理。只不过他好像更加冷淡坚决一点。

许星纯说的"到此为止"是什么意思?

不喜欢她了?

决定放弃了?

还是要报复她?

付雪梨纠结了。脑袋里好像有两个小人在打架。

一个说:别骗自己了,你明明就还喜欢他,不然为什么这么焦虑?

另一个说:你不是早就想好了吗?他不喜欢你你应该高兴,别再重蹈覆辙了。

这么过了几天,她挫败地发现,自己不但没有舒服畅快,反而陷入了烦恼和煎熬。她没有什么能说话的女性朋友,从小到大,讲心事也只能找自己哥哥。

晚上端了杯牛奶,付雪梨满腹心事地敲响了付城麟的门,漂亮的杏眼里装满了忧愁。

他正在打游戏,也没工夫理她:"找我干吗?"

"倾诉我的感情烦恼。"

游戏里厮杀激烈,付城麟明显对她的少女心事不甚在意。

两人断断续续交流。

终于等到他一局游戏结束。他摘掉耳机:"所以你到底在烦什么?"

付雪梨坐在床上,神色放空:"我不知道自己喜不喜欢他。"

"喜欢谁?"

付雪梨描述了一下和许星纯的事,付城麟听完便冷嘲:"如果他真的是你说的这种人,用屁股想也知道你们不会有结果。"

"为什么?"她问。

"你缺乏觉悟,我懒得跟你说。"他拿起手机回朋友消息。

又是一阵沉默。

"那……那如果我还喜欢他呢?"付雪梨试探性地问。

"付雪梨，综合你前面说的。我知道你喜欢玩，但是你要想清楚，你是能忍受被束缚的感觉，还是更能忍受不被他喜欢的感觉。人家一颗少男心可受不了你糟蹋几次。"

付城麟最近不知道是不是女性杂志看多了，说话总有一股浓浓的"知音"味。

"我没有糟蹋。"付雪梨底气明显不足，"况且，他不喜欢我，还有一大把人排着队追我。"

"你现在不痛不痒，人家真的不喜欢你了，你确定不会后悔，不会不甘心？"

"当然不会。"

付城麟冷笑，把手机扔回床上："我真是好奇……"

"好奇什么？"

"好奇是什么样的人，能够忍受你这么反反复复。你这一下喜欢，一下不喜欢，这不是把人家的自尊踩在脚底下玩吗？"

"我哪有。"付雪梨气愤地捶床，"我没有！"

"你没有？"

好一会儿，她才小声开口："没有……我一直都说让他放弃啊，我没有想耽误他。而且许星纯学习这么好，长得这么帅，人这么聪明，随便勾勾小指头不就一群人扑上去？他干吗对我这么执着？我有点怕。"

付城麟直摇头，嫌弃十足。他知道，付雪梨年纪虽小，却天生自带"渣女"属性。心血来潮就随便和别人玩玩。到她腻了为止。

他也最了解自己妹妹，要想降住她，只有冷着她，让她尝到失去的滋味。

痴心和穷追猛打是没用的，越这样她越逃。

"你现在是无所谓，因为你心里清楚他喜欢着你，才会说无所谓。到哪天人家真的不喜欢你了，你看你还无不无所谓。"付城麟一针见血。

"我就无所谓。"付雪梨还嘴，一头栽倒在床上。

"那你放过我吧，别在我这里浪费时间。"

终于等到一个不下雨的运动会。

最近李杰毅陷入了爱河，疯狂追他们班的一个女生。

付雪梨腿不太方便——出去玩不方便——在教室待着无聊之时，被宋一帆他们拖去布置表白现场。

地点在学校的一个生物园里，平时去那儿的人很少。

一群人张罗着蜡烛和玫瑰，旁边还有一把木吉他和横幅。谢辞懒得参与这种活动，在一旁打游戏。

他们商量谁把那女孩带到这儿来，搞来搞去敲定是付雪梨。李杰毅求来求去求了半天，直到被念得头疼，她终于不情不愿地同意了。

那个女生是乖乖女，运动会就待在看台上安静地看书。

付雪梨拄着拐，很艰难地爬上去，坐在女生身边。

她咳嗽一声，在脑子里想，该如何先套个近乎。

目光游离之时，突然定格到前方某处。付雪梨如鲠在喉，忘了自己要说什么。

一男一女，他们背对着她并排坐在一起。

这么冷的天，夏夏还穿着短裙，伸直两条又白又长的腿，亲昵地和身边的人不知道在说些什么，抿唇直笑，显得很高兴的样子。

她突然手指向某处地方。

许星纯手肘撑在膝盖上，T恤被汗水洇湿。望向夏夏指的操场跑道，捏着手中的水瓶，侧着脸，嘴角一弯笑了笑。

这个场景，没来由让付雪梨心头火起，美目圆瞪。

简直是越看越气。

许星纯变心也忒快了吧！前几天还说自己和夏夏没什么，等自己天天这么纠结，他转眼就和夏夏这么亲密？

当然付雪梨也没有深究，自己的想法是不是很自私。

失落、委屈、愤怒、憋屈的情绪糅杂在心头。付雪梨消化了一段时间，又暗暗唾弃自己心胸狭窄。

正在吃力思考着，这时李小强跑过来，一不注意踢飞了她的拐杖。那根拐杖好巧不巧，这么直挺挺顺着台阶滑下去。

——滑到了夏夏身边。

这个动静也打扰到了两人。

许星纯回头，遥遥注视着付雪梨。

10

李小强愣了一下，没反应过来是什么情况，喃喃道："对不起啊……"

"你站着干吗呢？给我捡回来！"付雪梨气得踢了李小强一脚。

"不是……我这……你看。"李小强指着远处，"人家不亲自给你送上来了吗？"

付雪梨抬头就对上了许星纯的视线，顿了一下，然后才落到来人身上。一张笑脸映入眼帘。

夏夏倒是真的很善解人意，见到付雪梨就笑了一下，主动递给她拐杖。

李小强不好意思地挠头："学姐，真麻烦你了啊，还亲自送上来。"

夏夏笑："没事。"

"谢谢……"她接过来，低头看了看手上的拐杖。

察觉到付雪梨的情绪有些不对，夏夏关心道："你怎么了，是不是哪儿不舒服？"

"啊？"付雪梨飞快地说，"没没没，我没事，谢谢你。"

等夏夏走后，李小强长吁短叹："唉，羡慕！真羡慕！长得帅就是好，班长桃花不断啊。"

"许星纯？"夏夏开口叫了一声人。

"嗯。"他拧开矿泉水瓶子喝了口水。

夏夏"啧"了一声："你脸色看上去不太好，是不是刚刚跑步太累了？我跟你说什么，你都兴致缺缺的。"

"不然这样。"她提议道，"我带你出去玩？"

许星纯摇头："我等会儿还有事。"

"什么事？你就是不想去。"

"帮老师送表格。"

"好吧……"夏夏看到他满脸难掩的疲倦，皱了皱眉，"你是不是没休息好？"

夏夏长这么大，第一次见到这种高度自律又克制，还特别帅的男生。所以她理所当然地对许星纯产生好感，不然也不会这么多次主动找他。但他总是不冷不热，让她有些头疼。

两人正说着，旁边传来故意清嗓子的声音。抬头一看，原来是旁边班夏夏认识的好友。

"哟，夏夏大美女怎么在这儿？"那个男生视线在他们身上停顿。

"关你什么事啊？别八卦。"夏夏哼声，顺口和那个男生聊了几句。

许星纯忍了很久，还是回头看了一眼。

付雪梨早就不见人影了。

"怎么了？感觉你一直都心不在焉的。"夏夏歪着脑袋，试探性伸手，在他眼前晃了晃。

他移开视线。

夏夏忽然叹了口气："不知道是不是我的错觉，总觉得……你一点都不高兴。你简直就像个纹丝不动的大石头，什么情绪都没有。"

"是吗？"

"是我的错觉吗？"

他睫毛垂下来："错觉。"

他们坐在那儿聊着,付雪梨早没了玩乐的心思。她打了个电话给家里的司机,让他来学校接她,然后撇下李杰毅那群人,招呼都没打就早早离开了学校。

那天晚上李杰毅的表白很轰动,贴吧上发了很多帖子,都在说他超帅,超浪漫。

付雪梨津津有味地看着,随手一翻,随便瞥了一眼,看到一个帖子的标题:"一中的美女帅哥真多,随手一拍就是一道风景线"。

她还没点进这个帖子,看到第一张预览图就愣住了。

坐在看台上的不是夏夏和许星纯吗?

付雪梨冷笑了一下,盯着那张高清图片,心情简直像踩了狗屎一样糟糕。

现在的人是不是学习太无聊了,也太八卦了吧?以为自己是狗仔呢?去个运动会还要带照相机。

这个高清像素绝对不是手机能拍出来的。

她骂了一声,用脚蹬被子。郁闷得要死。

她晚上睡是睡不着了,翻来覆去想着这张照片,到天亮才迷迷糊糊睡过去,下午被宋一帆的一通电话搞醒:"梨啊,你人呢,晚上班聚你不来了?!"

"什么……什么班聚?"付雪梨顶着乱糟糟的头发,坐起来一点。

她今天没去学校,自然不知道班聚这回事。

"喂,说话啊,来不来?"宋一帆在电话那头催促。

付雪梨理了理头发:"都谁啊?"

"班上的人都来了,是运动会庆功宴!"

因为司机跟着付远东出门办事去了,宋一帆他们绕路来接付雪梨,一行人到了吃饭的地方,都快坐满了。

来的人多,就分了几张桌子。

付雪梨随便拉了张椅子坐下来,抬头一看,才发现许星纯也在这张桌上。

就在她对面。这就有点尴尬了。

他今天没穿校服,黑色T恤显得他又高又瘦,真是比女生都白。不能否认,许星纯这样确实很帅。

这顿饭吃得付雪梨是食不知味。

不过有宋一帆的地方就有热闹。他们这桌上没冷过场,整个厅都能听到他们沸腾的笑声。终于摆脱了学校,大家都沉浸在狂热的气氛中,谁都没发现许星纯中途出去了。付雪梨到后来也憋得不行,跑去上厕所了。

出来后,因为她脑子比较昏,一时间又忘记了路。

七绕八绕,绕到一个地方。

外面的夜幕黑得发蓝,霓虹闪烁,星星很少。昏黄的灯光下,许星纯懒洋洋趴在窗户口,长腿微微屈起。

看了一会儿，付雪梨转身准备走。就在这时，许星纯侧过头，两人目光交汇。

"你……你在这儿干吗？"她问。

"我马上回去。"

付雪梨"哦"了一声。

她可能是脑子短路了。她居然主动过去，和许星纯认真聊起来："你哪儿来的烟？"

许星纯也不说话，就这么看着她，侧脸被灯光的阴影衬托得很柔和。

"里（你）……里看我干什么？"她现在摇摇欲坠，连吐字清楚都费劲。

模样别提有多蠢了。

"怎么，想亲我？"这么令人害羞的话，被她说出来，竟有种兴师问罪的意思。

紧接着，付雪梨抓住他修长的手指，另一只手摸上他的腰："你亲我呗，我不会要你负责的。"

"你喝多了。"许星纯声音很轻，伸手拦了一下她，让她靠在墙上。

"喂喂喂，你回来！"付雪梨向前扑了一下，表情凶凶的。

"许星纯，你敢走一个试试。"她一巴掌拍在窗框上。

他脚步不停。

付雪梨急了，冲过去，拽住许星纯的上衣："你给我站住！"

"放手，付雪梨。"

付雪梨喝醉了，但他没有。

"没门！不放不放就不放！"

她蹦过去，把他按在墙上。两人贴在一起，没有一丝缝隙。

"你干什么……"许星纯呼吸已经错乱，他低着头，颈线绷直，手紧紧攥着付雪梨的肩，别开脸艰难地躲开她的吻。

她不管不顾，圈住他的脖子，对准他的下巴吻了下去。

♫

还恃住年少气盛……
让我对着冲动背着宿命……
完全为你现形……
我信与你继续乱缠……
难再有发展但我想跟你乱缠……
飞天遁地贪一刻的乐极忘形……
好想说谎不眨眼睛……

但是我清醒……

月亮总不肯照亮情欲深处那道背影……

浪漫到一起惹绝症……

隔壁包厢隐隐传来嘶吼的歌声，是陈奕迅的《无人之境》，断断续续的。奇怪又诡异的歌词，在此刻却别样应景。满腔的情恨和撕心裂肺都化在这些低吟和浅唱里。

走廊的灯不知道怎么不亮了。在黑暗中对方眉眼轮廓只能看个大概。

两人都在喘气，呼吸声很重。

许星纯闭了闭眼再睁开，攥住了她的手腕，防止她乱动。他声音很低，但是冷冷的，非常生硬压抑："付雪梨，你到底想怎么样？"

清隽阴郁的脸庞明明近在咫尺，却悲喜不明，无法亲近，虚幻得一点都不真实。

闻到他衣领上清淡的肥皂香气。这熟悉的气味，让糊里糊涂的付雪梨焦躁起来，继而突然一阵鼻酸。

她这时上头了，保持着挂在他身上的姿势，抹了一把嘴角："你这人……怎么这么费劲呢……"

当朋友费劲，干吗都费劲……

紧接着，她抽泣了一下，声音带着一丝哭腔："许星纯，我很伤心的，我……现在特别想我爸爸妈妈……"

"……"

许星纯一时间还没反应过来这是个什么情况。

反射性想去扶起她，伸出手后，又克制地收回。

他知道自己内心深处有种情绪又开始疯狂滋长，花费很大的力气，让自己冷静下来。

"我想叔叔……也想我哥哥……"她不知道突然被戳中了哪根神经，滑坐到地上，拿手指胡乱揩眼泪。

事实证明，但凡付雪梨能清醒一点，就知道自己揪了别人的头发，又蹲下来哭哭啼啼喊爸爸妈妈有多一言难尽。

"终于找到你了，付雪梨！"宋一帆叹了口气，"我还以为你掉进厕所了呢。"

这道声音由远及近，付雪梨抽抽搭搭抬起头。

宋一帆走到跟前，终于发现旁边还站着一个人。顾不上震惊，短暂的沉默后，他咳嗽一声，试探性地问："这……这怎么回事，你们……吵架啦？"

付雪梨又哭起来，把他当空气。

"她喝多了。"许星纯说。

还没说两句，又一个哥们儿迷路了，不巧也绕到这犄角旮旯的地方。

. 283

"你们……你们在这儿干吗?"那人傻眼了,惊讶地看着他们,然后看了眼付雪梨,"这是怎么了,她怎么哭得这么伤心?"

宋一帆手抄在口袋里,淡定道:"付雪梨喝多了,尿不完,于是哭出来,是身体的一种反应机制。不要在意,她很好,你先回去吧。"

来的人被唬得一愣一愣的,直点头:"哦,哦,那就好。"

等那个哥们儿走后,宋一帆扬了扬下巴:"要不我先……"

"我送她回去。"许星纯盯着他说。

俩人面对面站着,就这么互相对视半天。

宋一帆隐约觉得奇怪,现在站在他面前的许星纯,与平时温和平静的他不太一样。

似乎偶然一瞥,窥视到他隐藏的冰山一角。于是后半截子话,他硬生生吞进了肚子里,嘴上应着:"行,行,你送?"

"嗯。"

"啧啧啧。"宋一帆朝他挑眉,笑了笑,非常耐人寻味,"班长,你挺能忍的啊。"

这番话意味不明,但聪明人都懂。

目送他们走后,宋一帆揉了揉鼻尖,瞎琢磨了一会儿。

他什么时候招惹许星纯了?他咋对自己有这么大敌意呢?

两人出了饭店门,才发现夜晚温度降得很厉害,风呼呼地灌。

他脱下外套,搭在她身上。

付雪梨依旧沉浸在混沌和迷茫里,但除了步子依旧有点打飘,也没有继续发酒疯。

这个地段是黄金商业区,轻易就拦到了出租车。

付雪梨坐在车上,把脑袋靠在许星纯肩上,闷得慌,有点反胃。

"我渴。"她因为刚刚哭过,嗓子哑了,"许星纯,我要喝水。"

"你说什么?"许星纯凑近了一点。

付雪梨嚷嚷着:"我要喝水。"

"等会儿下车了,我帮你买。"

她不满意,开始挣扎:"不要……我现在就要喝水。我口渴。"

"……"

看她一会儿,许星纯轻轻叹了口气,让司机停车。

师傅从后视镜看了他一眼:"这么疼女朋友呢?渴了就忍忍,到家喝嘛,还费劲折腾。"

许星纯"嗯"了一声:"前面路口那儿有个超市,麻烦您停一下,谢谢。"

师傅摇摇头,笑着"啧"了一声:"这个小姑娘以后有福喽。"

许星纯给了钱,带她一起下车。刚好路边有个长椅,他扶她坐好。

他身子微蹲,低头看着付雪梨,几秒后,抬手轻抚过她的脸:"在这儿别乱跑,我马上回来。"

付雪梨点点头,却拉着他的手不放。

"你怕我走吗?"他蹲下身子,耐心看着她。像对待小朋友一样。

她也不闹着要喝水了,偏头看着他,醉意蒙眬,睫毛湿漉漉的。

她又戳了戳他脸颊旁边的酒窝,笑眯眯的,完全不害羞,大声道:"我好喜欢你的酒窝,能给我碰一下吗?"

深夜,旁边有一群人推推搡搡笑闹着路过。当中有一两个好奇的人向他们投来目光。

许星纯手指抵着唇边:"小声一点。"

付雪梨忽然抬手,捂住他下半边脸,只露出一双在夜里很温柔的眼。

掌心传来酥麻的感觉,似乎是他的呼吸。她的手指微微蜷缩了一下。

12

宋一帆回去之后,又认真想了一下付雪梨和许星纯的事。

饭局到尾声,他闲得无聊,拿出手机喊李杰毅和谢辞他们一群人出来打台球。

去的会所是谢辞家开的连锁club(俱乐部),同一层还有家酒吧,是他们平时吃喝玩乐的根据地之一。

谢辞身体伏在台球桌上,找准位置,一杆进洞。

宋一帆姿势散漫,拿着球杆站在一旁。

"想什么呢,笑得那么贼?"趁着休息的空当,李杰毅给自己倒了杯水,然后拿出一包烟丢给旁边的人。

"你那个妹妹呢?"

李杰毅想了一下:"你说郭佳?"

"对啊。"

"怎么,想追?"

"你可别瞎说。"宋一帆赶紧澄清,"我要是追郭佳,付雪梨要砍了我。"

听到这儿,李杰毅特别纳闷:"对了,我还忘记问你了,郭佳什么时候得罪的付雪梨,她俩怎么杠上了?"

"这我怎么知道?她们女生的事你少掺和,都是闲的呗……"宋一帆不怎么认真地道,"据我所知,你妹妹喜欢的男生是付雪梨的追求者。"

"我怎么没听说过。"李杰毅记得付雪梨这姐们儿向来眼高于顶,虽然分分钟都能找到男朋友,但除了谢辞那张脸估计还真的没谁能入她的法眼。

"你和我们又不一个班,知道个屁。"

"那分了就分了呗,怎么着,付雪梨和郭佳闹是因为还喜欢这男的?"李杰毅眼里闪烁着八卦的光芒,"怪不得最近总感觉她很反常!"

顺着李杰毅这话想,似乎也没错,不过……

宋一帆摇头:"付雪梨特别作,你又不是不知道。谁受得了她折腾,不知道被谁惯的,一身的公主病,特严重。"

"我觉得你就能受得了她的折腾。"李杰毅挤眉弄眼。

"你别逗了,哥们儿。"宋一帆差点没一口水喷出来,指了指自己,"我和她?!"

"怎么呢,这么大反应?"

宋一帆瞥他一眼:"懒得跟你说。"

第二天早上7点多付雪梨就醒了。她把头缩在被子里,眼睛都还有点肿。窗帘不透光,房间里还昏昏暗暗的。

她习惯性去摸手机,屏幕上跳出一大堆人的消息。粗略翻了一遍之后,付雪梨想死的心都有了。

——她居然发语音给几个好友,现场直播发酒疯。

发酒疯也就算了,还加哭号的那种。

真是丢人丢大发了!

付雪梨一阵懊恼,突然脑海里就浮现出昨晚和许星纯……

她一下就从床上弹起来,头疼地想,真是美色误人啊……

她居然这么倒贴许星纯,是有多饥渴?以后该怎么在他面前保持高冷的形象……

实在是太丢人现眼了,付雪梨一时间没法接受自己的所作所为。于是打着腿伤的幌子,求着付远东,在家又龟缩了大半个月没去上学。

时间转眼而逝,学期已经过去一半。夏天都还没怎么过,深秋都快来了。

好不容易来上学,付雪梨生物钟都没调整过来,一副倦怠的样子昏昏欲睡。

前两天刚好是期中考试,今天楼下高一的年级排名贴出来,许星纯名字醒目,不负众望又重回第一。

一下课,班上的人都在讨论。时不时飘到付雪梨耳朵里。

她不禁想起早上在楼梯那儿看到许星纯,他手里拿着一沓试卷。

两人都有些愣神。付雪梨张了张嘴,半响不知道该说什么,眼睁睁看着他从自己身边走过,嘴巴张了张又闭上。

"那天的事……对不住啊,我有点不受控制。"付雪梨鬼使神差地拉住许星纯,小声道,"我不是故意要欺负你的。"

见他不回答,她忍了忍。

许星纯握住她的手腕移开,对上她的眼睛:"你为什么总是反复无常?"

"我怎么了……"付雪梨有些心虚。

不就是……躲着他大半个月没上学吗……

许星纯头也不回地走了。

到底还是有些小女生的矜持,她没追上去。

一上午,付雪梨都趴在桌上无精打采的。第三节课下了,班上一个劲爆的消息突然传开,说是下周学校要开始校园实践活动。以班级为单位,班主任带队,定的地方是南京,要去七天七夜。

这下班上都炸锅了。

符蓝也很兴奋,拉着付雪梨一直讲讲讲。

"有什么稀奇的?"付雪梨懒懒地抬眼,"对了,许星纯怎么不在教室?"

符蓝想了想:"听说市里电视台来人了,可能他是被喊去拍东西了吧……"

"许星纯?"

"班长形象这么好,除了他还有谁?"

也是巧了,她们俩刚说完,走廊那儿就吵吵闹闹的。

符蓝瞬间从座位上站起来,拉着她看:"哇,那个是班长吗,太帅了吧——"

付雪梨不禁朝那边看去。

这话也不是符蓝瞎说的。

班级门口有两个扛着摄影机的大哥,在兴高采烈地指挥拍摄场地。后面站着三四个男生,都穿着白衬衫、黑西装。因为许星纯个子高,所以格外显眼。

他低头,在整理袖口上的扣子。

真是……瘦削挺拔,干净如玉。

不过看到他就想到早上的事,付雪梨又有点糟心,硬生生转开视线。

许星纯现在动不动就忽视她,好像她有多烦人一样。明明对别人都能和颜悦色,但是一对上自己就冷脸。

因为反差太大,所以很难释怀。

记得初二那年的冬天。早上去学校天都没亮,又下雪,付雪梨穿着棉袄戴着帽子低头慢悠悠地走,走到她家小巷子旁边的路口,发现许星纯在那儿等。

他站在光秃秃的树枝下。那个时候没有手机也没有联系方式,不知道他什么时候在那儿的,等了有多久。

两个人都有点尴尬,许星纯本来就是个内向安静的人,也不爱讲话。等她走近后,直接从衣服里拿出牛奶和面包递给付雪梨,牛奶拿到手里还是温的。

那个时候她还小,也不知道感动。

反正她享受惯了别人对她的好。

开心了就撒娇,不开心就随便甩脸色给许星纯看,对他劈头盖脸一顿骂,反正他一句怨言也不会有。

还有很多很多……但那都是过去,许星纯现在不可能那么惯着她了。

付雪梨本来以为自己不在乎这些,可现在想起来,到底觉得意难平。

13

"雪梨,你还会画画呀?"

付雪梨脸色一变,手直觉往纸上一挡。

符蓝见此,若有所思:"你可别挡了,我都看了半天了,你画的是班长吧?"

本来只是试探性问一句,付雪梨却一把捂住她的嘴,左看右看,压低声音急道:"你给我小声一点。"

幸好是下课时间,教室里嘈杂,她们说话旁边的人都听不见。

符蓝经过允许后,拿起付雪梨画画的那张草稿纸,反反复复看了好几遍,等看过瘾了,才还回去。

如果不是草稿纸上明晃晃一个"许"字,她还真没反应过来。

"真是班长啊……"符蓝依旧有点接受无能,"你……你居然暗恋班长?"

"当然没有!"付雪梨本来就不痛快,听了这话更不痛快了。

"那你……"符蓝迟疑着,指一指她,又指一指那张画。

付雪梨:"……"

早知道就抵死不认了。

"你跟我讲一讲嘛,好不好,求你了,你是不是喜欢班长?"符蓝非常激动,期待地双手合十。

等了一会儿,不见付雪梨出声,符蓝忍不住摇摇她。

这时物理老师进班,让大家把昨天布置的作业和考试试卷都拿出来。

班上稀里哗啦一阵翻找,老师明显心情不错,趁着这段时间聊了一会儿考试情况,又指了指一组的空座位问:"许星纯人呢?"

有人答:"电视台拍照。"

物理老师想起来这回事了,往讲台下走,对许星纯同桌说:"刚好,我没带卷子,你找一下许星纯的,拿出来给我讲题用。"

拿过许星纯的考试卷子看了一遍,物理老师又唏嘘了一番,自然而然地感叹:"我教了十几年书,像许星纯这么聪明优秀、考试稳定发挥水准的学生,还是很少见啊。"

大家反应特冷淡,对这种话早就听习惯了。

反正隔三岔五班长就要被表扬一回。仿佛许星纯是每个科任老师在九班教书的精神支柱。

"你们……你们两个,上课不准讲话!"老师指着符蓝。

被当场点名,符蓝立即挪回原位,坐姿端正。耳边聒噪八卦的声音终于消失,付雪梨总算松了口气。

但这口气明显是松早了。

——她低估了符蓝八卦的程度。

接下来两天,付雪梨真是要被符蓝随时随地的碎碎念炮轰得脑袋爆炸了,一来二去简直烦不胜烦,恨不得拿块抹布堵上她喋喋不休的嘴。

趁着课间,符蓝要抄笔记,付雪梨为了躲避她的追问,独自趴在教室门口旁边的栏杆上吹风。

正出神,身后突然有人喊她的名字。

回头一看,夏夏站在不远处。都快到冬天了,夏夏却穿了件牛仔外套,头发束成松松的马尾,露出饱满光洁的额头,笑容很温柔,清纯淡雅。

"欸,太好了,真的是你呀,雪梨?你能帮我把这个带给许星纯吗?"

付雪梨看着她没说话。

夏夏解释:"你们班老师在,我不好把他喊出来。"

她接过那个精美的淡紫色手袋。

"谢谢啦。"

可能是最近受到符蓝的影响,只要有人在付雪梨面前提到许星纯,她就格外心烦气躁。

她寻思着,今天是什么日子呢?

走出两步,她猛地反应过来。

——她想起今天是什么日子了!

进教室后,付雪梨倒也不避讳,径直走向许星纯。忽视周围人的吃惊脸,把手里的东西"啪"的一下,拍他桌上:"这个是夏夏让我给你的。"

走前,她犹豫几秒,又添了一句:"那个……生日快乐。"

等她走后,同桌终于忍不住,立即揽住许星纯的肩膀,笑得很邪恶:"许大帅哥,你可以啊!"

果不其然,上课时间,付雪梨又遭到了符蓝的终极逼问。

狂躁地在草稿纸上发泄一通,付雪梨把笔一甩,赌气道:"别问了别问了,我没有单恋他,我们喜欢过,行了吧?你不要每天像名侦探柯南一样盯着我,行不行?!"

今天也不知道是怎么了,一个两个都要往她心肺上戳刀子。

虽然早有猜测,但符蓝还是一脸梦幻的表情,喃喃道:"我简直不敢相信。"

"真的是班长,你们真的喜欢过?"符蓝又确认了一遍。

虽然有点后悔承认了,但到这份上也糊弄不过去了,付雪梨只好点头。

"怎么的,我配不上他吗?"明明想结束话题,可付雪梨看她那表情,又忍不住嘴贱地问。

"你们……不是不是,不是配不上。我天,太怀疑人生了我,完全没看出来啊!你们什么时候认识的?认识多久了?"

"你家住海边啊?管得这么宽。"

看着符蓝一脸春梦破碎的样子,付雪梨还能说什么。

符蓝大概是回不过味来了,上课途中,每隔三秒就要幽幽一叹,然后万分感触地看着付雪梨。

付雪梨被看得浑身不自在,又有点莫名其妙:"你脸怎么红成这样?"

"我在想象,和班长这种又帅又乖成绩又好的男生在一起是什么滋味。"

毕竟许星纯这种极品,可是每个女生在青春时候都倾慕过、听说过,但是很难接触到,也可能一辈子都遇不到的男生啊。

付雪梨无语。

懒得理继续犯花痴的符蓝。

考试刚过去一周,这天趁着下午全校大扫除,几个人溜出学校去吃烤肉,饭吃到一半又来了一堆乱七八糟的人,气氛活跃起来了就开始玩。

席间一男的非要喝交杯酒,其他几男几女也很配合。

玩了一圈,一哥们儿蓦地站起身,嚷嚷道:"总感觉缺了点意思啊,谢辞和付雪梨还没喝呢!"

"老子等会儿有事,喝个屁!"谢辞转着手里的杯子,看了一眼那个男生。

把人看得立即偃旗息鼓,把火力转向付雪梨:"那还有付雪梨,这样吧,我跟你喝怎么样?"

付雪梨也不接腔,只是问:"你谁啊?我为什么要跟你喝?"

男生喝了酒,觉得浑身上下劲都松了,看着付雪梨那张漂亮的小脸有种说不出的舒坦,嬉皮笑脸:"是不是男朋友管得严啊,这么不给面子?"

付雪梨脸色立刻沉了下来。

"够了够了!别说了,enough!enough!她不跟你喝,我跟你喝!"宋一帆心里咯噔一下,疯狂朝那个人使眼色。

最近付雪梨一直带着一股反人类的怨气,脾气压都压不住。宋一帆早就察觉到了不对劲。

仿佛为了印证宋一帆心中所想，付雪梨柔柔一笑："我为什么要和一只嘎嘎叫的鸭子喝酒？"

对方脸黑了。

"……"

大家都沉默了。

李杰毅打圆场，笑着说："梨子，你怎么这么开玩笑呢？人家不就是有点公鸭嗓，至于喊别人鸭子吗？"

谁料付雪梨一点面子也不给："谁和他开玩笑了，还想跟我喝交杯酒？这辈子想都别想！"

这下李杰毅也闭嘴了。

不知道谁撩起这个姑奶奶的火了，今天火气怎么这么大。

谢辞忍不住笑了。

这顿饭付雪梨是吃不下去了，她也不给谁面子，拎着包就走人。

真是够狠的。

桌上几个人面面相觑，有人明显还搞不清状况，愣愣地问："付雪梨她是不是遇到什么烦心事了？"

漫无目的地瞎逛，往前走了一段路，有个流浪歌手在唱情歌。

付雪梨停下脚步，手插在口袋里，就站在那儿，听了大概有半个小时。

时候已经不早了，天色渐渐暗了下来，晚霞显现。起了一阵风，吹得她陡然回神。随便拿出几十块，丢进纸箱子里，然后拐进前面一家装修精致的烘焙店。

一中是走读制度，一般会在学校上晚自习的只有学习好的。

拎着刚做好的提拉米苏小蛋糕，付雪梨一口气爬到九班所在楼层。

教室里挺空旷的。

鬼鬼祟祟看了眼四周，趁着没人注意，她蹑手蹑脚走进教室，弯腰，把小蛋糕塞进许星纯抽屉里。

好像没放好？

她蹲下来，挪开叠放整齐的书本，给自己的小蛋糕腾位置。

一番折腾，放好后，总觉得缺了点什么。

付雪梨想了想，撕下一张便利贴，垫在椅子上，画了一个Q版的许星纯，然后在旁边写上：

"来自一个不知名大美女的生日祝福。"

整个过程她非常全神贯注。

把便利贴粘在盒子上，付雪梨又心猿意马了一分钟，欣赏了一番自己的杰作。

把小蛋糕放回原处，她拍拍手，起身准备走，下一秒，脚步却硬生生刹住。

付雪梨被吓了个当场石化。
——许星纯默不作声看着她,不知道站了多久。

14

许星纯沉默几秒,微微一皱眉,看了一眼他的位置。
付雪梨一瞬间几乎要天旋地转当场昏厥。走也不是,不走也不是,心里说干脆来一道雷劈死姑奶奶我吧。真是天要我死,我不得不死。
你说这个事吧。
它就是很诡异。
它就是很尴尬。
就算当面送许星纯生日蛋糕这个事情不合适,但是也比像个变态一样鬼鬼祟祟蹲在别人座位上捣鼓半天然后一转身被人家当场抓包来得好啊!她付雪梨的脑子是长在屁股上了吗?!
但——越是尴尬,越要显得自己很坦然。
于是付雪梨迅速冷静下来,决定先发制人:"你为什么不出声?偷看别人很好玩吗?"
漂亮!
厚着脸皮倒打一耙真有效,他果然对我无话可说。
接下来就要告辞了。
付雪梨神色冷峻,点点头:"没事的话,那我先走了。"
没想到——
许星纯拉住她的手腕。
糟了,他开始反击了。我不能怯场,我怯场我就输了。
付雪梨勉强扯动嘴角,抬起头,脸色哀怨:"还有事?"
"等会儿再走。"
"……"
她虽然不明白他留下她要干吗,但是无所谓,许星纯还能让她比刚刚更尴尬?
付雪梨装作游刃有余的样子,笑了笑。

然后立马,她的笑容僵住了。
因为许星纯就用实际行动告诉付雪梨。
是的,他可以。
他能让付雪梨更尴尬。

许星纯绕过她，然后把她刚刚放好的东西……从抽屉里摸索着拿出来。

——当着她的面。

她有点受不了，但只能眼睁睁看着。

看着许星纯看到那张便利贴，看着他笑了一声，撕下来，放进自己口袋，然后扬了扬手中的东西："给我的？"

不然呢？

不给你，它为什么会出现在你的抽屉里？

明知故问，真是欠揍。

付雪梨表情扭曲，有点绷不住了。

考验她人生忍辱负重能力的时刻来了。她要忍住，就算有一肚子气也要忍住。

见她脸色发青，许星纯收敛了一些脸上的笑意，认真道："谢谢。"顿了顿，他摸了摸鼻梁，欲言又止："你现在是有姓名的大美女了。"

原来许星纯也会开玩笑……虽然这个玩笑一点也不好笑。

他把蛋糕的包装盒放在桌上，然后拆开，笑着问了一句："我怎么吃？"

付雪梨站在那里，想着自己也不会更糗了。我的老天爷啊，她是有多蠢才会给别人蛋糕还忘记送叉子？

她从包包里翻出小调羹，递过去，小声地说："这不是被你吓忘记了吗?!"

付雪梨以为许星纯会笑，会趁机奚落她，但他什么都没说。

他坐在自己位置上吃她送的蛋糕，吃得很认真，也吃得很慢，一口接一口。

"你看我干什么？"许星纯偏头问。

"你是总统吗，还不准人看你了？"

"……"

付雪梨坐在隔着他一个走廊的位置上。光是看他吃都腻得慌，站起来拿起水杯，去教室后面给他接了点水，放桌上。

他看了一眼，端起来喝了一口。

这时教室里有几个住宿生说说笑笑进来了。他们看到许星纯和付雪梨，笑闹声瞬间减弱一半。

付雪梨就觉得越来越尴尬。

倒不为别的，就是四面八方有意无意偷窥的眼神，让她浑身不自在。

许星纯问她："怎么了？"不过没等她回答，他又说："你等等。"

只用了几分钟，许星纯收拾完课桌，捎带上没吃完的蛋糕："走吧。"

可付雪梨不想这么早回去。

家里没人，就她一个，她无聊，她寂寞。

路上，她想了想，还是把裤兜里的手机拿出来翻了翻，然后给宋一帆发了消息。

"你晚上不用学习?"发完,付雪梨朝旁边的人看了一眼说道。

许星纯回答:"我家里有练习册。"

"哦……"

原来学霸也不是天生的。

她心里平衡了。

路边有人放烟花。他们停下来。

付雪梨蹲在花坛沿上看了会儿,视线移到许星纯的腿上,在膝盖与小腿之间,目光来回移动。

许星纯的腿真长,还很直。

要是能摸上一摸就好了。

付雪梨觉得自己挺猥琐的,赶紧打消了这个念头。

付雪梨看了会儿烟花,又感觉胃有点不舒服,一抽一抽的。

"我晚上没怎么吃饭,我现在想吃夜宵。"她站起来,指了指马路对面的煎饼果子摊,"你等等,我去买一个。"

马路旁边的绿灯只剩下最后几秒,她刚准备快步从许星纯身边跑过,被他拉了一下:"小心!"

付雪梨在他看不见的地方,小小地翻了下白眼。

附近没地方坐,她只能边走边吃。大概半个煎饼果子下腹,她就有点饱了。

因为有点冷,付雪梨连打了几个喷嚏,不得已披上了许星纯的校服。

旁边有摩托机车轰隆隆行驶过的声音,她突然觉得这是个谈心的好时候。

于是她冷不丁地说:"许星纯,你还没回答我,为什么上次英语是零分?"

"不想写。"许星纯叹了口气。

"为什么不想写?"她目不转睛盯着他,一点都不委婉,一定要打破砂锅问到底。

"因为我写不下去。"

不知道是不是夜晚的错觉,她居然听出一点温柔的感觉。

付雪梨很直接,刚想问是不是因为她,好巧不巧遇到几个熟人。

不。

准确来说,他们是付城麟的朋友,更巧的是,里面还有夏夏。他们准备去玩。

一个人问:"付雪梨,你旁边的帅哥是谁?好眼熟。"

夏夏眯着眼笑了笑:"我朋友。"她对他们在一起似乎一点也不好奇,只是问:"许星纯,要一起去玩吗?"

旁边的哥们儿也跟着搭腔:"走呗,一起玩。"

付雪梨没这个心思,摇了摇头。

看他们上了出租车走后,付雪梨回想起夏夏看她的眼神。她不知道有什么情绪在里面,反正她被看得很不舒服。

琢磨了一下,她还是问:"夏夏是不是喜欢你?"

"是。"

他这样坦诚,付雪梨反而不知道说什么了。她支支吾吾问:"你会拒绝她吗?"

"这和你有关系吗?"

他声音很平淡,她却听得难受:"有人说她长得像我,虽然只有一点。"

许星纯沉默片刻。

"你为什么对我忽冷忽热的?"她问,"你之前都好好的,现在我跟你说话,你爱理不理,是不是因为有夏夏?"

"付雪梨,是你一直在躲我。"

她反驳不了。

他想了一会儿:"那你呢,你喜欢我吗?"

以前觉得许星纯好脾气,软绵绵的,谁都能拿捏,现在才发现简直是大错特错。

这下,付雪梨被问得哑口无言。她愣了半晌,感到前所未有的压力,心里翻江倒海、怒浪掀起。

于是,两人都没了声。他把她送到家门前的那条十字路口上。

临走前,付雪梨咬咬牙,没敢抬头正视他:"对不起,我知道我欠你的,但我只是不想搞砸第二次。"

许星纯注视着她,声音很平静:"我的问题,我不需要你现在回答我,但我还是跟你说清楚一点。"

付雪梨凝神听着,突然感觉下巴被捏住,脸被抬起来与他近距离对视。

她睁大眼,挣扎着往后退了两步。

许星纯放开她。

"我以前对你的喜欢,不需要你的任何回应。可是那是以前,我现在应该没办法做到了。"

他很有耐心。

也很有忍耐力。

明知道要一步一步慢慢来。

但看着她逃避、拒绝,他越来越意识到,自己的欲望就像不见底的沟壑。

实在是太深,没法填满,也不会获得满足。

所以他回不到以前了。

也不可能回到以前。

15

那晚回去后，付雪梨忍不住反省自己。从方方面面，任何细微之处都好好想了一个遍。

遇到想不通的，就半夜起来在房间里来回走，用力踢桌子、挠墙，大晚上搞得丁零哐啷。

她房间和付城麟的离得近，到最后他都被吵得睡不着，大吼一声。

"我去！付雪梨，你又发什么疯?!"

过了会儿，终于消停了。

付雪梨仰躺在床上，忧虑地望着天花板。

其实她也不知道自己是有什么毛病，平时性格还挺正常，挺讲道理的，但是一对上许星纯就娇气得不得了，想怎么发脾气就怎么发脾气。

反正付雪梨就是典型的仗着谁对她好就欺负谁的那种人，刚好许星纯又任她捏扁揉圆，所以久而久之她也觉得理所当然。

但她肯定是喜欢许星纯的，就是比他少点。

就算不是有多喜欢，但是她从小自私又有公主病。只要是认为属于自己的东西，被别人碰一下、摸一下，她就觉得吃了大亏。

所以她才会那么介意夏夏。

她也知道自己的这种行径，又会给别人错觉，误会她有多在意似的，可控制又控制不住。

唉……

实在打不定主意怎么面对许星纯。

付雪梨决定能拖一天是一天。

她在心里乐观地想。

许星纯也没有逼迫她就这两天把什么都想得清清白白的。

反正现在没想通，说不定，多想几天就能想通了呢？

下周全校要组织去南京的大规模实践活动，班上的学习气氛明显轻松不少，每个人脸上都洋溢着轻松愉悦的笑。

月考过后，班上例行调整一轮位置。

付雪梨上完厕所回教室，看到符蓝在收拾东西。她问："怎么了，你要回家?"

"不是不是!你也快收拾东西,我们换座位了!!"

"坐哪儿?"她感到莫名其妙,"刚刚不是已经换好了吗?"

符蓝抬起头,被喜悦冲昏了头脑,脸都要笑烂了:"老师又调整了几个人,我们去班长前面坐。"

?!

"去哪儿,你再说一遍?!"

前桌转过身来,一脸羡慕地看着她们,说:"利用好地理优势,好好学习,你们被学霸包围了。"

"……"

付雪梨感到当头一棒,沉默了好一阵。

真是绝了,她最近是触什么霉头得罪老天爷了吗?

还没到上课时间,班上风平浪静。许星纯拿了笔记本翻着看,旁边有几个人小声讨论题目。

他低低咳了几声,像是感冒了。

最近学到解析几何,齐清他们讨论一道压轴题,不过讨论半天还是弄不出结果,就把题给许星纯看。

许星纯心算快,很多公式直接在脑中推导,然后在草稿纸上随便写写,很快就能算出答案。

齐清沉浸在学习的海洋里,认真看着许星纯做题,正佩服得不行,耳旁突然飘来小小的抱怨声——

"这里位置怎么这么小?!挤死了要……"

齐清:"……"

"这个板凳坐得也不舒服,我得逛逛淘宝,买个新的椅垫。"

齐清:"……"

一阵叽里咕噜后,"对了,还有专门旅行用的一次性床品,我有洁癖,酒店床单太脏了,符蓝,你要吗?"

齐清惊呆了,怎么还有这么挑剔的女生,于是忍不住视线往后瞟。

原来是付雪梨啊……

虽然平时没接触过,但是也听说过不少她的事。齐清心里忍不住想,真是很漂亮的女生,穿着羊羔绒外套,脸白白的、小小的,就是很不好惹……

"听懂了吗?"

听到声音,齐清慌慌张张收回视线。

许星纯疲倦地撑着头看他。

齐清愣愣地道:"对不起啊……班长,我刚刚……"

没等他说完,许星纯蜷缩起拳,挡在唇边,侧头咳嗽几声,肺部用力咳嗽,带动得周围空气都在震颤。

咳完后,他瞥了齐清一眼,拿起笔:"我再跟你说一遍,这次不要走神了。"

"哦……哦……好的。"齐清挠挠头,真尴尬。

接下来的几天,付雪梨很郁闷,第一次感受到坐进学霸圈是什么滋味。

身边的人动不动就会起来回答问题,她没法安生睡觉了不说,老师上课间隙也喜欢往这儿跑,亲切地询问刚刚讲的听懂没,今天学习的内容难不难,连付雪梨这种人都连带沾光被问了好几次。

这节课是历史课,没什么人听,大家基本上都在做试卷和作业。

符蓝手肘抵着桌子,捧脸看同桌。

"你不要用这种花痴的表情看着我。"付雪梨低头玩手机呢,被她盯得浑身要起鸡皮疙瘩了。

符蓝脸凑过去,压低嗓子说:"没办法。"

"什么没办法?"

"我要成为班长迷妹了。"符蓝双眼发亮。

"为什么?"

"我觉得他好厉害啊,脾气好,声音也好听。我问他什么,他永远耐心地告诉我。和其他咋咋呼呼的男生一点都不一样。"符蓝脸色薄红,一副完全拜倒在许星纯校服裤下的模样。

"所以呢,跟我有什么关系?你崇拜你就盯着他啊,看我干吗?"

"所以呀,我知道你和班长在一起过后,我就控制不住想看你!"

"你给我小声一点!"付雪梨怀疑地看了她两眼,"莫名其妙,符蓝,你是不是脑子有问题?"

符蓝一哽,气鼓鼓瞪了她两眼:"你好幸运啊!难道你不觉得和班长这种人在一起特别满足虚荣感吗?"

付雪梨心想可不是嘛。

"有一个这么牛逼的朋友,做梦都会乐呵呵的吧?况且班长还是学校里的大红人呢。"

付雪梨呵呵一笑:"我不红?谁不认识我?"

"……"符蓝眼皮抖了抖,叹了口气,"行吧。"安静了一会儿,她又不无感慨地嘀咕:"怎么会绝交呢……难道是……班长把你甩了?"

放屁!付雪梨这辈子都不会这么掉底子的。她被符蓝嚷嚷得心烦意乱。

现在不想在淘宝上买被单了,她想买把铲子,把符蓝刨个坑埋了。

刚刚被符蓝拉着说了半节课的悄悄话,付雪梨其实心里也翻江倒海的。上数学课的时候，趴在桌上，不甘心地偷偷看着许星纯。

老师讲完一个知识点，正在找学生去黑板上写书上习题的计算过程。

底下一片安静，大多数人都低着头，假装看题、写作业、思考。数学老师朝付雪梨的方向看了一眼，不知怎的，鬼使神差地顺便和她来了个对视。

他手一指："那就付雪梨，你上来做做看。"

付雪梨一口老血哽在喉头。

老师一次性抽了五六个人。位置不够，就两人交错着上下写。

许星纯也上来了。他个高，站在付雪梨身后，将她整个人包起来，在她头顶专注地奋笔疾书。

付雪梨站在那儿，像个傻子一样，瞪着眼前那道题。看了半天没看出来是个什么玩意，她准备丢下粉笔下去。

还没转身，一道声音在耳边响起："把第一行二、三两个等式，并在一起。"

周围洋洋洒洒都是粉笔灰。许星纯侧头，忍不住咳了两声，低眼看她。

付雪梨愣了愣。

见她不动，他停顿一会儿，又慢慢地，低声重复了两三次。

16

符蓝在付雪梨耳旁叨叨，她听得心不在焉的，还在回想刚刚许星纯教她做题的样子。

想着想着心里居然有点酸软无力。

和许星纯分开后，除去她喝醉的那天，她已经太久没有看到过他对自己展现别的情绪，实在是弥足珍贵。

真怀念初中单纯的许星纯啊……

特别容易欺负，傻傻的，只要对他好一点，就能清楚地看到他眼里隐藏不住的贪恋和热烈。

那时候许星纯对她长时间卑微地痴迷，让她从开始的无所适从到后来的作威作福。付雪梨一直到现在都有些适应不良的后遗症——总觉得他是该无条件对自己好的。

现在他一点点不经意的温柔，都能让她回想这么久。

付雪梨无声哀叹。

原来她也是一个事后才懂得珍惜的人。

真没用。

付雪梨乱七八糟地想着，符蓝非常认真地开口问："刚刚……班长在讲台上教你做题了吧？"

她有点尴尬，没有抬头，就"嗯"了一声："你怎么知道？"

"天哪，太明显了，你们在上面磨磨蹭蹭这么久，鬼都看出来了好吗？"

老师靠在讲台上，开始对着黑板讲刚刚做的题目，讲到付雪梨做的题时，顿了下："这是谁做的？"

付雪梨凝神一看，是自己做的，于是举了手。

老师呵呵一笑，话头一转，居然让许星纯站起来，半开玩笑半认真地道："班长，你看一下，她做得有没有问题？"

全班的目光都注视到许星纯身上。大家心里都了然，怎么会不懂老师是什么意思。

只有许星纯神色不变，依旧内敛沉静。

付雪梨正有点尴尬。过了一会儿，听到后面的人不温不火地回答："没问题。"

符蓝趁老师不注意，撞了付雪梨一下，眼里全是促狭的笑意。

老师一本正经，点点头，让许星纯坐下，转而对着付雪梨莞尔道："你平时下课，其实也可以找许星纯多问问题。"

付雪梨："……"

老师顿了顿，又补充道："以后课堂上就不要了啊，要给自己多留一点思考的空间。"

这番话说得别有深意，全班哄然大笑。

老师也跟着笑。

付雪梨真想捂住脸。

没别的，就是尴尬！

"你们下周一就要去南京了？唉，真羡慕。"

"羡慕啥？"

"大型交友活动，能不羡慕吗？"

"那你羡慕着吧。"

和付城麟正说着，一转头，看到齐阿姨和司机站在外面。

他们手里提着大袋小袋，正准备上车。今天周五放假，大家都陪着她一起来商场买下周出远门要用的东西。

晚上六七点的时间段，正是下班的晚高峰时期，路上正堵，车子走走停停。

司机看了一眼车的后视镜，含笑道："雪梨，还有什么需要买的吗？没有我要去接你叔叔了，他今天和市长他们有个饭局。"

付雪梨无聊地拆着巧克力的包装袋，掰一块扔进口里，摇摇头："去吧。"

前面是个两分钟的红灯。他们在这个路段已经堵了很久。

付城麟手机响了。他接起来把手机压在耳边讲了会儿，突然听到旁边的人迟疑地说:"我怎么……好像看到许星纯了?"

纷纷乱乱的街道旁,夜色已经降下来。有两个人站在树边。

来来往往不少人,都似有若无地往他们这边看。女人神情颇为激动,远远看上去像在指责什么。

众目睽睽之下,女人甩了他一巴掌,许星纯没躲。

又狠又准,那巴掌硬生生扇到他脸上。

但许星纯身形不动,脸色都没变,依旧平静,似乎对一切都浑然未觉。

他本来就是意志极为坚定的人,在外面、在学校都是完美的优等生。在这种情况下,他冷静得像是拥有这个年纪不该有的成熟。

远远看到街对面那一幕,付雪梨先炸了,把手里的东西砸下去,满脑子都是:

敢打我的人,你完了!

那个巴掌和许星纯的沉默,看在她眼里真的好痛。

正急吼吼地要开门下车,旁边的人拉住她:"你傻啊,人家明显是私事,你现在过去,许星纯只会更尴尬。"

"不行!我就要去,你别拦着我!"

付城麟挂了朋友的电话,赶紧拉住她:"讲道理,你等人家解决完再去。"

"讲道理,我是应该等他们解决完再去。"付雪梨冷笑,"但是我不讲道理。"

"……"

付城麟无言,只能冲前面说:"老秦,把车门锁上。"他还是那句话:"你给我好好待在这儿,哪儿都别去。"

十分钟后,便利店。

许星纯把矿泉水放在收银台上,手指轻敲旁边的玻璃柜,指着里面的一包烟。

他刘海稍有散乱,穿着蓝色冲锋衣,显得肤色更加白皙,引得收银员小妹多看了两眼。

正要付钱的时候,后面有人低声说:"喂,你不要买烟。"

许星纯回头看。

是付雪梨。

她近距离看到他的脸,半边微红,半边却苍白得不见血色。心瞬间提到了嗓子眼。

"好巧啊,我刚好路过,你也在这里买东西?"付雪梨这样解释。

"……"

反正这时候店里没人,收银员开始看手机,没急着催两人。她心想,要不是违反店里规矩,她还蛮想拿手机拍下来的。

这俩人太养眼了。拍下来的照片,估计可以拿去网上搞笑排行榜的少男少女话题下抢热门。

许星纯拿起矿泉水,平静地把手里的烟放下,然后付钱。

临市夜色缭乱,他们在滚滚车流中穿梭,付雪梨什么也没问,在路上买了一杯关东煮。两人一路无言,走路都保持着适当的距离。

付雪梨吃完关东煮觉得饿了,想找地方吃饭。她拉着许星纯随便找了一家店坐下,又简单点了几个菜。

这家小饭馆很热闹。

付雪梨有一下没一下地拨弄刚拆开的竹筷,却突然没什么食欲了。

"刚刚……"

刚起了个话头,就听到许星纯淡淡地说:"那是我妈妈。"

"哦……这样啊,我也是刚好碰见你……"说完了付雪梨还干笑两声,生怕别人看不出来自己有多心虚。

"你脸还疼吗?"

"不疼了。"

菜很快上桌。她慢慢吞吞吃了一会儿就饱了,然后盯着许星纯看。

他很快察觉到,偏头回看她。

付雪梨换了个姿势,继续看着他。

许星纯吃饭的动作慢慢停下了。

反正付雪梨就这么看着他。

"有事吗?"他放下筷子。

一听这话,付雪梨立刻本性暴露,心里话憋了一晚上实在憋不住了,暴躁地教训道:"当然有事!事情大了!你下次能不能不要这么傻,别人打你,你就跑啊!乖乖站在那儿给别人打,你是猪吗你?!活该被人揍!"

"那是我妈妈。"他似乎愣了一下,然后重复了一遍。

"妈妈怎么了?"她冷哼一声,轻描淡写道,"我叔叔想揍我的时候,我还不是想跑就跑?等他气消了,我再回来乖乖认个错,这叫识时务者为俊杰。"

"……"许星纯一声不吭,倒真像个犯了错后被教训的小孩子。

"愣着干吗?说话呀!"付雪梨在桌下踢了他一脚。

许星纯垂下眼睫:"你知道……我不擅长跟你讲道理,我也讲不赢你。"

付雪梨嫌弃地摆手:"行了,那你就少说两句吧。"

"……"

安静两三秒后，付雪梨没绷住，眉开眼笑，心里美滋滋地想：

原来许星纯还是那么呆，真好欺负！

她笑的时候，眼里亮晶晶的。他神色无奈，就这样看着付雪梨。

笑着笑着，她就停了。

好吧，虽然不敢承认。

但付雪梨真喜欢看许星纯看她的神情。

被他用这样包容、迁就，又满是温柔的眼神注视过的人，可能一辈子也忘记不了吧。

17

吃完饭后，两人在路口等红灯，付城麟一通电话打来。

付雪梨停在原地讲电话，身边都是嘈杂的车流声，她不得不捂住另一只耳朵才能听清。

"你几点回家？"那边问。

她看了看许星纯的手表："这不是还早吗？"

"我爸还有半个小时到家，你自己看着办吧，让他发现你又出去野，你知道后果的吧？"

付雪梨语气有点急："可是我和朋友在一起，我又没干吗，而且今天是周五。"

"行了！我打游戏了，再见。"

"欸欸，你——"

付雪梨看着挂断的电话，嘴里念念有词地咒骂付城麟。

气鼓鼓收起手机，她叹了口气，抬头向许星纯告别："我要回家了。"

许星纯朝她后面的马路抬了抬下巴："我给你拦了车，路上小心。"

"哦……"走了两步，付雪梨没忍住回头。

路边灯光不是太亮，他依然站在原地，等她上车。

看她走出几步远，突然停下来，许星纯问："什么事？"

付雪梨迟疑了一下，然后扬扬手："下周见。"

周末两天转眼就过了。

周一上午开完动员大会，下午学校包的大巴车1点到，全体集合后清点好人数直接出发了。

因为不在学校，大家穿的都随意得多，三五成群在一起，倒是有了点生气勃勃的感觉。

付雪梨鸭舌帽、墨镜一戴，挡住白白净净的大半张脸，头发随意披在肩上，压根不像去学习调研，倒像是去秋游的。

她一上去就选了大巴车后面比较宽敞的位置。

这次学校包的大巴车是三十七座的，一个班坐两辆太浪费，于是学校打算让两个班拼车。

许星纯是班长，班主任让他坐在前面几排方便管纪律。

坐在他后面的女生，可能是其他班的，一直在窃窃私语，压抑着激动的声音和旁边的人交流。

旁边的人也不闲着，一个粗犷的男声，略带点兴奋道："你小子可以啊，刚刚上来就和九班的美女搭上话了，你们说什么了……？"

对话隐隐约约。

顿了顿，有人哼笑一声："我送了她一个钥匙扣，我拜托我哥从日本带的，小东西，女孩子都喜欢……"

"啧啧……付雪梨可不是一般的女孩子，听说很难追的……但是我刚刚近距离看了一下，长得真漂亮……"

"废话……"

许星纯似乎有些不舒服，脸色发白，靠在椅背上闭目养神。刚好有一道光影分界线，从他脸上划过。他鼻梁很挺，微微阖着眼，睫毛清晰，很漂亮。

过了会儿，许星纯睁开眼，和偷窥自己的人对视。

那人立刻慌乱地移开目光。

他眼珠颜色浅，所以睁开眼时，虽然没什么表情，但眉目十分柔和，没了周身拒人千里的冷峻气质。

坐在许星纯身边的人，趁机朝他搭话："嘿，你是九班的吗？"

那个女生化了点淡妆，眼睛很亮，好奇满满地盯着旁边的男生看。

他咳嗽两声，点头："是。"

"我叫郑玲玲，四班的。"

"你好，许星纯。"许星纯朝她点点头。

他刚刚转醒，眼底还有点血丝。因为感冒，所以声音很哑。

女生听到这个名字愣了一秒，眨眨眼睛，将身子侧过来："呀，原来你就是许星纯！"

这时大巴车已经出了市区，准备上高速。班主任走到他们身边，弯腰把一个表格递给许星纯，低声嘱咐："班长，你把车上我们班的同学统计一下再交给我。"

看许星纯拿了支笔起身离开，女生稍显失落，默默拿出手机开始玩。

"你没事吧?"符蓝刚和朋友聊完天,放下手机,就看到付雪梨脸色不对。

付雪梨皱着脸,咬着唇,缓了一会儿反胃的感觉。

"你怎么了?"

她摆摆手:"有点晕车。"这话说完没两分钟,她就扯过塑料袋干呕起来。

符蓝看得心惊肉跳,忙抽了湿纸巾递过去。

付雪梨把湿纸巾攥在手里,用力呼吸,但根本没用,没隔多久又想吐。

手里的塑料袋已经吐过一轮,她闻到一股酸味,越发恶心了。

眼瞅着不是办法,符蓝刚想起身,去问问其他人有没有晕车药。

一抬头,就看到许星纯走过来。他凝眉:"她怎么了?"

"有点晕车。"

许星纯走到她旁边,低声喊了一句:"付雪梨?"

付雪梨和他对视一眼就撇开。难受死了,没工夫搭理他。

"如果不舒服,去前面坐,我帮你借药。"

"不……去。"艰难回了两个字,手腕就被捉住。不知道什么时候,许星纯已经蹲下来,定定看着她:"去前面坐,好吗?"

"不好,我懒得动,我一动就想吐,你快点走,不要在这里烦我了。"都这时候了,她还在有气无力地发脾气。

"付雪梨……听话。"

"不去!你滚开,别在我这里……"

虽然他压低了声音,但符蓝还是很清楚地听到了。她表情呆呆的,以为自己听错了,看向许星纯。

他的语气实在是很温柔,表情很专注,却是符蓝从没见过的……不容置疑的强势。

实在是……

幸好后面的人睡觉的睡觉,玩手机的玩手机,没工夫注意这里。

这两人简直了……符蓝一时间眼睛都不知道往哪儿放。

虽然许星纯和付雪梨平时在班上看上去,似乎也不是太亲密。但凭着女人神奇的第六感,她早就感觉到有点不对劲了。

一点点回想,才把许多平常漏掉的细节串联起来。

之前聊天的时候,符蓝欲言又止没告诉马萱蕊的就是……

她曾经在午休的时候撞见许星纯坐在付雪梨的位置上。

在符蓝眼里,许星纯应该是那种很有原则和底线的人。

但是自从开学和付雪梨当同桌后,她才发现,每次付雪梨在许星纯跟前胡闹,他总是用隐忍、退让,甚至是温柔来对待。

而且非常自然。就好像是……许星纯对她的忍让与迁就,早已是深入骨髓的习惯。

太不同寻常了。

追许星纯的女生,什么样的没有。到头来,他居然被一个长得美但是没心没肺的娇气小姐收了。

虽然没有说付雪梨不好的意思,但是符蓝在心里还是有点可惜。

毕竟这么好的男生啊……

几个小时后,终于抵达目的地。大家下车呼吸新鲜空气。

付雪梨有点小洁癖,下车第一件事就是去酒店洗了个澡。说是酒店,其实是个高级一点的招待所。四人住一间,上下铺,位置蛮宽敞的。

除了符蓝,还有班上另外两个女生一起住。

女生住在二楼,男生住在三楼。初到陌生的地方,少男少女荷尔蒙分泌,大家多多少少都有点躁动。

付雪梨洗完澡换了一身衣服,和符蓝下楼去,刚好看到班上几个男生和许星纯朝大堂走,应该是要去外面吃饭。

符蓝正想出声喊他们,下一秒付雪梨把她嘴巴一捂:"嘘嘘嘘。"

"干吗?"

付雪梨有点尴尬:"我们自己去就好了,刚刚好丢脸,我现在不想看到许星纯。"

符蓝不高兴地噘嘴:"好吧。"

但奈何那群男生里有眼尖的,恰好看到了她们俩。

晚上吃饭的饭店离这里大概有两条街,是学校统一定的。后面几天,中午的伙食学校负责,晚餐自费。

宋一帆在手机里找付雪梨的联系方式,问她到哪儿了。

她随手回:在路上,急什么?

宋一帆:快点呀,位置都给你占好了。

付雪梨:……神经!

宋一帆:我在手机上已经搜好了附近的酒吧,嘿嘿……

去饭店的路上,陆陆续续都是一中的学生。

付雪梨收好手机,发现自己落后他们一大截,连符蓝的身影都找不到了。

我去……

她转过头,正打算问问边上的人,吃饭的地方在哪儿,就这么不偏不倚撞上许星纯的视线。

付雪梨赶紧跑过去:"太好了,你在这里呀!"

突然想到什么,她表情一变,默默地闭嘴,看向别处。

晚上6点，12月的天已经完全黑了。

付雪梨声音很低，看着脚尖，状似不介意地跟身边的人解释："我刚刚在车上，不是故意的，但是我晕车，你还凑那么近，不觉得臭臭的吗？"

她说着就忍不住看许星纯。

却被他的目光不小心刺了一下。

付雪梨疑惑地皱眉："你干吗？"

沉默一会儿，他忽然说了一句让她摸不着头脑的话。

许星纯问："你有钥匙扣吗？"

虽然感觉莫名其妙，但她还是点头："有啊，怎么了？"

"能给我看看吗？"

他沉默地盯着她，目光沉沉，眼底似乎藏着事，有些让人看不懂。

"……哦。"

付雪梨低头，翻开包找了一会儿，把镶了钻的Hello Kitty（凯蒂猫）钥匙扣找出来递给他。

许星纯接过后，放在手里把玩了一会儿，目光从她脸上掠过。

"这是你的？"

付雪梨闻言，漫不经心地回："不是，今天中午别人送的。"

下一秒，她睁大眼，要说的话就断了。

因为她看见，许星纯一脸平静，随手把钥匙扣扔了。

——扔进了垃圾桶。

18

付雪梨傻眼了，不可置信地看着他。

丢完钥匙扣，许星纯和她默然对视了半分钟。

只是他表情看上去实在是太理所当然，太平静坦然，以至于她甚至怀疑刚刚是不是自己眼花了，才产生了错觉。

等到他抬脚继续往前走，付雪梨这才像做了场梦一样回过神。

她快步跟上去，憋了很久，但是实在没忍住，开口问："喂，你有病啊，丢我东西干吗？！"

许星纯的目光落在她脸上，眼底沉得像是要把人吸进去："你很喜欢吗？"

"倒也不是很喜欢……但这是重点吗？你莫名其妙丢我东西，我很不爽。"

几秒后，许星纯移开目光，不再看她："不要随便收其他男生的东西。"

一字一句，带着些许警告，声音不太大，却让两个人都听得清清楚楚。

付雪梨无言了一会儿，艰难反问："什么叫我随便收其他男生的东西？你吃醋就吃醋,为什么说得我好像很随便的样子?而且你凭什么管我?你又不是没收过其他女生的礼物。"

"……"

她落后两步,在后面喊:"喂喂喂,有本事你不要心虚,正面回答我的问题。"

他停下步子,拧起眉,目光灼灼:"你怎么知道我收了?"

被他看得缩了缩脖子。付雪梨嘴硬,动了动嘴角:"我才懒得管你收没收,但是你没资格管我。"

"管你又怎么样?"

"我……我不准你管我!"

许星纯薄唇紧抿,继续心无旁骛地专注走他的路,目视前方,似乎没听见付雪梨的话。

她心中烦躁更胜,暗暗咬牙切齿。

许星纯每次都是这样。

她根本和他吵不起来架。

因为每次有什么争执,到最后都会变成她单方面的辱骂,许星纯自始至终一句话也不会反驳。

但付雪梨最讨厌他什么都不说的样子,感觉自己遭到了无视。

后来两人就这么静静走到了饭店,谁也不理谁。因为人多嘈杂,也没谁发现他们俩有什么不对劲的。

付雪梨自己去了宋一帆那一桌,随便和桌上的人打了个招呼,在他身边坐下。

她一脸狂躁,脸色不大好看,正在打扑克牌的人都看过来。

宋一帆也跟着朝她看:"怎么了,谁惹你了?"

"你别管我。"

"……"

没一会儿服务员端菜上桌,大家都热热闹闹地吃起来。

从付雪梨这个角度,刚好能看见许星纯的侧影。

他坐在旁边桌,边上是个大眼睛的女生,笑容甜甜的,席间总是要他帮忙拿这个拿那个,许星纯也不生气。

真是绝了,许星纯这个"渣男",对别的女生都那么体贴,在自己面前却越来越凶了。

凭什么!

付雪梨盯着面前的一桌菜,只觉得索然无味,心情很差,非常差。

口袋里的手机,就在这时,突然振动了一下。

饭桌上，大家就商量好等会儿去哪儿玩。他们先是按照计划，回了酒店找老师签到，半个小时后，再轻车熟路地走消防通道溜出去玩。

连鬼混的地方都找好了——刚刚吃饭的地方，旁边的步行街里都是酒吧。

本来付雪梨不打算和他们鬼混，吃完饭是想找许星纯谈谈，谁知道刚好碰见他和其他女生在一起。

单单是回想刚刚那一幕，她就冒火。

许星纯靠在墙上，双手插兜，低头在听旁边的人讲着什么。

隔得太远，他的表情她看不见，但那个女生不就是饭桌上那个女的？

笑得跟中了五百万大奖似的。

越想越气。

宋一帆把她的表情看在眼里，贴过来悄声问："你是不是心情不好？"

付雪梨翻了个白眼，大声说："我心情好得很。"

宋一帆语气透着无奈："我数了数，这已经是你今天到现在翻的第五个白眼了。"

"对了。"他从旁边拿出一封信，还有一盒巧克力，"这是我一哥们儿的朋友要我给你的。"

"谁啊？"

"你应该不认识。"

付雪梨倾身，不知道为什么，脑海里突然浮现出许星纯的话。她靠回椅背上，烦躁道："我不要。"

"这么高冷？"

"……别说废话，陪我喝。"

"算了吧……你刚刚喝不少了，还是喝橙汁吧。"宋一帆有些欲言又止，拦住她的动作，"我不陪，你太恐怖了。"

"我怎么？"

"上次——"

"好了，停，你别说。"付雪梨转头，把杯子搁下，"我不喝了。"

这时，放在桌上的手机亮了。

付雪梨看了来电显示，冷哼一声。

"你在哪儿？"许星纯问。

"你说啥？吵死了，我听不见。"

那边电话挂断，没一会儿短信就来了。

"你在哪儿？"

"干吗？"

"告诉我位置。"

· 309

付雪梨没好气地丢开手机。

鬼才管你。

大约半个小时之后。

许星纯出现在这个酒吧门口,他只穿了一件单薄的毛衣,外套拿在手里。他环顾一圈,看到了坐在吧台旁的他们。

付雪梨顺着桌上人的目光看过去,一眼就看到了向她走来的许星纯。

在绚烂靡靡的灯光下,他的脸孔被照得更加立体深邃,眼珠颜色很浅,皮肤透透地白,容貌很干净。

他身上的气质和这种寻欢作乐的场所格格不入,看着都让周围随意迷醉的女人蠢蠢欲动。

许星纯所过之处,人们自动给他让路。

卡座里,付雪梨顺势靠在宋一帆肩上,表情无辜,看着许星纯离自己越来越近。

"班长?!你怎么到这儿来了?"九班的一个男生诧异,随即怀疑道,"难道老师发现了,让你来找我们了?"

"对不起,我找付雪梨有点事。"

看许星纯的表情,熟悉他一些的人都知道,这是他心情极其糟糕的表现。

付雪梨充耳不闻,自顾自往嘴巴里丢了个草莓,却突然被人拉起来。

她的手腕被用力扣住了。

"你干什么?"她有点恼怒,"放开我。"

下一秒,她感觉到许星纯的手穿过自己的手臂扣住腰。

围观好戏的宋一帆张着嘴,目瞪口呆地看着,付雪梨被人强行拖走。

出了酒吧大门,耳边炸裂的喧闹声终于稍有平息。

两人在只有一点点灯光的长廊的拐角处停下。这里来往的都是喝醉的酒鬼。

脚下是柔软的地毯,踩上去没有一点声音,不知从哪里来的野鸳鸯在打野战,热情洋溢的嗯啊声断断续续传来。

付雪梨甩开他的桎梏。

她脸颊绯红,反应很慢。

许星纯浑然不在意,眼神透着怒意,脸色越来越难看:"为什么我说的话,你一句都不听?"

他最近两年身高蹿得很快,不知不觉已经高过付雪梨一个头。看着她的时候,像是要把她整个人都看穿,很有压迫感。

许星纯少有的凌厉,倒是一下把付雪梨给唬住了,半个字都吐不出来。

她愣愣的没说话。

而许星纯，他知道自己的情绪已经在失控的边缘，他知道自己着急的样子很吓人。

被付雪梨看到，可能会让她再次退缩。

可是他也没办法立即平静。他总是忍不住想，自己不管收敛得有多好，控制得有多好，表现得有多自律，也不会动摇付雪梨丝毫。

就像今天，他只是忍不住逾矩丢了她的东西，就让她再次退避三舍。

她一直都只喜欢自由，不喜欢被人束缚。

永远都是。

不知道许星纯在想什么。此时，付雪梨在脑海里不着边际地想。

许星纯的腰好像很敏感。

看他这么生气。

如果现在挠他痒痒会怎样？

"你是单纯不想理我，还是我刚刚又说错话得罪你了，你到底要我怎么样？"

许星纯一字一顿，似乎说得极其艰难、卑微。

"啊？"付雪梨陡然回神，对上他眼里的痛苦，随即又有些恍惚。

仿佛时光倒流，许星纯还是那个无措单纯的小男生——无论付雪梨做什么、说什么，一举一动都能左右他的情绪和神态。

似乎是害怕听到付雪梨的回答，他摁着她的肩膀，低头凑近她。

没有一点点防备，付雪梨跌跌撞撞往后倒，背撞上墙。

一阵吃痛。

她恨不得张开一口白牙，咬死面前的人。

这么大力干吗……

不是在吵架吗？

怎么突然动手了……

付雪梨艰难地思考着。

19

梧桐树旁华灯初上。

许星纯一个人坐在喷泉池对面的长椅上，等着付雪梨出来。

他给她发去短信：我知道我做了什么，以后不会了。

可短信似石沉大海。一个接一个电话拨过去都是无人接听。

路上的行人一个个走过。街边坐了一个干净、年轻的男孩，总是吸引年轻女人的目光。

风掀起他额前的短发，他维持着一个姿势，一动没动。

许星纯想让付雪梨高兴，却不知道该怎么做。

从一开始，就是自己千方百计接近她，一颗心虔诚地摊开在她面前，只要她高兴，可以随便从上面踩过去。

所以才落得这个下场。

许星纯陷入名为感情的泥沼的最初，她就退缩了。抽身得那样快，那样迅速，让他无措。

所以他只好一边沉没，一边竭力隐藏自己的心思。

即使心里压抑，也要在付雪梨面前故作冷漠，给她错觉。

不然，她又会想把他甩开了。

属于12点的夜生活，这座城市无数男女尽情狂欢，在纸醉金迷的地方消遣寂寞，醉生梦死。

高亢的音乐声，震得地板都在颤抖，DJ的嘶吼也似有若无响在耳边。

收回思绪，回过神。付雪梨突然发现，这儿人来人往的，服务生和保镖进进出出。

她拉着许星纯躲进楼梯间。

她站在比他高一级的台阶上，终于能够平视他。付雪梨感觉自己找回一点气势。她虚张声势，目露凶光愤愤道："许星纯，你刚刚又在发什么疯，我什么时候没理你了，不是你和其他女生打得火热？"

许星纯神志应该是恢复了清明，这时有点不敢看她的眼睛。

不过听付雪梨的话之后，他皱眉，动了动嘴角，似乎有点难以说出口："晚上我给你手机发了消息，打了电话，你没有回我，我问了别人，才知道你出来玩了。"

"那应该是我手机没电了吧？"付雪梨半信半疑查看自己的手机。

这人简直是越压抑，越变态……没回个消息，至于这么激动吗？！

被许星纯拉出来得太匆促，连包都没拿。刚想打个电话过去，手里的手机先振动起来。

"喂？"

那边的男生气息不稳："梨子，你人呢，走了没？"

"什么，我没走啊？"

"那你别过来了，宋一帆帮你把包拿回去，就这样，先挂了。"

"不是，怎么了？你那边好吵，出什么事了？"付雪梨皱眉，觉得有些不对劲,看了眼许星纯,边问边往回走。

"我们和一个人搞起来了,谢辞在打电话喊人。不过问题不大,对面人不多,就是几个喝多了的混混。"

"我去,你们胆子也太大了吧?玩得好好的,怎么闹起来的?"

"就送你巧克力那个男的,他后来又来找你了,宋一帆和他戗了几句,几个人就打起来了。"

除了九班一群人,还有其他班的几个男生,其中还有市长公子,都是背景厉害的。他们平时在学校里都爱惹事,年轻气盛的小伙子,一点就炸。

打起架来,一个个都是宛如收复失地的气势,甩着膀子和对面开干。

挂了电话,付雪梨顾不得许多,急匆匆赶去,酒吧里面已经乱成了一团。

一个黄毛混混特别激动,嘴里脏话直飙。谢辞一脚把他踹到地上!抡起水杯和板凳往他身上砸!

他们这边有几个男生顺势上去,把一个人高马大的男人按着打。

付雪梨跑得气喘吁吁,瞥到有人在宋一帆背后,急着喊道:"用东西抡他啊!宋一帆看后面,你是傻吗?!"

她毫不犹豫冲过去,一脚踢到那混混的屁股上!

男人吃痛地转过头,看到付雪梨。三两步上前,想用脚踹她。

付雪梨刚想躲,就倒抽一口凉气。

许星纯手边有啤酒瓶子,他顺手捡起来敲碎,毫不犹豫向那个男人捅过去。

血顺着伤口流下。

他的手臂和小腹都有血迹,把外套濡湿了一大片。

混混男痛得倒在地上。

"你到旁边去。"许星纯丢开玻璃瓶,和已经被震惊到呆愣的付雪梨对视。

宋一帆在旁边把这一幕看得一清二楚。

许星纯捅完人后,眼里一片平静和漠然,看着就让人后脊发凉,有种说不出的诡异。

都说他们这些人脾气大不好惹,其实真正打起架来都是小打小闹罢了。最多骨折进医院什么的,一般不怎么见血。反倒是许星纯这种看着有分寸,特别规矩,但一下手就稳狠准的人,才是最恐怖的。

乱斗并没有持续多久。幸运的是,酒吧的老板是谢辞哥哥的朋友,警察也没来。那边一个电话打来,几个保镖匆忙赶来,把闹事的那几个人拖走了。

不过他们一群人也好不到哪儿去,一个两个的都挂了彩。

谢辞哥哥把酒吧闹事费给结了,酒吧老板还派人开车送他们受伤的几个男生去医院。

等包扎结束,所有人都筋疲力尽。

许星纯的手也被弄伤了。不知道混乱中被什么东西划的，特别深的几个口子，看上去很骇人。

付雪梨陪在他旁边看护士消毒包扎时，几乎不敢直视，仿佛疼在自己心上。

坐在医院椅子上，等着去拿药。许星纯脸色苍白，衣服上还有不明显的血迹。因为疲倦，声音比之前低哑了很多："我不痛，付雪梨，别哭了，好不好？"

说完，他动作吃力地从口袋里掏出一个小盒子。

付雪梨眼泪还悬在眼眶里，要掉不掉，目光停在他手里的东西上。

他递给她，似乎想要化解略显沉重的气氛："刚刚忘记给你了。"

她迟钝地接过来，打开，一条镶钻的 Hello Kitty 钥匙扣静静躺在丝绒布上。

付雪梨一怔，下一秒，脸色就变了。

20

愣了片刻，付雪梨下意识吞了吞口水，才拿出那个钥匙扣，放在手心里。

她垂了眼睛，仔仔细细地又看了一遍。

"我逛了几个商场，没有一样的，只有这个最像。"

他不解释还好，一解释，她心里愧疚的情绪瞬间飙到顶峰。一向最为没心没肺的人，此时居然也陷入了自责，难受得一个字都说不出来。

其实这个钥匙扣，对她来说根本就是无关紧要的小玩意。许星纯丢了就丢了，根本不重要。

付雪梨只是看他好玩就想逗逗他，于是装模作样生气一下。

但早知道，许星纯就是这样认真偏执的性子。她说的每句话，做的每件事，甚至一个眼神，都被他放在心里计较。

从以前到现在，她一直觉得，许星纯不过是她在恰当的时间里，随便捡来的消遣寂寞的宠物而已。她也从来没有把他放在和她同等的位置上对待过。

但付雪梨没仔细想过，只有十几岁的他，就算平时看上去多么温和淡然，也不过是个普通男孩子。

"你这人是脑子缺根筋，还是天生就是个傻子啊？"明明语调里隐隐带了哭腔，嘴上依旧不客气，像是在吼他一样，"我要你去死，你去不去？"

许星纯看着她，沉默一阵，才平淡地说："如果你需要，我可以去。"

刻意压低的嗓音，在这样安静的夜晚，显得太温柔。

他神色认真。

她知道，他并没有把这句话当玩笑。

心中一酸，侧过头去，眼泪啪嗒就掉了下来。

呜呜呜。

这个人真的就是个大傻子。

许星纯爹妈怎么生出这种傻儿子？

谈个恋爱这么真情实感，活该被人骗。

这下轮到许星纯愣了，他有点跟不上付雪梨的情绪。

不知道她为什么哭，他能做的，就是默默给她递纸巾。

一包纸一会儿就见了底。

"班长你好了——欸？"宋一帆溜达过来，本来想问候一下许星纯，看到付雪梨，话说到中途硬生生转了个调，"梨子？"

她抬头，泪眼蒙眬。

宋一帆神情古怪，拿手上下指了指她："班长还没死，你一把鼻涕一把泪的，哭丧呢这是？"

付雪梨反手就把纸巾砸到宋一帆脑门上："滚开。"

"滚就滚，告辞！"宋一帆抱拳，大声说，"此去山长水远，臣退了，这一退，就是一辈子！"

许星纯："……"

付雪梨崩溃，本来有点悲伤的情绪，都被这个傻×搅和没了，起身追打他："宋一帆！你有病吧！"

他们几个人从医院出来，因为打了场惊心动魄的架，虽然身体疲惫，但精神都格外兴奋。

招待所晚上12点以后有门禁，要刷卡才能进去。大家伙琢磨着反正也回不去了，这花好月圆的，索性随便买了点吃的，在空当无人的马路上喝酒、撸串、闲扯。

宋一帆永远是最激动兴奋的那个。

回味起刚刚那场架，康凯忍不住又看了走在最旁边的许星纯一眼。

他屁颠屁颠跑到许星纯身边，挤开付雪梨，眉飞色舞道："没看出来啊，班长，你成绩这么好，打架也这么猛，你这个哥们儿我认定了。"

"康凯，做人可不能这样自作多情。"旁边有人嘲他。

其实无论表面有多不屑，但一般情况下，学渣内心深处其实对学霸都有一种天然的崇拜感。

在平时，对许星纯这种只可远观不可亵玩的优秀学子型人物，他们只觉得清高文静，不易攀谈。

毕竟是国家栋梁，未来社会的精英接班人，可不能给弄折了。

如今刚好有个契机，谁都想来找他聊聊天。

"班长，说起来，我们都很奇怪你成绩这么好，为什么不去×××附中，跑来一中读。虽然我们学校勉强也算个重点学校，但是和附中完全不在一个水平啊。"

一人猜测："班长应该是学校领导请来冲高考状元的，是不是？"

"不是。"

男生糊涂，看着许星纯，边走边问："那是为什么？"

许星纯陷入沉默。

付雪梨知道，可她不好意思说。于是便有气无力地打岔："能不能别这么八卦，闲得没屁事干?!"

"大梨子，你给我闭嘴，大老爷们说话，你别插嘴。"

"……"

看来今晚他们这群人膨胀不少。

幸好他们很快忘记刚刚的话题，转头又说起篮球、科比、游戏机。付雪梨听得直打哈欠，倒是许星纯一脸认真地倾听，很有耐心。

康凯突然不好意思地说："班长，你是不是觉得无聊？我们除了吃喝玩乐，啥也不会。"

"是你自己，不是我们。"市长公子大笑。

"不会。"许星纯说。

"那你怎么不讲话？"

"对不起，我反应有点慢，跟不上你们。"许星纯淡淡一笑，"我不是很会说话，不过听你们说起来很有意思。"

宋一帆带着酒意打断他："可别可别！年级第一的学霸在一群学渣面前说自己反应慢！"

一大群人浩浩荡荡在凌晨的街头轧马路，有说有笑，在寒冷的夜晚，倒也不觉得寂寞。总觉得意犹未尽，黑夜就悄然过去，天边晨光微亮。

和付雪梨同房间的两个女生大概6点就起来，洗澡、洗头、化妆。

她精神不济地溜进去，符蓝还在床上睡得迷迷糊糊。看了看时间，等会儿还要去博物馆搞参观，估计也睡不了了，付雪梨认命地打开行李箱找衣服，打算去浴室洗个澡。

另一边。

宋一帆一行人进入招待所后，因为怕被老师发现，连电梯都没坐，走楼梯硬生生爬到七楼。

一群人累得气喘吁吁的，推开消防通道的门，还没喘上气，就齐刷刷愣住了。

——齐熊在门口守着他们。

"你们昨天晚上去哪儿了？"

众人："……"

事情的魔幻程度，似乎……超越了他们的想象。

齐熊气得要死，来回走了两圈，脸色铁青。

"你们一个两个的，越来越无法无天了，整天正经事不干，净给我捅娄子。我等会儿联系年级领导，下午就把你们全都送回家！还有，许星纯，你怎么回事?!你怎么在这里?!我没看错吧我?!你干点什么不好跟他们这群人去鬼混？你还记得你是班长吗？真是太不像话了!!"

齐熊看到自己的得意门生也在其列后，不敢置信一连发了几问，显然已经怀疑人生，怒火攻心，杀人的心都有了。

这时哪有人敢再说话？排成一列，低头乖乖挨训。

"你手怎么了？"齐熊这才注意到他们几个人身上，多多少少挂了彩。

他按捺下怒火，问许星纯："怎么回事？"

宋一帆站出来，结结巴巴道："是这样的……我们回来路上……因为天黑，不小心摔进了一个坑里？然后……然后我们就去了医院……"

早上7点半，大巴准时停在酒店门前的停车场。

付雪梨被符蓝拖上车，她就是懒骨头，一上去就把鸭舌帽扣在脸上补眠。

就这么无精打采过了一上午，在餐厅吃午饭的时候，旁边班的人来他们这桌问："同学，你好，请问一下，你们班长在吗？"

"不在，班长有点事，今天没来。"

等那人走后，付雪梨才发觉有点不对劲。她四处张望，后知后觉问："谢辞、宋一帆他们呢？怎么都不见了……？"

另一张桌上的女生说："熊大刚刚在车上不是说了嘛，他早上逮住了班上一群男生。他们昨天晚上溜出去玩了，就罚他们留在招待所写一千字的检讨书。"

"……？"

付雪梨表情一变，瞪大眼睛。

符蓝凑到她耳边："幸好你没被发现。"

这时，桌上另一个人说："天啊，昨儿晚上班长也出去了？"

"对，所以熊大气死了，说从今天开始，他亲自去房间查寝。"

他们参观归来。

坐在回途的大巴车上，累得不成人样的付雪梨，想起来给许星纯打了个电话。

那边接起来，低低"喂"了一声。

听到这个声音，突然觉得安心不少。符蓝在睡，她转身对着窗，捂住嘴，小声问："你在干吗？"

"刚刚写完检讨书。"许星纯哑着嗓子，似乎低低笑了一声。

"我去，一千字？"

"嗯。"

"那你睡了会儿吗？"

"我先去洗澡。"

"医生不是说不能沾水吗？你……你洗澡，你的手怎么办？"

那边似乎在犹豫。

付雪梨浑浑噩噩的脑子里灵光一现，脱口而出："你等我回来，我有办法。"

一个小时后，鬼鬼祟祟的付雪梨出现在许星纯房间门口。她左看右看，确定没人后，才去敲门。

大概几分钟后，门被拉开。

付雪梨倒抽一口凉气。她急匆匆背过身去："我去，许星纯，你就穿个浴袍是几个意思？袒胸露……露那啥的，想色诱谁?!"

良久，他无奈的声音才响起："我跟你打电话的时候，已经脱完衣服了。"

"所以呢?!"

"所以，我只能穿成这样。"

付雪梨脑子里一团乱麻，吼了一声："穿成这样是要干吗?!"

许星纯迟疑道："你说……让我等你？"

21

"放屁！"付雪梨单手捂住眼睛转身，大叫道，"我才不是这个意思，你快点把衣服给我穿好再说话。"

差点被这人带进沟里了。

"我早就穿好了。"他无奈回答。

她半信半疑，手指分开条缝。

许星纯心觉好笑，没有一丁点脾气，说："手放下来吧。"

顺着腿往上一点点看，他衣服已经穿规矩了。付雪梨松了口气："走走走，

318.

进去说,外面人多。"

房间里桌上的台灯都没来得及关,摊满了书和纸笔。

"你还在学习啊?"她走过去,嫌弃地翻了翻。

许星纯随手把门虚掩上:"刚写完检讨,睡不着,随便看看。"

付雪梨撇嘴,一脸跟他说话都费劲的表情。"算了,我是来给你送这个的,喏。"她举起手里的东西,在他眼前晃了晃,"我去超市给你买了保鲜膜,怎么样,感不感动?"

许星纯微不可察地笑了一下,点点头:"谢谢。"

"算了算了,不跟你说废话了,你过来,我来帮你把手包起来。符蓝还等着我去吃饭呢,听她说南京有特别多好吃的小吃,什么南京干丝、状元豆、桂花糯米藕啥的。"

这些许星纯都不懂。他想了想,才问:"好吃吗?"

付雪梨无语地看了他一眼:"我这不是还没吃呢吗?"

她把他的袖子小心翼翼往上翻卷几层。

一截手腕带着手掌都缠着白纱布。

压下心底淡淡的愧疚和心疼,付雪梨拿出剪刀和保鲜膜,嘱咐他:"要是弄疼了,你就跟我说,千万别忍着……"

正交代着,门口突然传来一阵脚步声,几个男生在谈笑。

"不会是你室友吧?"付雪梨话语一顿。

"可能……是。"

"啊?!我去!!"她又慌又乱地揪住许星纯白色的浴袍,"不行不行,我要躲躲。这样太尴尬了。"

躲哪里呢?

付雪梨扔了手里的东西,急得一溜烟四处乱转。

直接走?

不行不行,这时候出去肯定要被他们撞个正着。

就在这时,许星纯扣住她的手。

"班长,班长,你在不在啊?"

几个人走到住的房间,发现房门没锁。方开推开,入眼就看到地上的剪刀和保鲜膜。

"我去,不是遭贼了吧?咋这么乱!"一个男生惊讶道。

"我在洗澡。"许星纯的声音从浴室传出来。

"哦哦,行。"方开舒了口气,走过去,"那你开个门行吗?我洗个手,马上就好。"

他疑惑地推了推："班长，你洗个澡锁门干吗？"

隔了一会儿，许星纯的声音才传来："我在洗头，开不了门。你急的话……去别的房间？"

方开疑惑地皱眉，总觉得怪怪的，不过没做他想，应了一声，便走开了。

浴室里。

付雪梨屏住呼吸，紧张地听着外面的动静。她感觉自己的脸被碰了碰，她才回神。

许星纯靠在旁边，悄然无声地注视着她。

"干吗……一直盯着我看。"鸡皮疙瘩都起来了。

小声嘀咕两句，她视线突然直了。

许星纯刚刚系好的衣服，又不知道什么时候，被扯得松散开来，袒露了一大片胸膛。

紧绷光滑的肌肤，蕴含着年轻男性的荷尔蒙。就这么近距离看，还是很有冲击力的。

付雪梨又不是啥都不懂的傻子。说矜持，其实也就装装样子，就她本人来说，真没什么节操可言。

脑子里又响起其他人运动会时跟她说过的话。

"许星纯就是女孩子都喜欢的那种又瘦又白的学霸啊，虽然平时看上去禁欲，但最好是，脱衣有肉，反差感一起来，那就更性感了。"

本着破罐子破摔、不看白不看的心理，悄悄欣赏了一下，她一脸纠结。

好可惜啊……

如果能摸一摸就好了……

算了算了……慢慢来……不能操之过急，不能操之过急……

这样显得她太色了……

"看够了吗？"

付雪梨抬头，赶紧否认："我没有！我——"脑子里转了转，小脸迅速换上理直气壮的神色："我才没有想看你，是你挡在我前面，就是故意给我看的。"

他盯着她，没反驳，反倒是低低"嗯"了一声。

"……"

这似有若无的暗示，让她更说不出话来了。

这是默认了还是……

付雪梨不敢多想，刚一动，手机便响了。她吓了一跳，还好开的是振动。

是符蓝打来的，估计等得不耐烦了，催她快点下去。

手机不断闪动，似乎吸引了她所有的注意力。

许星纯从付雪梨手里把手机拿过去，然后神色自然地放在洗手台上。

符蓝在大厅踱步，等付雪梨等得花儿都谢了，打电话又打不通，差点急眼了，才看到她姗姗来迟的身影。
似乎还是急匆匆跑下来的，脸上红晕未褪。
符蓝问："你怎么了这是？"
"走走走，路上说。"
仿佛后面有什么洪水猛兽，付雪梨拉着她就往外走。
幸好符蓝提前做了攻略，跟着地图坐车倒也方便，不过一会儿就到了离酒店最近，南京著名的某条小吃街。
刚找个店坐下，付雪梨立即道："我要喝酸梅汤。"
"怎么了，这么渴？"符蓝仰头看菜单，闻言疑惑。
"我要去火。"付雪梨说得一本正经。
等菜等得无聊，符蓝突然想起来，便问起昨晚许星纯受伤的事。
付雪梨跟她简单说完，符蓝连连惊叹："天哪！真看不出来，班长长得这么秀气，下手这么毒，直接把人家搞进医院了？"
"……"
以为她被吓到了，付雪梨刚想开口解释两句，便听到符蓝说："帅哥果然做什么都好迷人啊！好有气质，呜呜，他揍人的样子肯定也特别好看吧？"
付雪梨替她倒了一杯酸梅汁："大姐，我看你也去去火吧。"
"谢谢大美女。"符蓝喜滋滋一笑。
付雪梨无语："你再犯花痴，我改天一定要告诉你朋友。"
"唉……你去告诉吧，如果你不介意的话，我这就去追许星纯。"符蓝又看了她两眼，"你是不是真的没想法了？"
付雪梨避开这个话题："……我说你自己也是个学霸，为什么这么喜欢他？除了成绩好一点，他到底哪里吸引你了？"
听了这话，符蓝摇头晃脑，笑容很诡异："我只是想知道，成为许星纯的唯一是什么感觉。当他的女朋友，淡定地笑看其他女生前赴后继，想一想都很爽。"
她们说话没顾忌。
隔着两桌，郑玲玲听着旁边隐隐约约传来的讨论声，吃东西的动作顿了顿。
同桌女生小声八卦："她们好像在说许星纯欸。"
许星纯……
同一个年级的，虽然人没怎么见过，她们却对他的名字如雷贯耳。

22

"对了,你下午上去找班长,怎么那么久才下来?"洗完澡,符蓝从浴室出来,拿毛巾擦拭湿头发。

另外两个室友出门去超市采购了,房间里只有她们两个。

"我刚刚看到你和你朋友在楼下,你们注意点,不知道找个人少点的地方?"付雪梨岔开话题。

符蓝果然一脸被雷劈过的表情:"不是吧?"

看她紧张得连手里的毛巾都掉下来,付雪梨嗤笑一声:"骗你的。"

"那你怎么知道,那个……"符蓝说不出话。

"猜的,嘻嘻。"

"啊啊啊,吓死我了,你这个变态。"

付雪梨"哼"了一声,在床上翻了个身,瞪着墙壁,在心里说:

我就是个变态。

她把被子拉过来盖住脑袋,在黑暗里出神。

这种心神不宁的状态已经持续几个小时了。

一回想下午在浴室那一幕,她就头皮发麻,呼吸急促起来。

但就是控制不住地去想。只是想着想着……就口干舌燥,不敢深想了。

符蓝打来的三个电话,付雪梨都没接。

"许星纯,你真小气,给我看看又不会少块肉。"她神色认真,"再说了,以前我去看宋一帆和谢辞他们打球,早就看习惯了……"

话说到后面,渐渐就没声了。

——许星纯取下腕表,抽掉浴袍的系带。

这些动作他都做得不紧不慢,似乎是件再自然不过的事情。

只是浴袍之下,全身上下,一丝不挂,光滑紧致的皮肤就这么赤裸裸地完全暴露在空气里。

气氛陡然升温。

呆了两三秒。

付雪梨血气从脚板心直冲天灵盖。

许星纯疯了吧?!

她臊得小脸通红,咬了咬嘴唇,嗫嚅道:"你……你想干什么?"

许星纯一丝不挂,却一点害羞脸红都没有:"你不是说你习惯了?"

完全无法思考,她只能机械地对话:"我……我不习惯,你给我穿起来。"

说完付雪梨才记起来非礼勿视,手足无措地转过身,虽然看不到了,但是他骨肉匀称、带着少年特有的清瘦感的身体，似乎一瞬间就钉入了脑海……

"你要干吗，耍什么流氓？"她问。

甚至连声音都没控制好。

不过这会儿也顾不上外面的人听不听得见了。

这句话问完，淅淅沥沥的水声便响了起来。小水花溅到白色瓷砖上，把她的小腿弄湿了。

许星纯居然真的开始洗澡了。

付雪梨感觉全身僵了，腿也有些发软。她没出息地背对他蹲在门口。

幸好他房间里的几个男生只是回来换身衣服，没过一会儿外面就安静下来，应该是都出去吃饭了。

逃出门前，付雪梨忍不住回头看了一眼他。

浴室被迷蒙的水汽充溢。

许星纯站在莲蓬头底下，唇薄鼻挺，黑发被水打湿，表情晦暗不明。

因为这事，饶是付雪梨脸皮再厚，接下来的几天也无法直视许星纯。他这人做事真是——不鸣则已，一鸣惊人。他平时看起来守规矩，本质上居然这么放浪形骸。

只要一看到他的脸，就想起那天在浴室。

所以许星纯过来找付雪梨时，她开始有意无意地避开他。

隔了两三天后，付雪梨来了大姨妈。她跟班主任请假，在酒店窝了一天。吃完晚饭，许星纯又来找她。

付雪梨尴尬地后退两步。

许星纯似乎察觉到了她的抗拒："我……"

"你不准说话。"付雪梨急着打断他，"我现在不想看到你。"

"……"

他深深地看了她一眼，然后转身走了。

那个眼神，把付雪梨看得心底一颤。

总感觉许星纯误会了什么……

她其实不是要赶他走……就是稍微有点害羞……虽然她平时作风彪悍，说到底也就是个女孩子，总要给她几天时间缓缓吧。

但付雪梨身体实在不舒服，就没追上去解释，打算过几天再去找他。

反正离回学校还有几天。

也许对付雪梨的反复无常、阴晴不定，许星纯早就习惯了。眼神偶尔交汇的时候，他也会主动移开视线。

再说上话，是她看到隔壁班的女生在楼梯间跟许星纯表白。

付雪梨当时头脑一热,什么都没想就直接过去了。

她轻车熟路,三言两语就把那个女生刺激跑了。许星纯在一旁,一直沉默地看着她。

"你干什么?"他问。

"我知道你不喜欢她,帮你解决了。"付雪梨笑嘻嘻的,说得理所当然,没有一点不好意思。

"我不需要。"

"哦,不需要就算了。"付雪梨渐渐不笑了,说完就想走。

他拉住她的手臂。

她挣了一下,手想从他那里抽回来,却被他反握住。

"你喜欢我吗?"许星纯很少如此直白地来兴师问罪。这种强硬的态度,让她也有点心浮气躁。

付雪梨猛地抬头,下意识就反驳:"我没有。"

这话让两人都怔住了。

两人隔着不到十厘米的距离,他面色冷硬,目光压迫地看着她:"那你为什么要管其他人喜不喜欢我,为什么要生气?"

她向来不喜欢用脑子想事,他问题丢出来,她其实也没想清楚,只能心虚地说:"对不起,我也不知道为什么生气。但是……你喜欢我这件事,的确让我有优越感,所以我不想你和别人在一起。"

其实坦白完她就有点后悔了。她垂下脑袋,小心地瞄了许星纯一眼。

"所以……我只是你用来刺激她们的工具吗?"许星纯脸上毫无波澜,眼底的温度都消失了。

"对不起。"

付雪梨想,她应该解释一下。但被他那么看着,她突然话都不敢说了。

片刻之后,许星纯收回手,放开了她:"你走吧。"

她对不起什么?

对不起这么多年,她还是不能喜欢上他吗?

许星纯愿意等,也愿意纵容付雪梨。但他不是神。

无用功做多了,偶尔也会想,他忍耐着,又有什么用?

从一开始,她对他的一切感情,都始于怜悯。他不知道怎么去爱她,她也不教别人怎么爱她。

到头来,她始终也学不会去喜欢他。

23

从那天以后，估计大半个月，许星纯和付雪梨没说一句话。

就算到了学校也是这样，课余生活更是毫无交集。

两人明明是前后桌，偶尔目光相撞，也会很快移开。仿佛是陌生人。

虽说许星纯之前也经常忽视她，让她恼怒，但付雪梨心底一直能感觉到，他所有的淡漠都只是吸引她注意力的手段罢了。

不过这次，她再没心没肺，都感觉到他真心实意的忽视和不爱搭理。

也不是没有做努力。比如付雪梨学许星纯周围的人，主动找他问问题。

谁知许星纯看了题目一眼，也没正眼瞧她，就说："我不会。"

她好不容易做好心理建设，却热脸贴了冷屁股，顿时有点委屈，感觉遭受了不公平待遇。

付雪梨心里苦，但她也不藏着掖着，于是把手里的笔一摔："你刚刚明明教符蓝做了，教你同桌做了，怎么到我就不会了？"

"我不会。"他又说了一遍。

"……"

是个人都能看出来他在随便应付。

骗子，大骗子，就是不想理她，找什么借口！

不过这段时间，付雪梨总是忍不住想，自己对许星纯到底是什么感觉。自从肯动脑子想后，她发现自己肯定有点喜欢他的……至于到哪种程度，还要一段时间才能想清楚。

但如果以后许星纯都不再搭理她的话，她肯定会不甘心。

一直到圣诞节前夕。

这天从早上就断断续续飘起了雪，到中午的时候，地上已经铺了一层薄薄的冰。放眼望去，教学楼的顶都白了一片。

正好打下课铃，许星纯去办公室领了等会儿要发下去的材料。回来时，一双笔直的腿，大咧咧就这么架在他的椅子上。

明明是要穿羽绒服的天气，她仍然露了一截细瘦雪白的脚踝，冻得有些泛青。

符蓝立刻侧过头，叫了她一声："喂，雪梨，班长来了，你把脚放下来啦。"

付雪梨玩手机，一点想理她的意思都没有，脚还是那么搁着，任身边人默然瞧着她。

教室里闹得热火朝天，就显得他们这儿的安静更加尴尬。幸好这时团支书风风火火走过来："班长，老师喊你去开会。"

平时本来就话不多的许星纯，低眉敛目，没有看付雪梨一眼，把手里的东西放下，从抽屉里拿了纸笔就走了。

付雪梨顿时拉下脸。

他们往外走，到走廊上，迎面和夏夏碰上了。她看着许星纯笑，清了清嗓子。

团支书心思转了转，想到刚刚上课别人跟他说的八卦，本着看破不说破的八卦精神，识相地先走一步。

他们走后。

"我知道了，你自习课非要换位到班长后面，就为了找他碴？"符蓝问得很小声。

隔了一会儿，付雪梨才垂着眼睛说："你想多了，坐这里方便我玩手机。"

虽然狡辩了一下，但其实符蓝说得没错。她就是不想让许星纯好过，他不搭理她，无视她，她就要处处刁难他，找他麻烦。

其实付雪梨虽然看上去放荡不羁，但是感情上还很笨拙，和情窦初开的毛头小子一样，喜欢谁就靠欺负谁吸引注意力。

今天是平安夜，班上的人都在互送苹果和圣诞贺卡。

从付雪梨的角度看过去，刚好能看到许星纯那满抽屉的礼物和苹果，甚至堆得地上都是。

心里火更盛。

正出神，有个人往这儿走来。

"你有看到班长的物理卷子吗？"马萱蕊小声问。

齐清茫然，找了一圈："啊？可能在符蓝那儿吧。"

坐在后桌的符蓝在抄历史笔记，闻言撞了撞付雪梨："卷子给马萱蕊。"

"没看到我正在用吗？"付雪梨在那张卷子上不知道涂涂画画什么。

"可是……"马萱蕊犹豫，"是我先向许星纯借的呀，他也同意了。"

付雪梨在许星纯的卷子上画了几坨便便，画得正高兴，被人打断，有点不耐烦了："你借谁的不一样啊！符蓝，你把你的给她。"

马萱蕊迟迟不肯接符蓝的卷子，付雪梨抬头，眉梢一扬。

面前站着的女书呆子，忍不住指责她："你跟许星纯说了吗，凭什么在他卷子上画画？"

"没说又怎么样？"平时也就算了，今天不知怎的，一个两个的都要来惹她。

马萱蕊鼓起勇气看了她一眼："付雪梨，你讲点道理好吗？！"她维持着最后一点礼貌，说着就要把卷子拿走。

付雪梨脸一黑，也不知道抽哪根筋，死死按着不放手。两人都使了点力气，卷子居然就这么硬生生被扯破了。

"……"

"……"

这下,连符蓝和齐清都不得不出来打圆场了。

可马萱蕊被付雪梨气得两眼泪汪汪,丢下一句"不知道在神气什么",就转身跑走了。

留下他们俩面面相觑。

自习上到一半,许星纯和团支书开完会回到班上。被折腾得一团糟的物理卷子就这么放在他桌上。

符蓝头低下,几乎不敢看许星纯的脸色。

倒是始作俑者一脸无所谓,丝毫不觉得自己有什么错。毕竟付雪梨从小做了错事,只要撒娇,就有人替她兜着。

许星纯的目光终于落到她身上。

"看什么看,我不是用透明胶帮你粘起来了吗?大不了你拿我的好了。"

许星纯默不作声坐下来,然后把卷子收起来,好像什么都没发生。旁边的齐清偷偷瞟了他一眼,一边做卷子,一边在心里感叹自己的同桌脾气真好……

这天放学后,付雪梨和宋一帆、谢辞他们在学校门口的奶茶店等人。

还有其他年级的人。闲着无聊,便玩起牌来。话题扯着扯着就到了夏夏身上,一个男生突然"啧"一声:"她初一转到我们学校来的,当时就是级花。"

"听说夏夏初二就和外面的人开房了吧。不过我哥们儿追了她几年都没追到,谁知道被学弟搞到手了。"

付雪梨动作顿了一下。

随即宋一帆跟着一笑:"许星纯吧?我认识,夏夏不亏的呀!"

"谁说夏夏是他女朋友?"她脑袋一蒙,开口问了句废话。

果然,李杰毅看着她:"只有你不知道而已。"

晚上回到家,付雪梨找出之前写给许星纯的道歉信,撕个粉碎扔进垃圾桶。
她魂不守舍地坐在床上,咬牙切齿骂许星纯贱人。

满腔抑制不住的愤怒,到后来却让心里变得空落落的。

这种感觉太陌生了。

付雪梨从来没想过,有一天,许星纯会不属于她。

这夜睡得很不安稳,失眠了大半个晚上,迷迷糊糊中似乎梦到了以前初中的事。

她那时可威风了,一身反骨,无法无天。

记得付雪梨第一次对许星纯产生印象的时候，是有几个小流氓在校外找他麻烦，一群男的女的围着他起哄。

被围着的他，异常安静，似乎完全不知道怎么反抗。

她认出来他是自己的新同桌。

也记不起来为什么，可能就是一时冲动，也可能是看不惯。付雪梨就这么带着身边几个人上去打抱不平。

后来，她踩着那人的背让他跪在许星纯面前道歉。

很奇怪，从那以后，付雪梨就一直笃定，许星纯肯定会喜欢她很久。

24

一连几天，付雪梨在学校都像变了一个人。从处处和许星纯作对、故意在他面前找存在感，恢复到从前冷淡、漠视的状态。

谁都能察觉到她的异样，何况许星纯。

不过这样也好。她对他冷淡，好过她对他害怕。

两人毫无交集，他也不需要花力气控制自己去和她相处。

许星纯不想发疯，可他知道，这是迟早的事。明明陷入煎熬，却还要在她面前装模作样，保持若无其事的纯良。

一秒都不想再忍下去。

只是他习惯了这种被冷淡的日子，反而是付雪梨，好像有点高估自己了。

她……

她真讨厌他当她不存在的感觉。

时间一天天过去，本来只是怀着报复许星纯的心理，只是原本设想的没达到，却搞得自己越来越抓狂、失落。

太可恶了，为什么他还不来找自己认错？

下节是体育课，班上大多数人都听得心不在焉。付雪梨也不例外，望着墙上的钟，无聊地转着笔，数着下课时间。

教室外面走过人，一时分神，笔掉在地上。

弹了一下，骨碌碌滚到后面。

她弯下腰侧着身子去够。因为下面视线不好，单手胡乱挥，手指时不时戳到后面人的小腿。

椅子突然发出刺耳的拖拉声音，齐清吓了一跳，微侧过头，看向许星纯。

他弯下腰。齐清会意，移开一点，方便他找笔。

"你的吗？"他递过来，拿着圆珠笔的手悬在半空中。

付雪梨无法坦然和他对视，没吭声，只是轻轻点了点头。拿回自己的笔，她趴在课桌上，一节课都没起来。

上完半节羽毛球课，连着大课间，有接近一个小时的自由时间。

打篮球的少年在尖叫奔跑。付雪梨买了瓶可乐，有一口没一口地喝，眼光远远停在操场旁边车库铁门那儿。

许星纯和夏夏站在那儿，两人距离很近，付雪梨从来没看见他和哪个女生靠得这么近。

他们俩站在一起特别显眼。

看许星纯抬腕抹了把汗，夏夏伸手似乎是想帮他，却被他用手轻轻一挡。

"哼……"她轻哼一声，语调却控制不住地上扬，像在撒娇。

许星纯拧开水，抬眼望向她身后。

夏夏未觉，微倚着铁丝网跟他说话。

"你在看什么？"突然意识到他的目光没有落在自己身上，于是顺着他看的方向回头，许星纯已经淡淡把视线挪开。

夏夏浑然不觉："你知不知道自己身上有烟味啊？还是仗着自己好学生的身份，不怕被老师找碴？"

他听完后没反应，依旧寡言。

许星纯清隽秀气的外表，总会给人错觉，以为是个好相处的人，但接近了才发现，他整个人都很冷，不近人情。

除了那个人……他的眼神似乎从来不会在别人身上多做停留……

想到这儿，夏夏压下心里小小的失落感，又凑近几步。

"这周六你有空吗？可以来我家。"

付雪梨的视线跟着他们。隔壁班的朋友在旁边说的话，没有一个字能入她的耳朵。

瞧出她的三心二意，宋一帆说："付雪梨，你搞什么？天天巴巴看着许星纯，你以为这样就能把一个男的看得回心转意？"

这话戳到付雪梨的痛点，她火大地骂他："你……你……你，我才没有巴巴地看着他，你狗嘴里吐不出象牙来，你眼瞎了，我在欣赏风景！"

宋一帆单手"砰砰"拍球，汗涔涔的，蔫坏地挖苦她："欣赏风景？你看看手里的瓶子，都要被你捏烂了，欣赏什么风景这么气？"

在场好奇许星纯和夏夏的不止一两个。一人有点惋惜地说："他们真在一起了？"

付雪梨听着不爽："我怎么晓得！"

· 329

"我四班的一个朋友,上周上培训班,看到许星纯和夏夏在校外约会。"

付雪梨脸色一变,顿时无话可说。

"怎么?"说话的人注意到她的神情,随口开玩笑说,"你喜欢他呀?"

付雪梨把目光对准那人:"你说这话恶心谁呢?我才看不上那个书呆子,嘻嘻。他愿意跟谁好,就跟谁好,我只是奇怪夏夏为什么会跟他。"

宋一帆的目光越过她,落在后面的男生身上。

付雪梨还在说,一句句刻薄的话根本没过脑子就从嘴里蹦了出来。起先还没反应过来,而后收到周围朋友暗示的眼神,她一转头,就看到夏夏站在不远处。

她旁边……

付雪梨拼命忍着,维持住自己不屑的表情。

这里大家都是熟人,夏夏也没什么顾忌,自顾自轻笑道:"没看出来,你这么热衷在背后评论我的私事?不过你看不上许星纯,就最好离他远一点……至于我喜不喜欢他,你管不着,就算我们上床,都跟你没关系。"

她声音越说越小,付雪梨却听得一清二楚。

上床?!

她脑子里轰然炸开。

想都没想就上去给了许星纯一巴掌。

宋一帆被她气红了眼的样子吓到,连忙上去拉她。

付雪梨恶狠狠瞪着他们:"以后离我远点,恶心死了。"说完便甩开宋一帆的手,一个人走了。

大家都被这戏剧性的一幕弄呆了,众脸蒙,不明白为什么付雪梨突然开始无理取闹、发起疯来。

夏夏察觉到身旁人的异样,拉住他的手:"你干吗?"

许星纯恍若未闻,把自己的手抽出来,头也不回地往付雪梨走的方向跟上去。

可能是太气了,付雪梨一路走回教室,感觉血气翻腾,大冬天的,脸都是热乎乎的。

教室里空无一人。

付雪梨看到许星纯的课桌就觉得刺眼,把他桌上的书胡乱扔在地上开始踩,踩完了还嫌不够解气,在上面跳了两下。

折腾累了,才在位置上坐下,付雪梨平复呼吸。

自己刚刚为什么那么激动……

是不是疯了……

念头刚起,身后就传来脚步声。

付雪梨一惊,侧头看去。

许星纯半蹲在地上,脊背微微曲着,捡起自己的书,转头看着她。

"为什么这么做?"

淡淡的一句,很平常,没有温柔,也没有指责,却让她瞬间红了眼眶。

付雪梨倔强直视着他的眼睛,毫不犹豫地说:"因为我讨厌你。"

许星纯似乎在忍耐着什么,一句话都不说。

她突然从座位上起来,力道大得甚至把他撞退了一步。

"你滚开!"

他微微侧过身,似乎是给她让路。

"我和她,什么都没有。"

没想到听到这么一句话,反倒是付雪梨一时愣住了。赌气往前走了好几步,她又停下来,转头看他。

"你不要用其他女生故意恶心我。"她没发现自己的火气已经消了大半。

"你用什么身份跟我说这一句话?"那语气平淡得像是在说今天下雪了。

这话的意思却让付雪梨的心动了动。

"……"

"我们就不能当朋友吗?"

许星纯把脏兮兮的书放到一旁,眼里似乎有嘲弄,淡淡接茬:"我不会和你当朋友的。"

看着许星纯的背影,付雪梨忍不住出声叫住他:"你要去干吗?"

"洗手。"

他脚步未停,已经走到外面。

她小小地挣扎了一下,小跑上去,挡在他前面泄气地问:"那女朋友呢?"

许星纯就那么站在那儿,一动不动,看了她很久。

直到付雪梨扛不住:"算了,我随便说说。"

他绕过她往前走。

"……喂!喂!我没跟你开玩笑,你别走!"

付雪梨急了。

这儿人太多,其他班还在上课,不能大声说话。正好走廊拐角处有一间杂物室,她单手抓着许星纯的胳膊,把他推进去,用脚把门反踢上。

"我再问一遍,要我当你女朋友吗?"

"你在干什么?"他被推到旁边的墙上。她胳膊抵在他肩上,呼吸已经乱了。

"这就是你的答案?再来一遍。"她的手越箍越紧。

"你先放开我。"许星纯似乎已经被逼到极限,却无可奈何。

他低头看她:"付雪梨,从现在开始,我给你一周。"

"哼,我不需要。"

她没注意到,许星纯出神了好一会儿。

再说话时,他的唇贴近她的耳朵,一个字一个字,说得非常清晰。

"你最好想清楚了再做决定,我不会允许你反悔的。"

25

下一节课是物理课。预备铃还没响,班上分外热闹,说话的声音一浪高过一浪。

符蓝和齐清正在争论一道题,到后来二人都不太同意对方的思路和观点。符蓝毫不客气地把草稿纸往许星纯桌上一放:"班长,你来看看这道题。"

"就是这一题求极限,老师说可以用洛必达,但是你看,它的分子分母最后化简不到 0,齐清说我方法错了,但我觉得……"

似乎是感觉到什么,许星纯思绪一滞,反应过来,发现两个人一直盯着自己看。

他试探性开口:"对不起,你刚刚说什么?"

"……"

符蓝打量了他一会儿,看着齐清说:"你说,班长是不是嫌弃我,为什么听我说话都能走神?"

齐清有点幸灾乐祸地反问她:"那你觉得呢?"

"可恶!我绝对不允许自己被帅哥讨厌。"

许星纯见符蓝依旧打量自己,便拿过她的笔:"等一会儿,我先看看题。"

"好的好的,你能不能用洛必达写写看?齐清他非说不符合洛必达的条件,但是我觉得明明就可以。"

许星纯看着题目,思忖片刻,然后机械地算着题目答案。看上去似乎不出差错,但他一心两用,脑海里其实已经有点空白,只有某个人的声音在里面重复回荡。

付雪梨上完厕所回来,一走进教室,就看到许星纯靠在椅子上,左手搁在桌上,不知道在写什么。

他察觉到,很快抬头静静注视着她。

飞速看了他一眼,付雪梨坐到自己的位置上,咬紧下唇。

付雪梨心里怦怦直跳,突然有种奇妙的感觉,有点不好意思,但是也有点甜,像有一块巧克力在口里化开。

半节课很快过去，老师评讲之前的月考卷子。

讲到最后一道大题，喊了一个学生上去擦黑板，自己下了讲台在班上来回走动。

"我马上要讲的这道压轴题呢，的确有点偏，是去年的物理竞赛题，我们年级可以说是全军覆没。你们想听就听，不想听就算了。反正没有谁把结果弄出来，不过我记得好像许星纯他的解题思路还行，我把他的拿来给你们讲讲。"

"来，把你卷子给我。"说着老师已经走到了齐清旁边。

许星纯略犹豫了一下，老师直接拎起他放在桌上的物理试卷，随即声音里有毫不掩饰的惊讶："怎么回事？你卷子怎么烂成这样了？"

班上人的注意力都集中到这边。

老师又翻了一个面，看到边边角角全是幼稚的涂鸦，青草、太阳、河流。

他们这一片，已经低低笑开了。老师也不急着讲课，饶有兴致地欣赏了一番，笑了笑，用眼神审视着这个平时行事低调规矩的男生："班长，童心未泯啊，自己画的吗，这是……？"

听到此话，付雪梨脸一红，心虚地半转身子看他。

正好和许星纯的目光不期而遇。

她倒是有点歉疚了。

"不是我。"他若无其事地转开视线，语气很镇定。

"嗯？"

"家里的小妹妹。"

老师一走，付雪梨就倾过身子，扮了个鬼脸："我才不是你家的小妹妹。"

符蓝自己看到他们的小互动，隐隐感觉有点不对劲，但又说不上来具体是哪儿不对劲。

下午在小礼堂有个讲座，主讲人是一个大学来的知名教授，学校拉了几个班的人去凑数当观众。虽然无聊，但是不用上课也是好的。中央空调温度有点高，付雪梨越听越觉得被催眠，便拿出手机玩游戏。玩了一会儿，余光突然瞥到有人起身。

许星纯撑着栏杆望向远处。

感觉旁边站了个人，他转头。那个人走近了一点。他个子不高，穿着深色的风衣。许星纯还有一点印象，是他的初中同学。

两人聊了一会儿。初中同学一会儿有课，便走了。许星纯又站着吹了会儿风。

付雪梨抬头看向不远处那个穿着校服，却依旧挺拔颀长的身影。她清清嗓子，拍了拍旁边的位置："喂，过来坐。"

"你怎么在这里？"许星纯闻声转头，声音带点诧异。

333

付雪梨"哼"了一声："我为什么不能在这里？倒是你，干吗偷偷出来？"

"我买了瓶水。"他在她身边坐下。

"你是不是也烦那个老头子的唠叨。"说着付雪梨打了个喷嚏，自言自语道，"好奇怪，我不会要感冒了吧？"

"来来来，你帮我把这关过了，我刚刚玩了好久都过不了。"

他接过她的手机。

付雪梨转头看许星纯。

他神情专注，眉眼清俊，开始研究那款游戏，手指摸索着在键盘上移动。

过了大概五分钟。

"你死得也太快了吧，笨蛋！"上一秒还在嫌弃，下一秒却兴冲冲指挥他，"上面，上面一点，下面，下面，哎哟，你不能快速点两下吗？怎么这么蠢呀！"

她额头凑上去，几乎贴上了他的下巴，一股淡淡的洗发水香味萦绕在鼻端。

许星纯分了一下神。

游戏界面出现血红的 GAME OVER（游戏结束）。

"我去，就差一点！"付雪梨扼腕，"你刚刚突然手抖个什么，气死了！"

他不发一言，点开下一盘。

操作已经熟练流畅，不用付雪梨指挥。

她看了一会儿，便渐渐觉得没意思。视线从手机滑到他的侧脸，突然起了心思想逗逗他。

她小声问："许星纯，为什么只给我一周，我能不能再要一周？"

付雪梨戳戳他的肩："问你话呢。"

许星纯没听清，眼睛还盯着手机屏幕，侧过头去准备看她。

她趁他没反应过来，把他毛衣拉起来，快速把手伸进去取暖。他的皮肤温温热热的，从指尖开始，热意渐渐蔓延。

"付雪梨……你……"许星纯呆了两秒，才喊她名字，却不知道说什么。

"怎么样？"她就是喜欢跟许星纯唱反调，在他的忍耐底线上踩来踩去。

"喂，你又死了。"付雪梨用下巴示意手机屏幕，故意戏弄他。

看着许星纯白净的脸突然有点泛红，付雪梨一脸兴味盎然，饶有兴致地追问："你很热吗，怎么脸这么红？"

"没有。"

她将他勉强维持平静的表情收入眼底，抿起嘴角笑起来："那就是……害羞喽？"

许星纯想了许久，不知道怎么回复。这里时不时有人经过，他的手指扣着她的手,想从自己衣服里拿出来。

"我不要,我手冷,再给我焐焐。"付雪梨不肯,犟着又往里面摸了一点。

似乎怕弄疼了她,他也不敢怎么用劲。良久,许星纯拿耍赖的她没办法,只能低声说:"讲座要结束了,不要闹。"

26

这个椅子有点窄,许星纯那么高的个子,好像有点挤?

付雪梨偷偷看许星纯,手依旧放在他衣服里取暖。

在学校里,他一直穿校服,看着那么清瘦,脱了衣服其实很有料。

许星纯看着付雪梨,微拧了眉。

她似乎不清楚自己此时的动作充满了暗示,她对他的心思毫无察觉,还一脸做坏事得逞的小表情。

许星纯凑上去,侧歪着头,挺拔的鼻尖扫过她的下巴。

付雪梨被他突如其来的动作吓得往后一跳,仓促推开他:"我去,你又发疯,占我便宜?!"

他不作声,不否认自己有想法。

付雪梨琢磨了会儿他的表情,感觉不太对,于是小声道:"不知道为什么,我觉得你今天有点怪,好像情绪很低落。"

"嗯……"许星纯把手机还给她。

"为什么?"

"……想到了以前。"

"许星纯。"付雪梨郑重其事。

"嗯?"

他是不是只会嗯来嗯去?

付雪梨恨声说:"如果你想提以前的事让我愧疚,那没门。跟我在一起,就要被我欺负,一直一直都要被我欺负。以前是,现在也是。"

许星纯一笑,眼睫毛微微翘起,嘴角凹陷进去一点,有个小窝。

这么好看的人……居然一直都是重点班的班长……

简直是诱惑人犯罪……

付雪梨站起来,跑了。

她走后,许星纯笑意未散,看着付雪梨的背影,在原地又坐了一会儿。

他的确心情不佳。因为刚刚遇见的人,是他初中转班前的同学。

准确来说，那个人，是从小给他做心理辅导那个叔叔的儿子。

看到他，许星纯有些恍惚，原来已经过去这么多年了。

从他九岁开始，一到周末，就会有固定的心理医生上门。

他的父亲是缉毒英雄，有一年冬天，毒贩把炸药埋到了他们家里。那天晚上，家里在放《新闻联播》，母亲去单位加班。

正好是《新闻联播》结束的7点30分，巨大的爆炸声震碎了窗户、大门、墙壁。

一共二十五节炸药，砰砰砰接连爆开。许星纯在卧室里逃过一劫，却亲眼看到坐在沙发上的外公被炸死。

满地的血，客厅的墙壁被炸出了个直径20多厘米的大洞。

外公的意外去世，让深爱着父亲的母亲痛苦不已。也更让父亲寝食难安，觉得对不起身边的亲人和他们母子。出事后，父亲搬走，托律师带信给母亲，要跟她办离婚手续，可母亲不接受，一次次拒绝。

直到后来父亲跨省执行任务出事。

那是许星纯少年时代最黑暗的半年。每到夜晚，母亲总对着他发呆流泪。可他掉不出一滴眼泪。每个看到他的人，都说他长得很像他的父亲。白天，他站在众人面前，走到哪儿，都有人用同情的眼神看着他，似乎是在叹息，这孩子真可怜。

在学校里，虽然有老师特地关照，但同学觉得他可怜又不祥，一下课，都躲避得远远的。怕刺激他，也怕和他交往。

许星纯不参加任何娱乐活动，额前的发长过眼睛，没有人愿意和他交流。

他没有朋友，总是独来独往。

母亲在父亲出事后，患上了抑郁症，需要靠药物治疗。

他习惯了这长久的寂寞、压抑、乏味的生活。后来升上初中，母亲接受心理医生的建议，带许星纯搬去临城。只有放寒假，他才能有几天的时间，回到爷爷和姑姑身边。

十三岁刚上初中的许星纯，个头迅速往上蹿，比同龄人都稍微聪明一点。

剪短了头发，露出五官清秀的眉眼轮廓，寡言聪慧的他在学校里成为出类拔萃的优等生。

后来转到那个女孩的班上，和她成为同桌。

"许星纯许星纯，我给你吃的，你帮我写数学作业。"

"许星纯，马上要上课了，你快点帮我接杯水。"

"几点了，几点下课，许星纯，快帮我看看还有几分钟下课。"

"许星纯许星纯,我睡一会儿,老师来了记得叫我。"
"虽然你总是呆呆的,很闷,但是不说话的时候特别好看。"
"许星纯,你以后不要怕那些小流氓,你是我罩的人。"
……

她虽然长得漂亮,但是智商的确不高,性格也不好,还喜欢乱发脾气,又坏又笨,悄悄滴墨水到他的校服上,用水笔在他书上乱画,以为他没发现。

可她是天生笑唇,作弄人的时候,总会给人造成无数错觉。

坐在她身边,很长一段时间,上课总是走神,老师在讲台上讲课他都听不清。

她能给他的世界带来除沉闷、阴郁以外的色彩。

许星纯不知道从什么时候开始,帮她写作业,写得比自己的还要认真。

知道她喜欢吃苹果,中午放学后偷偷买给她吃。

她对他说的每一句话,他都用晚上的时间去回味。她对他笑一次,能让他开心很久。

她就是付雪梨。

那时候他已经很久没有感受到类似快乐的情绪。

而她,是让他开心的秘诀。

他们第一次相遇,是在那个冗长的夏天。学校后山,废弃的建筑工地,那个骄纵自得的小女孩,穿着过膝的薄款白色卷筒袜,撞破许星纯在抽烟。

她雪白的手臂、纤细如玉的小腿、蔷薇般欲滴的唇,是他性启蒙的开端。

后来许星纯为自己不齿,他的爱卑微难堪。

可他多么喜欢她。

虽然他比任何人都清楚付雪梨是个怎样的人,但他早就把关于她的一切,每一日放在心里重复回味,一件都忘不掉。

正是放学的当口,处于奶茶店人流高峰期,来往的学生很多。

"刚刚走过去那个,是你男朋友?你这几天经常偷看他。"

"现在还不是呢。"付雪梨轻哼一声。她最近喜欢坐在奶茶店消磨时光。

"那就快是喽?"店员小妹笑眯眯的。

"看他表现吧。"付雪梨说话时,咬着吸管,瞟了外面一眼,又打了个喷嚏。

她改不掉自己磨磨唧唧喜欢拖拉的性子,虽然决定答应许星纯,但是总觉得要做点有仪式感的事情才行。

可惜还没等付雪梨想好是什么仪式感,却出了一个不大不小的意外。那一年甲型H1N1来势凶猛,全国各地暴发。他们这里也很快被波及。

走廊上，有许多戴着口罩的执勤生。

班里每个人都带了体温计，天天上课前量体温，给老师看，有点异常就直接回家。

付雪梨平时不爱运动，体质很差，没过两天就发烧了。她成为第一批回家的人。

家里的私人医生来给她输液。

可惜过了一天，依旧高烧不退。付城麟、付远东陪她去医院抽血检查。

护士在玻璃窗里戴着口罩，让他们明天早上来拿结果。

回去的车上，付雪梨忍不住掉眼泪，问哥哥是不是自己得了流感要死了，会不会被隔离……

小小年纪，正是怕死的时候。付远东耐心地安慰她。

后来哭累了，她被付城麟背回卧室里。付雪梨躺在床上，浑浑噩噩的，隐约听到脚步声，床前有人来来去去。

晚上齐阿姨给她喂粥。付雪梨靠着床头，喝着喝着又掉泪，突然说："我明天不想去医院。"

齐阿姨摸摸她的头发："没事的，只是去拿个结果。就算有事，医生也会给你治好的。"

"不要，我不敢。"付雪梨摇头，"我怕被隔离起来，我害怕。我宁愿死在家里。"

"呸呸呸，瞎说什么！"

吊瓶里的液体不紧不慢地滴着。因为精神不好，过了一会儿，付雪梨又沉沉睡去。

不知过了多久，房里台灯有微弱的光，付雪梨又迷迷糊糊感觉床前好像站了一个人。

她睁开眼。

"付雪梨。"许星纯平静地看着她。

她喉咙干哑，说不出话，只能眨眨眼。

"呜，你怎么来了？"她嘴唇吃力地动了动。

"我陪你。"他的声音似乎从很远的地方传来。

缓缓地，沉沉地。

"什么时候来的？"

"7点……"

"你想被我传染……？"付雪梨抬手，无力地挥了两下，"快走开。"

"我陪你。"他还是这句话。

付雪梨本来就脆弱，听了他的话，眼眶一下就红了："你……你陪个屁，你想死吗?! 快滚……"

许星纯只是看着她，一动不动，也不知道想干什么。

她被烧得脑子晕乎乎的，微阖眼，想休息一会儿。

突然感觉下巴被人紧紧捏住，他俯下身来。

鼻子酸酸的，付雪梨百般滋味，一动不动静默着。她听到许星纯说："就算死了，我也陪你。"

27

不知道是不是许星纯那句话让她安心，整个晚上，付雪梨睡得很沉。她感觉有人陪在床边，从深夜到天明。

房间里没开灯，遮光帘完全拉上，有点昏暗。她稍稍一动，旁边躺在小沙发上的人也醒了。

付雪梨按开台灯。

"怎么是你？"

知道她想问什么，付城麟揉揉发酸的眼睛，打了个哈欠："许星纯一大早才走的。"

"我……我又没问他。"她支支吾吾，坐起来一点，"现在几点？"

"快11点了，真是能睡。"

"哦……几点去医院拿结果？"她有点渴，仍觉头晕，拿起床头柜上的水吞了一小口。

"下午3点。"付城麟过来探她额头的温度，"你快穿衣服刷完牙下来，我让齐阿姨给你弄点吃的。"

午饭吃完后，齐阿姨拿出体温计给她测体温，烧还没退。快要去医院的时间当口，付雪梨又胆怯了，磨磨唧唧坐在车上让司机先别开车。

…………

好不容易才下定决心拨通许星纯的电话。

他隔了一会儿才接起来，"喂"了一声，声音嘶哑。

"你还在睡觉吗，今天不用上课？"她话说得没头没尾。

"昨天已经放假了。"

"哦……"

"烧退了吗？"他问。

"没有。"付雪梨忍不住咳嗽两声。

静悄悄的……不知道说什么。

"给我打电话什么事？"

"许星纯,你能陪我去医院吗?"她问得有点忐忑。

那边没有犹豫,很快同意。付雪梨告诉他地点,又问:"要我去接你吗?"

"不用了。"

电话里传来窸窸窣窣的声音,像是在穿衣服。

这里离医院不远,开车十几分钟就到了。付雪梨先到,她让付城麟先回去,自己在医院一楼等许星纯。

等了一会儿,觉得有点无聊,她索性拿手机看电影,让自己分神。

口味略重的美剧,在医院看倒是挺有意思的。不过付雪梨头有点痛,看得不太专心。身边人坐下的时候,她立刻就感觉到了。

"许星纯,你来了!"付雪梨转头,声音里带着一点惊喜。

因为怕把病毒传染给别人,她戴着白色大口罩,只露出一双带着笑意、黑亮的眼睛。

离得近,她看到他眼下有明显的一圈青色,忍不住问:"你昨天睡了吗?"

他不作声。

她以为是自己戴着口罩声音小,所以他没听清,于是又问了一遍,可许星纯还是沉默。

付雪梨想了想又问:"三个小时睡到了吗?"

许星纯不想让她担心,于是点点头。

只要是付雪梨想知道的,他都不会骗她。只不过他不想说的,就会对她保持沉默。

"唉……早知道我就要付城麟陪我了,你昨天陪我那么久。"她有点愧疚。

许星纯说:"你想见我,可以随时告诉我。"

可能是生病的人都比较脆弱。她听了这句话,心底居然有点触动。

"还说自己不会哄女生。"她小声嘟囔。

两人就这么对视了很久,一动不动。

突然,旁边走过一个妇人,抱着不锈钢的盆。走到付雪梨身边时,被跑过的小孩撞了一下,不锈钢盆摇摇晃晃砸下来。许星纯反应快,立刻抬手去挡。

虽然盆很轻,但是猛的一下,肯定也很痛。那个妇人急忙道歉。许星纯收回手,说没关系。

付雪梨把他的手拉过来,捧在掌心里细细查看:"疼不疼?"

"不疼。"

他们的膝盖挨在一起,她看了一会儿,好像是没什么事。付雪梨不想松开,便默默玩起他的手。

可能是拿笔的姿势不对,她发现许星纯中指的茧很薄。

她好奇地一点点摸,从微凸的骨节蹭到手腕。他的手背肤色偏白,可以看

340.

到青筋。

怎么以前没发现，他的手这么好看呢……

等到护士喊付雪梨的名字，让她拿报告，付雪梨才回神。

本以为很难熬的时间，一不留神就过去了。

检查报告没什么异常。

拿着报告翻了翻，坐在椅子上的医生多瞧了她两眼："没什么大事，不过这种流感季节，注意多穿点衣服。小姑娘要爱惜自己的身体，还有，你体质太差了，平时记得要多锻炼。"

知道自己没事，出了医院，付雪梨觉得天都变得更蓝了。不知道是不是心理作用，似乎头也不是太疼了。

她倒是喜气洋洋，但许星纯似乎心情欠佳，一直不说话。

气氛有点怪怪的。

付雪梨偷瞅他，看不出什么表情，她问："你怎么又臭着脸？"

"医生说，你身体很差。"

付雪梨想岔开话题，便做贼似的压低声音："其实你每次不说话，我都有点怕。有时候我故意惹你生气，也是想在你面前晃悠，找存在感。"

"怕我什么？"

"你都不知道自己不说话的样子有多高冷，好像一辈子都不打算搭理我一样。"

许星纯终于笑了。

虽然笑得很浅。

她心满意足。不知想到了什么，她突然站住脚。"对了，那个……我喊你来，其实是有个事情要跟你说。"她又强调了一下，"我考虑了很久的。"

"嗯。"他也跟着停下。

"我……想好了。"

她的语气稍微带着一点不确定。

许星纯静静等着她的下文。

被他这么专注看着，付雪梨却突然有点卡壳，一时竟不知道如何开口。

稍许停顿后，她踮起脚，猝不及防亲了他一下。

许星纯有一瞬的失神。

她拉住他的手，郑重其事地说："就是这样，你懂吧？"

看许星纯还在发愣，付雪梨心里有些得意，卡了半晌的四个字终于说出来了。

"我喜欢你。"

28

还没等许星纯说什么，付雪梨自己就红了脸看向别处。

不过他看上去就像被震傻了。

她等。耐心等。

等了一会儿，许星纯还是傻傻站在那儿没反应。付雪梨也无奈了："你再不说话，我走了。"她作势要走。

"等一等。"许星纯急得忙拉过付雪梨的手，紧抓着生怕她真走了似的。

她这才发现，他的掌心湿乎乎的，像是出了很多汗。

许星纯喉咙发涩："你知道我不会说话……但是……"他不说话，是怕自己听错了……以为是自己在做梦，出现了幻觉。

"你可别激动昏了，我们又得回医院了。"

"我还能坚持一会儿。"许星纯一本正经。脸不知道是被冷风吹了还是害羞了，红得像个大苹果。

没一点出息。

短短几天就发展成这样，让付雪梨感觉真的很神奇。别说许星纯了，就是她，都有点不真实的感觉。

晚上在家吃饭，她胃口大开，吃得特别香。家里人都发现了付雪梨的反常："心情这么好？"

付雪梨喝了一口鱼汤，含糊地说："知道自己没得流感，当然开心嘛。"

"你可算是开心了，这几天我都被你弄得睡不好觉。"付城麟叹气。

好不容易好好吃完一顿饭，洗完澡溜上床，付雪梨躲在被窝里，插着耳机跟许星纯有一搭没一搭地打电话，他写作业，她玩手机。

班上一个男生给付雪梨发了一个帖子。她点进去看，是贴吧里的一个关于校花的投票。

付雪梨本来不关心这种无聊的帖子，谁知道无意一瞥，发现自己居然在夏夏下面一位。她气得要死，发消息喊宋一帆他们上贴吧给自己投票。

许星纯也察觉到她的不对劲，问怎么了。

付雪梨一骨碌爬起来，换了个姿势，下巴抵着膝盖，嘴巴噘起来一点："你给我说说，夏夏和我哪个漂亮？"

"你好看。"他想也没想。

而后许星纯叹息："你之前也问过我这个问题，你为什么会这么介意她？"

"那你倒是给我说说，你和她是怎么回事？"她带了点火气。

许星纯一阵沉默后："什么……怎么回事？"

付雪梨提点他:"我有朋友说看到你们在学校外面约会了。"

他言简意赅:"我是她表妹的家教。"

"你还有时间给人当家教呢?"

"她是初中班主任的女儿。"

付雪梨隐约记得,这个初中班主任当初对许星纯挺好。她便没说什么,懒洋洋哼了一声:"喊,还真是有缘呢,你们。"但也没再继续追问。

因为这场流感,学校一次性放了两周的假。折腾了两三天,付雪梨的感冒终于好了。虽然天冷,但她在家待不住,迫不及待找了借口溜出去和许星纯见面。

大冬天的,别人都裹得像个熊,他却像不怕冷一样,里面就一件短袖,外面套了件黑色羽绒服。

一见面,她就冲到许星纯怀里,像个小狗狗似的,凑到他脸上闻来闻去。

才分开几天……居然有点想他了……

"你说我今天穿得是不是很好看?"付雪梨扯了扯自己的羊绒小裙摆。

"嗯……"

"你擦了什么?香香的。"她忍不住,又闻了闻。

"不知道。"许星纯眼神温柔,拍掉她帽子上的雪粒。

路边的树叶已经开始凋零。他们两个长相都出众,路过的人难免都多看了几眼。

付雪梨本以为许星纯会带着她去约会,谁知道满心欢喜,却被他带去咖啡馆学习。

许星纯就坐在对面,她却不自觉端详着他的脸走神。

好像突然能体会到学校里的女孩子对他犯花痴的心情了……

许星纯真不愧是学校贴吧加精帖里的顶级帅哥……

他似乎察觉到视线,抬起头。付雪梨撑着下巴,快速移开了视线,假装在看别处。

她面前摊着的书没翻过,她把笔夹在嘴唇和鼻子中间,视线在餐台那儿。

许星纯走过去,在她旁边坐下,挡住她的视线:"不要看别人。"

付雪梨知道他又在介意什么。她无语地把笔拿下来:"你干吗啊?盯我盯得这么紧,干脆拿根铁链把我拴床上得了。"

许星纯闻言脊背一僵。

"你这是什么眼神?"付雪梨狐疑地看着他。

怎么一副被戳中心事、被人拆穿的样子?

"我去!你还真敢这么想呢你?"她做了个深呼吸,起身抽他胳膊。

. 343

许星纯一边捉住付雪梨的手，嘴角挂着淡笑，一边翻着她的书。

虽然和许星纯在一起很舒服，但他总是喜欢搞一些出人意料的事。

比如带付雪梨去操场散步。走着走着，突然掏出一块黑色秒表，在付雪梨震惊的注视下，冷静地说出让她跑步这种话。

估计是听了医生的话，让她锻炼身体。

不过……这人真是太夸张了。

不过还好付雪梨反应快，回头看了他一眼，伸出自己穿着小皮鞋的脚："明天再说，我的鞋跑不了。"

明天再想借口，反正她不想跑步，累得要死……

付雪梨这么在心里盘算，许星纯一言未发，从背包里掏出一双白色的运动鞋。

她盯着这双鞋有些蒙，足足有十几秒，才突然清醒："你……你？"

"齐阿姨。"许星纯解释得很简单，"我找她要的。"

"你怎么这么讨厌！"虽然口里骂他，但还是乖乖坐下来，准备换鞋。

许星纯把背包放在一边，单膝跪下来，轻轻替她把鞋带解开，架势像是要亲自帮她脱鞋。

这个举动搞得付雪梨有点脸热，拉他胳膊："我又不是小朋友，你干吗呀?! 这里还有人呢，我可不想被人围观。"

许星纯一愣，抬头看她。

面前的人满脸不自在，甚至不自觉咬住了唇。

"许星纯……"她喊他名字。

于是许星纯站起身，退开一点。

付雪梨仍坐着不肯起来，跟他讨价还价："那这样，你背着我能绕操场走几圈，我就跑几圈，怎么样？"

"好。"

看他答应得这么痛快，有时候付雪梨都怀疑，他对她这么有耐心，都是被她各种无理的要求一点一点磨出来的。

最后，她还是在他的陪同下，不情不愿跑完几圈。

休息了一会儿，许星纯额前的发梢还很湿润。他手托着付雪梨的大腿，背着她在操场上慢慢走。

幸好天彻底黑了，谁也认不出他们。

付雪梨手搂着许星纯的脖子，心安理得地奴役他。

"班长，是你吗？"一道熟悉的女声从前方传来。

付雪梨浑身一僵，想都没想就把脸埋进他的肩膀不肯露面。

站在符蓝旁边的女生猛地给她打眼色，他们俩的表情都像见了鬼似的。

付雪梨猛地挣扎着要跳下来，两人都跌跌撞撞的，半天才站稳。

许星纯眉头蹙起又舒展，去扶她。竟然一时忽视了另外两个人，只顾着让她注意安全。

付雪梨反手拉着许星纯，对他打了个眼色。

意思是：怎么办，我们要跑吗？

许星纯倒是很坦然，拍拍她的头："乖一点，别闹了。"

眼睁睁看他们走远。

"我去，怎么回事啊？天啊！"女生一脸心碎的表情。符蓝也一个劲犯傻，云里雾里："我……我也不知道啊……"

沉默了几秒，符蓝下了结论："恭喜你，你男神脱单了。"

她已经猜到是谁了。

"唉……难过。许星纯刚刚背着那个女生吧？太宠了，好幸福……"

符蓝给付雪梨发消息，笑眯眯地问旁边的女生："怎么，你想当我们九班的班嫂？"

"可别，年级喜欢他的人太多了，还有那群艺术生，我是从来不敢想的。"

女生眼泪汪汪地叹气。

付雪梨不知道，自己刚刚又让一个少女梦碎了。她此时正拉着许星纯的手，还在跟他谈各种不平等条约。

比如因为跑步导致明天她腿酸，许星纯要负责给她按摩一个小时。

如果以后她答应跑步和学习，他就要给她奖励。

无论付雪梨提什么，他都要无条件答应她。

许星纯听她叽叽喳喳很欢喜地说，嘴角也不自觉地扬了起来。

不管是错是对，他从来不拒绝她。

付雪梨给的一切，他全盘接受。

反正……

从喜欢上她的那天起，他就彻底没辙了。

番外二 烟花夜

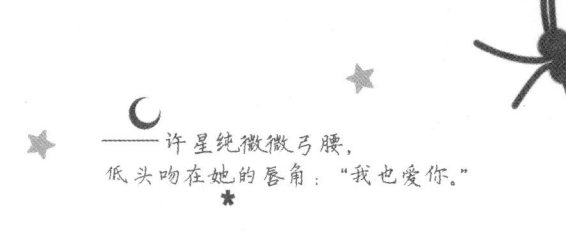

——许星纯微微弓腰，低头吻在她的唇角："我也爱你。"

最近付雪梨受友人安利，看了几部港剧，少女心发作，今天嚷着要学粤语，明天又迷上了骑小"电驴"自由青春的感觉。心血来潮之际，她便从网上订购了一台粉蓝色小电动车。

又是一年到头的跨年夜，付雪梨天性爱热闹，把亲朋好友全部号召到家里开派对。

晚饭之际，在厨房捣鼓的李杰毅探头喊："付雪梨呢？让她买东西的时候顺便带几瓶啤酒。"

宋一帆道："你自己给她打电话啊。"

"知道了，不早点说，我哪里装得下啊？"付雪梨望着红绿灯的秒数，不耐烦地喷了对面一顿，挂掉手机，准备揣回兜里。

红灯倒数完最后几秒，付雪梨随着人流，正准备过马路，忽地肩膀被人一拍。

转头。

穿着绿色马甲的大哥手握对讲机，蹙眉打量了她一会儿，一摆手："跟我过来。"

付雪梨愣愣地指了指自己："我吗？"

见她迟迟不动，一副怀疑人生的模样，交警肯定地点头："就是你。"

付雪梨满头雾水："我怎么了？"

交警一板一眼地回答："违反《中华人民共和国道路交通安全法》(以下简称《道路交通安全法》)。"

付雪梨呆了会儿，没想明白到底是个什么事，跟着交警迟缓地挪到路边，从自己的小"电驴"上下来。

寒风萧瑟的晚上，这个路口稀稀拉拉蹲了一片跟她一样被抓的"同伙"，有上了年纪的大爷，有外卖小哥，还有正在打电话的中年大哥……

听到动静，那些人朝她看过来，付雪梨立马柔声为自己辩解："我有遵守《道路交通安全法》啊，我跟大家一起等红灯来着……我没有闯红灯啊，警察叔叔……"

"没说你闯红灯。"铁面无私的交警大哥签着罚单，略微不耐烦，"你骑车没戴头盔。"

许星纯接到电话赶来时，一眼就看到了石墩旁那个熟悉的身影。

平日耀武扬威的人此刻像霜打的茄子似的，蔫巴巴地蹲在人群边上。连亮眼的粉蓝色小"电驴"也被"羁押"在一旁，跟主人一样垂头丧气。

不知怎的，看到这个场景，许星纯觉得有些好笑。

付雪梨向来识时务，闯祸了倒是也很合群，知道和大家蹲在一起不突兀。

今天是跨年夜，此地又是繁华的路口，值班的交警比平时多了好些。其中有一两个眼熟的同事，见到他来，停下手里的事，讶异地上前打了个招呼："许队？你来这儿干什么？"

许星纯的视线从付雪梨那儿挪到来人身上，言简意赅："接个家属。"

家属视线左顾右盼地到处飘。

交警大哥来回看了几眼，瞬间反应过来，笑着拍拍许星纯的肩，压低了点声音调侃："许队，以后还是要经常给家属普普法，积极引导一下嘛。"

许星纯"嗯"了声，颔首示意完，走向付雪梨。

察觉到许星纯走近，付雪梨迅速左顾右盼一下，小幅度地拽了拽他的风衣角。

许星纯顺势屈膝，跟"学习圈"的人蹲在一起，融入群众。

执法的交警聚在一起，时不时往这边看。付雪梨装模作样盯着手机，假装专心地刷着《道路交通安全法》的视频题，一边用着鬼祟的声音抱怨："许星纯，我好烦呀！"

"怎么了？"他配合地用同样的低音回答。

"我学习这么差！我古诗都没完整背下来一首过，要我看一遍视频就现场考试，考试合格才能走，我今晚还能吃上饭吗?!"

许星纯声音带了点笑意："你盯着手机跟我说话干什么？"

"我这不是怕被警察叔叔发现我开小差嘛！"付雪梨用膝盖撞了撞他，眼睛骨碌碌转着，叮嘱道，"你也赶紧看着别处跟我说话，别被发现了。"

许星纯若有所思了会儿："这么怕警察？"

"谁不怕警察啊！"付雪梨跟许星纯说着话，机智地把嘴巴埋进围巾里，远远看着，上半张脸丝毫不动，像是认真刷视频的好市民模样。

他觉得她可爱："怎么不怕我呢？"

"我怕你个毛线。"付雪梨忍不住提高了点音量，怕惊扰到旁人，又迅速克制住，"现在是聊天的时候吗？！"

"没事，考的都是一些常识，不难。"许星纯安慰她。

付雪梨顺势问出了喊他来的主要目的："那你能帮我作个弊不？"

许星纯沉吟："按道理来说，不可以。"

付雪梨："……"

她安静了会儿："不按道理说呢？"

许星纯忍不住笑起来，揉揉她的头发，叹了口气："你先考。"

人的天性就是爱八卦，交警叔叔也不例外。不远处的几人看到这一幕，尤其是看到许星纯脸上那冰雪消融般的温柔笑意，纷纷默契地挪开眼。挪开眼，又忍不住再盯一会儿。

明明许队跟他家属都是一些正常的互动，压根没有出格的地方，但众人心里莫名都有种非礼勿视的感觉。

出了名的冰山许队，常年习惯性压抑自己，在所有人面前永远都是一副冷血无情的样子，刻板惯了，以至于乍看到他的温情，他们都觉得……好陌生……也罢，还是不看了。

毕业这么多年了，付雪梨再次体会到了"知识划过大脑，不留下丝毫痕迹"的感觉。

她费力地做着题，明明刚刚视频都看过一遍了，此刻却觉得每一道题目都是如此陌生，每个选项都是如此相似。

旁边的交警正在帮一位老人家缴费，时不时就能听到这边窸窸窣窣的小动静。

"这道题选啥啊……"

说好了不帮忙的某人："好像不是A。"

"那选B？"

"好像也不太对。"

"那就是C！"

"不知道。"

交警："……"

算了,好歹没有直接把手机给出去,至少像是在认真做题,睁一只眼闭一只眼,放放水吧……

见那位交警一直站在旁边不走,付雪梨只好硬着头皮,继续读着题目:"非法拦截、扣留机动车辆,不听劝阻,造成交通严重阻塞或者较大财产损失的,最高可处2000元以下罚款……可以并处……并处,几天拘留……呢? 10天、15天、30天……?"

许星纯沉默不语。

付雪梨等了会儿,只好继续硬着头皮,假装自顾自念叨:"10天……?"

许星纯适时接话:"有点短。"

她又试探性地问:"30天?"

"长了。"

付雪梨心领神会。

二十分钟后,从小就没及格过的付雪梨,人生中第一次拿到了满分答卷,顺利通过考试。

把身份证给交警登记的时候,甚至还得到了一声夸奖:"哟,考得不错呀!"

付雪梨被说得有些脸红,心虚地低着头,不敢跟人对视。

交警苦口婆心,不知对着付雪梨还是许星纯说:"考试虽然过了,但是呢,《道路交通安全法》还是要认真看,记在心里。道路千万条,安全第一条。"

付雪梨立马接茬:"知道了,记在心里了,以后一定遵守!再也不给您添麻烦了!"

交警乐了,点两下头,把证件还给她:"行,明天来提车,新年快乐。"

两人步行回家。

付雪梨牵着许星纯,走在人来人往的热闹街头。虽然心爱的小"电驴"被人扣下了,但她心情依旧非常不错:"许星纯,我回去一定要跟他们吹吹牛,我刚刚考满分了!"

许星纯:"嗯,真厉害。"

付雪梨最擅长过河拆桥,她一板一眼地强调:"这次能过是靠我自己的本事,虽然你帮了我几题,但是90分就能过,我不做那几题也能过。"

看着尾巴要翘到天上的某人,许星纯微微勾起嘴角,又"嗯"了一声。

"我回家一定要给宋一帆、谢辞那群法盲好好普及《道路交通安全法》,我刚刚可是认真学了。"

"好。"

"唉，说起来，我还以为你有多厉害。"付雪梨感叹着。

"什么？"

付雪梨皱了皱鼻子，嘟囔道："那群交警不是认识你吗？我以为你一来，就能帅气地直接把我领走，谁知道，你居然是来陪我做题的……一点面子都没有。"

"你这么聪明，这些题目难不倒你。"

"说得也是！"付雪梨又开心起来了，挽住许星纯的手，下巴有一下没一下地撞着他的肩，"你真好，许星纯，你现在说话太中听了，你在我的调教之下，越来越讨人喜欢了，我决定给你个奖励！"

"什么奖励？"

付雪梨停下脚步，在一家即将打烊的商场前停下脚步，歪头："我教你，用粤语念你的名字，怎么样？"

"好。"

"来，跟我学。"

许星纯也停住，认真盯着她的口型。

不知从哪儿吹来一阵寒风，付雪梨发丝扬起。她顽皮一笑，丝毫不顾及身边走过的路人，大声说："o ho chung yee lei（我好中意你）！"

远处烟花炸响，照亮了半边夜空。

高大英俊的男人愣了半晌。

许星纯微微弓腰，低头吻在她的唇角："我也爱你。"

番外三 记仇

——十六岁就固执古板的他，到现在依旧。
十六岁就那么爱着她的许星纯，也永远不变。

六月的申城仿佛入伏，付雪梨被逼近38摄氏度的天气弄得丧失了所有活力，整个人都蔫蔫的。

"你怎么回事啊？最近怎么喊你都不出来，你老公又休假啦？得陪他？"

"哪有啊……我就是懒得出门。"付雪梨窝在吊椅上，懒洋洋地翻了个面，戳着手机屏幕。

作为付雪梨的前经纪人，唐心的职业病又发作了，"啧"了一声，忍不住追问："那你在家干什么呢？"

"刷短视频呗，我最近可爱刷短视频了，我一刷就是俩小时。"

唐心说："你刷什么能刷俩小时？闲出屁了？"

"最近很火的那个男团你晓得吧？"

"你说西暴啊？"唐心笑了声，像是来了点兴致，"那几个是挺帅的，你喜欢谁啊？"

"那当然是宗也啦！"无视身边人的瞥视，付雪梨故意高声回答。

"你喜欢他？"

"喜欢啊，他超帅的好吗！"空调呼呼吹着冷气，余光中，坐在书桌前的男人已经停了动作，朝这边看来。付雪梨心里暗笑，点开App，将收藏的视频分享给唐心，"你看这小细腰，这白衬衫，笑起来温温柔柔的，一看就是个假正经的男人……"

"假正经？此话怎讲？"

"我看面相看出来的，你这就不懂了吧？我最会看这种类型的男人了。"

半分钟后，付雪梨还头头是道地说着，头顶传来一阵熟悉的低语："什么类型的男人？"

与此同时，唐心一听到这道冷而淡的熟悉声线，像是应激反应一样，立马识相道别："你老公在你旁边啊，不说了不说了，下次聊。"

. 351

闻言，付雪梨"喊"了声，丢开手机。她懒洋洋地哼了声，扭头瞄他，气定神闲道："大忙人给领导汇报完工作啦？资料看完啦？思想报告写完啦？终于有空搭理我啦？"

许星纯笑了笑，低头，手指微微曲起，蹭了蹭她脸颊。

付雪梨被冰了个激灵，拽住他的手腕。

许星纯的手一直很冷，就连让人受不了的大夏天，他的手也像刚从冰块堆抽出来似的。

这人简直是冷淡到了骨子里，从内到外完成了高度化统一。

虽然不耐烦地皱起小脸，付雪梨还是习惯性地把他的手焐在自己手心里。

许星纯蹲下，眉眼一贯地平稳冷淡，规规矩矩地平视着她："你刚刚说喜欢谁？"

付雪梨看了他一眼，又看了他一眼，满不在乎道："一个男明星，你不认识。"

"喜欢他什么？"

付雪梨噘嘴，特别小声地说："我就是喜欢。"

他耐心地用哄小孩的语气说："喜欢什么呢？"

"喜欢他假正经。"

许星纯像听到什么笑话一样："你觉得我太正经了？"

"那倒没有，谁能有你不正经啊！"

许星纯沉默不语，黑眼珠幽幽地盯着她。

读懂他眼底的情绪，付雪梨见好就收，瘪了瘪嘴，不敢逗他了。她熟练地捏捏他的手，挤眉弄眼："我跟唐心开玩笑的！我这是爱屋及乌，许星纯是这个世界上最最最假正经的男人，所以我才喜欢假正经的男人。"

说完，她立马乖乖补充了一句："不对，我只喜欢许星纯这一个假正经的男人，其他男人都入不了我的眼。"

事实证明，不论过去多少年，许星纯都很吃付雪梨这一套。就算她故意气他、逗他，完事了再随口说一些甜言蜜语打发他，不管那些话是否真心实意，他都拿她一点办法没有。

等了等，眼见着许星纯好像是笑了笑，没有继续发作的意思，付雪梨又嘚瑟上了："不过我有时候也挺烦你们这种假正经男的。"

许星纯停顿了一下，温顺地接话："嗯，怎么烦呢？"

"表面上规规矩矩，冷冰冰像块大石头。"付雪梨弹了弹他整洁的领口，"装模作样，好像笑一下能要你命似的。其实呢，私底下，闷骚得很呢！"

事实证明，就算许星纯嘴上说不过付雪梨，但他早已经找到了制服她的那一套。

被人拎着去卧室的路上，付雪梨一边踢腿，一边咬许星纯的肩以示反抗。

直到被丢到床上那一刻，付雪梨立即偃旗息鼓，一骨碌爬到床头柜的角落，警惕地盯着坐在床边的男人。

许星纯解开几粒扣子，领口敞开，侧头盯着她。他动作一顿，慢慢地问："怎么了，说完了？"

都老夫老妻的了，付雪梨不知怎么的，见许星纯这副样子，忽然就有点不好意思了。

虽然她早就知道，许星纯表面上看着端庄沉稳，在外人面前向来冷淡寡言，穿着又十分传统保守，用网络词来讲就是禁欲系男人，浑身上下跟放纵、欲望这种词完全不沾边。

但实际上……

实际上……

她咽了口唾沫，晕乎乎地盯着他那张成熟英俊的脸，视线又转移到伶仃的脖颈和喉结上，发呆。

在付雪梨直愣愣的注视下，许星纯脱下衬衫，起身，从衣柜里找了一件短袖套上。

见状，付雪梨脱口而出："你换衣服干吗？"

"去，做饭。"

付雪梨磕巴起来，茫然重复："做……做饭?!"

许星纯垂下眼睛，想了会儿，反问："不然呢，你晚上吃什么？"

不多时，付雪梨终于反应过来。见许星纯似笑非笑地看着她，她懊恼地咬了咬唇。

讨厌，居然被他耍了！

付雪梨一时气恼，理了理宽松的睡裙，郁闷地侧躺在床上，不讲话也不动弹，一副拒不搭理配合的模样。

付雪梨酝酿了一会儿，就在要起身发火的瞬间，忽地被人拽着手腕，猝不及防地翻了个面，落入熟悉的怀抱。

付雪梨挣扎了几下，冷嘲道："怎么了？不是要做饭吗？你去呀！懒得装了？"

许星纯勾起唇笑笑，微微抱住她，与她鼻尖对鼻尖，低声说："只准你逗我，不许我逗你？"

付雪梨慢了半拍，讪讪噘嘴："谁让你工作这么忙，你又不喜欢我跑出去玩,我一个人待在家都要成深闺怨妇了。结果你回家了还在工作,我就想故意气气你,不行吗?"

"对不起,我的错。"

听到许星纯道歉,付雪梨终于肯正眼看他了。

他的眼睛真好看……尤其是温温柔柔专注地看着她的时候,额前乌黑柔软的发丝垂下,那点生冷的阴沉气没了,眼波勾魂似的,让人没有丝毫抵抗力。

她不争气地又软了身子。

"你前段时间跟我说,你需要一点自己的时间。你知道的,我没安全感,你这么对我说,我只能给自己多找点事做,不烦着你。"

思忖片刻,付雪梨嘴角抽了一下,实在想不起自己什么时候说过这种话,伤到了许星纯这颗万年易碎的玻璃心。

鉴于自己以往那些事迹,一旦谈论起这些问题,她总是底气不足。嗫嚅了一下,付雪梨忍不住为自己申辩:"你又不是不知道,我说话向来不过脑子,我虽然忘了我说过这话,但我绝对没嫌你烦的意思,你别这么可怜兮兮的,是不是故意想让我愧疚?"

许星纯笑容淡了点,平静道:"不是。"

付雪梨道:"好好好,我错啦,还不行吗?我以后不说那种话了,又不是故意说的。不过你可真记仇啊!你们天蝎座太吓人了,就喜欢在阴暗的角落种蘑菇。你要是不开心,当时就跟我说呀,憋到现在,怎么没把你憋死?"

"你知道的,我只是不想让你不开心。"

"……"

一句话堵死她所有发言。

她盯着许星纯,许星纯也看着她。

付雪梨终究还是选择投降,别扭道:"那比起你一直忙,没工夫搭理我,我还是比较习惯你那个点……"

许星纯观察着她的表情:"哪个?"

"就那个呀!"太矫情的话付雪梨说不出来,欲言又止,半天,只能含糊道,"你就以前那样也行,反正我都习惯了。"

许星纯"嗯"了一声。

良久,付雪梨闷声说:"行啊你,以前年轻就知道当个愣头儿青跟我对着干,现在知道我吃软不吃硬,就来装委屈这一套,果然,人就是越来越坏!你变了,许星纯!"

许星纯微微凑上去,头偏了偏,张开嘴唇,试探着跟她接吻。

他没有反驳她。

也无须反驳。

他们心底都知道，时间流逝，带走春夏秋冬，却无法在许星纯身上留下痕迹。

十六岁就固执古板的他，到现在依旧。
十六岁就那么爱着她的许星纯，也永远不变。

© 中南博集天卷文化传媒有限公司。本书版权受法律保护。未经权利人许可，任何人不得以任何方式使用本书包括正文、插图、封面、版式等任何部分内容，违者将受到法律制裁。

图书在版编目（CIP）数据

等风热吻你 / 唧唧的猫著 . — 长沙：湖南文艺出版社，2025. 7. — ISBN 978-7-5726-2389-9
Ⅰ. I247.5
中国国家版本馆 CIP 数据核字第 20254MF762 号

上架建议：畅销·青春文学

DENG FENG REWEN NI

等风热吻你

著　　者：	唧唧的猫
出 版 人：	陈新文
责任编辑：	匡杨乐
监　　制：	邢越超
策划编辑：	柚小皮
特约编辑：	尹　晶
营销支持：	文刀刀　周　茜　马雪然
封面设计：	有点态度设计工作室
版式设计：	梁秋晨
内文排版：	百朗文化
出　　版：	湖南文艺出版社
	（长沙市雨花区东二环一段 508 号　邮编：410014）
网　　址：	www.hnwy.net
印　　刷：	三河市中晟雅豪印务有限公司
经　　销：	新华书店
开　　本：	640 mm×915 mm　1/16
字　　数：	446 千字
印　　张：	22.25
插　　页：	4
版　　次：	2025 年 7 月第 1 版
印　　次：	2025 年 7 月第 1 次印刷
书　　号：	ISBN 978-7-5726-2389-9
定　　价：	56.00 元

若有质量问题，请致电质量监督电话：010-59096394
团购电话：010-59320018